Lídia Jorge

O JARDIM SEM LIMITES

Romance

5.ª edição
revista

D.QUIXOTE

Título: *O Jardim sem Limites*
© 1995, Lídia Jorge e Publicações Dom Quixote
Edição: Cecília Andrade
Revisão: Carolina Vaz Pinto

Este livro foi composto em Rongel,
fonte tipográfica desenhada por Mário Feliciano
Capa: Rui Garrido
Fotografia da autora: © Alfredo Cunha
Paginação: Leya, S.A.
Impressão e acabamento: Eigal

1.ª edição: Novembro de 1995
5.ª edição revista: Janeiro de 2022
Depósito legal n.º 492 135/21
ISBN: 978-972-20-7396-7

Publicações Dom Quixote
Uma editora do Grupo Leya
Rua Cidade de Córdova, n.º 2
2610-038 Alfragide · Portugal
www.leya.com

CAPÍTULO PRIMEIRO

∾

1

Ou por outras palavras – Durante o Verão de 88, eu era um dos hóspedes da Casa da Arara, uma vasta fachada com dois renques de janelas donde se viam pela manhã os batelões subirem Tejo dentro, arrastando as gigantescas cargas. Se os vidros estivessem lavados, neles se espelharia a sua passagem silenciosa como nas imagens dos sonhos. Mas o que me conduziu, numa determinada manhã de Fevereiro, até um desses quartos semelhantes a casernas abandonadas durante uma operação militar faz parte do mistério da minha própria vida. Não o sei entender, e mesmo que soubesse, não viria ao caso referi-lo e muito menos explicá--lo. Apenas posso afirmar que no momento em que percebi que ali poderia permanecer semanas inteiras, sem que alguém batesse à porta nem me chamasse, e que se escrevesse pelos lençóis e pelas paredes ninguém se importaria, entendi que havia encontrado alguma coisa de semelhante a um primeiro lar. As duas mesas-de-cabeceira unidas por uma tábua tinham a altura e a configuração duma mesa de trabalho, e sobre o vão desse ninho de madeira, as teclas da *Remington*, repercutindo-se em duplo, transformavam as palavras que escrevia num ruído poderoso e triunfal. Não, nunca ninguém me veio bater à porta pelo barulho da máquina. Ou, se vieram, não senti. Nessa altura, eu tinha um projecto mais amplo do que o meu próprio alcance, e caminhava na escrita com o passo bruto do cavalo. Queria tudo – avançava estudando a estrada e levantando a poeira, gozando ao mesmo tempo da solidão do percurso como se fosse um álcool.

Mas não desconhecia como a casa estava povoada nem seria possível desconhecer. Naquela hospedaria que verdadeiramente não passava duma casa devoluta, várias vezes à beira de ser demolida, entalada entre dois prédios recuperados, à Rua da Tabaqueira, moravam quatro pessoas e hospedavam-se seis. Os moradores espalhavam-se pelo rés-do-chão e constituíam uma família formada por casal e dois filhos. Ela era uma mulher que se pintava de ruivo, e que em princípio deveria promover as limpezas, o que acontecia de forma bastante incerta. Todos os dias uma espécie de servente, movida por uma tensão extraordinária, trazia um balde e espalhava água e pó nos locais críticos, puxava a água e desaparecia mais rápida do que a própria descarga. De vez em quando, os hóspedes eram avisados pela servente do dia e da hora em que poderia haver uma barrela. Em geral não havia. Mas a mulher de ruivo passava a manhã em casa, e o cuidado que punha na sua própria habitação contrastava com o desleixo que reinava no primeiro andar. Os filhos deveriam ter horários demasiado preenchidos, porque só regressavam ao fim da tarde carregados de suas mochilas escolares. Também o chefe de família parecia sair da casota que ocupava no quintal apenas quando caía a noite. A mulher de ruivo saía de tarde, e um pouco antes do regresso dos filhos, chegava ela. Jantavam os quatro sob a lâmpada da cozinha, de reposteiros abertos como se quisessem partilhar com as sombras uma cena que os próprios deveriam julgar constituir uma bela realidade. Serviam-se de travessas e terrinas, falavam, liam papéis e conversavam em conjunto, horas a fio. Aliás, em breve ficaria a saber como o homem, que passava a vida metido no quintal da casa, só regressando ao fim do dia, para aquela cena de jantar, tinha a alcunha de Lanuit. A ela, à mulher ruiva que ouvia rádio gira-discos, depois do almoço, a arrumadeira tratava em grandes brados por Dona Juju. Deduzi que se chamasse Júlia. Certa manhã, ouvia-a atender o telefone que tilintava pelo corredor, a partir da casa de entrada. Soube então que a pessoa que me permitia usar a tábua e as mesas-de-cabeceira como secretária não se chamava Júlia. Ela mesma se designava ao telefone por Julieta Lanuit. Era uma figura estranha – Movia-se sobre sapatos de tacão alto, a qualquer hora do dia e da noite, parecendo aguardar constantemente uma visita rara. De tarde, quando saía pelo empedrado da Rua da Taba-queira, ouvia-se o tiquetique da sua passada, como se transpor-tasse nos pés dois agudos bicos de pássaro. De resto, a sua vida não me interessava.

Dos hóspedes depressa fiquei a saber mais. Não só ocupáva-mos o mesmo piso, como todos eles falavam alto das suas próprias vidas, expondo-as e transmitindo-as de porta para porta com gri-tos desinibidos. O ímpeto desses gritos era contagiante e levava-me a bater com mais força nas teclas da *Remington*. Por vezes o ruído que me saía das mãos abafava o movimento que corria de porta em porta, mas assim que parava a informação exterior expandia-se em cascata. De forma amalgamada, em breve soube de seus nomes, suas ocupações, hábitos, entradas, saídas, pro-jectos pessoais. Foi nessa mistura de vozes, que parecia ser parte integrante do galope desferido pela *Remington* sobre a tábua, que ouvi pela primeira vez mencionar o nome do *Static Man* como *performer*. Nessa altura, ainda alternavam com *Static Boy*, mas só mais tarde percebi que se referiam a um tal Leonardo. Havia um Gamito que lavava cabeças de mulher num cabeleireiro. Um outro acudia por Falcão, deveria ser fotógrafo e usava a palavra *camera* à inglesa. Mas entre Osvaldo e César, quinze dias depois de habitar a Casa da Arara, ainda não tinha percebido qual dos dois dormia durante tardes inteiras, e qual deles trabalhava num restaurante de comida rápida, até depois da meia-noite. A identificação tornava-se particularmente difícil quando se tratavam uns aos outros por nomes de artistas de cinema. Também não conseguia decifrar o que fazia no meio do grupo a pessoa que aparecia gritando com voz de rapariga, e a quem tratavam por Paulina, nem era capaz de reconhecer a que portas batia durante a noite. Se entrava em determinado quarto, ouvia-se um arrastar de portas e cadeiras. Sempre que entrava num outro, sentia-se o ruído da madeira avançar pelo soalho, repercutindo-se até à escada. Data desses dias o primeiro esboço das incógnitas. Não tinham nomes certos, eram apenas *x*, *y*, *z*. Como habitualmente, tratava-se dum jogo solitário, um pequeno desafio à perspicácia. Queria experimentar constituir um *puzzle* de figuras que correspondessem às reais, sem lhes conhecer os rostos. Foi por essa altura que me pus a escrever pela parede o embrião dum mapa.

2

Mas não seria necessário continuar durante muito tempo esse exercício de hipóteses. A inundação, ocorrida num sábado de tarde em que ninguém se encontrava em casa, assumiu aspectos de catástrofe e acabou por desencadear revelações para além de todas as expectativas. Durante horas uma torneira demasiado baixa, aberta sobre uma banheira rasa, em silêncio, havia feito escorrer água pelo soalho, e o líquido, de repente multiplicado, tinha-se infiltrado até às últimas paredes, escorrido pela escada, entrado nos domínios baixos dos próprios residentes, e finalmente, depois de se transformar em jorro, começara a sair pela porta principal. Só então soou o alarme. Era hábito alguns dos hóspedes ficarem pela Pastelaria Jasmim, outros costumavam sentar-se na esplanada do Café Atlântico, deambulando depois pelas imediações, e no entanto, naquele dia, ninguém se encontrava por perto. Foi a vizinhança quem alertou os bombeiros, mas a invasão da água havia sido tão demorada que era tarde para salvar muitos dos objectos que boiavam. Alguns, sobretudo os de papel, tinham inchado e tomado a forma de bolbos pardacentos que era impossível reaver. Então, à medida que os hóspedes iam chegando, entregando-se à tarefa comum de expulsar a água e pôr a salvo o que era de salvar, foi possível vermo-nos e identificarmo-nos. Sem que ninguém tivesse feito por isso, a necessidade levou-nos a desvendar-nos por dentro, a invadir--nos uns aos outros na vida e no *habitat*, pois era inacreditável o que a água tinha feito durante uma tarde. Lembro-me como se tivesse sido hoje.

Havia compartimentos a que era mais urgente acorrer do que a outros. No quarto de Falcão, o estojo da sua *camera*, posta sobre uma cadeira, tinha-se salvo por milímetros, e não se tratava duma máquina fotográfica, mas duma câmara de filmar. Vários objectos cinematográficos e cinéfilos que pendiam das paredes estavam felizmente em posição bem salvaguardada, embora pedaços de película vogassem entre as pernas duma mesa de luz. No andar inferior dum beliche, sobre o que deveria ser o primeiro tabuleiro da cama, três centenas de livros, dos quais a maior parte pertencia à Colecção XIS, alinhados como se a tarimba fosse uma prateleira, encontravam-se submersos. Alguém os atirava, escorrendo, para cima da parte superior do beliche. Aliás, ainda que a labuta se fizesse de quarto para quarto, era naquele a que chamavam a arrecadação que o esforço colectivo mais se concentrava. A *camera*, uma soberba *Arriflex 16 SR*, envolta num estojo de cabedal, foi carregada ao colo como uma criança, acontecendo o mesmo com um gravador de som, um fotómetro, um tripé e vários sacos indiscriminados. No meio do quarto repleto de água, nadavam as pernas duma outra mesa, sobre a qual luziam os pratos duma moviola. Falcão espalhava, pelos braços disponíveis, caixas, fitas, panos de manipulação que não podiam ser molhados. Pelo chão, encontravam-se roupas de cores avivadas pela água como se estivessem no fundo duma ribeira.

«Que raio de azar, que raio de azar que tivemos...» – diziam, patinhando na água.

Aliás, a antiguidade e inadequação dos móveis fazia que em todos os quartos houvesse roupas, sacos e papéis pelo chão. Isso acontecia particularmente na minúscula divisão de Gamito, o empregado de cabeleireiro. As suas camisetas de marca ameaçavam desbotar para sempre, e alguns rolos de papel tinham subido à tona de água e inchado como corolas brancas. Às braçadas, esse rapaz bastante grande atirava-os contra a parede. Caixas de marcadores, grafites e *écolines* encontravam-se salvas sobre a cómoda e a cama. Num dos quartos a água havia coberto uma televisão anã, de cor vermelha, que habitualmente parecia deslocar-se de quarto em quarto ao colo do seu dono, tornando-se agora possível perceber do que se tratava quando se referiam ao *queijo flamengo*. Certamente não se iria mais ouvir trabalhar o aparelho, mas entretanto alguém o estava secando com a fralda duma camisa. Num outro, sobre um mar de folhas de jornal, encontravam-se vários pares de sapatos flutuando de mistura com publicações de banda desenhada, enquanto alguns livros encadernados se mantinham fundeados rente ao chão. Restos de comida, onde avultavam pães de farinha espoada, tinham-se aberto e engordado, esboroando-se, mais lestos do que a floração do quefir. Como era possível que tivesse acontecido? Os hóspedes da Casa da Arara, seguindo os bombeiros, apanhavam aquelas massas, soltando todas as obscenidades conhecidas, dirigidas contra a inundação. E foi aí que pela primeira vez tive contacto com a rapariga que gritava.

Paulina não se encontrava em casa, e como todos os outros o seu quarto foi aberto, mas apenas os pés da cama mergulhavam na maré mansa, apresentando-se bastante nu como se não estivesse habitado. Contudo, no quarto de Leonardo, o *performer*, havia bastantes sinais da sua passagem. A cama por fazer oferecia o leito aberto à altura da inundação e as roupas dela encontravam-se misturadas com as dele, suspensas de pregos e cadeiras. Até dos bordos dum *poster* balouçavam lenços e peças interiores. Mas não era isso que mais prendia a atenção, e sim uma prática singular que figurava ser incrementada pela própria atmosfera da Casa da Arara – No quarto da estátua, Paulina também escrevia pelas paredes. Por cima da cama, havia uma máxima em letras redondas, que parecia copiada dum livro veda – *O Junco Sabe Que a Imobilidade É a Suprema Forma do Movimento*. E contudo, não devia ser copiada, não. Quem assinava era a rapariga, e ia ao pormenor de registar de forma explícita a data pessoal da criação da frase, gabando-se por extenso da autoria. Aliás, as faces laterais do quarto exibiam outros textos. A parede poente estava coberta por uma equação onde se liam números progressivos de horas, encimada pela epígrafe de construção imperativa – *Este É o Calendário a Que o «Static Man» Tem de Obedecer!* Enquanto se bombeava a água, eu ia lendo o que figurava escrito. Os outros hóspedes não liam nem se aproximavam das paredes porque deveriam estar habituados a essas mensagens. De calças arregaçadas, entravam e saíam salvando objectos sem estranharem o interior daquele quarto, cheio de panos e rótulos, como uma floresta de dados. Sim, aquele era o quarto do jovem *Static Man*. Então quando a água baixou e os vi um a um, pude confirmar que só não fora capaz de identificar o dono do televisor vermelho, nem o hóspede que permanecia todo o dia deitado. De resto, ali estavam os cabelos revoltos de Gamito a quem chamavam Burt Lancaster, além a cara alongada de Osvaldo a quem chamavam Al Pacino. Junto da moviola encontrava-se Falcão de quem não conhecia alcunha, e encostado à porta estava César, de nariz em forma de faca, também chamado por isso de Dustin Hoffman. Mas não seria tudo.

3

Já era tarde quando Lanuit chegou com a mulher e os filhos. Os aposentos do rés-do-chão tinham sido abertos, e o que até aí fora dedução, agora confirmava-se plenamente – À excepção dos lençóis brancos que fazia mudar com regularidade, o desleixo da hospedaria contrastava com a ordem e a limpeza da parte da casa ocupada pela família. As paredes dos velhos quartos, amplas e lisas, brilhavam de tinta cor de marfim. Ao chegar à porta da casa estupidamente inundada, a mulher descalçou uns formidáveis sapatos de salto alto, e poderia ter começado a lamentar-se, ou a inquirir responsabilidades, a querer saber quem por último se teria servido da banheira pequena, tendo deixado a torneira aberta, e tudo o mais que se esperaria duma alugadora de quartos. No entanto, era como se a pessoa aguardasse aquela contrariedade. Sem fazer perguntas nem se dirigir a ninguém, Julieta Lanuit começou a arrastar panos e objectos molhados na direcção do quintal, exibindo a elegância do corpo, seguida pelos dois filhos ainda pequenos, aparvalhados com a inundação. Mas o seu gesto de indiferença perante a adversidade devia constituir uma agressão para alguém. O marido só falava com os bombeiros, e à medida que transportava objectos para fora de casa, ia ficando cada vez mais pequeno, mais cinzento, marchando dentro e fora com andar de vietnamita. E lá ficaram os quatro a labutar, entre as velhas dependências asseadas de fresco e o quintal, donde a mulher recolhia braçadas de lençóis brancos, com gestos lânguidos.

Por fim, subimos ao primeiro andar. Agora apenas faltava Leonardo e Paulina. Chegaram tarde, quando os outros hóspedes já tinham podido ver uma velha *Remington* trabalhar sobre a madeira e como a água havia molhado maços de folhas dactilografadas. Sacudiam-nas, lendo pedaços e espalhando-as pelos alizares. Ali, a cama era um leito de casal, nem sequer demasiado largo, mas em contraste com as dos outros quartos, eles entenderam que se tratava dum móvel gigante. À cabeceira, alguém havia deixado pendurada uma réplica volumosa dum pedaço da *Celebração do Amor no Paraíso*. Gamito, o Burt Lancaster, quis saber por que razão o artista havia pintado tanta gente beijando-se. Era simples – Stanley Spencer, como muitos outros, acreditava, a meio do século, que o céu se confundia com uma infinita festa em volta dum coreto de música. Enfim, um daqueles antiqualhas que julgava que o paraíso era uma relva e toda a relva uma cama. «E você, porque tem isso aí?» perguntou Falcão, o rapaz forte e bambo que não se apartava da *Arriflex* nem por um instante. Entretanto, a rapariga cujos gritos costumavam ser demasiado expressivos aparecia à porta, seguida do *performer*. Era a primeira vez que os avistava. Paulina estava envolvida num grande cabelo preto, todo solto, avultando uma franja que lhe atingia os olhos, e um fato de cabedal exactamente da mesma cor. Curioso que se aproximasse tão de perto da figura que eu tinha imaginado, mas agora tornava-se possível vê-la e ouvi-la ao mesmo tempo. Encostados por cima daquilo a que tinham começado a chamar de cama gigante – a água ainda ressumava pelo soalho –, todos achavam que tinha sido ela quem havia deixado a torneira aberta, mas a rapariga não se impressionava com a responsabilização. Era-lhe bastante indiferente.

«É tão cómico ter sido eu, não é?»

Aliás, talvez tivesse sido ela, não se lembrava bem, era até provável que sim. Para ser franca, tinha uma vaga ideia de que prometera a si mesma voltar lá para retirar os cabelos do ralo. Não voltara. Mas não era como outras pessoas que se serviam das banheiras e as deixavam entupidas e sujas como sarjetas. Enjeitava responsabilidades – Se tinha tapado o ralo, fora para poder desencardi-la até aos bordos, pensando naqueles que viriam a seguir, pois quem se lavara antes não a havia limpo, importando-se pouco com o que havia sido sujo por si e pelos outros. O gesto de Paulina fora portanto um gesto executado em favor de todos, e na sequência de muitos. Alguém, que não ela, poderia ter ido lá dar a volta à torneira. «Qual de vocês não fechou a torneira que eu abri?» – perguntou Paulina, bastante divertida. «Sim, eu deixei a torneira aberta só para encher de água. E cada um de vocês não a fechou no momento devido. Está bem? Isto é, vocês todos não a fecharam. Quero portanto que a responsabilidade seja dividida, ou então que vá pastar para outro lado. Neste caso, a responsabilidade não existe» – disse ela ainda. «Eu, por mim, não tenho de pagar nada a ninguém. Estamos quites, a inundação foi obra nossa...» Como era de prever, a rapariga exercia um ascendente invulgar sobre os hóspedes da Casa da Arara.

Entretanto, Paulina escorregava junto à parede, sentando-se no soalho. É que, naquela tarde, ela e Leozinho tinham andado, andado, andado... Mas não conseguiu ficar muito tempo no chão. A humidade colava-se-lhe ao cabedal. Então, pela primeira vez, todos se encostaram sobre a cama protegida pela bênção avelhada de Stanley Spencer, desembaraçando-se das roupas húmidas. O próprio *performer* chegou a dizer bastantes palavras, embora o que mais proferisse fossem exclamações que ele prolongava em forma de eco, como *Eh! Lá!... Oulá! Hôôôoo...* e outras, soltas em momentos despropositados, que punham a

rir qualquer um. Sim, a enxurrada juntava-nos de forma inesperada. Mas ao contrário do que se vem dizer, eu não me imiscuí
nas vidas dos hóspedes da Casa da Arara, não lhes assaltei os pensamentos, não os procurei nem para lhes sublinhar intenções
nem para lhes alterar uma linha dos seus planos. Apenas achei
interessante o encontro e o consenti, ao mesmo tempo que con-
geminava as letras dum inocente mapa cifrado a que atribuía
destinos, inofensivos destinos. Retomando a lembrança desses
dias de Primavera, posso afirmar que de facto o responsável pela
nossa aproximação não fui eu nem ninguém – foi uma enxurrada
que assolou a casa.

4

Na verdade, nos dias que se seguiram, levantou-se das madeiras e dos panos um grande fedor. A princípio era apenas um
cheiro a coisa alagadiça, como se estivéssemos a viver sobre um
pedaço de charco, mas depois, a sensação que se teve foi bem
mais forte. A água havia-se entranhado nos interstícios das paredes e nos buracos das tábuas, e matérias que possivelmente aí
esperariam para se decomporem e transformarem noutra substância tinham visto chegar a sua hora com a ajuda dum fim de
Abril encoberto e quente, sem uma aragem. A esse cheiro de
coisas podres juntavam-se outros, como o da cera, da aguarrás
e detergentes vários que aquela espécie de servente, com nome
premonitório de Purificação, espalhava pelos quartos à velocidade das máquinas britadeiras. Foi essa mistura de opostos que
fez a casa tresandar de forma estranha, levando a que todas as
janelas fossem abertas sobre a Rua da Tabaqueira e as portas
dos quartos sobre o corredor. E a Casa da Arara, completamente
escancarada, mostrou à luz do dia a sua entranha.

Era um edifício com dois séculos e um revestimento de azulejos que atestava viagens feitas pelo mundo. Alguém havia conhecido o entrelaçado das trepadeiras tropicais e a sombra esguia das palmeiras, mas o mais importante era aquele pássaro, concebido de memória entre tucano e papagaio, que abria as asas no painel da entrada sobre a legenda de AVIS ARARA. Ao longo da mancha azul que forrava o que fora um vestíbulo, havia largos troços onde os azulejos tinham sido retirados ou simplesmente varridos como cacos. Junto à escada, apareciam palmeiras sem copa, jacarandás sem pé. À luz crua do exterior, essas feridas tornaram-se visíveis como se iluminadas por gambiarras. De resto, os tectos mostraram os caixões quadrangulares rendilhados pelo bicho, e os lambris de madeira permaneciam assinalados pelas marcas dos antigos pregos e suas fendas. Acrescia que além do cheiro cruzado de ácido e bolor, a Casa da Arara era agora invadida, cerca das nove da manhã, pelo barulho dos chinelos e dos gritos da serviçal. Ora entre os hóspedes havia os que dormiam até às três e meia da tarde. Pensei comigo – «Vão embora, vão sair, vão todos abandonar a Rua da Tabaqueira...»

Mas não, eles não abandonavam aquela casa. Como eu, apenas aguardavam que fosse possível perder a sensação de que nos tínhamos alojado sobre o lodo do Tejo. Várias vezes, ao acordar, julguei que íamos deslizando mar fora num velho navio desamarrado. Essa sensação de precariedade parecia funcionar como uma transumância e juntou-nos. Juntou-nos muito. Ainda não disse, mas torna-se imperioso fazê-lo, que, ao contrário daquilo que consta, eu não procurei ninguém nesses dias, só observava, escrevia sobre a tábua que tinha resistido incólume à cheia, batia energicamente sobre as teclas e apenas os sentia passar nas minhas costas pela porta entreaberta. Eles é que foram aparecendo, entrando, às vezes acabados de se levantar das camas.

Eu não ia enxotar pessoas do meu quarto só porque estavam em trusse. Além disso, começavam por duas ou três obscenidades mas terminavam por palavras honestas. «Tens a certeza de que estás a escrever sobre factos que podiam ter acontecido? Se não podiam, então rasga, é porque não presta...» – dizia Osvaldo, por exemplo, a quem os olhos grandes de cão espancado justificavam a sua alcunha. Esse era o que se demorava mais junto à *Remington*, e se o não chamava, também não o mandava sair. Alguém entrava quarto dentro, procurando-o – «Onde está o engaço do Al Pacino? Agora que tudo isto cheira a *erva*, como vamos saber onde se mete o gajo?» Era Gamito que pretendia fazer-lhe uma encomenda antes de partir para lavar cabeças. Osvaldo, que não saía a não ser para um almoço rápido no Café Atlântico, ia ficar atento ao telefone que nessa tarde deveria tocar em exclusivo só para ele, o Burt Lancaster. O lavador de cabeças debruçava--se para fora, experimentando a temperatura com o braço. De facto existiam semelhanças entre ele e o actor americano. Havia alguma coisa de gatarrão no andar de Gamito, e um traço vago nos seus olhos claros, sobre os quais pendia um pedaço de cabelo loiro-cinza. A Gamito vinha juntar-se César e a sua televisão anã. «Vinte e seis graus? Nada mau. *My God!* Já é outra vez meio--dia!» César não se parecia com Dustin Hoffman a não ser pelo nariz, em forma de quilha, e pelos olhos pequenos e pregueados. Também se inclinava no parapeito e dizia que estava farto de servir comida. Aliás, tinha um tema bom para entrar na entranha da *Remington*, um crime passional perpetrado no espaço do seu restaurante sobre uma grande actriz de teatro. Ele conhecia--as todas. Iam comer hambúrgueres depois da meia-noite e não tinham conta no dinheiro, ora davam gorjetas elevadíssimas ora ficavam a dever com um desplante descarado. Achava que depois de despintadas eram todas feias. Falava das varizes das pernas e das estrias das suas barrigas, com conhecimento de causa, como se dormisse com elas. Mas logo olhava para o relógio e descia pelas escadas abaixo, agora sem a passadeira de sisal. Falcão também aparecia. Os quatro começavam a descer. Os seus passos nus sobre a madeira pareciam o prolongamento do barulho das teclas da *Remington*. Não nego que fechava os olhos, e desde esses passos nus dos hóspedes ao trajecto silencioso dos animais minúsculos que na sequência da inundação saíam em hordas pelas ripas, tudo impelia o meu clap, clap, clap sobre as alças de ferro da máquina. Não tinha culpa que tanto aquelas pessoas maravilhosas, quanto as sombras e os insectos multimilenares, viessem ao meu encontro. Não, eu não fechava o meu espaço a ninguém. Foi assim que certa manhã, ainda as janelas permaneciam abertas e as correntes de ar se faziam sentir por toda a casa, se aproximou da porta, sem ruído de passos, a alugadora dos quartos.

5

A mulher de Lanuit aproximou-se. Vinha de saltos altos, caminhando sobre as pontas dos pés, e queria saber como estava a decorrer o período pós-inundação. Queria saber como tinha sido a limpeza da serviçal, se Purificação havia secado o chão com o aspirador, como tanto recomendara, se havia espalhado determinado aroma nos rodapés e nas bandeiras das portas. Embora ao inquirir, a mulher de Lanuit simulasse tratar dum assunto distante, que não lhe dizia respeito, e pela primeira vez, pareceu ter dado por que a *Remington* assilhava sobre uma tábua posta em duas mesas-de-cabeceira. Ficou a pensar. De facto, ela admirava a capacidade de improvisação das pessoas. Achava que tudo na vida era uma questão de imaginação. E durante uns minutos andou a desenhar triângulos, empinada naqueles extraordinários sapatos, entre a janela, a *Remington* e a porta, como se observasse, milímetro a milímetro, um asseio nunca realizado. Também a sua saia era estranha. Tinha um feitio cintado como se usara no tempo da Twiggy, e a própria blusa branca, tão fosforescente quanto os lençóis, estava remendada nos colarinhos que ela unia com uma jóia em forma de ferradura. Dava a ideia de alguém que se houvesse vestido vinte anos antes e continuamente se tivesse metido no tanque e enxugado, sem nunca mudar de roupa. Quando se aproximou da *Remington* e pôs o braço na madeira, pude ver-lhe as unhas pintadas, cor de nácar, a saírem duns dedos vermelhos e inchados. Mas ela retirou-os quando alguém que passava no corredor se pôs a gritar «Quem roubou *O Mistério de San Valdesto*? A minha cartilha maternal? Estava aqui e agora já não está!» Era a voz do Falcão, o hóspede que habitava a primitiva arrecadação da casa, agora o quarto do beliche e da moviola, a que também chamavam de Estúdio Welles por causa dum *poster* e da desarrumação. Julieta, a alugadora de quartos, ouvia-o, suspensa, mas era como se não ouvisse, ou como se o diálogo entre Falcão e Osvaldo a afugentasse. Fez o seu passo miudinho pelo quarto fora, entrou no corredor e desceu para a sua morada. Aquela confusão de vozes saía dum mundo que lhe era indiferente. Pelo corredor, encontravam-se a secar centenas de livros policiais, dispostos como ladrilhos. As folhas encaracoladas assemelhavam-se a sinais de desordem nascidos do chão. Havia clássicos de Ellery Queen, Fletcher Flora, Frank Gruber ou Murdoch Duncan, abertos e desengonçados, alguns deles desfeitos, espalhados pelo soalho. A mulher de Lanuit passou entre as obras criminais, salto aqui, salto acolá, como se atravessasse algas podres. Nada mais. Aliás, saía como tinha entrado. A figura dessa mulher não me interessava, nem era eu quem a chamava para junto da *Remington*.

6

Como disse, agora eu ouvia os ruídos do mundo metrificados pelo ritmo da máquina sobre a qual trabalhava horas a fio. Fechava os olhos, e o som de qualquer telefonia que chegasse não chegava – Transformava-se em fluido clap, clap, saltando entre o ferro e a tábua. As próprias vozes da rua eram transfiguradas em modulados e saltitantes batimentos, conforme o ímpeto donde provinham. Os gritos apressados dos hóspedes que chegavam ou partiam, ou mesmo as vozes daqueles que falavam baixo, como Osvaldo, eram transformados nesse som da máquina parente duma alfaia rural ou oceânica, como um tractor mecânico, como o motor dum barco. Sem saber explicar porquê, nem como isso acontecia. Até porque as teclas que soltavam imaginariamente o clap, clap escreviam as letras que compunham o corpo da ideia, de forma semelhante ao som. Como se as figuras reais passassem pela memória digital das mãos, ia escrevendo sob o ruído do que me pareciam ser patadas da alma, oriundas dum íntimo corcel. As teclas da *Remington* tinham-se tornado na Casa da Arara a sede da acção e do saber, como uma outra cabeça. Uma nova cabeça. Por vezes ela doía-me. E de súbito, comecei a ouvir um ruído semelhante ao que sempre havia dado suporte ao vapor das minhas mãos. O som aparecia no corredor como uma ondulação, como um guincho. Aproximei-me, transformando a ondulação na mecânica significante da *Remington* – clap, clap, clap, clap... Seguia sobre o rangido do som, espalhado por cima da cidade marítima. Eu tinha vindo ali parar sem música. A música que possuía ficara posta ao lado da mesa de charão duma sala irrecuperável, e os discos eram pratos rasos arrumados num armário de raiz de cerejeira. Não tinha trazido nenhum. Desde que chegara à Rua da Tabaqueira que não ouvia música, apenas pedaços de sons altos próprios de cada hóspede, assemelhando-se no seu conjunto a ruídos bárbaros que felizmente desapareciam depois dos banhos. Mas de súbito, alguma coisa chegava idêntica à natureza que se sonha para um novo mundo. Entre o som da natureza e aquela música que chegava, havia apenas a distância que separa a essência da sua imitação. A música provinha do quarto de Leonardo. A aparelhagem estava colocada sobre a cama, e o *performer* encontrava-se em fato de treino, imóvel, sobre uma grande caixa que lhe punha os pés acima do parapeito da janela. Próximo, o espelho do guarda-fato reflectia-lhe os joelhos. Paulina ia dizendo alto, para cortar o som cada vez mais semelhante ao ruído dum comboio «Para a direita, mais para a direita...» Depois uniu-lhe os pés e marcou a hora «Desta vez vais chegar às duas. Não te mexas. Olha que se te mexeres o problema não é meu, é teu!» Também Osvaldo, que nunca saía de casa, se tinha aproximado. Ambos espreitávamos pela porta. Assim, ao contrário do que se pensa agora, o nome do *Static Man* entrava no esquema da parede através do orifício da música.

Sim, eu sabia que Leonardo dormia à sombra daquela frase extravagante sobre o junco, mas sabia porque tinha baldeado águas até ficar exausta no dia da inundação. Além disso, como todos os outros, o quarto pejado na vertical em forma de floresta tinha ficado escancarado durante duas semanas, e era possível ver do corredor como Paulina ia fazendo contabilidades pelas paredes. O facto interessava-me mais pela coincidência de hábitos do que pelo conteúdo. Aliás, o tema da quietude não me dizia respeito. Ao contrário do que se crê, imaginar que uma pessoa pudesse encontrar felicidade ou estímulo em permanecer imóvel sobre um caixote, horas a fio, dentro dum quarto, parecia-me na altura uma excentricidade sem qualquer sentido. Um esforço inútil e inglório, e além do mais incompatível com o alvoroço e a alegria em que viviam todos, naquela comunidade de transumantes, incluindo o próprio Leonardo. Assim, quando o início de Maio chegou e foi possível encostar os vidros das janelas, o cheiro a pântano havia desaparecido, e em seu lugar ficara uma mistura de odor a madeira, activado por trajectos espalhados ao longo das ripas, onde se reconhecia a textura da cera, e então começámos a ficar cada vez mais unidos. Ou por outra, encostavam-se as janelas exteriores, mas raramente se fechavam as portas. A inundação tinha prestado esse serviço e ninguém com verdade poderá dizer que alguém tivesse invadido alguém.

Paulina e Leonardo expunham-se mesmo de forma desinibida em momentos últimos de trabalho. Porque se expunham? A minha ideia era de que, tendo embarcado num projecto que os ultrapassava, precisavam da ajuda de testemunhas para o cumprirem. Mas isso eram pensamentos que me assaltavam quando percebia que, mal se serviam do quarto de banho ao fundo do corredor, os dois se preparavam para sair, e faziam-no de porta aberta. A rapariga gritava a partir do seu próprio quarto, como se não houvesse mais ninguém no andar – «Leozinho! Vista a sua camisa *Static Man*!» As portas escancaravam-se e Osvaldo aparecia no corredor, com os olhos vermelhos, enfurecidos «Vocês não querem deixar-nos em paz?» Ela saía do quarto como se nem visse o hóspede vizinho. Depois olhava-o com desprezo e respondia «Vai, vai para o teu amalho. Quem não sabe dormir nem acordar, não sabe viver. Desaparece da minha vista!» Mas ainda voltava a atacar «Leonardo vai sair do seu quarto a correr, e faz-lhe mal ver um poste feito gente a olhá-lo. Percebeste?» Era perigoso incitar Paulina. Se acaso não parava espontaneamente, a sua argumentação tomava-se infindável. Falcão, quando a chamava para que fosse ao quarto estúdio, encimado por um Orson Welles em versão de chapéu e olhos arregalados, tratava-a por cobra-coral. Paulina revoltava-se, sacudindo o enorme cabelo. Ele, porém, amansava-a de longe. Ela ia. Fechavam-se lá dentro durante hora e meia. Mas esses momentos eram excepção, porque em regra os quartos permaneciam abertos como se fosse proibido fechá-los.

7

Sim, o desejo de partilhar a preparação do *performer* tinha a ver com um pedido de solidariedade, e se desejavam testemunhas, tinham-nas em abundância – Todos sabíamos que antes da corrida que faziam ao longo dos passeios, Leonardo praticava ginásticas lentas, com evoluções corporais em que imitava os animais de sangue frio, encolhendo-se e esticando-se, contorcendo-se, invertendo-se, deslizando. Essas evoluções no solo do quarto eram tão vagarosas que nem Osvaldo aguentava seguir da porta e voltava a deitar-se. Entretanto, Paulina fervia chá no próprio quarto floresta, e dava-lho a beber. Só depois da corrida e do segundo banho iam almoçar no Café Atlântico, mas havia géneros que ela levava consigo, avaliando-lhes os constituintes numa balança de pesar cartas. Em seguida voltavam quando todos os outros, incluindo Falcão, já estavam de saída. Nessa altura Leonardo ia descansar e encostava a porta. Mal a abria, subia ao caixote a que nos últimos dias tinham acoplado uns degraus com grandes marteladas. Depois de lhe corrigir posições diante do espelho, Paulina soltava então aquela música modulada por ondas de metal e ele permanecia imóvel horas a fio. Quem quisesse passar pelo corredor e olhar, era livre de o fazer.

Numa daquelas tardes de princípio de Maio, Paulina tinha-se posto aos Fitos – «Fizeste quatro horas de imobilidade voluntária. És o máximo! És o máximo dos máximos, Leozinho!» Mas ele parecia não estar de acordo. A força de Paulina recrudescia – «É mentira minha? Tu queres desmentir o relógio? São ou não são oito horas? Pois se estiveste parado entre as quatro e as oito, quantas horas fizeste?» Leonardo, porém, deveria ficar inerte em cima da caixa, ou perder simplesmente a memória do tempo, e não acreditava. Então ela tinha ido lamentar-se à janela que dava para o quintal – «É estúpido, é absolutamente doido e estúpido. Este gajo assim não chega a lugar nenhum. Só vive para chatear. E quer ele ir contracenar com Paolo Buggiani! Como vai estar com Paolo Buggiani, se não acredita em si mesmo? Buggiani sobe às Torres Twin, e fica balouçando entre cordas, lá bem no alto, e sopra fogo e fumo, enquanto se autofotografa, porque tem confiança em si mesmo. Mas tu não acreditas em ti. Nem acreditas em mim nem nas horas dos meus relógios! És uma grande besta com quem eu perco o meu tempo, é o que tu és!»

Parecia estranho ver uma rapariga ser mais forte do que a força. Devo ter aberto a sigla referente a Paulina nesse mesmo dia. Mas a imobilidade nunca me tinha interessado, como já o disse. A simples ideia desse estado lembrava-me monges magros, sentados de pernas cruzadas, imersos num silêncio sem fim. Imaginava que não falassem, que caminhassem descalços, imateriais como a brisa, e que só acordassem desses sonos de séculos para lamentarem ainda não serem de barro. Por isso mesmo, a turbulência que rodeava aquela pessoa que era capaz de ficar quatro horas em cima duma caixa, em pé, como se fosse estátua, confundia-me. A própria música que eu incorporava nas batidas das teclas como uma ondulação, eles a colocavam demasiado alta. Quando a ligavam, o som ribombava pelas paredes. Depois a rapariga ia acomodando o volume, mas deixando-o sempre demasiado elevado para que se pudesse associar a uma imagem de inércia. Fosse como fosse, era em função dessa estranheza que eu fazia perguntas. Nunca me intrometi sequer na música deles. César entrou no quarto da cama a que chamavam gigante, no dia da sua folga, para falar da sua vida no restaurante e queixar-se do barrete em forma de sexo que lhe acamava o cabelo junto às têmporas. Foi por ele que fiquei a saber que Leonardo e Paulina passavam no gravador uma homenagem a Einstein, vendo ir e vir o mundo de encontro à sua cabeça. A cabeça do sábio, esguedelhada, assemelhava-se a uma amostra do Universo em expansão que nunca mais terminava. Escrevi sobre a *Remington*.

Então num desses dias, pelo fim da manhã, Gamito, vagamente parecido com Burt Lancaster, ao voltar da banheira grande, a que assentava nuns pés em forma de garra de leão, pôs-se a chamar pelos outros ainda ferrados nas suas camas. O grupo aglomerou-se à porta do atleta, a ver o que se passava. Diante da janela meio descida, Leonardo encontrava-se nu, em pé, a olhar para o espelho enquanto Paulina o rapava. A princípio a rapariga começou a ameaçar os mirones com a gilete, pedindo que desaparecessem, mas não correspondia de modo nenhum à sua vontade. O seu desejo era oposto. Perto de si tinha uma bacia e uma toalha, e aparatosamente, ia percorrendo o corpo do atleta com a lâmina. A prova de que se estavam a expor de propósito provinha do modo como se mostravam e não do que faziam constar. Ela estava ali a rapá-lo, dizia, só para experimentar se o corpo dele conseguia ficar ou não completamente liso. Paulina explicava que num *performer* a parte atlética não era tudo – «E a parte estética? A parte estética é determinante!» E continuava, rapando, sacudindo a gilete na água, secando-a na toalha, falando sempre. «Primeiro, vamos fazer uma experiência com *color-cream* branco, e depois com verde. Acham que branco ou verde?» – perguntava.

«Branco!»

«Depende do que representar» – César, com nariz de navalha, lembrou a cor das estátuas de bronze.

«Aí está!» – disse ela, começando pela testa e pelas pálpebras. «Eu penso que ele deve descer à Baixa de verde. Condiz muito melhor com o que lá puseram. A estátua do cavalo e várias outras coisas mais. Por isso tudo, eu acho que ele deve ir de verde, exactamente como as estátuas que vimos em Viena de Áustria. Aí, se Leozinho aparecer de verde, toda a gente na Baixa vai parar e cair de fuças. Vai ou não vai, miudagem?» perguntou ela.

«É capaz!» – Mas Gamito, o lavador de cabeças de mulher, tinha certas dúvidas. «Esse gajo aí vai só mostrar-se para fazer pessoas caírem de fuças, ou vai também tentar ganhar o seu?»

Paulina estava cobrindo com tinta verde o peito do *performer*. Pôs-se a rir «Julgas que somos parvos? Estamos ali para nos mostrarmos, mas também para ganharmos o nosso. Depois de ganharmos o nosso, juntamos tudo o que conseguirmos para actuarmos noutros sítios, noutras praças. Noutras cidades melhores que esta! Lá, do outro lado...»

Gamito, muito grande, o que se parecia vagamente com Burt Lancaster, porém, queria saber tudo «Então e aí o *performer* não tem vontade, não tem língua?»

Leonardo, já meio coberto de verde, mostrou a fila dos dentes brancos – «Calma, gatarrão, isso agora já é querer saber de mais. Um artista só diz até onde quer dizer. Não vale forçar, não vale mesmo nada forçar! Não quero contar nada de mim...» E abrindo os braços, virou-se de lado, contra a janela. Continuava despido. Só a cabeça e o tórax estavam cobertos de verde. «Oulá!» – disse ainda o *performer*, vendo-se demoradamente ao espelho. Leonardo abriu os olhos, abriu a boca. Fechou-os «Não gosto do que vejo. Tirem-me de cima esta cor de couve. Yeah! Por razões ocultas, este *performer* prefere ir completamente de branco!» E começou de novo a maquilhagem do *Static Man*.

8

Suponho que sim, que foi por esses dias de intensa preparação do atleta que a mulher de Lanuit subiu de novo ao andar dos hóspedes. A alugadora trazia uma espécie de bloco-notas quando se aproximou da porta. Deveria ter apontado algumas faltas, se isso era possível, em quartos onde todos os móveis haviam sido reduzidos à essencialidade da sua função e da sua forma. Mas a mulher de Lanuit, como sempre que nos cruzávamos, foi amável. Perguntou-me se eu desejava ter no quarto uma secretária própria. Se assim fosse, esperaria que o seu marido saísse, e ela mesma a traria do seu escritório. Por dois motivos não a traria já, explicou. Primeiro, porque se encontrava atafulhada de material, e em segundo lugar, porque não queria incomodar o trabalho de seu marido. «Sairá por poucos dias, espero, e nessa altura, mando alguém fazer a mudança» – disse a alugadora. Julieta Lanuit só duvidava se acaso a secretária lá de baixo se encaixaria no vão da janela. O cabelo vermelho nogal tinha-lhe crescido e fazia uns caracóis desbotados, sobretudo junto às pontas. As raízes estavam escuras. O rosto seco, com olhos e lábios volumosos, demasiado destacados nas miúdas feições, nariz curto, parecia o resto duma boneca estragada pelo tempo. Mantinha-se sobre aqueles sapatos altos, de tiras demasiado finas, entrecruzadas em forma de pata de aranha. Durante um momento, não andou nas pontas dos pés, e os tacões feriram o soalho como martelos de dentista. Depois Juju olhou para fora, para a largueza do rio, àquela hora transformado numa estrada sombria, e voltou a referir o seu lema – «Sabe? Não sou uma pessoa culta, mas compreendo os que têm imaginação. Ai o que seria de nós se não fosse a imaginação!» A alugadora suspendeu o tema. Alguém vinha a subir. Eram várias pessoas que passavam com Falcão, rumo ao seu quarto. De novo imóvel, de costas, olhando no vago, a mulher de Lanuit esperou que se afastassem. Quando já falavam dentro da arrecadação, despediu-se, galgou o corredor em bicos de pés e desapareceu no limiar da escada.

Mas não tardou a reaparecer. Em baixo, a janela da marquise comunicava com a cozinha onde se encontrava a mesa muito grande. Com a chegada dos dias bons, tinham aberto a ligação, pelo que se via distintamente o que se passava lá dentro. Uma luz caía no centro geométrico do tampo. Não tardou que o marido se sentasse, os filhos se colocassem um de cada lado. Parte da mesa ficava por ocupar. A luz amarelada provinha dum candeeiro baixo, de roldana. Fazia aflição, pois, vistos do corredor, pareciam quatro criaturas metidas numa cápsula. Sem saber porquê, achava que era a mulher quem tinha a chave daquele refúgio aéreo, aterrado entre as apertadas arestas das traseiras. E depois, desgarrado disso tudo, a um canto do quintal, existia um álamo.

9

Porque não me interessava a vida daquela família? – Porque não, porque os seus rumos não eram capazes de fazer levantar duas alças que fosse da minha máquina. As suas vidas pareciam-me repletas de episódios tão antigos quanto os beijos de John Wayne sobre bocas de raparigas pioneiras. O que me interessava era o primeiro andar, porque ali o mundo era outro, diferente, sem campânulas, mais perto das estrelas, do céu e da totalidade. Esse sim, esse lugar fazia correr a máquina, embora escrevesse sobre matérias que não tinham relação directa com o que ali se passava.

Pela manhã, Paulina elevava o ruído da música de homenagem ao génio à altura duma tempestade. Leonardo perdia a paciência, saía da imobilidade e gritava que lhe pusesse a música baixa.

Ele mesmo chegava a descer da caixa de pau e a desligá-la completamente. Então lograva-se um silêncio tão agradável quanto breve, porque ela logo irrompia no meio desse intervalo, recrudescendo, dizendo que se ele a maçasse de mais abandonaria simplesmente toda aquela merda. «*Shit!*» – dizia ela. Em certos momentos, era como se entre ambos o incêndio das palavras não conhecesse outra expressão, tão extenso e tão compreensivo era o seu sentido que tudo cabia nela. Como um princípio, o princípio dum princípio. Até que os hóspedes, que naquele instante estivessem presentes, respondiam da mesma forma. Ouvia-se entre as portas – «Calem-se com essa merda!» Mas se acaso Falcão se encontrasse no quarto arrecadação, a internacionalização dos termos aprofundava-se «*Shit, shit, fuck you off! Shit...*» Porém, as palavras inglesas eram demasiado breves e a viagem que obrigavam a fazer até ao sentido próprio da outra língua carregava-as de distância, provocando perda de força e intencionalidade, como se a imagem que elas invocavam se desviasse ou empalidecesse. Então Paulina aparecia no meio do corredor para responder «Merda para a tua *shit*!» Num desses dias que antecederam a descida de Leonardo à Rua Augusta, Paulina e Falcão tinham ficado alguns minutos gritando ao desafio, para ver quem vencia. Ele gritava do seu próprio quarto – *Shit, shit!* E ela dizia três vezes em português. E ele repetia *shit*. E ela repetia merda. Até ficarem sem fôlego. Era como se ambos estivessem a escalar um trapézio ao desafio, cada um amarinhando por sua corda. No cimo, deveria haver um tosão de esplendoroso metal. O modo como se encarniçavam de quarto para quarto, gritando as duas palavras referentes à mesma realidade, revelava diferenças na forma, mas unidade na intenção e na essência. *Shit*, merda, *shit, shit*. Duas palavras para um só conceito que rodopiavam em espiral como um besoiro que encerrasse a matéria primordial do Universo. Deveriam ser duas horas da manhã. Paulina, dizendo sempre *shit*, tinha entrado no quarto de Leonardo e ligado pela décima milionésima vez *Einstein on the Beach*, mas nessa noite, o som ficou tão alto que se julgou ter descido, sobre a Casa da Arara, a fúria dum maremoto. Era uma luminosa noite de Maio. Todos se encontravam acordados. Todos tinham chegado à porta do *performer* que se havia sentado na cama, de braços cruzados, por baixo da frase espalhada na parede, o que no meio do tumulto parecia uma provocação provinda das naturezas-mortas – *O Junco Sabe Que a Imobilidade É a Suprema Forma do Movimento*. Depois alguém baixou o som, e a música acomodou-se à noite de forma moderada.

Sentaram-se na cama do *performer*. Examinaram uma a uma todas as palavras que conheciam para traduzir a mesma substância. Agora descera sobre eles a clareza da reflexão. Sabiam como se dizia em várias línguas europeias, mas não em árabe ou japonês, por exemplo. E como teriam dito os Egípcios? César sentiu-se bastante ignorante. No entanto, o *performer*, cansado daquela conversa em torno de variantes para a mesma realidade, saltou da cama, afastando as roupas que pendiam da cabeceira. «Yeah! Gente!... Querem saber o que pensa o *Static Man*?» Leonardo desequilibrava-se sobre o colchão. «Pensa que no princípio, como no fim, era e sempre será essa coisa. Planetas, estrelas e galáxias não passam duma estratégia dela! É por isso que, daqui a dias, vou ficar no meio da Rua Augusta, de bracinhos abertos, a ensinar ao povo tudo o que sei sobre a matéria... Oulá! Hôôôoo... Gente!» E Leonardo ameaçou imobilizar-se ali mesmo. Falcão irritou-se de mais com a cena – «*Shit! You motherfucker!*» E todos se envolveram numa disputa de palavras ferozes, vindas de longe, agarradas aqui e ali das grandes cenas dos filmes «*Buzz off, man... Shit, shit!*» Até ficarem vermelhos e exaustos. Mas na verdade, pouco interessava o sentido do que diziam. O que importava era o número das palavras, sua extensão e forma, essas puras realidades materiais que, subitamente, na Casa da Arara desencadeavam supremos jorros de determinação e energia. Era madrugada. A essa hora eu afagava a patilha, metia o papel no cilindro arcaico, rolava-o e batia os papos dos dedos sobre as teclas, clap, clap. O cilindro movia-se de lado a lado, como se empurrado por uma prensa hidráulica. As páginas saíam quentes de húmidas e encaracolavam-se sobre a cama grande que me coubera em sorte. É verdade que *merda, shit, fuck you* não tinham consistência física, mas entravam nas batidas, misturando-se com os ossos da velha máquina. De forma natural, como se fossem um óleo afável, um líquido lubrificador, uma amostra rudimentar, à escala humana, dum princípio e dum fim, como insinuava o *performer.*

CAPÍTULO SEGUNDO

༄

1

Não é correcto dizer-se que nos trancámos, ignorando o que se passava no exterior da Casa da Arara. Bem pelo contrário. Mantenho a ideia de que, por força das circunstâncias, nos íamos transformando numa espécie de higrómetro, diante do cais. Por isso, reconstituir a descida de Leonardo até à Rua Augusta assemelha-se a recompor um diário de bordo. A melancolia, essa casa serena desencadeadora das palavras que melhor nos despertam ao entardecer, desaparece, para, em seu lugar, os actos de energia, as horas e os lugares assumirem importância definitiva, na reconstituição duma memória veloz. Afinal éramos jovens, não nos lembrávamos de nenhuma tragédia, não a víamos no horizonte, nem tínhamos nada a lamentar que não fosse recuperável. À excepção de Falcão, que desaparecia depois do almoço, montado numa carrinha de reportagem, os outros hóspedes passavam as noites a preparar a primeira exibição de Leonardo. O Café Atlântico empilhava as cadeiras cerca das dez, mas o Luna-Bar abria exactamente quando o café fechava, e a Boîte Sumaúma começava a agitar-se à meia-noite, permanecendo em pleno funcionamento até às cinco da madrugada. Era do seu interior azul e vermelho, sarapintado de luzes vagantes em forma de plumas de algodão, que os hóspedes voltavam à Casa da Arara para discutirem entre si o percurso do *performer*. A ideia de que Leonardo preparava uma pré-*tournée* destinada a lançar uma exibição em Manhattan, por locais tão evocadores quanto Rockefeller Center e as torres do World Trade Center, contracenando com o tal Paolo Buggiani, criava-lhes prazos tão apertados que todos os actos coincidiam com a pressa. Chegavam, sentavam-se em cima da cama protegida pelas amorosas figurinhas pintadas, e em conjunto, recapitulavam o percurso a fazer. Osvaldo, que nunca saía a não ser em grupo, e que passava os dias dormindo sonos profundos de que não acordava nem mesmo quando a luz lhe incidia no rosto, ficava mais desperto que nunca durante a noite, e indicando o quarto floresta, intimidava os outros com olhos grandes de Al Pacino – «Silêncio, por favor! Se o gajo descansa, o gajo não deve ser acordado...»

«Então é assim» – Paulina fazia voar o cabelo. «Ele vai à frente com o plinto, e eu mesma só me aproximo se for necessário. Vocês caminham atrás e não se metem, só observam, só olham de longe. Leozinho não aguenta a mais pequena interferência no seu espectáculo. Entendido?»

Sim, estava mais do que entendido. Os hóspedes imaginavam sair da Casa da Arara, ao mesmo tempo, embora distribuindo-se por ordem, conforme o trajecto previsto. Caminhando à frente, Paulina e o atleta desceriam na direcção do Caldas, entrariam nas Escadinhas de Santa Justa e, próximo da Voga, iriam parar. Junto ao portal da sapataria, Leonardo devia entrar em concentração, retocando a maquilhagem e iniciando a contagem dos cento e vinte e sete passos. Para Paulina seria um bom sinal se acaso os semáforos da Rua da Prata estivessem abertos. Se assim fosse, o *performer* poderia aparecer no meio da multidão, surgindo pelo lado nascente, como se caído das nuvens. Aliás, essa fora uma opção muito discutida, pois, segundo Leonardo, a primeira marcha, pelo menos, deveria começar junto ao arco da Rua Augusta, avançando o atleta pela via pedonal, de modo a captar o olhar de todos, e assim, ao chegar ao local da exibição, já estaria rodeado de gente. Paulina, porém, tinha decidido o contrário.

A inscrição VIRTUTIBUS MAIORUM, talhada na pedra do arco, que a princípio ela mesma julgava tratar-se duma epígrafe digna, dirigida pelos antigos aos mais corajosos do futuro, tinha-se-lhes revelado de sentido oposto. Visava principalmente honrar mortos e antepassados. Nessa noite – duas ou três noites antes – todos os hóspedes da Casa da Arara, face à nova mensagem daquelas palavras, tinham interpretado a sentença lavrada no portal mais digno da cidade como uma inscrição escarninha. O próprio Gamito, vagamente semelhante a Burt Lancaster, apesar da lentidão com que falava, havia concluído – «Talvez a gente não seja de cá, seja doutro lugar.» O gatarrão achava que o *performer*, no dia da estreia, deveria surgir rápido e esmagador, do lado nascente, como se caído do nada. «Deves aparecer de surpresa, largado no meio deles. Tu próprio tens de te sentir como se expelido pela cloaca duma ave, pá!» – acrescentou ainda, sentado sobre a cama gigante. E como possuía um belo traço, Gamito pegou numa grafite e, em dois tempos, esboçou a figura do *Static Man*, com a caixa dos degraus às costas, descendo sobre a Rua Augusta como se fosse um pássaro.

2

Mas a contagem decrescente estava a começar e eles receavam surpresas. Se Leonardo não aguentasse nem dez minutos em cima da caixa, se por hipótese ninguém parasse, ou se as pessoas olhassem e não pusessem dinheiro no prato? O que fariam? Gamito e

César tinham pedido folgas, e estavam preparados para tudo, até para fazerem de únicos mirones e atirarem algumas moedas, se fosse caso disso. Porém, nem todos se inquietavam. Paulina havia estabelecido um calendário exacto na parede, e sabia que ele iria ser cumprido. Para iniciar, tinha previsto duas horas de imobilidade, e nada lhe estava escapando, inclusive os olhos postiços que quebrariam a luz e esconderiam as pálpebras – «Porque as pálpebras sempre se movem. É possível imobilizar todas as partes do corpo, incluindo o peito, e até o olhar, mas não as pálpebras...»

Descalça, e tacteando no escuro, Paulina foi dentro do quarto onde o atleta dormia e trouxe uma caixa de olhos falsos. Espalhou-os em cima da cama sobre a qual dançavam as figurinhas do velho Stanley Spencer. Eram fotografias dos próprios olhos de Leonardo, aumentados duas vezes, e que ele mesmo colocaria sobre as pálpebras. Enormes, os olhos do *performer* assemelhavam-se aos de Miles Davis, no *poster* do Hot Club. E Falcão? Iria cobrir a primeira descida do atleta? Estaria livre na hora em que tencionavam partir na direcção da Baixa? – Era alta madrugada e as ruas viviam a sua estreita hora de silêncio. Naquele preciso momento, o repórter estava a subir com os aparelhos suspensos do ombro e da cintura, e nem falava, podre que vinha da sua vida, o que sucedia sempre que Vitório Mateus, seu chefe de equipa, procurava e não encontrava objecto. É que Lisboa, mesmo a horas mortas, mesmo junto aos lugares maus, mesmo rente às pessoas de hábitos vis, raramente oferecia um bom objecto de reportagem. Nessa noite, Paulina viu-o passar e tentou animá-lo – «Olha que amanhã tens a *performance* do Leozinho, não esqueças!» Ainda lhe disse, a partir do quarto da *Remington*. Mas o afilhado mental de Orson Welles – era desse modo que ele se sentia – enfiou-se no quarto estúdio, e trancou-se estrondosamente por dentro, fechando a porta com os pés.

*

Sim, quando a noite chegava sentavam-se sobre a cama gigante. As notas que então tomava era por iniciativa deles, porque eles próprios mo propunham e pediam. Mas não se interessavam por ler, contentavam-se com um breve resumo, se lhes sobejava tempo. Além disso, tinham livre acesso ao esquema cifrado de que eram protagonistas. Por essa altura, haveria quando muito umas seis siglas, não mais. Eles sabiam que o esquema da parede não passava dum jogo de inocência.

3

Assim, Paulina veio à porta do quarto floresta e gritou – «Avança, Leozinho!» Leonardo saiu do quarto, maquilhado e vestido de branco, da cabeça aos pés, com a fotografia dos olhos sobre os próprios olhos. Só observando de perto se distinguiam as duas fendas manhosas por onde o atleta via e piscava um e outro olho. Durante um momento, ficámos sem saber se a figura era cómica se séria de bem maquilhada que estava. Gamito fê-lo dar várias voltas entre alguns objectos espalhados pelo corredor desde a enxurrada, e achou que o atleta, vestido e pintado daquela maneira, se parecia com um dançarino butô.

«Yeah!» – disse o *performer* pondo a caixa às costas. «Estou gostando de me ver com estes óculos de sol, espelhos de mim mesmo, mas dançarino não sou. Ala, malta! Vamos então fazer-nos à estrada!»

«Não queres que uma pessoa te leve o caixote e a manta?»

«Nem pó!»

Não havia dúvida, em movimento, a figura de Leonardo tornava-se cómica. Pusemo-nos então a caminho. Seguindo de perto Paulina e o *performer*, percorremos a Rua da Tabaqueira, atravessámos o Caldas, descemos as Escadas de Santa Justa, atingimos os portais da Voga, mas a partir daí separámo-nos. Tal como tinha treinado, Leonardo aproveitou para retocar a maquilhagem e começou a contar os cento e vinte e sete passos que o conduziriam ao lugar exacto. Para facilitar, até o semáforo da Rua da Prata ficou aberto. Quando o artista fez a última passada, encontrava-se no meio do primeiro cruzamento. Esse era o ponto de encontro para onde quatro vias pedonais mandavam enxurradas de gente que se cruzava a correr e comprar. Era ali que Leozinho deveria surgir como se caído do nada. «Yeah!» – disse o *performer* já concentrado, ao penetrar no ponto estratégico da rua. E naturalmente que teria preferido descer sobre o cruzamento, como se descesse da neblina da tarde. Mas o atleta que treinava na Casa da Arara sabia muito bem que era preciso pagar um pesado tributo ao espaço e estava apto a vencê-lo. «Girl!» – ainda chamou, preparando-se para dali em diante só falar consigo mesmo. «Um lenço!» Também sabia que, ao chegar àquele local de encontro, se tornava necessário abstrair-se do burburinho da rua, seu fedor e seus gases mortos, bem como das sombras móveis dos rápidos passantes. Para não deixar cair a concentração ambulatória em que vinha mergulhado desde a Voga, devia começar a reproduzir as parcelas mais fantásticas de *Einstein on the Beach*. «Agora vai!» – Acto contínuo, Leonardo pousou a caixa, tomou um volume, puxou a corda, beijou o punho, desenrolou a manta, sacudiu-a com a segurança dum atleta e procurou um pedaço de chão onde a pudesse estender.

Mas abrir uma clareira contínua na Rua Augusta não era uma operação fácil. Àquela hora, os transeuntes, saídos de serviços e hotéis, caminhavam em linha recta, na direcção dos balcões, derrubando quem se lhes opunha ou simplesmente parava, e por isso ele tinha-se curvado sobre a parte desenrolada do cobertor, alargando-o no chão, até que, por fim, o rectângulo tomou no

pavimento um lugar exacto. Quando a manta se encontrou cen-
trada, Leozinho começou a retirar pequenos fios destacados à luz
do dia sobre o fundo escuro da peça. Telhados e varandins dese-
nhavam pelo chão uma sombra macia. Nós sabíamos, ele devia
ter medo, por isso demorava. Aí, o artista saiu de cima do cobertor e afastou-se para verificar se tudo se encontrava em ordem.
Nessa operação prévia, despendeu mais de quinze minutos.
Mas não foi tempo perdido, pois quando o *performer* levantou os
olhos, aquilo que tanto havíamos desejado estava acontecendo –
Leozinho encontrava-se rodeado de gente. «Yeah, sacanagem!»
– ainda pensou, duvidando do que via. Mas logo se recompôs.
«Fine! Very fine, girl!» – disse para Paulina, mirando-a pelas nesgas,
pois agora era preciso colocar o plinto.

Com os pulsos a tremer, Paulina pegou no caixote e entregou-
-lho. Leonardo rolou-o para o centro da manta, cobriu-o com
o pano preto, estendeu a faixa com o nome artístico, e só então
assilhou o prato em frente, na direcção do Rossio. Mais gente
tinha chegado. Alguns aglomeravam-se na sombra do Hotel Francfort, aguardando a subida duma figura que parecia transviada
dum palco. Todavia, para Leozinho o mais importante, naquele
momento, era encontrar os locais exactos onde apoiar os sentidos. E protegido pelas falsas pálpebras, olhou em volta. Sim, ali
estava o Elevador de Santa Justa com a sua crista, além erguia-se o
castelo com seus dentes quadrados, mais perto encontravam-se os
telhados do Rossio com as pombas gordas. Ao contrário dos pas-
seantes e suas sombras, aqueles objectos permaneciam sólidos.
«Quietos, todos quietos!» – disse o *performer* para si, chamando os
edifícios para dentro da sua ideia como se fossem bondosos animais. Yeah! Aquele era o momento crucial em que Leonardo ficava
sozinho. Paulina, a *partner*, deixou o perímetro da manta e retirou-
-se para o meio dos que se encostavam à sombra do Francfort. Ela
sabia que tudo se jogava naquele instante. «Yeah?» – perguntou

ele a si mesmo, sem conseguir ultrapassar o impacto que toda aquela gente reunida lhe estava a causar. Mas Leonardo tinha treinado de forma tão afincada que em poucos minutos ia ser capaz de recolher o pensamento para o interior da cabeça, como se o aspirasse uma bomba. «Yeah!» respondeu então.

Porque nessa altura, estivesse onde estivesse, e seguindo as instruções do *Bio Feedback Training*, tudo começava a ficar longe e perto, escuro e luminoso, separado e ao mesmo tempo dividido. Então, com facilidade, o *performer* pegava no espírito disperso em volta do seu corpo, preso ao mundo pelo limite dos sentidos, recolhendo-o a si como um lençol que se dobra, para em seguida o comprimir, de modo a formar um pequeno novelo colocado entre a língua e a testa. Manipulando o novelo com o cuidado de quem faz deslocar um diamante para o seu esconderijo, aí colocou a parte mais densa do pensamento. Naquele momento, já tinha posto os dois pés sobre a caixa e estava encostado ao penúltimo limite. A última barreira era de tule. Chegando a ela, Leonardo passava-a como quem respira. Passou-a. Quando abriu os olhos, o vasto tecido que era a sua vontade encontrava-se reduzido ao tamanho dum caroço de azeitona, alojado no meio da testa, e tinha adquirido a densidade do chumbo. Bastava Leonardo tocar-lhe de leve, para que o corpo obedecesse como uma sombra. A leveza provinha da ausência de distância. Na verdade, o rapaz encontrava-se suspenso no centro duma esfera onde boiavam todos os passantes parados e móveis, e essa bolha de ar era impelida por *Einstein on the Beach*, em metamorfose de espuma. O *performer* já podia dizer – «Yeah! Agora já não tens mais distância entre mim e ti, querido corpinho!» Aliás, os mirones que estavam à espera que, uma vez em cima do plinto, a figura extravagante fizesse alguma coisa que valesse a pena, que puxasse duma bola, duma navalha, duma espada de fogo, ou ao menos dançasse debaixo da opa branca, desiludiram-se Leonardo tinha dado início à sua maratona, isto é, estava a largar para a sua corrida de imobilidade cuja meta, por curta que fosse, lhe parecia infinita. Uns garotos vagabundos que haviam tomado assento no meio da via, desesperados, saltaram para cima da manta e um deles soletrou o que estava escrito na faixa – «*This is the Static Man.*» Os garotos enraiveceram-se. «O quê, não te mexes mais?» – gritou um deles. Um outro cuspiu no chão. Aí já muitos dos mirones tinham abandonado o círculo, ziguezagueando rua fora.

Havia porém os que olhavam a partir da zona da sombra, esperando que a figura não se mantivesse na posição assumida para além duns escassos minutos, segundos talvez. Só que o *performer* proveniente da Casa da Arara iria frustrá-los, enganá-los e desiludi-los. Colocado entre o reclame da Agfa e a Alfaiataria Corrêa, Leozinho continuava imóvel, com os cabelos empastados de branco, a cara, o corpo e as roupas, tudo da mesma cor, à excepção do pano preto que cobria o caixote e seus degraus, e das faixas onde se espalhavam os dizeres. De pé, esticado, com um braço direito meio erguido como se estivesse a enxotar um insecto, a sua figura erguia-se à altura das portas, trocista e enigmática. Por isso, os transeuntes não podiam afastar-se. Permaneciam presos ao passeio, sem conseguirem prosseguir a marcha das compras. Paulina mantinha-se encostada à esquina do Francfort. Não muito longe, cegos faziam rufar flautas e realejos, e pintores de chão estendiam Virgens lacrimosas pelo pavimento. Movendo--se dum lado para o outro, bonecreiros punham a dançar pequenas figurinhas suspensas das mãos. No meio de todos, disfarçado daquela maneira como se fosse uma estátua transviada, mais do que ninguém, Leonardo prendia gente ao pavimento. Centena e meia de pessoas ali estavam a olhá-lo, a mirá-lo, a espiá--lo, embasbacadas a vê-lo, tal como tinha desejado. Aliás, todos tínhamos desejado, mas agora não deixava de ser surpreendente que um grupo tão razoável de transeuntes permanecesse parado ou rondasse o *performer* com tanta insistência. Seria verdade o que os nossos olhos viam?

«Yeah! É mesmo verdade, corpinho. Toda aquela pataria ali em baixo está a olhar para ti, feita parva, sem saber como te manténs parado!» – pensava o *performer*, a partir da parte reunida, divertindo-se como um doido, como um perdido, no meio da sua bolha de ar. Sem se mover, debaixo do disfarce, o *Static Man* gozava e ria com os dentes da alma semelhantes aos do Jack Nicholson quando conduzia o barco em *Voando sobre Um Ninho de Cucos*. Ria porque, se estava imóvel, suspenso no meio da esfera espelhada, como uma grande bola de sabão, não se encontrava insensível nem ausente como julgavam. Muito pelo contrário. A imobilidade só por si não levava à ausência nem transportava para longe. Era para longe, sim, mas para o longe que ficava no interior de si mesmo enquanto imóvel. E não estava a dormir nem drogado, muito menos hipnotizado, como diziam alguns dos ignorantes que se tinham aproximado de mais para espreitarem por baixo das falsas pálpebras. Se não se encontrasse fixo, com a cara, os olhos, os lábios a fingirem-se inertes, os comentários que lhe batiam nos pés até o fariam soltar gargalhadas. A estar hipnotizado – era a quarta ou quinta vez que lhe chegava a palavra aos ouvidos –, seria pelo conhecimento que o *Static* experimentava, durante o caminho que fazia dentro de si e em redor dos outros. Pois o espírito alongava-se-lhe sem limites, mas a sua concentração incidia predominantemente sobre o que se passava à sua volta. «Move-te!» – disseram alguns, impacientes com uma pessoa que de súbito viera para a Baixa duma cidade tornar-se semelhante à pedra, percorrendo o caminho exactamente oposto àquele que desde sempre os sonhadores procuraram – que a pedra e o metal representassem a animação da vida. E muitos tinham olhado o relógio e haviam partido a correr, no entanto outros estavam chegando, e um novo círculo se formou à espera dum movimento. «Respira, não respira?» – perguntava uma mulher de meia-idade que havia avançado para junto da manta. «Não pises a manta!» – gritou uma das crianças vagabundas. «Mas respira?» «Respira. Se não respirasse, morria!» A mulher irrequieta que ele observava de cima da caixa, pela nesga das frinchas, abriu uma pasta com ar de lancheira, esgaravatou no fundo, e retirou de lá uma moeda que atirou para dentro do prato. A vasilha do dinheiro permanecia colocada junto à faixa que lhe atribuía o nome de *Static Man*, ainda que, até àquele momento, ninguém parecesse ter dado por que ele não se exibia de graça. Era aquela a primeira moeda. Então sim, outras caíram, outras e outras, em homenagem a uma figura humana que muitos julgavam encontrar-se a dormir em pé.

«Yeah, corpinho! Olha só o que está a acontecer!» – espantava-se o *performer* em cima da caixa, sentindo redobrar-se-lhe nas veias uma furiosa energia. Aliás, sob o impulso dos metais a cruzarem-se na direcção do prato, o estátua sentiu vontade de se mexer, agradecer, aproveitar para acenar e mudar de posição, pouco que fosse. Só que ele não podia fazer isso, sabendo que estavam ali os seus amigos. E Paulina, que se mantinha encostada ao gume da esquina, a fumar, quase tão imóvel quanto ele, tinha-lhe dito vezes sem conta que nunca se pusesse com mesuras para cá e para lá, desmanchando a imobilidade, pois a partir daí, os mais ricos e os mais generosos iriam pôr-se a andar. Ele não o iria fazer. Leonardo não poderia esquecer que a estátua do seu corpo não era um embuste, era uma apurada construção, obtida a partir do seu manual. Por isso, nem mesmo quando um tipo a quem chamavam António Stradivarius abandonou o grupo que actuava numa esquina mais abaixo, para vir fazer guinchar as quatro cordas junto dos seus pés, elevando o instrumento no ar, gingando a cintura como se quisesse atravessar o *Static Man* e a multidão, furar os ouvidos de todos com o arco, nem aí Leozinho se moveu. No fim da guincharia, o homem do som, cujo perfil tinha alguma coisa de cabra, retirou-se para o seu grupo e abalou para a outra esquina. Passada meia hora, o prato transbordava. Algumas moedas saltavam fora da vasilha e mesmo da manta, e vinham bater no chão, entre as pernas dos que passavam a correr. Não eram as pálpebras falsas que o impediam de perceber que havia quem atirasse moedas, à espera que se movesse. A espera que, uma vez repleto o prato, o estátua saltasse lá de cima e fizesse, pelo menos, meia dúzia de piruetas.

«Por que esperas? Não ganhaste já o teu dia?» – perguntaram umas mulheres de braços fortes, carregadas de sacos, saindo da sombra do Hotel Francfort e aproximando-se tanto quanto o permitiam os garotos vagabundos, que por sua iniciativa guardavam os limites da manta.

Mas para o atleta era igual. Não se moveria. E não se movendo, as moedas caíam no prato como chuva, sem que entendesse bem porquê. Havia os que passavam a correr passeio fora, junto às montras, e de repente, dirigiam-se à manta e colocavam-nas lá. Um homem já idoso, apoiado numa bengala de cana-da-índia, mexeu na carteira e depositou no prato alguma coisa, sem ruído. Era uma nota. Seria verde ou vermelha? Os garotos precipitaram-se para ver a nota. Aliás, quando uma moeda rebolava, eles corriam a recuperá-la. Punham-na, com muito cuidado, sobre o cogulo formado pelas outras. E de repente, alguma coisa começou a soar. «Uma, duas, seis, sete, oito!» – Era o relógio da Rua Augusta, mandando as horas, desde o fundo da arcaria.

«Senhoras *Ladies*!» – gritaram as crianças para as turistas amarelas, vestidas de cor-de-rosa. «Ele está ali em cima, o *Static*, há mais de três horas. *Three hours, ladies!*»

As crianças estavam mentindo às senhoras inglesas. Uma delas dirigiu-se para o prato, baixou-se e colocou lá dentro novo objecto sem ruído. «Terás aguentado uma hora, *Static Man*?» – interrogou-se Leozinho, em cima da sua caixa. Mas agora chegou o momento. *Einstein on the Beach* é apenas uma nota prolongada e ele tem de rompê-la, tem de rasgá-la. Uma parte do seu olhar parado não aguenta mais. Debaixo dos protectores, as pálpebras estão a mover-se como asas de borboletas que se revoltassem. Para sair de dentro da esfera onde se colocou, Leonardo tem de preparar-se. É necessário separar o que está unido e unir o que dispersou. Só depois poderá sair donde está. Com um golpe de olhar, o *Static Man* espalha os edifícios reunidos no alto, diferencia-os, nomeia-os, sacode-os, endireita-os nas empenas, solta-lhes as pombas dos telhados. Elas começam a espanejar-se. O estátua começa a mover-se. O vidro do olhar desfaz-se. Move as pernas e os braços, e desce na direcção de Paulina. Ela sacode para cima dele os longos cabelos, cobre-o com eles, abraça-o, beija-o, aperta a sua boca contra a boca de Leozinho. Ela mantém a ponta da língua de fora. Os garotos vagabundos atiram-se ao chão. Há quem se aproxime mais para ver o *performer* andar sobre a terra, e há quem se afaste a caminho das ruas a pique, não querendo assistir a uma cena canalha. Paulina só sabe dizer – «Leozinho, Leozinho, você conseguiu manter-se durante três horas a fio, em figura de imobilidade voluntária. Você nem deu por isso? Você não sabe contar.» Os restantes hóspedes da Casa da Arara aproximam-se, levantam o companheiro ao colo, recolhem os panos, o plinto, a manta e o dinheiro, e acenando para um grupo de gente que ainda observa o comportamento do *Static Man*, formando um bando ruidoso, dispõem-se a regressar.

4

Não podia deixar de escrever sobre a máquina.

Sim, repito, a cama do quarto onde trabalhava a *Remington* era a mais larga e talvez a mais sólida entre os leitos da hospedagem. Quando se retirava a colcha, percebia-se que tinha a configuração duma cama francesa apoiada num duplo estrado a que fora cerrada a cabeceira. Por ali deveria ter existido um florão qualquer. A altura a que ficava do solo havia permitido que o colchão tivesse sido poupado, como nenhum outro, à acção apodrecente da enxurrada. Também se encontrava coberta por almofadas e coxins de várias formas e feitios, originários por certo de diferentes mãos e locais. Mas o hábito de se servirem dela como o faziam, atirando-se-lhe para cima e ali ficando durante horas, só poderia estar relacionado com a sua dimensão. Naquela noite, foi precisamente sobre a cama do quarto da *Remington* que estenderam o *performer*. Depois retiraram-lhe os olhos falsos, despiram-no e prepararam-no para o meter na banheira grande. César achou que o momento estava incompleto e, precipitando-se na direcção da rua, voltou com uma garrafa de champanhe. Antes de beberem, porém, Paulina quis contar o dinheiro de Leonardo. Atirou o cabelo para cima das moedas e das notas, e começou a fazer pequenos montes de quinhentos escudos que rapidamente se multiplicaram. Quando terminou, estava radiante. «Ganhámos uma pipa de massa!»

«Dez contos?»

«Para cima de doze e meio» – Paulina sentia-se tão eufórica que achou por bem espalhar os montes em redor do *performer*, feito morto, esticado no meio da cama. «Isto apenas em três horas de espectáculo. Imaginem agora o que vai ser quando ele fizer cinco e seis! Está tudo ali na parede...» César, naquela noite particularmente parecido com Dustin Hoffman, soltava a rolha da garrafa de encontro ao tecto e a espuma corria pelo soalho. Cada um tinha seu copo que desejava encher, Paulina dois porque bebia pelo estátua. Mas os hóspedes da Casa da Arara suspenderam a partilha do champanhe.

«Mais um, disse Paulina, mais dois! Acaba de chegar uma pessoa que julga que é cine-repórter, e vem com duas horas de atraso. Por acaso não te disse, faltoso, em que local performava o Leozinho?»

Falcão, naquela noite, era como se não a visse nem ouvisse. Carregado com o seu material, entrou no quarto e dirigiu-se ao espectáculo da cama onde o *performer* se mantinha esticado, de pernas erguidas sobre as almofadas, de olhos fechados, rodeado pelos montes de moedas. O repórter parecia ter uma estrutura mole mas era um engano. O seu corpo largo, desengonçado e bambo, revelava-se antes um instrumento superflexível. Deslocando-se à volta de Leonardo, e examinando as paredes, curvava-se e distendia-se com a mobilidade duma amiba. Quando encontrou o ângulo inaugural, afinou a *camera* e começou a passá-la primeiro por cima das figurinhas de Stanley Spencer, depois pelo leito, pelas roupas, pelos montes de moedas, tomando grandes e médios planos, e por fim rondou o *performer* como se o quisesse captar inteiro e detalhe a detalhe, ou como se estivesse a sorver-lhe o corpo através da imagem. Mas Paulina deu um grito – «Sacana! Você está a fingir que filma, seu *shit* de merda!»

Leonardo abriu os olhos. Falcão, que se encontrava de joelhos sobre a cama, retirou o olho morto da *Arriflex* para o lado. Era verdade, a câmara não estava a filmar. Sentiram-se atingidos – O que queria então aquele gajo? O afilhado mental de Orson Welles estava ali para troçar de todos, tanto de quem se exibia como de quem acompanhava e até dos que tinham pedido uma folga excepcional para assistir à primeira *performance*. Porque tinha entrado? Porque estava ali com aquele instrumento a fingir que fixava a pessoa? Porquê? Ele, porém, parecia só querer falar com Leonardo, andando pelo quarto em grandes passadas e fixando os olhos desmaquilhados e abertos do homem-estátua, deitado, no meio da cama.

Falcão aproximou-se mais do *performer* – «Sabes porque não te filmo? Porque não vales nada, pá! Fui ver-te, espetado em cima duma caixa, imobilizado durante três horas. Que eu não chegue a fazer um filme que preste se gastar contigo um milímetro de película que seja...» – disse o repórter, reconstituindo o físico disperso, tornando-o de novo tenso. E já à saída do quarto da *Remington*, acrescentou da porta – «Ouviste bem? Nem que cagues sangue de fio entrarás aqui para dentro!» E ajeitando o bojo da *Arriflex*, Falcão dirigiu-se ao quarto arrecadação, e as madeiras bateram como se fossem portadas-bailarinas, empurradas com os joelhos. Todos estavam mais ou menos surpreendidos, ninguém imaginava porque se tinha dirigido o repórter daquele modo a Leonardo, num dia em que o atleta havia perfeito três horas de imobilidade e a sua figura fora um sucesso, até mesmo monetário.

Mas a animosidade de Falcão não tinha importância nenhuma. O futuro ia ser de Leozinho, e em breve as reportagens haveriam de chover umas atrás das outras até dizer basta. Paulina aproximou-se do *Static Man*, desmanchando-lhe o cabelo, massajando-lhe a nuca, beijando-o com onomatopeias que lembravam ruídos de pássaro – «Chuac, chuac!» Faziam mal em idolatrar o afilhado de Orson Welles, levando-o à letra e confiando num talento que não possuía, embora nada disso tivesse influência sobre as suas vidas. Fizeram vários balanços e eram todos bons, até porque se sentiam livres e independentes, tão independentes que seriam incapazes de aceitar dos seus velhos fosse que objecto fosse. Mas ele, o temperamental, tinha aceitado tudo, até um estúdio completo montado numa arrecadação, e ainda por cima uma *Arriflex* de centenas de milhares de escudos. Talvez Falcão estivesse ali por engano e nem fosse um deles. Falaram, falaram, revoltados, e só depois, bastante depois, saíram em grupo para apanhar a energia muscular da noite.

Sim, andámos a guardar a energia da noite, a receber a luz da escuridão das ruas, a recolher o halo amarelo das lâmpadas penduradas nas hastes. Debaixo delas, a sombra de cada um multiplicava-se por quatro e por várias, como se cada corpo fosse o núcleo duma encruzilhada de sombras. Voltámos. Naquela noite voltámos cedo, para que o *performer* pudesse descansar, pois no dia seguinte Leozinho devia continuar a obedecer ao esquema da sua parede. Embora o artista não fosse propriamente um tipo dócil. Ele caminhava adiante. «Isso agora é para se ver! O *Static Man* sabe o que quer, mas nunca o que vai aceitar. Combinado?» – dizia o *performer*, assobiando, junto ao Jardim da Tabaqueira. Voltávamos. Sempre que caminhávamos em grupo, tornava-se difícil desenvolver o esquema da parede. Por vezes, era como se fôssemos apenas um, com várias sombras espalhadas sobre a calçada. Três horas da noite assemelhavam-se a três horas do dia – Sentava-me. Então começava a entalar folhas brancas, umas atrás das outras, no cilindro da *Remington*.

5

Pois às vezes a máquina ficava suspensa entre o movimento e a inércia, e uma certa dúvida aproximava-se. Regressados do Luna-Bar, cada um soltava a música própria do seu quarto, e só depois nos aquietávamos. Paulina deitava-se sobre a cama feita à sombra das lúbricas figurinhas do Spencer, falava, falava, enrolando e desenrolando os cabelos, e só depois se ia embora, sem televisor e sem música. Mas nesse instante, era duvidoso para onde iria Paulina passar o resto da noite. Havia três hipóteses possíveis – Ou recolhia ao quarto, cuja janela dava para o quintal onde existia o estendal e a casota do Lanuit, ou voltava ao de Leonardo, cujas gelosias meio corridas davam para a Tabaqueira, ou então percorreria o corredor e iria bater à porta da arrecadação onde existia a fotografia de Orson Welles a olhar para Marlene Dietrich. Esperava, e ainda esperava. Por fim, sentava-me à tábua, batia nas teclas e escrevia – Paulina não vai entrar no quarto de Gamito, vai entrar no quarto de Leonardo, vai entrar no quarto do Falcão, sim, vai entrar no pequeno quarto de Gamito, o grande gatarrão, vai entrar... Mas passados instantes, a porta de Falcão girava, seus gonzos e suas ombreiras moviam-se como se estivessem vivos. Não tinha nada a ver com as batidas de raiva de quando o cine--repórter fechava as madeiras com o pé. Podia-se dizer que era um deslizar de madeira e ferro, produzido pela discrição duma cena íntima. A segunda tarimba do beliche devia ser um espaço mal aparafusado. Em breve se ouvia o beliche, o quarto, o interior das madeiras propagarem o seu movimento ondulatório. Só muito depois sentia os passos dela, descalços, regressarem pelo soalho na direcção do seu próprio quarto. Era impossível os outros não darem por nada, mas se davam era como se não dessem, a vida íntima de cada um dizia respeito a cada qual. Passadas escassas horas, era dia, o mesmo dia, cuja primeira parte funcionava como última parte da noite, e tudo recomeçava.

Recomeçava. Falcão só saía por volta da uma conduzindo a carrinha *Vitório-Reportagem*, mas Leonardo iniciava a concentração às oito e a corrida às onze. Comia por volta do meio-dia, sobre um tabuleiro de papel, alimentos que ocupavam a dimensão de nozes. Descansava até às três e meia, e a essa hora, Paulina punha

a música à altura do barulho dos carrosséis e iniciava a maquilhagem. Às quatro e meia o atleta estava pronto, aparecendo no
vão da porta com o caixote às costas. A partir da segunda jornada, Leonardo descia só com Paulina. Osvaldo, o dos olhos de
Al Pacino, esperava o atleta, carregando a caixa dos degraus, mas
não ultrapassava o portal da Casa da Arara. O hóspede dormi-
nhoco gostava de ver Leonardo e sua *partner* desaparecerem ao
fundo da Tabaqueira.

6

Como no dia anterior, *performer* e *partner* desceram o Caldas,
entraram em Santa Justa, Leonardo contou os cento e vinte e sete
passos, a partir da Voga, e quando atingiu o primeiro cruzamento
parou. Os miúdos vagabundos vieram a correr – «Afastem-se!
Está chegando o *Static Man*!» Leozinho não podia desconcentrar a sua não emoção. «Yeaaaah!» – disse para si. Por isso, com
a precisão dum transferidor, de novo puxou a corda, desenrolou
a manta, assilhou o caixote, cobriu-o de preto, espalhou os dizeres, beijou o punho e afastou a *partner* – «Yeah, girl!» Segundo dia,
segundo *round*, a mesma multidão, a mesma tansaria para ver o
Static Man subir. «Yeah, yeah! Corpinho! Entre ti e mim não há
mais distância...» Já se encontrava suspenso de certa passagem
de *Einstein on the Beach* como dum trapézio voador. Em baixo, um
dos cartazes continha a frase inventada por Paulina – *O Junco
Sabe Que a Imobilidade É a Suprema Forma de Movimento*. As crianças vagabundas desconheciam por completo o que era um *junco*.
Aliás, poucos mirones sabiam. Havia décadas que se tinham afastado do pó das estradas e da lama dos lagos. *Junco* invocava-lhes
quando muito a marca dum carro saído da girândola duma lota-
ria. Como é que a imobilidade se tornava a suprema forma de

movimento? Nessa altura, já Leonardo havia subido os degraus do plinto, já se exercitava na passagem da espessura de tule, esse desfiladeiro profundo e estreito que, uma vez ultrapassado, punha o seu ser do outro lado do mundo. «Yeaaaah!» – disse ele, vogando de novo sobre a multidão da Baixa, a cidade e o mar. «Yeaaaah! Yeaaah! Sacanagem!» – Escondido sob a fotografia dos seus próprios olhos, Leozinho ali estava de novo imóvel, no meio dum grupo indiscriminado de gente. Conseguiria atingir a meta imposta por Paulina?

Paulina tinha escrito na parede que a segunda jornada iria além das três horas e atingiria os nove mil escudos, e acertou. Durante esse segundo dia, tinha havido menos gente em volta do estátua da Rua Augusta, mas de forma mais séria e continuada. No final, quando o relógio do arco mandou as oito badaladas, o atleta ainda lá permaneceu, admitindo de novo não saber se tinha estado uma, duas ou três horas imóvel. Esperavam-no o velho da cana-da-índia, os garotos vagabundos, António Stradivarius com rosto de cabra, e vários curiosos. Para além de todos esses, aguardava-o alguém cuja importância não se podia menosprezar. Era um jornalista para lhe pedir uma conversa rápida, e o profissional, que tinha um rosto imberbe, mostrou o cartão.

A rapariga receava tropeços e falcatruas, mas confiou – O moço garantiu que dentro de dois ou três dias, o *Static Man* iria aparecer no seu jornal, num lugar honrado. Leonardo, já no solo, enquanto passava uma toalha pelo rosto, falou. Falou rápido, sem rodeios, indo directo ao assunto. Depois das *performances* imóveis, ficava louco por se pôr a correr. «Yeah, fico podre por me pôr a andar!» – disse ele. Para ser franco, estava ali porque queria. Mas não ia falar das suas técnicas de concentração. Isso não era para ali chamado. Aliás, ele não tinha técnicas, apenas desempenhava actos. Se resultavam, muito bem, se não resultavam, punha-os de lado.

Sentia-se um cínico, não um fanático. E pouco mais adiantou. Paulina ameaçou o jornalista que tinha cara de aprendiz – «Olha que para atraiçoares o pensamento do *Static Man* é melhor não publicares nada. Não te esqueças que tanto ele como eu somos pessoas de boas famílias. E o *Static* até está a caminho de ir contracenar com o Paolo Buggiani!»

«E achas que são umas linhas que me mandaram escrever que vão impedir tudo isso, pô?»

«Estou só avisando, *OK*? Afinal ele faz um pedaço de hata-ioga e raja-ioga, mas não é escravo, ele incorpora conforme necessário e esquece tudo o que pode.» O jornalista imberbe tinha começado a tomar outras notas com uma caneta rápida. Devia ser indispensável o que dizia Paulina, pois a caneta deslizava em cima do bloco a todo o vapor. Sairia bem.

7

A coluna chamava-se *A Cara da Gente* e apareceu no dia da quarta jornada, e ainda antes de o *performer* ter subido de novo na sua esfera de ar, sustentada pela memória da música, houve quem fotografasse o *Static Man*, com gestos profissionais, enquadrando-o na paisagem da Rua Augusta como se dela fizesse parte. A quantidade de amadores não era possível avaliar. De repente, havia uma atracção diferente na Baixa, um chamariz, um rápido que fazia mover a corrente da atenção e diminuía o volume das compras. Os lojistas vinham à porta inquietos. Alguém disse que a própria municipalidade deveria sustentar um artista assim. Um jovem que se imobilizava a condizer com o rei D. José, montado no cavalo cujas ancas verdes transpareciam ao fundo, merecia não precisar dum prato posto à caridade, como se fosse um cego pobre, ou um pintor de boca. Porém, mais do que pelo espectáculo, os transeuntes ficavam impressionados com as horas de imobilidade a que se sujeitava o *performer*. Passavam, iam à sua vida e voltavam a passar. Por vezes, atiravam uma segunda moeda sobre o prato. Paulina comprou vários jornais com *A Cara da Gente*, recortou as colunas e colocou-as, umas ao lado das outras, reproduzindo a técnica de Andy Wharhol nas paredes da Casa da Arara. Na quinta jornada, o *Static Man* já se encontrava a disputar quatro horas, conforme o que estava previsto na parede do quarto, e foi possível acrescentar mais seis pequenas notícias de jornais encimadas por grandes títulos – «Homem-Estátua não Se Mexe», «Imóvel durante Quatro Horas», «Nasceu Uma Estrela», «Nova Atracção na Rua Augusta», «Ele Quer Partir para Nova Iorque» e «*Static Man* – Um Cínico ou Um Sádico?».

Paulina abria a janela do quarto floresta – «Venham ver a glória dele, a glória do Leozinho, gente!» Gamito, semelhante a Burt Lancaster, aproximava-se, ajudando a ajeitar o painel, espalhado em forma de estrela. Osvaldo, que lia os jornais com um dia de atraso, ainda descobria outra pequena notícia, sem fotografia nem legenda, e oferecia-a ao *performer*, deitado de pernas levantadas. César secava o cabelo procurando retirar o risco do barrete e chegava atrasado para assistir às notícias, mas ainda assim, ficava a admirar o painel de Leonardo. Pelo chão, a roupa de Paulina misturava-se com a do *performer*. Por sua vez, Falcão aparecia à porta e procurava descobrir os recortes, encostando-se ao batente, mas enquanto ali estivesse, ninguém falava. Até que ele mesmo dizia, fazendo dançar entre os dedos os óculos de aros pardos – «Às vezes acho-vos interessantes e penso que vocês davam um belo bando, se fossem corajosos e praticassem o que lhes passa pela cabeça. Mas não são, não. São uma treta de pessoas. Ela aqui, a girl, seria a mulher do bando, Gamito, o artista do bando, o *performer*, o palhaço do bando, César, o cozinheiro, e Osvaldo, na posição em que se encontra, posto entre a espada e a parede, sem conseguir dar um passo sozinho na rua, seria o delator do bando... Ah! Mas vocês não são gente de coragem, são gente miserável, gente de sonho pequeno...» Falcão deu meia volta, cuspindo no soalho.

Paulina tirou o casaco de cabedal e ficou em alças. Os seus olhos escuros tremiam, rente à franja preta. «E tu? Tu o que eras no meio do bando? Aposto que serias o superior impassível, aquele que via e filmava, mais nada...» – dizia ela, correndo atrás dele, ameaçando-o. Junto do quarto estúdio ficavam em disputa renhida, entravam lá dentro e provavelmente estariam a esbofetear-se. Mas passado algum tempo, a porta da antiga arrecadação abria-se, e a rapariga regressava ao quarto floresta completamente assombrada, com a franja cindida ao meio. Os seus olhos luziam de espanto. «Gente! É preciso vir ao quarto do Falcão. Venham ver aquelas imagens reais... É uma coisa impressionante. De facto, gente, comparados com ele, nós não prestamos para nada. Para nada, literalmente para nada...» Vencidos pela curiosidade, os hóspedes entravam no estúdio Welles. Entravam por iniciativa sua, entravam por seu próprio comando.

Não fui eu, pois, quem os chamou para o jogo da moviola. O que tinha eu a ver com o desejo que eles experimentavam de ver as imagens de Falcão? E quem era eu para lhes escolher os desejos, avaliá-los e julgá-los? Como já disse, apenas me interessava o espectáculo do mundo, e a partir da Casa da Arara, eu tinha a ideia de que o via na totalidade, espelhado numa gota de água. O esquema da parede não passava dum jogo de imagens e semelhança, eles sabiam-no e por isso não lhe davam importância.

8

Podia dizer-se então que se estabelecera uma rotina? De modo nenhum. A casa apresentava um certo apaziguamento durante as horas em que o *performer* descia à Baixa, arrastando atrás de si o maior rumor dos quartos. Com as janelas da rua fechadas e as madeiras corridas, a imitação do silêncio parecia espalhar sobre os móveis uma limpeza que não havia. Mas no dia da sexta jornada, alguém começou a subir as escadas, e pelo andamento picado, como se caminhasse apenas sobre uma unha, percebia-se que era a alugadora dos quartos.

Julieta dirigia-se ao compartimento de Leonardo, e deveria ter entrado, deveria estar espreitando e inspeccionando. Nem mais de lá saía. A certa altura, porém, a mulher de Lanuit bateu na porta do quarto da *Remington*. Não trazia os sapatos de aranha, trazia uns sapatos fechados, vermelhos, de tacão alto e recurvado, em forma de ganchorra, e ambos ficaram bem expostos no meio do soalho, quando pediu licença para se sentar. A alugadora cruzou as pernas lentamente e mostrou a sola daquele formidável calçado. «Incomodo?» – perguntou. Depois criou um momento de hesitação. «Estive a observar o quarto do hóspede ao lado, e não sei se o deixe ficar. Não sei se convém que uma pessoa destas viva na mesma casa onde habitam o meu marido e os meus filhos, francamente não sei...» – disse a mulher de Lanuit, depois de descruzar as pernas e de juntar de novo os sapatos. «Realmente, não compreendo o que se passa comigo. Faço tudo para que a minha família não conheça mundos decrépitos. Deteste ambientes sórdidos, gente miserável, decadente... Mas, sem fazer nada por isso, essa gente bate-me à porta como se eu estivesse destinada a recebê-los...» – Julieta cruzou de novo as pernas, e um dos sapatos balouçou no ar. «Só que eu não quero pactuar com mundos decrépitos. Luto contra esses tipos de vida com todas as minhas forças. Aplico toda a minha imaginação. Por exemplo, agora que terminaram as aulas, certas pessoas amigas vão levar os nossos filhos para um lugar decente. Pois, ainda mal tinha ultrapassado uma dificuldade, já outra aí está... Vou ter de resolver este caso, o mais depressa possível.»

A mulher de Lanuit ia ficando cada vez mais tensa, verificando as horas num pequeno relógio de pulso, como se ele lhe marcasse uma data limite. Juntou os sapatos «Esta noite mesmo, assim que chegarem, vou dizer-lhes que saiam daqui, que não admito palhaços na proximidade da minha casa, que não quero ver descer gente mascarada por aquele corrimão, que não quero pedintes a viver na proximidade de Lanuit.» A voz da alugadora de quartos assumiu um timbre agudo que lhe ia mal com a blusa branca apertada nos peitos. Quando se acalmou, já estava em pé. «Pedintes! Sim, verdadeiros pedintes...» – não parava de dizer, fazendo passadas miúdas, equilibrando-se sobre as ganchorras vermelhas. «Pois se agora ainda não são, em breve vão ser! Todos eles irão transformar-se em gatunos, marginais e pedintes, daqueles que se enroscam nos desvãos das escadas e cheiram a estrume! Eu bem os conheço. Sei como se fazem e como crescem. Descubro-lhes a cara, desde nascença...» – disse Julieta, torturada, e unindo de novo os sapatos sobre o soalho, preparou-se para descer. Desceu, degrau a degrau, como se caminhasse sobre uma única unha. Aliás, como se descesse, resoluta, sobre duas unhas.

Mas não devia ter atingido sequer a zona onde a madeira encontrava o pavimento de mármore, no sítio da arara. Os seus passos inconfundíveis tinham recomeçado a subir. Pensei que voltava mais enérgica, que a voz se lhe havia descontrolado, disposta a pedir ajuda para desmantelar os *sprays*, as bisnagas, os panos pendurados, os rolos de espuma sobre os quais o *performer* fazia aquelas ginásticas lentas, a equação que Paulina tinha escrito na parede, os pedaços de jornal colados pelos cantos, toda aquela imensa floresta de objectos suspensos de cordas e guitas. Mas não, como se o percurso a tivesse alterado por completo, o seu rosto estava coberto por uma espécie de água. A mulher parecia hesitar, com aquele aspecto demasiado arrumado, encostada rente à porta. «Desculpe, mas eu não lhe disse a verdade...» – A mulher voltou a sentar-se na borda da cama. «Sabe porque não posso manter esse rapaz em casa? Porque esse rapaz constitui um enorme perigo...» E baixando a voz, murmurou na direcção dos sapatos – «Este hóspede é tal e qual como ele, é tal e qual como Eduardo Lanuit.» E então a alugadora de quartos começou a dizer palavras desconexas, a invocar situações perturbadoras, a explicar que no dia anterior, ao passar na Rua Augusta, tinha visto o seu hóspede a fazer de homem-estátua, imobilizado, e havia percebido que em tudo se parecia com Eduardo, o pai dos seus filhos. O mesmo físico, a mesma resistência, o mesmo anseio de alterar a caminhada dos outros, a mesma vontade inquebrantável de fazer parar, fazer reflectir, o mesmíssimo desejo de dar a vida por uma causa. Ela tinha estado na Baixa, ela tinha-o visto no meio de toda aquela gente, resistindo. E ela admirava muito as pessoas assim, era pouco culta mas admirava os resistentes, admirava imenso o seu hóspede, só que já tinha sido suficientemente tocada pelo género. Ah! O que lhe tinha custado encaminhar Lanuit para uma vida normal! Meu Deus, o que tinha! E agora o seu receio era de que Eduardo soubesse que existia, no piso superior da casa onde habitava, um novo resistente. «Eles entendem-se, percebe? Adivinham-se, reúnem-se, o acaso junta-os nos mesmos espaços, eles constituem uma frente oculta que a gente não distingue à luz do dia...» – dizia ela, unindo os sapatos da ganchorra. «E por isso mesmo, eu não quero que este hóspede, um resistente disfarçado de palhaço, continue a viver aqui debaixo deste tecto. Não posso permitir...»

*

Um novo resistente, como? E contra quê? Que linguagem era essa, ali na Casa da Arara, onde todos nos sentíamos intensamente felizes? Fazia raiva. Tudo o que provinha da mulher de Lanuit estava não só desactualizado como continha uma pevide de demência. E infelizmente a minha tarde escorria na direcção do nada, pois aquela mulher, imersa em comparações sem nexo, levava-a consigo. Não sabia a que resistência se referia, mas fosse qual fosse, não vislumbrava que relação possível poderia ela estabelecer entre um homem que trabalhava dentro duma casota de quintal e uns rapazes que se divertiam, que viviam sobre a vida, montados na sua maravilhosa bolha de ar, despidos de outros deveres que não fossem os escolhidos por si mesmos. Esse desejo de grandeza, de sofrimento, de amor por causas abstractas, hipóteses de dimensões absurdamente cósmicas, tinha sido há muito tempo amortalhado na sua própria linguagem. Tudo isso tinha passado, e era ridículo que as pessoas exibissem esses gestos arcaicos, essas formas imbecis de ser grande, que, aliás, tinham florescido, por vezes, em figuras bastante pequenas.

Mas a alugadora sacudiu o cabelo de pontas vermelhas e pôs-se a perguntar com insistência se acaso eu sabia por que razão tinham atribuído a Eduardo Santos, seu marido, o nome de Lanuit. Mantinha os sapatos vermelhos unidos, as biqueiras em forma de colher viradas para fora como as manequins em momento de pose, e aproximou-se do teclado da *Remington*. Julieta exorbitou os olhos, como se os quisesse fazer saltar – «Porque lhe fizeram muito mal, durante várias noites e vários dias Ah! Sim, de dia abandonavam-no na cela, mas de noite, voltavam à carga, sacrificavam-no, sacrificavam-no sempre de noite! Durante trinta noites o sacrificaram...» – disse ela, junto ao cilindro da máquina parada, com os grandes olhos espantados. Depois, subitamente, cerrou-os. «Ah! Mas tudo isso aconteceu há muitos anos, há tantos anos que lembrá-lo nem faz bem, só vem atrapalhar a memória da pessoa. Naturalmente que tudo isso morreu, não concorda? Morreu, o tempo levou essas noites em que sacrificaram Lanuit. Estou de acordo consigo. Deve-se pedir às pessoas que ainda se lembram, precisamente, que não se lembrem mais, para não nos atrapalharem a vida. Mas Lanuit, oh, Lanuit tem uma memória fantástica! Não se esqueceu de nada, como se tivesse dentro da cabeça uma máquina gravadora, e no entanto, não recorda coisa nenhuma que seja útil. Lembrar o que ele lembra é exactamente empatar o futuro da nossa própria vida. Pois o que pensa que ele está a fazer, durante o dia inteiro, dentro do escritório do quintal? Está pondo à prova a sua memória extraordinária! Uma memória que não lhe serve para nada. Lanuit continua a ser um sonhador do passado. Quem me dera que houvesse comprimidos a favor do esquecimento como existem para avivar a memória. Duma só vez, eu lhe diluía cinco num copo de leite...» – dizia Julieta, com o rosto coberto por aquela água pegajosa, como se quisesse prolongar a conversa até ao momento em que *partner* e *performer* regressassem, e com eles o ruído e a música de metal. Estava tudo visto, não havia mais nada a acrescentar.

No entanto, Julieta continuava a andar dum lado para o outro, movendo-se pela cintura que mantinha estreita, apertada por um cinto largo, e não terminava, produzindo aqueles pequenos passos. Havia retirado um lenço de dentro do *soutien* e com ele enxugava a cara, voltando a colocá-lo no mesmo esconderijo. A voz tinha-se-lhe tornado fanhosa e as mãos pendidas, mais inchadas e vermelhuscas. «Compreende agora porque não quero estas pessoas junto dos meus filhos? Compreende agora?» – perguntava ela, desfazendo-se em água sobre os sapatos ganchorra. Ao descer as escadas que a conduziam ao *hall* da arara, era como se não levasse sapatos. Curiosamente, caminhava sem ruído, atravessando a jorra do pó contra as madeiras nuas, sobre as quais não havia um pedaço de esparto. Apareceria depois dentro da campânula do quintal.

Mas também não é verdade que nessa noite eu tivesse introduzido Julieta e Eduardo Lanuit na forma arborescente que começava a estender ramos pelas paredes do quarto. Nessa altura, as suas vidas continuavam a ser dois clipes sem interesse, suspensos do próximo passado. E tudo o que pensava sobre o assunto já lho havia dito a ela mesma. Dentro do meu mapa, entravam o ar, a água, as nuvens e, sobre tudo isso, os ocupantes do primeiro andar. Absolutamente mais nada.

CAPÍTULO TERCEIRO

～

1

Como já se disse, o quarto de Leonardo transformara-se numa floresta de rótulos móveis cuja evolução era impossível não acompanhar. Sobre a epígrafe do junco, existiam outras, todas assinadas pelo punho da *partner*, e quando não eram de sua autoria ela mesma exarava – *Copiado por Paulina*. A parede da cabeceira ainda era a mais livre. O espaço contíguo à porta encontrava-se ocupado com o *poster* de Paolo Buggiani. Suspenso na horizontal, esticado sobre uma corda, entre as duas torres do World Trade Center, cuspindo para o ar uma labareda de fogo, aquela era a grande figura fetiche de Leonardo, pois seria com o artista do *poster* que esperava contracenar. Pela parede nascente, espalhava--se a amostra do *dossier* de imprensa cujos espaços intercalares indicavam que se iria expandir. Porém, a zona mais importante continuava a ser a da parede poente, aquela que continha a toda a largura uma agenda comentada sobre a exibição do *Static Man*.

Desenvolvida em duas colunas, dum lado podia ler-se a previsão das horas, e do outro tinha-se a notícia da realização no terreno. Por vezes, os valores de uma e outra coincidiam, ou andavam tão próximos que a primeira parecia ser escrita depois da segunda, para que não pudessem deixar de coincidir. O processo,

63

como se sabia, era inverso. Afastando panos e papéis, a parede continha sempre a previsão correspondente à data que se desejasse consultar, com a actualização do dia – *Hoje, durante a Nona Jornada, o «Static Man» Tentará Atingir Cinco Horas de Imobilidade Voluntária.* A agenda prosseguia até à vigésima jornada, para a qual Paulina estipulava um tempo global de sete horas e meia. Entregue à tarefa da concentração, Leonardo saía para o circuito da manhã e nem a roupa da cama estendia direito. No quarto dela passava-se igual, mas desse levantava-se um cheiro inconfundível, resultante duma mistura de perfumes a que chamava o cheiro da paternidade. Desde os dias da inundação que Paulina esguichava frascos de *Brut, Tabac* e *Ted Lapidus* pelo soalho, com o desprendimento de quem asperge lixívia. Era difícil sair daqueles quartos. No entanto, permanecer lá dentro assemelhava-se a uma tentativa de apropriação das suas vidas, um roubo das suas almas. Ora, ao contrário do que se diz, eu entrava, saía, via e não sabia, ou se sabia não comentava. Mas de facto, na manhã da nona jornada, abandonei precipitadamente o quarto do *performer* onde Paulina havia escrito – *Ser enfim como a pedra, sólido! Durar uma vez! Eternamente vivo, é este o nosso anseio. Que medroso arrepio permanece apesar de eterno, e nunca será o repouso no caminho...* Hermann Hesse, copiado em 9 do 6, por Paulina, só para Leozinho.

2

Também é preciso esclarecer que, no primeiro andar da Casa da Arara, existiam apenas duas banheiras. Ambas eram fundas e tinham o ferro à mostra. Contudo, enquanto a maior assentava sobre pés em forma de garra de leão, a menor poisava directamente nos ladrilhos duma divisão estreita, entalada a meio do corredor. Essa, a da torneira baixa que escorria rente ao esmalte, fora a responsável pela inundação. Mas na manhã a que me refiro, alguém se lavava na banheira do fundo, a grande, e para dentro da qual a água caía do alto duma carranca verde com o barulho duma cascata. Pensei em Osvaldo. Talvez o rapaz com olhar de Al Pacino tivesse acordado, finalmente, a horas de comprar o jornal da manhã, de modo a ler os anúncios de emprego para o dia seguinte. Mas não. Era Falcão quem chamava. Encolhido dentro da banheira, o cine-repórter parecia menos corpulento e os seus gestos menos bambos. O cabelo escorrido sob a torneira punha-lhe o crânio redondo. O rosto sem os óculos de aros pardos tinha alguma coisa de criança. Quando deu por que me encontrava próximo, perguntou – «Já viu o *Static Man* parado, lá em baixo, a fazer de estátua?» Falcão alcançou um sabonete – «Pois devia voltar a ver, devia observar aquele espectáculo.» Ergueu-se, ensaboou-se e voltou a mergulhar na água – «Repelente! Para mim, uma pessoa imóvel, que não age, não responde e não fala, nem chega a ser um morto em pé. É um vivo morto, sobre o qual não há hipótese de reportagem.» Enfurecido, dentro de água, retirava o sabão.

Mas ainda iria ensaboar-se duas vezes, enxaguar-se duas vezes, fazer a água da banheira escorrer pelo ralo com o ruído duma caldeira. Só que Falcão tomava banho daquela forma enérgica porque tinha passado a noite diante da moviola e havia decidido ir-se embora, desaparecendo para sempre. Ao contrário do que se pensava, ele não queria transformar-se num cineasta como Orson Welles, ele queria ser para o cinema o que Orson Welles fora no seu tempo. Isto é, ambicionava ser um revolucionário. E porque só acreditava no filme ao vivo, um novo cinema directo capaz de colher a arte da bruteza real da vida, queria antes de mais, e em primeiro lugar, transformar-se num verdadeiro repórter. Se Welles estivesse naquele instante a nascer, pensaria como ele, saberia que a grande mudança iria estar na colheita bruta da realidade, sem ideia prévia, sem *scriptum*, sem representação. Pois o que é a representação? Perguntava ele, enquanto se ia esfregando com fúria. Um acto postiço próprio do tempo em que era preciso inventar. Mas agora, não era mais preciso inventar. Seria uma indecência. A vida estava inventada. Ele não iria pertencer a essa velha escola em que a fantasia fora feita contra a reportagem, dizia. Agora, tratava-se duma questão bem mais complexa e importante, porque se tratava de colher a acção sobre a acção, a vida apanhada no fulgor do seu movimento brutal, sem o experimentalismo dos idiotas dos anos 60. E para responder a este desafio, era preciso treinar até fazer desencadear o génio. Só que na cidade onde nos encontrávamos – e aí ele esfregava-se violentamente contra a toalha – não havia matéria de reportagem. Como poderia vir a fazer cinema, o seu cinema, a arte directa, aquela que ele vislumbrava como a grande forma do futuro? O rapaz de cabelo escorrido olhava de frente como se confundisse quem o ouvia com alguém ou alguma coisa que ele quereria acusar, maltratando a toalha e repetindo palavras.

«Sim, sim!» – disse ele. «Como o Vitório muito bem diz, aqui nada se passa que mereça a criatividade dum cine-repórter. Por toda a parte, desde que uma cidade seja digna desse nome, nem é preciso que a população atinja um milhão, para que diariamente ocorram pelo menos cinco homicídios dignos dum bom trabalho. Em todo o mundo as pessoas se esfaqueiam, se atingem no crânio em plena rua, restos mortais são encontrados em desalinho, e dia sim dia não, há pelo menos uma grande cena vermelha própria para uma boa reportagem. Mais que não seja, em toda a parte os pais violam as filhas e elas desejam vingar-se, e por isso dizem-no. Ou não violam e elas querem vingar-se de qualquer modo e dizem-no na mesma, provocando crime *a posteriori*, e geralmente merecido e útil. Por toda a parte, boas mulheres pegam em pás e enterram as amantes dos maridos nos quintais das casas, e quando os vizinhos ou a polícia descobrem o facto, o corpo encontra-se precisamente no estado ideal para ser filmado. Por toda a parte há um prolongamento de Mafia ou de Camorra suficientemente activo para que um tipo qualquer despeje um carregador de calibre 9, desenhando uma cruz de balas sobre os vidros dum carro, no momento em que determinada pessoa se prepara para entrar na garagem. Ou mais que não seja, em toda a parte ainda há um resto de visionários, defensores da luta armada, pondo engenhos à porta de vivendas e de escritórios, para que expludam com aparato. Quando não são comitivas, castelos, palácios, repartições abalados por actos de inconformidade, em que é possível detectar o caso, a súbita morte, a fúria, o crime. Mas como diz Vitório Mateus, meu mestre, infelizmente, nesta cidade, existe a excepção. Aqui todos morrem na sua cama, e se se morre na cama ao lado do termómetro, morre-se naturalmente, sorrateiramente, no escuro da noite, na paz do dia, sem contradição, sem violência, sem ímpeto nem grandeza. Sem emoção nem reportagem. Como se pode ser repórter numa cidade assim? Você não me dirá?»

Falcão encontrava-se em pé, secando-se com a toalha, e tinha aberto com uma punhada a janela do quarto de banho, que era tão alta e larga quanto a banheira. O azul da manhã nem deixava ver onde começava o rio e acabavam as margens. O casario baixo parecia não conter ninguém sob a uniformidade roxa das telhas. O rapaz saltou da água para as pantufas de turco e gritou, dando um nó à toalha em volta da cintura. «Eu quero partir para Londres, Milão, Chicago... Vou-me embora com Vitório Mateus. Ele está farto, farto!» – disse Falcão, começando a andar pelo corredor. «E o que Vitório Mateus me está sempre a dizer – Lá, basta tu sentares-te numa estação dos caminhos-de-ferro, poisares a máquina a teus pés e ficares quinze minutos à espera. Passado esse tempo, já tu sentes o cheiro do sangue aproximar-se. Tu não sabes donde vem, não sabes como pode acontecer, não sabes qual dos transeuntes que está a passar diante dos teus olhos vai cair, nem qual deles vai disparar, mas tu sabes que vai acontecer. Apenas pelo faro, tu percebes que uma coisa vem ao encontro do teu trabalho. Uma coisa importante, maravilhosa, que te vai encher a vida e a memória, estando tu no centro dessa coisa. E ainda não acabaste de te sentar, de repente vês toda a gente a correr, ouves um tiro, ou dois, ou três, ou mesmo vários, e então até as solas dos sapatos que filmas, durante a fuga, te vão ser úteis. Em poucos segundos, tu estás no local exacto onde deves estar. Tu estás no centro do teu crime. Tu filmas tudo com os teus olhos. E tu tens uma história que te celebriza para toda a vida. Em toda parte. Até nas pacatas vilas espanholas isto acontece. Mas não aqui, não aqui! E o Vitório está cheio de razão. Você acha que está ou não está?» – perguntou ele, acabando de abotoar a camisa. «Então como pode uma pessoa exercitar o talento se lhe falta a matéria? Como pode exercitar o seu estilo pessoal? Sinto uma grande responsabilidade, uma enorme responsabilidade sobre mim mesmo se não vou também. Compreende agora? Eu estava a aprender tudo com ele, e ele desistiu por falta de objecto...» – Falcão puxou o cinto pendurado ao canto do beliche e dirigiu-se para a moviola. Accionou-a e começou a rodar imagens. Tinha passado a noite diante daquelas imagens, sem saber o que fazer com elas.

3

Passou-as – Eram cinco sequências recolhidas numa curva da Marginal. A primeira abria com um plano do rio pegando no mar, duas palmeiras e um descapotável ocupado. O descapotável guinava a partir da curva, levitava sobre a parede na direcção da água, mas não a atingia, ficava preso no muro, escorregava pelo

muro e só depois abria as portas. Antes, porém, os dois ocupantes voavam. A *Arriflex 16 SR* captava os dois corpos, um caído de
bruços, a mulher de rosto virado para o céu, de olhos espantados. Em seguida, a câmara de Falcão tinha navegado pelo horizonte até encontrar nuvens brancas pairando sobre uns navios
ingleses de bandeiras desfraldadas. Então voltara aos rostos, ao
carro de portas abertas, um *Ferrari* azul. Ao todo, quinze minutos
de filme. Terminou. Era falso que Falcão tivesse ombros almofa-
dados e uma estrutura mole. Pelo contrário. O repórter soltou
uma punhada sobre a moviola. «O que se pode fazer com isto?
O que sobeja a uma pessoa para além dum acidente de estrada?
E eu rondo, eu rondo, eu rondo a cidade inteira...» – dizia o cine-
-repórter, desesperado, no meio do quarto arrecadação.

Mas não devia estar desesperado. Por exemplo, o homem que
ia ao volante do *Ferrari* não era um amante qualquer, era o irmão
da rapariga que ia ao volante. Bastava esse detalhe para tudo se
alterar, para existir um outro mistério sobre as nuvens brancas,
sobre as portas abertas do carro, uma outra narrativa a partir das
palmeiras e da curva da estrada. Eles saíam da mesma casa, de
quartos contíguos, faziam adeus ao mesmo pai, à mesma mãe, à
mesma criada, mas saíam separados, ela num carro pequenino,
ele no luxuoso *Ferrari*. Ele esperava perto de um jardim, ela vinha
a correr para junto do irmão, entrava no carro ocupado por ele,
a princípio nem falavam, mas quando galgavam a Marginal e
o rio abria sobre o mar, sentiam o furioso poder da liberdade.
Beijavam-se, o carro começava a correr, e o resto já se sabia, o
resto estava ali, estampado na imagem. Gamito, com aquela mão
formidável, poderia encarregar-se do *story-board*. Podia ou não
podia? Falcão reflectia, pendido sobre a moviola.

«Sim, o Gamito poderia encarregar-se disso» – disse o repórter, revendo sequências. «Mas mesmo assim, nunca passaria duma

historieta íntima, sem relação com o mundo criminal. Além disso, em cima da areia, os dois ocupantes do *Ferrari* parecem dormir, sem um único fio de sangue. É como se a verdadeira realidade se encontrasse escondida dentro do corpo de cada um deles. E eu queria-a virada para fora, aberta ao exterior, como uma corola. É-me indiferente que eles sejam irmãos, se não tenho premeditação, se não tenho crime, entende? Nessa história, existe castigo, mas não existe crime...» – disse Falcão, de novo desorientado. «É preciso um tipo partir como Vitório Mateus, exactamente como ele, que desesperou duas vezes...»

Sim, poderia acontecer. Aquele rapaz poderia abandonar a Casa da Arara, levando consigo os livros da Colecção XIS, mesmo demolhados, os manuais de cinema directo, os de cine-reportagem, as películas, os *dossiers* espalhados pelas estantes improvisadas, a moviola, a fotografia de Orson Welles em chapéu e olhos esbugalhados, diante de Marlene Dietrich, transportando tudo isso na direcção de cidades onde as coisas aconteciam, o crime era feito à vista desarmada. Mas era preciso dizer-lhe que não desesperasse, que aguardasse como tantos aguardavam pelo dia em que as coisas acontecessem. Nesta cidadezinha encarrapitada à beira do oceano, tudo chegava tarde, mas cada vez o intervalo ficava mais breve e nos atingia mais cedo. Falcão era tão novo, a sua pele ainda tão lisa e o seu cabelo tão escuro. A sua testa ainda não contava uma ruga. Porque não esperava, porque não? Se esperasse, ele poderia assistir ao chegar do rumor do novo mundo. Cheirava-se nas ruas, sabia-se que em breve deveríamos ter os nossos criminosos de série, os nossos matadores triunfais, parqueando calmamente no meio das nossas praças, ou escondidos, de noite, na areia das nossas dunas. Era só uma questão de tempo. E esses males não viriam por culpa de ele os esperar ou não, eram independentes do desejo que alguém tivesse em captá-los. Ninguém os desejava, naturalmente, mas o que faria pena, isso sim, era que começassem a acontecer quando ele já cá não estivesse. Então quem estaria? Os que não aspiravam a transformar a reportagem em fitas tão fortes que se assemelhassem à revolução do Welles? Quem fizesse reportagem por reportagem, apenas por informação? E onde estariam então os outros, os que se sentiam geniais? Isso era preciso dizer-lhe. E eu disse-lhe, porque, de vez em quando, deve-se incutir esperança nas pessoas, se acaso não a querem mesmo perder. Ora Falcão encontrava-se triste, fumando cigarro atrás de cigarro, debruçado sobre a mesa.

Escrevi sobre as teclas da *Remington*. E nesse aspecto o que se diz é verdade – Incitei à permanência de Falcão. Tudo me dizia que Falcão devia ficar como observador inocente.

4

Ainda não tinha batido a última letra quando alguém apareceu na ombreira da porta. Como já esperava, era a alugadora de quartos. «Sou eu, Juju Lanuit» – disse a pessoa, sobre os mesmos sapatos de salto em forma de gancho. «Amanhã, se Deus quiser, vai ter a sua secretária. Atracará todo o vão da janela. Depois, já poderá voltar a colocar a tábua debaixo da cama...» – E começou a descer as escadas com o mesmo andar, a mesma anca movediça, o mesmo cabelo vermelho nogal. Voltou-se para trás, e ainda acrescentou – «Não tem importância. Amanhã, ou melhor, esta madrugada, Eduardo sai. Eduardo, graças ao que tenho feito por ele, vai sair para trabalhar.»

A alugadora parou a meio da escada – «Esqueci-me de lhe dizer. Talvez aquele rapaz de quem falámos possa ficar ainda durante um tempo, quem sabe? Pelo menos, por enquanto, vou adiar o problema. Depois logo se verá...» E Julieta mergulhou no átrio da arara, onde a lâmpada caía do tecto com sessenta vóltios, como se fosse para alumiar uma mesa-de-cabeceira. Quando abriu a porta que dava para aquilo que chamava a sua casa, a luz era suave e quente, amarela, as paredes refulgentes de bege. Ela disse – «Oh! Com licença, com sua licença!» E pedindo desculpa, devagar, foi trancando a porta na cara. Mas do corredor, enquanto a noite não explodia em velocidade, não acordava para o rumor do confronto, podia ver-se a ridícula campânula. Lanuit presidia, tinha um colete sem mangas e vários bolsos, como a indumentária dos caçadores. Os filhos dela pareciam olhar para alguma coisa que estivesse fixa sobre a mesa, algum objecto que examinavam. Ela voltava de dentro com uma vasilha na mão. Muito direitos, começavam a jantar. O candeeiro em forma de capelina, coberto de pano, pendia ao meio. Era uma simetria estranha, uma imagem guardada há muitos anos, retirada do monturo das coisas mortas, coisas desenhadas entre as guerras mundiais que já só serviam para alimentar filmes sobre saudades estranhas. Imagens que haviam caído em desuso, como os sorveteiros, o querosene, os automóveis de janelinha estreita. Eles, no entanto, insistiam. Eram vidas ultrapassadas – Bati sobre o rolo, onde corria um pedaço de folha branca sobejado da noite anterior.

5

Sim, aquele era o dia da nona jornada e Leonardo entregava-se desde manhã a uma disciplina activa. A meteorologia previa um tempo formidável. Paulina tinha gritado – «Posição de pinça! Arado! Cobra! Arco! Camelo! Já atingiu a posição de crocodilo, Leozinho?» Cada esquema daqueles correspondia a um tempo infinito. Ela gritava por essas posições a que chamava de *asanas*, com intervalos imensos, mas por vezes, ele mudava de postura independentemente dos comandos dela, como se nem a ouvisse. Aliás, parecia impossível que o *performer* fosse comandado aos gritos, daquela maneira. Deveria haver disciplinas mistas que englobavam o estado pacífico e o violento, potenciando-se para bem, como a síntese do álcool. «Porque hoje é o dia em que deves atingir as cinco horas completas» – dizia ela.

«Não sei se me dará para isso.»

«Sabes, sim. Bem sabes que te dará para isso. Nada de espírito negativo, Leozinho. Nada de desconfiança em ti próprio. Se passaste os *pranayamas*, vamos já aos psicomentais. Atenção às concentrações – Concentração sobre o contorno do teu próprio corpo! Sobre a transparência da água! Sobre a luminosidade que entra pela persiana! Sobre o azul e o roxo! Já terminaste a concentração sobre a manchinha infinitesimal?» – Ela andava dum lado para o outro, seguindo o *Bio Feedback Training*, porque estava levando a sério, como assistente muito especial, a nona corrida do *performer*. Paulina colocava a música mais suave, passava no corredor transportando uma alface e uma limalha de carne com o dramatismo dos grandes momentos. Tinha começado a maquilhá-lo mais cedo, a vesti-lo, a ornamentá-lo. Os boiões deitavam por fora. O som do *spray* zunia. Osvaldo, naquela tarde, nem poria o pé na rua, porque alguém lhe trouxera um jornal. A rapariga dizia para Osvaldo – «Osvaldo, não saia do telefone, ouviu, meu amor? Nunca se sabe quem vai querer entrevistar o *Static Man*!» E ainda não seriam quatro horas quando ambos, sem gritos, começaram a descer. Percebia-se que Paulina receava que Leonardo não atingisse as cinco horas de imobilidade. Ele mesmo não falava.

Mudos, atravessaram a Tabaqueira, ultrapassaram o jardim, tomaram de novo a direcção do Caldas e, ao atingirem a Voga, o artista pôs-se a contar os cento e vinte e sete passos. Quando perfez a última unidade, encontrava-se no meio do cruzamento. As crianças gritaram – «Aí vem ele, aí vem ele!» Mas o *performer* já estava concentrado no centro da sua bolha de ar e nem olhou. Sem se importar com o movimento dos passantes que a sua própria figura fazia alterar, baixou a caixa, puxou a corda, beijou o punho, sacudiu a manta e com rigor de régua, começou a estendê-la. Passados quinze minutos, subia à caixa, apontando o rosto na direcção do Rossio, e assim ficava. Mal atingia essa posição sobranceira entre as lojas, já o *Static Man* se encontrava rodeado de gente. «Yeah! Pataria!» – tinha ele pensado.

A maquilhagem branca sobre a pele rapada era a mesma, os adereços idênticos, o cabelo empastado do mesmo modo, e contudo, cada dia de exposição tinha a sua identidade própria. Naquela tarde, uma espécie de véu incolor continuava a retirar a ardência do sol, e os compradores eram mais numerosos, desaguando das ruas crespas, com ar de fartura. As crianças vagabundas corriam mais rápidas em volta da manta, e António Stradivarius veio fazer o seu número mais prolongado, arrastando um bando de juventude com sacos de desporto do tamanho de lanchas. Mas sobre a conduta das multidões paira um mistério – o prato nesse dia não se estreava. Era como se não vissem a vasilha, e no entanto, admiravam o rapaz cujo corpo, todo branco, não se movia. Nem se moveria durante cinco horas. Mesmo quando as pombas, espevitadas pela onda de frescura que atravessava a Baixa, passavam rápidas, em bando, como se não lhes pesassem os enormes papos, nem aí perderia a imobilidade. Primeiro passaram voando, depois, três poisaram na manta como desnorteadas, movendo as cabecinhas leves, e num ápice, aterrorizadas por si próprias, saltaram para o ar, deixando um sussurro de penas e asas. Já aí vinha nova revoada.

*

Quando o terceiro grupo desceu e voou sobre os transeuntes, uma mulher de chapéu de palha, ajudada sem dúvida pelo seu namorado, baixou-se rente ao solo e sacou a fotografia no ar. O namorado avançou na manta e disse à companheira do chapéu – «Este homem não quererá imitar o *Simão do Deserto?* Queres por acaso imitar aquele parvalhão do Buñuel, *Static Man?*» Mas Leonardo, posto em cima da caixa e dos dizeres, não se deixou impressionar. Não se moveu. O cavalheiro aproximava-se, espreitava o *performer* e insistia – «Parece um estilita. Parece, não parece?» A namorada fotografava o estilita, fazendo afastar os outros mirones. Depois ele disse em voz alta – «Ora, ora, na Idade Média, as praças estavam cheias deles. Alguns congelavam debaixo da geada. Era preciso acender fogos para os gajos acordarem!» Dois rapazes com uma *Betacam* aproximaram-se. Escolheram o ângulo e pediram – «Oi, *Static Man!* Vira só um pouco para aqui. É para passar no sábado, à hora do almoço.» Mas ele não se moveu. Nesse momento, nem as pestanas lhe titilavam. Estavam fixas, pregadas sob as pálpebras falsas. Os rapazes da câmara baixaram-na.

Depois as lojas das roupas, dos cabedais, dos materiais eléctricos e as sapatarias fecharam, a ténue gaze que quebrava a luz transformou-se em frescura. A tarde criou sombras entre os quadriláteros que se alongavam, as pessoas procuraram locais ligeiramente abrigados para tomarem as suas bebidas. Paulina, que rondava e voltava de hora em hora, sentara-se de cócoras junto ao Francfort, em seu fato negro-escafandro. À medida que os transeuntes tomavam os transportes e abalavam, os passeios ficavam juncados de papéis, caixas empilhadas, despojos, restos duma actividade que parecia ter ocorrido durante um tempo infinito. Um tempo infinito era o que parecia a quem ia e vinha, esperando que o rapaz se movesse. Finalmente, tinham batido nove horas, e as crianças haviam desertado. Só António Stradivarius produzia um grama de guincharia. Mas ainda faltava uma hora. Paulina esperou. A sua paciência era mais forte do que a dele. O cais onde o *Static Man* fazia rolar *Einstein on the Beach* deveria assemelhar-se a um mundo sólido. As espumas deveriam ter ficado suspensas nas ondas das suas cristas. Era incompreensível como uma pessoa permanecia daquele modo estático, dizia ainda o namorado da mulher da capelina, cuja lua-de-mel lhes estava estampada no rosto. Ela disse alto – «O que comerá?» A pessoa que perguntava pôs-se a rir – «O que comes tu, homem-estátua?» Além desse par de namorados, duma rapariga obesa e dum homem velho apoiado numa cana-da-índia, ninguém mais se encontrava no primeiro cruzamento. Leonardo não responderia. «Caramba, responde! Os estilitas faziam-no por amor a Deus. E tu, porque o fazes?» – perguntava o homem. A mulher do chapéu de palha parecia satisfeita – «Faze-lo só por ti?» O homem respondeu – «Desgraçado! Grande desgraçado! Parece-me bem que o faz só por ele... Fotografamo-lo com *flash*!» O casal da máquina abraçou-se pelo pescoço e pôs-se a caminhar.

Aproximavam-se as dez badaladas. Soaram sobre as ruas como numa formidável aldeia esquadrangular. Nada parecia verdade, mas também nenhum facto denunciava a mentira. Paulina abeirou-se do plinto e disse – «Ouves-me, ouves-me?» Leonardo não se movia – «Atingiste o limite, Leozinho, ainda queres ficar?» Ele começou a agitar as mãos e os pés, articulou a cintura e baixou-se sobre a caixa. Saltou da caixa sobre a manta. Deitou-se de costas sobre a manta e pôs-se a pedalar com força. Quando se levantou, Paulina agarrou-se ao *performer* como se o tivesse recuperado duma jaula de leopardos. «Foda-se!» – disse o *performer*. «Nunca mais me peças cinco horas!» E esfregava os calcanhares e os cotovelos com a toalha que Paulina lhe entregava. A rapariga obesa, porém, colocada em frente da Casa Canadá, como uma posta de manteiga, não parava de bater palmas. Batia palmas, batia, batia. Bateu tanto que a sua conduta pareceu suspeita de estar concertada para chamar alguém. Paulina olhou em volta, ninguém estava por perto e então, carregando ela mesma com a caixa às costas, pôde gritar – «Vá bater as patas para outro lado, sua puta feia!» E a sua voz ressoou Rua Augusta fora, como dentro duma caixa de pedra. «Hoje, que fizeste cinco horas seguidas, não arranjámos três contos de réis! Quem entende o comportamento das massas?» – perguntou Paulina, arrastando a caixa. «Tu entendes, Leozinho?»

«Yeah!» – respondeu o *performer*.

«Não entendes nada...» – disse a rapariga.

Paulina deitou o atleta e elevou-lhe as pernas sobre almofadas, retiradas de várias camas. Mas tinha ficado à porta, vigiando. Queria que todos os hóspedes chegassem ali, queria contar-lhes como se passara com Leozinho na Baixa. «Como foi?» – perguntou Osvaldo. «Muito bom estilo, está em plena forma, agora é só uma questão de apostar nas seis horas. Seis horas, não acha, Leozinho? Seis horas! Mas logo hoje, que ele fez tudo direito, que nem se mexeu, que nem se registou o mais pequeno deslize, que teve imprensa, teve têvê, não ganhámos dinheiro. O que são dois contos e oitocentos escudos em moedas? Ah! Mas se vocês o vissem parado na Rua Augusta, como se já estivesse em Manhattan! Poças que até a corda de Paolo Buggiani voava como durante o espectáculo *Unsuccessful Attack by Paolo Buggiani*! Para o ano, quando vocês chegarem ao Aeroporto Kennedy e virem o grande cartaz aberto com o italiano dos artelhos magros suspenso no ar e o português imóvel no chão, os dois a apresentarem a fantasia de arte livre mais importante de New York, então vocês hão-de ver!» – Paulina mantinha-se encostada à porta de Leonardo.

6

César, o que tinha nariz de Dustin Hoffman, aparecia de cabeça molhada, sem saber o que dizer, de cansado. De tal modo que nem abria o televisor anão. Gamito encostava-se na janela que dava para o quintal onde se secava a roupa. Mas esse entendeu que ela devia sonhar mais baixo, mais perto do soalho de madeira. Sim, Leonardo era um êxito, mas às vezes Gamito pensava que o *Static Man* poderia não ser um tipo normal. Tinha falado do caso lá no Salão Karenine, e apesar de não acreditar numa única palavra das mulheres, pelo menos enquanto de cabeça molhada, ele tinha a certeza de que uma delas quase falava verdade. Uma fulana médica, para aí com uns quarenta anos. Essa tinha-lhe dito que o *Static Man* não era um artista mas um tipo com uma doença crónica. E o hóspede, vagamente semelhante a Burt Lancaster, debruçado sobre a janela, invocava a doença tal como lha tinham descrito. Sim, era um perigo. Uma vez, Leonardo poderia ficar assim para sempre, para sempre, duro, inteiro, com a língua entalada nos dentes. Para sempre. Osvaldo aproximou-se quando ouviu falar em língua mordida. Mas o *performer* saiu do seu ninho e apareceu, com o ventre metido para dentro, o corpo magricela entabuado, os ombros largos, numa das doze posições que tinha estudado ao espelho. Esgazeou os olhos e também ele gritou – «Desapareçam da frente do meu quarto. Desapareçam imediatamente! *Fuck you all!*» A cólera parecia ter entrado nas órbitas de Leozinho. Os seus olhos rolavam e luziam como as representações dos árabes feitas por navegadores ingleses. Então, os hóspedes da Casa da Arara não conseguiram conter o riso e pensaram dar uma volta pela rua para discutirem o que tinha dito essa médica, já um pouco velha, sobre a *performance* de Leonardo.

7

Foram andando, mas o Luna-Bar estava repleto e na Sumaúma não valia a pena entrar, se o que queriam era discutir aquele assunto. Aliás, tinham prometido uns aos outros que nunca falariam do passado, mas se fosse necessário para salvar a honra de Leozinho, Paulina remontaria a uns meses atrás e contaria tudo, para perceberem como a sua imobilidade era fruto duma técnica. Podia, por exemplo, explicar que não o tinha encontrado ali, na Casa da Arara, mas, sim, à saída das grandes galerias, em Bruxelas. «Percebeu, gatarrão?» – disse Paulina, quando já se encontravam sentados nuns bancos velhos que havia por ali, debaixo das árvores do Jardim da Tabaqueira. Ainda agora era Junho e já a relva estava seca. Por cima, pelo menos as palmeiras espalhavam as hastes pelo céu. Gamito perguntou – «E isso o que prova? O que prova que não seja uma pessoa perturbada por um estado catatónico mental, como dizia a médica velha do Salão Karenine?» Paulina indignou-se mais.

«Prova se te disser que era Setembro e já nevava na Grand Place, e ainda ele, vestido de arlequim, fazia de robô junto dela!»

«De quem, de quem?» – perguntaram César e Osvaldo.

Paulina disse – «Tirem-se da minha sombra!» E estendeu-se ao comprido sobre o banco do jardim. Retirou o cabelo da testa, e achou indecente que a estivessem a impelir para falar do passado. Eles deveriam apenas acreditar que ela tinha a prova de que Leonardo não era um perturbado mental mas sim um atleta. Paulina despiu o casaco de cabedal e colocou-o no sítio onde deveria haver relva. «As coisas são como são. A verdade é que nevava na Grand Place quando achei Leonardo junto duma tipa banhosa, que cantava o tema da Papagena em cima duma manta, para arranjar *papel* para a viagem. Ele, muito ridículo, digo-vos só, fazia de arlequim robotizado, ouvindo aquele chilreio que o Mozart compôs de propósito para uma voz de pássara. Imaginem, boys! Era de tarde, e apesar de estar tudo iluminado, os funcionários da cidade já nem andavam pelas ruas. A banhosa bem cantava, revolvia-se, rebolava-se, puxava aquela garganta onde parecia haver um bócio do tamanho duma pomba. Mas ninguém parava para deitar uma moeda. Enrolavam eles a traquitana quando eu apareci com a mochila. Estão a ver, boys? Explicar agora como foi torna-se um negócio complicado, debaixo destas palmeiras. Para encurtar razões, acho que tudo aconteceu porque lhe falei em língua portuguesa. A prova é que nessa noite, no albergue, já ele pôde sonhar com os anjos, deitado ao comprido no meu saco-cama...» – Os três rapazes tinham-se sentado no canteiro que deveria ter relva.

«Mas ainda não provaste nada, girl!» – disse Gamito.

«Já provo, gatarrão. Afinal ambos tínhamos andado pelos mesmos sítios, em tempos desencontrados. Enquanto eu calcorreava o Sena, actuava ele na Gãnsemarkt, em Hamburgo, vestido de Pierrot. Quando eu subia a ver as regatas no Tamisa, descia ele para Beaubourg e ali tinha ficado entre os retratistas. Entretanto desci eu por Amesterdão com um tipo que andava de *Opel Monza* e viajei até Roma. Molhei o pé na Fonte de Trevi. Naqueles dias, estava Leozinho na Piazza Navona. Devemos ter-nos avistado de passagem, sem sabermos que o destino nos juntava. E assim por diante até que por fim começou a fazer frio. O do *Monza* tinha idade para ser meu pai e não me largava a mãozinha. Foi aí que eu comecei a pensar na liberdade do meu pátio. Tinha perdido o grupo e estava só com o *Monza*, em hotéis de luxo. Nas montras das cidades, um mês antes, já o Natal começava a acender as lâmpadas, e eu pensei em abalar para aquela cidadezinha onde tudo chega depois, incluindo o Inverno, quando chega, e existem uns jardins pelados com meia dúzia de palmeiras. Numa noite, porém, percebi que a criatura do *Monza* me afastava da rota de

Bruxelas onde vivia o meu pai. Precisava de dinheiro como de ar. Então meti-me num comboio que não parava. Quando parou, estava um autocarro à espera. O autocarro andou, andou, e despejou-me perto duma passagem de vidro que por sua vez quase desembocava na Grand Place, naquela noite fria em que se debulhava em trinados a banhosa Papagena. Tirá-lo dela, como disse, foi dito e feito. Logo nas primeiras horas, contámos as nossas vidas como irmãozinhos, mas depois, quando percebemos que sem sabermos tínhamos andado um atrás do outro, transformámo-nos num só, dentro do saco-cama. Passados dias, quando vi o *performer* à porta dos restaurantes, como se fosse de madeira, apesar do frio, percebi quem era Leonardo.»

«Ainda não provaste nada!» – disse Gamito.

«Calma, Burt Lancaster... Já vai. Leonardo era um *performer* genial, e o mais curioso é que ele nem tinha dado por isso. Por mais extraordinário que pareça, intitulava-se de *jongleur* e *clown*. Então eu achei que não devíamos regressar sem um plano, compreendem? Passámos por Paris e aí alguém nos deu o endereço dum iógui formidável que lograva tornar-se completamente imóvel. Constava que conseguia, só com o poder da mente, limpar o tubo digestivo, engolindo um pedaço de lençol que expelia pelo ânus, orifício a que dava ordens tão concretas como à boca e aos olhos. Fomos. Era um domingo de manhã e batemos à porta dum ginásio. Um tipo sem cabelo nenhum, pequeno e magro como um bosquímano, veio dizer qualquer coisa que significava mais ou menos que o mestre estava a hibernar. Mas há coisas que têm de acontecer. De dentro do ginásio, elevava-se um cheirinho a chá. Pedimos ao esqueleto bosquímano que nos deixasse aproximar da lamparina. Quando observávamos o volitar das folhas no fundo do pote, sentimos uma sombra cor de carne aproximar-se. Era o iógui que avançava como um leopardo, acordado do seu sono. Este não parecia tísico, antes bem nutrido e bem musculado e em comum com o primeiro só tinha o crânio, desprovido de cabelos e luzidio como uma pinga de óleo. Ele mesmo se encarregou de dizer que não era verdade que já tivesse comido e defecado um lençol, arte suprema e delicada que exigia a cúmulo da perfeição. Ele apenas conseguia fazer passar uma guita, embebida em leite, duma narina para a outra, e lavar os próprios intestinos com as mãos, colocando-os numa bacia. Nós, porém, só queríamos tratar das questões de imobilidade, tendo em vista os espectáculos de Leozinho, e o homem, que bebia chá com uma lentidão espantosa, sentiu-se desiludido e com arrependimento por ter acordado. Não havia desprezo nos gestos dele, mas a velocidade normal com que se aproximou dum monte de livros empilhados mostrava que nos queria ver depressa pelas costas. Porém, o livro que nos estendeu, a troco de dez francos, tinha tudo, absolutamente tudo aquilo que procurávamos. O título era mais pragmático do que uma loja ocidental, disse o iógui, que limpava a cabeça por dentro com rodilhas e lenços de assoar. Procurava não o mostrar de mais, mas despediu-nos como traidores. Não fazia mal, nós compreendíamos a sua desilusão. A verdade é que o livro que conduziria ao aperfeiçoamento performático de Leonardo, como sabem, chamava-se *Bio Feedback Training*. Foi por esse livro que ele aprendeu a manter-se imóvel durante tempos infinitos. Eu ajudei muito, acordando-o a horas certas, lendo-lhe o livro e preparando-lhe a comida. Estávamos em Paris. Aí eu disse – Não me apetece regressar já, ainda poderíamos voltar a Amesterdão. Voltámos. Era como se me chamasse o instinto. Foi lá que demos por que jantávamos ao lado de Paolo Buggiani, e o nosso empreendimento começou. Ah! O encontro que tivemos com o Buggiani! Que conselhos ele não deu ao Leozinho! Que parceria eles vão fazer! E agora, vens tu, grande gatarrão, com essa de que uma velha com a cabeça molhada te disse que Leozinho é um doente! Manda-a dar uma volta à sua grande mãe!» – disse Paulina, com os olhos postos no movimento das palmeiras. «Não, miúdos, Leozinho é um artista, um verdadeiro artista do corpo, um atleta, um auto-escultor de si mesmo...»

8

Gamito ficou um certo tempo calado. Naturalmente que da próxima vez que lá aparecesse a médica quase velha para lavar a cabeça, ele ia dizer-lhe que corrigisse os manuais de neuropatologia que se fartara de invocar no Karenine. Pessoas como o *Static Man* eram atletas que possuíam uma técnica e uma enorme força de vontade, isso sim. Tinha sido bom Paulina abrir aquela frinchazinha do passado. Na verdade, haviam-se encontrado naquele andar da Casa da Arara, sem jamais falarem de si mesmos. E agora Gamito até achava que era um erro, de vez em quando, não abrirem uma excepção. Cada um podia escolher um episódio, apenas um, que fosse elucidativo das suas vidas. Cada um podia fazer apenas uma pequena demonstração para se conhecerem melhor, e depois fechariam logo as casinhas parvas donde tinham vindo. Ele, por exemplo, estava ali fugido duma casa de mães, avós e tias que o queriam controlar. «Não tens hoje aula de Modelos, Gamito? Olha que a Geometria já começou às nove! E já são onze! Já são doze! Já é uma! Já são três. Queres dizer que não vais hoje...» – Não tinha podido mais. Antes lavar cabeças, ter um quarto pequeno e usar a sua liberdade. A liberdade de se sentar ali, no sítio onde deveria haver relva, sem ter de explicar nada a ninguém – disse Gamito, olhando também para as hastes altas das palmeiras. César, de cabelo liso, pequenos olhos, acenou com a cabeça.

«Tal e qual comigo. Iam-me fazendo em pó entre a Física e a Matemática. Saí, bati com a porta num dia de chuva, em que não estava lá muito bem-disposto. Tão cedo, não volto lá mais» – disse César, semelhante a Dustin Hoffman, sobretudo de lado. «O que é preciso é uma pessoa não parar de acreditar que a vida vai trazer uma surpresa. Eu estou sempre atento às notícias, eu sei que o mundo vai mudar!»

«Para pior...» – disse Osvaldo, com olhar de Al Pacino, estendendo-se no chão, rente ao banco de Paulina.

César encrespou-se – «Para melhor, boy! Para muito melhor! Pensas assim porque não fazes nada, não trabalhas, não és capaz de procurar um emprego, ficas o dia inteiro na cama. Um tipo como tu torna-se um depressivo crónico. É por isso que achas que tudo vai piorar. Às vezes penso que devíamos ser duros contigo para ver se acordas. Aplicar-te uns tabefes na cara para te fazer reagir.»

O olhar de Al Pacino ficou ofendido, erguendo-se do lugar onde deveria vicejar a relva. Paulina abandonou o banco para se sentar entre Gamito e César. Foi a vez de Osvaldo se estender ao comprido no banco, seguindo as folhas oscilantes das palmeiras. Não se importava com a violência de César. Assim deitado, a olhar para as árvores, teve vontade de falar do passado. Sim, também ele sentia, também ele era gente e não merecia ser maltratado daquele modo. Porque merecia ser maltratado se não fazia mal a ninguém? Aliás, ele nunca tinha feito mal fosse a quem fosse. E às vezes experimentava ternura por tipos até desconhecidos. Chegava a sentir amizade por pessoas que nunca havia visto nem ouvido falar, mas sabia que tinham existido.

«Por exemplo» – pediu César.

«É difícil dizer, mas já que estamos em maré de confidências e cada um só diz o que quer, posso explicar que sinto amizade por um carpinteiro do século XVIII que construiu um móvel que não se desmonta, de propósito para me salvar.» Osvaldo tinha feito uma almofada com as mãos e nela pousava a cabeça. Gamito e

César puseram-se a rir – «Isso é o que se chama telepatia através dos séculos.»

«O que lhe quiserem chamar...» – disse Osvaldo, esticado no banco. Na sua cara demasiado magra, só os olhos costumavam luzir, mas naquela noite em que ninguém saía nem do Luna-Bar nem da Sumaúma, brilhavam de forma desusada. E Al Pacino começou a fazer a descrição irreal de objectos valiosos, enumerando relógios de ouro com timbre de esmeralda, brincos de mulher com desenho Arte Nova, faqueiros de monograma com A e H entrelaçados, isqueiros *Ronson*, caixas de porcelana, de pau-rosa e madrepérola, charão, objectos que, sendo descritos como eram, tinham a particularidade de poderem ser transportados dentro duma algibeira, ou quando muito debaixo dum braço, explicou ele mesmo. «Tudo isso eu e meu irmão fizemos desaparecer, gente!» – disse Osvaldo, começando a aumentar o volume dos objectos. Falou de casacos de astracã e cabedal, de malas de viagem com rótulos de 1900, cobertores com penas de ganso, televisores, aparelhagens *hi-fi*, objectos que facilmente se metiam no porta-bagagens dum carro. «Em casa já só havia os electrodomésticos e os móveis. Mas também esses foram voando. Durante um ano, foram saindo, a começar pelas mesas-de-cabeceira, passando depois pelas cómodas, pelas camas montadas, por vezes nem havia tempo para as desmontar e saíam empinadas, com o colchão caindo para trás» – disse Osvaldo, esticado no banco do jardim. E explicou como uma dessas camas tinha evoluído de madrugada, com lençóis e mantas, tal como estava feita para alguém dormir. Nessa altura, já só havia um relógio na parede, os mármores da cozinha e um móvel de carvalho que não se conseguia desmontar, nem cabia pelas janelas. Era um móvel imenso, com grandes medalhões espalhados pelas almofadas e vasto tampo onde, um ano antes, havia Companhias das Índias e caixas de Malabar. Os do produto tinham passado um fim de dia inteiro a tentar descobrir os encaixes. Andavam a ver se conseguiam transportar aquilo sem despedaçarem os medalhões da frente. Como não conseguiam, tinham-se posto finalmente a bater. Ele mesmo havia ficado junto, à espera que desconjuntassem o móvel. Ficara deitado no chão, aguardando essa hora. Enquanto isso não sucedesse, ele não seria levantado do chão. Seria levantado pela última vez, mas ele não queria mais nada, então, senão isso. Osvaldo desejava que finalmente uma martelada permitisse a desconjunção do móvel. «Grande cabrão daquele que congeminou um móvel inteiriço!» – dizia um deles. «Neste tempo, os carvalhos deveriam ser da grossura de silos para poderem talhar uma coisa destas!» Batiam mais e mais. «Parte-se às marteladas ou queima-se» – dizia outro. «Partido vale muito menos. E queimado não vale nada. Batam mais até que o tampo saia...» – lembrava-se Osvaldo de ter dito. Então o *dealer* tinha começado a dar marteladas desinibidas. Nessa altura, o telefone havia uns três meses que não funcionava, e dois que a água não corria. Gás, talvez houvesse, disse Osvaldo, mas não estava ligado a objecto nenhum. E nesse dia, enquanto davam marteladas, duas pessoas tinham-se posto a subir a escada, a subir a escada, a subir a escada da Casa das Amoreiras, com um *walkie-talkie* na mão, não permitindo que aquele último móvel desaparecesse. Aliás, ele mesmo seria o último móvel. Agora à distância de dois anos, também achava que fora um milagre. Porque, se não tivesse sido aquele batedoiro, ninguém teria ido salvá-lo, e o batedoiro devia-se ao mestre carpinteiro do século XVIII que concebera o móvel numa peça só – Osvaldo, magro e de dentes bastante podres, ria-se. Ria-se porque sentia muito prazer em viver. Sentia um prazer enorme em estar ali deitado, com eles e a girl do *Static Man*, a olhar para as palmeiras, sabendo que o Luna-Bar e a Sumaúma estavam cheios de gente. Não queria mais nada nesta vida. E havia muito tempo que não ia a casa, mas da última vez que fora, tinha percebido que nem seu irmão, entretanto já do outro lado, fora capaz de desencaixar o móvel.

9

Paulina levantou-se do chão de relva seca – «Bolas, Al Pacino, que coisa mais triste! Quem vai hoje conseguir adormecer? Não podias ter contado outra passagem da tua vida?» Gamito e César também ficaram em pé – «Vamos, disseram, por hoje já chega.» E começaram a andar. Osvaldo caminhava atrás deles – «O que tu devias era encarar a tua vida de frente, ir lá mostrar que não tens medo de voltar à tua casa de família. Imaginem só, uma casa boa sem ninguém dentro. Podíamos todos mudar para lá.» E entretanto, os quatro alcançavam já a porta da Casa da Arara. Osvaldo, atrás, ia dizendo que nunca mais lá voltaria. E se alguma vez voltasse, tinha de ser acompanhado, e seria só para ir buscar umas *T-shirts* de bom algodão que diziam, em letras bestialmente bem concebidas, *Muerte a los Estúpidos*. Os dizeres eram da América Latina, mas a impressão fora feita nos Estados Unidos.

«*Muerte a los Estúpidos*? Mas isso é engraçadíssimo. Deverias ir buscá-las. Quantas são? Quantas são?» – perguntou César, o Dustin Hoffman.

«São para aí umas cinco ou seis.»

«Bacana!» – gritou Gamito. «Em vez de andarmos sempre com a camiseta *Static Man*, podíamos alternar com uma outra que dissesse *Muerte a los Estúpidos*. Porque não vais buscá-las agora? Afinal são apenas três e meia da manhã.» Osvaldo começou a rir. Não, não iria. E aproximou-se da porta de casa para entrar.

«Tens de ir, disse César, tens de ultrapassar esse complexo. E tens de ir agora, nem que a malta te meta num táxi à força.

Tens de ir já! Pegas nas *T-shirts* e voltas. Quando voltares és pessoa!» Paulina e Gamito estavam de acordo com César. Faltava um quarto para as quatro e todos ficavam a esperar por ele.

«Não posso. Ora para o que lhes havia de dar! Não vêem que nem sequer tenho chave?»

«Tens, tens chave! Tu tens uma chave, que eu sei!» – César começou a subir as escadas da arara. E já lá em cima, todos se agitaram para procurar a chave com que Osvaldo deveria ir buscar as camisetas a essa Casa das Amoreiras. Atiraram-se sobre o quarto de Osvaldo, remexeram nas gavetas, encontraram a chave. No meio do corredor, o rapaz magro com olhar de Al Pacino atirou a chave ao chão.

«Mas que porra é esta, hem? Que porra é esta? Estiveram ali a ouvir-me falar, sorrateiros, debaixo das palmeiras, para agora me castigarem?»

Falcão também estava a chegar. Ouviu a discussão e embora tivesse mais que fazer, era da opinião de que Osvaldo deveria ir a essa casa, passar lá uma noite, se possível uma noite e um dia, para mostrar aos *gangsters* que se tinha tornado impenetrável. Atravessar a cidade dos passadores, exactamente àquela hora, dizendo não, era uma vacina fantástica. Ele, que ainda ia trabalhar o resto da madrugada, poderia dar-lhe uma boleia até à zona das Amoreiras. Voltava da arrecadação e já retomava a carrinha de volta. Então, César e Gamito empurraram o olhar de Al Pacino até à porta de entrada. O próprio *Static Man*, depois da arrelia por ter sido acordado, também achava justo. Também concordava que aquele rapaz não podia continuar a fugir de si mesmo, lendo os anúncios dos empregos do dia anterior, exactamente para perdê-los. Gamito ofereceu-lhe dinheiro para um táxi de volta. Queria, quando abrisse o seu olho de gatarrão, ver no peito de Osvaldo essa epígrafe digna de mandar para as estrelas – *Muerte a los Estúpidos!* Entretanto, deixariam as portas todas abertas para darem pela sua entrada. E quando o vissem regressar com as *T-shirts*, iria ser um delírio – «Olha, Al Pacino, a gente nem se vai deitar! A gente só se encosta e fica à tua espera...»

Sim, é verdade, a sigla de Osvaldo ficou suspensa no esquema da parede, na noite da nona jornada. Pequeno jogo nocturno. Mas o seu percurso tanto poderia permanecer suspenso como ter continuado. O olhar de Al Pacino poderia ter regressado sobraçando a sua carga. Repito – ao contrário do que consta agora, a suspensão aconteceu meramente por acaso.

CAPÍTULO QUARTO

1

Então no dia a seguir à nona jornada do *Static Man*, dormimos até muito tarde. Pela luz que entrava e pela forma como o seu ângulo incidia nos tectos, eram horas de almoço. Lá fora, sobre o passeio, os empregados do Café Atlântico já deveriam ter aberto os guarda-sóis e desfraldado as toalhas de papel. Ali dentro, alguém se lavara na banheira rasa, mas quem quer que fosse tinha voltado de novo para a superfície branca da cama. De porta para porta, o silêncio prolongava-se, passando por cima dos livros policiais, esmigalhados pelo chão. *A Última Cartada*, *Processo Sensacional*, *O Destino Acusa* e muitos outros livrinhos que Falcão havia estimado desde a infância continuavam amontoados a um canto. Mas a mulher de Lanuit subiu as escadas, aproximou-se da porta, e atrás dela duas criaturas empurravam um móvel com a azáfama de quem transporta um animal para abate. Era a secretária. Demasiado ruidosos, os transportadores atiravam-na para o chão. Julieta, porém, deveria ter sentido respeito pelo descanso tardio dos seus hóspedes. Então baixou-se na direcção da cama gigante, dizendo que viria mais tarde limpar a secretária e arrumá-la no lugar devido. Os transportadores podiam ir embora.

Só que Julieta não se afastava do recinto onde parecia exercer o vício de falar, mesmo quando não obtinha resposta. Daquela vez, antes de descer, queria explicar que seus filhos estavam a partir para fora, mas antes deles, graças a Deus, tinha saído Lanuit. Ela sabia que havia quem trabalhasse pela noite dentro e não queria perturbar o descanso de ninguém. Contudo, ia dizendo que estava suspensa duma ideia importante, uma determinação que poderia modificar a sua vida. Pois uma pessoa pouco culta poderia ter uma imaginação fantástica, e ela tinha-a, sentindo-a dentro da sua cabeça como um órgão que se apalpa, uma espécie de segundo coração que vibrava na sua testa. Com os dedos muito inchados, trancados pelas unhas nacaradas, apalpava a fronte. É que depois de muito pensar, havia feito seis cópias do *curriculum vitae* de Eduardo, e estava pronta a bater a determinadas portas. Quando Eduardo voltasse dos locais para onde tinha partido, conduzindo um carro através da Europa, para mostrar o passado a uns judeus americanos, o seu marido ficaria admirado, pois, sem saber como, teria ultrapassado o cabo Horn da sua vida. Agora, porém, iria descer. Sem fazer marcação formal, não poderia mostrar os currículos a velhos amigos que, injustamente, Lanuit havia abandonado. Ela tinha de telefonar, tinha de fazer seis chamadas. Julieta erguia a cabeça de boneca amarrotada, e os cabelos vermelho-nogal iam atrás dela. Observada daquele ângulo parecia mais alta, mas quando caminhou quarto fora, via-se que era a mesma, embora sobre outros sapatos. Também apresentavam um tacão em forma de ganchorra, e a sua particularidade consistia em serem brancos e terem uma flor por enfeite. Eram de tal modo decotados que as juntas dos dedos ficavam visíveis numa extensão razoável. A mulher de Lanuit quase os perdia a andar. Mantê-los em volta dos pés deveria ser fruto dum esforço contrário ao pensamento. E a verdade é que, ao descer as escadas que ligavam o mundo da hospedaria ao rés-do-chão, não se sentia que pusesse os tacões nos degraus. Julieta era a forma dos seus sapatos. O resto não interessava.

2

Os gritos de Paulina, sim. Também a *partner* acordou tarde e dispensou o *performer* de actuar naquele dia, mas não o treino no solo, do qual constavam os *asanas*, seguidos de exercícios respiratórios e de relaxamento muscular, passando depois às técnicas psicomentais, segundo o manual pragmático do *Bio Feedback Training*. Leozinho encetou aqueles movimentos com a lentidão dum camaleão friorento, comandados pela voz alta e agitada da rapariga. Nem sempre ela seguia as designações próprias do manual. Naquela manhã, andando dum lado para o outro, Paulina gritava – «Concentração sobre o verde! Concentração sobre o negro! Concentração sobre o fundo da porta! Concentração sobre a imagem do Paolo! Atenção que o movimento do Paolo deve ficar suspenso durante mais tempo! Muito mais tempo! Concentração sobre um raio de luz na parede! Sobre o teu próprio coração! Por último, Leozinho, concentração sobre o movimento do rio! E agora, sobre o movimento do mar! O grande, o imenso, a totalidade do mar azul, Leozinho!» E nesse instante, ela passava a correr e ligava pela milionésima vez a música contemporânea semelhante à ideia que fazemos sobre a criação do espaço, mas cuja melodia circular, elevada àquela potência, atingia a saturação. Principalmente, durante uma manhã em que o corpo queria adormecer sem ideia de acordar.

3

Melhor dizendo, era impossível dormir – Falcão bateu e entrou ao mesmo tempo. A sua roupa estava amarrotada e apresentava grandes manchas como se a tivesse secado no corpo. O repórter mal podia falar. Hesitava e tropeçava nas sílabas porque lhe tinha acontecido alguma coisa absolutamente inaugural – «Imagine que uma coisa espantosa veio ao meu encontro!» – Sim, não podia acreditar, pois ele, só ele, sem a ajuda de Mateus, nem do agente Segurado, ao amanhecer, estava a conduzir a carrinha *Vitório-Reportagem* na direcção da Vela Latina, onde ia tomar um café, e, de repente, tinha visto um grupo de pessoas a olhar para a beira do Tejo. Eram muitas e estavam tão concentradas que nem se moviam. Fora essa concentração que lhe fizera um clique especial na cabeça. Correra na direcção da água com a *Arriflex* em riste. E então, a sorte tinha estado com ele, pois junto às pedras da rampa boiava o corpo dum rapaz em *jeans*, que se auto-amarrara a um molhe com uma corda. Enquanto os populares discutiam se teria sido homicídio, nenhum deles chamava a polícia. Havia ali um pau. Falcão entregara o pau a um dos populares e tinha dito «Vire o rosto, vire, vire!» Os populares haviam feito o que ele dizia, tendo começado por captá-los a eles mesmos, durante a tarefa. O rosto tinha sido virado. Os *jeans* azuis na água do Tejo e os cabelos grandes do rapaz proporcionavam imagens admiráveis. Parte do cabelo encontrava-se enrolado à volta da cabeça e metido na boca, e era preciso retirá-lo para que se visse o rosto. Outro popular, com a ajuda duma cana, fizera isso. A película ainda não estava revelada, mas tinha a certeza de que as imagens iriam ser superiores às do filme de Tarkovsky sobre Andrei Rubliev, quando o discípulo do monge caía frechado e deslizava ao longo dum regato. A polícia só chegou muito depois, quando já havia filmado as próprias pedras. Sim, o rapaz havia metido, dentro dos bolsos dos *jeans*, paralelepípedos da calçada. Falcão tinha voltado a colocar as pedras dentro dos bolsos depois de as mostrar à câmara. Mas o mais importante é que, nesse momento, começavam a subir Tejo acima oito navios pertencentes à esquadra dos exercícios da *Linked Ocean Forces*, a grande força de protecção e defesa intercontinental. «Naquele momento pensei em si, pensei que as coisas vão começar a acontecer. A gente não sabe qual a natureza nem a amplitude delas, mas tem de estar cá para ver, para sentir, para criar e reproduzi-las» – dizia Falcão, demasiado bambo para tanta energia, atrás dos seus óculos de aros pardos. Via-se-lhe o coração pulsar sob a camisa, os seus pulsos estavam ferventes, a emoção engrossara-lhe a voz. – «Já não me vou embora atrás de Vitório Mateus. Tinha convencido o meu pai, mas agora vou desconvencê-lo.» Depois, o cine-repórter sentiu--se exausto. «Há quarenta e oito horas que não durmo, disse ele, vou dormir um dia inteiro, do princípio ao fim!» E os seus passos desapareceram na direcção do quarto da moviola. Era bom, era muito bom ouvir alguém assobiar a caminho da tina maior. Falcão deveria ter entrado nas águas do Tejo até ao pescoço, pois a sua roupa encontrava-se engelhada de se ter evaporado no corpo. Mas como todo o entusiasta, Falcão não falava desses detalhes mesquinhos. Face à importância do achado, o seu próprio corpo não contava, não contava absolutamente nada. Pela parede do quarto, o percurso de Falcão era o que mais crescia.

4

E Paulina sobre o fim de tarde gritou – «Amanhã rumamos na direcção das seis, Leozinho?» E Leonardo respondeu de dentro do seu quarto – «Yeah!» Paulina gritou de novo – «Seis certas, Leozinho?» E ele respondeu – «Começamos por cinco e um quarto.» A rapariga saiu para o corredor – «O quê? Vais agora andar de quarto em quarto de hora?» O *performer* também chegou à porta. Vinha irritado, ao contrário do que se poderia imaginar de alguém que passava o dia a treinar *asanas* e *pranayamas* – «Quartos de hora que bem podem ser para trás, ouviste? Por que diabo é que tem de ser sempre para a frente? Porquê? Não me dirás?» Mas Paulina a isso só podia responder o que pensava – «Fraco, mole e fraco, nunca vais contracenar com o Buggiani. Desaparece, desaparece, mete-te no teu quarto e deixa-me.» Paulina entrava no seu próprio quarto, fechando-se com estrondo.

Leonardo avançava então na direcção da porta aos murros. Gritava por sua vez entre os estrondos. «Tu és louca. Para que quero eu fazer seis horas se o espectáculo do Paolo não dura duas? Para quê? Só para teu capricho? Para que serviu esta meta de cinco horas que me ia pondo louco? Para trazer para casa três contos de réis? Ainda não viste que a tua proporção está errada? Que o tempo não é proporcional ao lucro?» – dizia ele, esmurrando a porta para que ela abrisse. E ela abriu de repente, mas ficou a segurá-la como uma pilastra esguia e escura, desafiando-o. «Ah! O que conheces tu de proporções, ignorante, tu que nem sabes fazer contas de somar!» – gritava a pilastra entre as portas. E o *performer*, completamente ofendido, revoltava-se também – «Vai-te matar, vai-te matar como já quiseste fazer dez vezes, *self killer* de ti própria, e deixa-me a mim em paz. Vai, vai!» Falcão, que se encontrava a dormir, acordou e apareceu à porta da arrecadação – «*Shut uuuup!*» E Paulina gritou – «*Shit! Shiiit!*»

5

E depois, durante algum tempo, houve silêncio na Casa da Arara Aliás, de outra forma, Julieta não teria subido. A alugadora de quartos assemelhava-se a uma gaivota. Só suportava o ruído do seu próprio elemento. Ela tinha visto a subida dos navios da *Linked Ocean Forces* e parecia feliz com essa entrada. Alguns dos vasos encontravam-se ali mesmo em frente, como carapaças de tartarugas mergulhadas. Ela sentia-se bem com aquela presença intercontinental colocada em frente de casa. Era mesmo sobre o fim da tarde. A neblina mantinha-se lá fora, preparando o ataque final do grande Verão que iria sobrevir. Julieta usava os mesmos sapatos brancos e tinha entrado para empurrar a secretária para o seu canto. Mas àquela hora não iria empurrar secretária nenhuma. As duas flores postas no decote do pé pareciam perder-se e soltar-se. Era alguma coisa que não pertencia ao sapato, alguma coisa que ela andasse a chutar por promessa. A alugadora juntou os peitos dos pés, juntou as duas biqueiras. Depois começou a andar pelo quarto. E andava, andava, andava sacudindo o cabelo e chutando as flores, ao cair da tarde. Pois os filhos já se encontravam em Málaga e o seu marido, a avaliar pelo percurso traçado, já teria atravessado os Pirenéus. Então, para não perder tempo, estava começando a agir. Em primeiro lugar, tinha pensado ir bater à porta do banco donde muitos anos atrás, imensos anos, haviam ido buscar Lanuit como resistente e onde ele, teimoso como um toiro, nem mais quisera regressar. Além do currículo Julieta havia levado o pedido de reingresso assinado por ela mesma. Era um trabalho difícil, momentos penosos, dizia, andando dum lado para o outro. E para surpresa sua, agora que tinha entregue a primeira cópia, não sabia o que pensar «Meu Deus, pois o que devo pensar?»

O que ela contava, porém, não oferecia qualquer interesse. Tudo acontecera naturalmente – Julieta havia subido as escadas do banco e o amigo que intercederia por Eduardo ficara a olhar para a assinatura falsificada como se dissesse – «Finalmente, passadas décadas e décadas, esse homem ganhou juízo!» Contudo, só tinha dito – «Muito, muito bem...» Mas não o fizera de ânimo leve. No alto gabinete do banco, Julieta Lanuit tinha a ideia de que estava a trair alguma coisa muito importante, definitivamente séria, como se viesse oferecer os órgãos genitais do seu marido, ou outro órgão mais íntimo que ele deveria ter mas que a sua fraca cultura não era capaz de mencionar, e no entanto, sentia que era seu dever trair. «Sabe, ele acabou por chegar à conclusão de que a vida deve ser vivida em conformidade com o real. Pelo menos em parte, não é assim?» – tinha ela dito. E o Mesquita, o amigo do seu marido, estava satisfeito na cadeira ergonómica, cruzando os dedos. Nele, alguma coisa dizia – «Totalmente conforme o real! Pois o que sobeja, meu Deus, o que sobeja do real?» E então ela não sabia explicar o que tinha acontecido, mas o Mesquita de repente havia-se levantado, e como se não se encontrasse no interior do banco, tinha-a abraçado junto a uma estante, afagando-a com o volume do sexo. E aquele gesto vinha ao encontro da impressão de que estava ali a depositar a virilidade do seu marido, Lanuit. Havia um ponto de contacto entre ideias que não podia deixar de constituir o augúrio duma coisa boa. Ela estendeu a boca ao Mesquita e deixou-se beijar. Assim, ao descer as escadas das instalações do banco, tão cheias de mármores e obras de arte, uma espécie de luz amarela viera ao seu encontro. Mas ela não tinha caído, tinha conseguido agarrar-se ao corpo marmóreo duma obra, e a si mesma, e dissera – «Juju, não tens nada de que te arrepender. Salvaste-o!» Porém, tudo fora tão rápido que ela não sabia mais o que pensar. Agora tinha a ideia de que nada ficara combinado em termos de datas e de prazos. Só sentia que a promessa era forte por causa daquela cena de ternura e de sexo. Quem assim a tratava deveria querer-lhe bem, não deveria consentir que ela continuasse a viver daquela forma, desfazendo as mãos entre as cordas de roupa e a tábua de passar a ferro Ela, logo ela, Julieta Lanuit, que uns anos atrás – quantos, meu Deus, quantos? – havia sido Miss Praia, sobre o tablado do Casino Estoril.

«Sim, sim, tenho a certeza» – disse ela, deixando que a noite entrasse pela janela do quarto e a boca descomunal do rio, onde fundeava a esquadra multinacional da *Linked Ocean Forces*, começasse a confundir-se com o vácuo. Aliás, no momento, fora tão forte a certeza do sucesso junto do Mesquita, que à saída do banco ficara suspensa da montra da Franco Fiorelli. Tinha-se posto a pensar no sucesso da sua *démarche*. Uma loja assim transforma-se num sítio diante do qual uma mulher é levada a reflectir, e ela estava a pensar no passo que acabava de dar, olhando para o interior. Era uma casa de alta moda acabada de abrir, repleta de embutidos de mármore e vidros tão opalinos que dir-se-iam de Murano. O piso estava brilhante como um espelho, as roupas expostas ostentavam a leveza das grandes marcas. E Julieta, empurrada pela certeza súbita de que o roçagar dos membros do amigo do seu marido pelo corpo dela constituía uma promessa de mudança, havia entrado. Ao atravessar o portal, a atmosfera daquela loja havia-lhe dito *entra, entra*. Ela entrou. Com o coração a bater descontrolado, debaixo da blusa, aproximara-se dos varões altos e doirados donde pendiam as roupas. Os seus braços estavam a tornar-se débeis como linhas, no momento da aproximação daquelas roupas que a chamavam para um futuro promissor. Julieta, sentindo a mão amiga do Mesquita atingir de novo a orla do seu *soutien*, impelida por esse impulso de protecção do amigo do seu marido, escolhia três vestidos e um *tailleur* magnífico, assertoado, entrando sem pisar o chão da secção das provas. Meu Deus, para onde vou eu? Mas o próprio sítio das provas era uma delicadeza. Ela havia posto os vestidos, demoradamente, em frente do espelho, apesar de os sapatos brancos serem tão antigos que datavam do casamento. Mesmo assim, o *tailleur* ficava lindo. Ela sentira-se Rita Hayworth actuando em *A Dama de Xangai*. Era verde-água, o *tailleur*. Da cor do vestido que lhe haviam emprestado na noite em que fora consagrada Miss Praia. Tinha ficado algum tempo a contemplar o *tailleur*, muito perto do espelho. A proximidade da imagem criava-lhe uma intimidade com a roupa de grande corte como se fosse o prolongamento da sua pele. O *tailleur* caía-lhe como uma luva. Alguém que não ela, porém, iria levar a pele da sua pele. E ela não sofria nada, absolutamente nada por isso. Preparava-se apenas para dizer *desculpe, não serve*, pensando em Lanuit através do Mesquita.

Mas as pessoas da Franco Fiorelli, que recebiam os clientes personalizadamente, tinham-na feito sair do local das provas para lhe demonstrarem como lhe ficava bem. Que bem que lhe ficava! E trouxeram-lhe uns sapatos a condizer. Então ela havia andado dum lado para o outro no meio da loja, diante dos espelhos, em frente dos candeeiros de vidro opalino, onde se espelhava a Rua do Ouro, e não sabia como sair de dentro daqueles sapatos e daqueles panos. Até porque o seu cabelo ruivo ficara iridescente. Uma rapariga que parecia não ter mais de quinze anos, mas possuía uma mão firme como o ferro, havia-lhe feito um novo risco nos lábios. Como sair dali? Mas como? Sim, para resumir, tinha sido assaltada por uma grande dor de cabeça. E então, de súbito, lembrando-se de que ainda era a mulher dum resistente, e não se poderia ser resistente sem alterar a verdade, começara a inventar complexas mentiras para se desembaraçar daquele compromisso. Sim, havia inventado mentiras sobre mentiras, que estendia umas sobre as outras, como fatos sobre camisas. Até que finalmente se despedira de tudo. Então as pessoas que haviam confiado no seu interesse olharam-na com um desprezo brutal. Ela tinha dito «Desculpem, o melhor será aguardar por amanhã. Tenho de falar com o meu marido...» Só naquela altura deveriam ter reparado na realidade vermelhusca das suas mãos e na antiguidade dos sapatos brancos. A rapariga muito jovem, que pintava pessoas sem que lhe pedissem, havia--se posto a rir duma forma que não mais esqueceria.

Sim, Julieta sabia que tinha ido longe de mais, havia perdido alguma coisa da sobriedade que devia ter uma pessoa como ela «Isto é, não percebo se me correu bem se mal o primeiro dia das diligências. O que acha?» E a mulher de Lanuit, contendo na mão cinco cópias do currículo do marido, enumerava os locais e os nomes a quem os iria deixar. Dispunha apenas de três semanas para se desembaraçar da sua missão. Julieta juntava de novo os sapatos e descia pelas escadas até ao local da arara, chutando aquelas flores brancas que pareciam ir saltar a cada passada. Embora ela descesse devagar, elegantemente, unindo as pernas de lado, como se presa por lenços de seda imaginária. A porta do seu aposento abria-se e a cor era de veludo amarelo e bege, ama-relo-de-nápoles – Desceu, desliguei.

Escrevi nas folhas, quando foi noite. Com a alugadora de quartos ausente, a máquina havia voltado a fazer clap, clap sobre o cilindro rotativo. Folhas rápidas, muito rápidas. Pois a *Remington* era boa, cavalgava sobre a nova secretária com outro som, produzia um ruído mais sólido, mais duro do que na tábua. Naquela primeira noite em que dispunha do novo móvel, sentia que os dedos estavam de outro modo ligados à terra.

6

Aliás, a Casa da Arara parecia viver duma fosforescência viva. Quando Paulina voltou da rua, trazendo consigo merendas para quem não saía, tinha batido à porta de Leonardo. Ele havia aberto tardiamente. Mas alguma coisa se passava lá dentro que iria modificar tudo, embora a princípio não se percebesse que pudesse ser assim. A *partner* tinha começado a gritar – «Leozinho, que grande ideia! Mas que grande ideia!» Ele não respondia. Como se nada fosse, o *performer* continuava sem dizer palavra, pois estava inventando uma frase digna dum grande pensador. Sobre um quadrângulo de pano, ele havia feito confluir as sabedorias oriental e ocidental, em meia dúzia de traços. Leozinho era o máximo! Leozinho escrevera para a exibição do dia seguinte uma frase magistral – *Quero Que as Aves Façam sobre Mim o Que Costumam Fazer às Estátuas!* Curvado, despido, moreno, de tanga branca, estava terminando, sem a ajuda de Paulina, para demonstrar que era uma pessoa autónoma. Encontrava-se a pintar aquele pensamento porque entendia que resultava melhor um bom espectáculo concentrado do que uma corrida desenfreada contra o tempo. Não queria mais ir atrás do tempo. Ela que fosse se quisesse, ele apontaria, dali para o futuro, para três horas, o *timing* máximo de Paolo Buggiani. E ela disse, enternecida, diante da faixa escrita – «Sim, sim, Leozinho, agora já compreendi tudo.»

Escrevi sobre a *Remington* – Hoje ela vai dormir com Falcão, vai abrir a porta do seu quarto e vai entrar ao lado. Os seus pés descalços nem se vão ouvir, mas a porta sim, a cama também, o soalho principalmente. Porém, as passadas ouviram-se, a porta rangeu, mas a cama não, o soalho também não. Paulina entrou e não se ouvia nada, a não ser água corrente em algum lugar e um rádio soltando música para adormecer. Um carro agora roncava junto da Sumaúma. Depois a porta bateu, Paulina saiu, ouvia-se o roçagar da sua camisa pelo chão, andou pelo corredor, deambulou, e finalmente entrou no seu próprio quarto. Paulina estava enérgica. Trancou-se. Mas ter-se-ia trancado no seu quarto?

A luminosidade exterior entrava pelas janelas e cruzava-se pelos soalhos, passando pelas portas abertas. As superfícies brancas das camas pareciam balizas pontuando a atmosfera fosca da noite. Paulina tinha destrancado a sua porta e entrado num outro quarto. Qual? Ninguém precisava de se meter com os seus passos nem deveria procurar saber da sua rota. Aliás, a Casa da Arara não se confinava ao primeiro piso. Por exemplo, a janela do corredor continuava aberta sobre o quintal e a marquise permanecia iluminada. A mesa, sob o candeeiro em forma de capelina, estava a mulher de Lanuit. Eram quatro horas da manhã. Julieta já se encontrava a pé. Ou ainda não se teria deitado?

7

Ainda não se tinha deitado, disse ela. A alugadora subiu, envolvida num robe cor-de-rosa. Mas quando se aproximou, a luz da secretária revelou uma peça puída no punho e na gola, onde ainda se encontravam fiapos de organdi. Em tempo, deveriam ter formado belos ornatos. A faixa que o apertava era forrada de cetim fulgurante, e a mulher de Lanuit, mesmo de madrugada, movia--se com o aparato lânguido que a caracterizava. As mãos tinham ficado menos vermelhas por acção da amenidade da noite. Se se deitasse, não conseguiria dormir, disse ela. A sensação de que fizera alguma coisa contra Eduardo assaltava-a. A imagem do Mesquita aproximando-se dela, invocando o tempo em que fora Miss Praia, parecia-lhe uma mensagem de sentidos contraditórios que ora aproximava ora afastava Julieta de seu marido. «O pior, disse, o pior foi o que aconteceu na Franco Fiorelli. Porque entrei naquele local? Porquê?» – Tal como dias antes, o seu rosto apresentava uma sombra de tortura.

*

Sim, era verdade, trabalhava muito. Aquela casa devoluta, onde enterrava a sua vida para que não faltasse o essencial à família, parecia ter ficado de pé, na Rua da Tabaqueira, não para a salvar mas para a oprimir. Que mal tinha ela feito para ser oprimida? Felizmente, porém, a alugadora possuía, sob os cabelos ruivo nogal, bastante imaginação. E era a imaginação que a salvava. Sim, várias vezes, sim. Queria acrescentar alguma coisa ao que dissera horas antes. A alugadora encheu-se de coragem.

É que não tinha sido aquela a primeira vez que entrara numa loja para vestir e despir roupas. Nem a segunda, nem a terceira, nem a décima. Porque não confessar? De tarde, depois das suas tarefas, enquanto Lanuit se metia no escritório do quintal, ela descia à Baixa para ver as montras e entrava nas lojas onde se encontravam as peças que mais apreciava – Loja das Meias, Miss Côcô, Rosa d'Ouro, muitas outras – e provava-as. Havia cerca de dois anos que acontecia assim. Provava-as durante bastante tempo, ficava em frente dos espelhos olhando-se, fazendo passadas curtas, percebendo o que lhe ficava bem e mal. Mas tinha-se treinado de tal modo que, ao despojar-se das roupas sobre os balcões, era como se se despojasse de nada. Despedia-se mesmo do que lhe ficava bem como se não lhe dissesse respeito, de tal modo se tinha treinado para resistir. Sentia-se uma resistente. Às vezes interrogava-se – Não sofres, Juju Lanuit? Não te revoltas? Não te intimidas? Não serás uma pessoa insensível e monstruosa? E a resposta, desde que iniciara essa prática de se despedir de meias, sapatos, *tailleurs*, vestidos, calças, perfumes e bijuterias, era a mesma – Não, Juju Lanuit! Até seria bom que tivesses pena, que sofresses e te revoltasses, mas não! Com a ajuda de Lanuit, transformaste-te numa pessoa superior a esse género de dor rasteira, a esse tipo de apego material a coisas apenas adjacentes à vida. Quando finalmente dizia às empregadas – *Muito obrigada, não me agrada muito, vou continuar a procurar, queira aceitar as minhas desculpas*, já não sentia nada, apenas espanto por não verem na sua cara, desde o início, que se tratava duma prova para nada. Mas naquele dia, como havia contado, tinha sido diferente.

Em primeiro lugar, porque se tratava duma loja de grande estilo, onde facilmente a sentiriam deslocada. Depois, pela simples razão de que nunca havia envergado roupas que lhe caíssem tão bem. Diante daquele maldito espelho que lhe devolvera uma imagem em que se parecera nem sabia se com Rita Hayworth, se com Monica Vitti, tinha experimentado um deslumbre estranho, uma impregnação na pele, uma adequação da roupa aos membros como se os tecidos fossem ela mesma. Não, não queria falar dessa possessão absurda por parte de objectos, um princípio que Lanuit tanto condenava. E em terceiro lugar, porque achava que tinha confundido alguma coisa que a sua inteligência não era capaz de ler, nem tão-pouco a imaginação. Numa palavra – estava arrependida de não ter esclarecido junto do Mesquita o tipo de compromisso que havia sobejado, depois de ele a ter abraçado daquele modo tão efusivo. Sim, era verdade. A última vez que vira a cópia do currículo de Eduardo Lanuit, estava esse papel caído no chão, junto à cadeira rotativa do Mesquita. O gerente tinha-lhe dito – «Juju, tu não merecias isto. Oh! Querida, tu não merecias isto!» E fora aí que a beijara. Nunca se referira a ambos, ela e Lanuit. Ou ter-se-ia referido? Naquela madrugada que ainda protegia de escuro as janelas da Casa da Arara, Julieta não só se sentia inculta como experimentava uma falta de memória espantosa, uma perturbação inquinada. «Não, não...» – dissera o Mesquita, agora lembrava-se perfeitamente. «Dentro de quinze dias, querida, essa besta do Lanuit vai entrar nos eixos, ou eu não me chame João Mesquita...» – Ora o que queria ele dizer com isso? Queria dizer que dentro de quinze dias Lanuit estaria a trabalhar diante dele. Diante daquela secretária, onde até havia um friso ondulado, com uma fita de ouro. Sim, agora tinha-se esclarecido a si própria. A mulher de Lanuit agarrou na aba do robe que atingia o chão e começou a descer as escadas, utilizando aqueles sapatos, chutando aquelas flores.

E de súbito, o corpo branco de Paulina saiu dum quarto, entrou num outro, como um relâmpago. Mas não estava nua porque o cabelo a cobria até à cintura. O esquema da parede crescia. Porque não haveria de crescer? Ao contrário do que se diz, eles é que empurravam a sua própria vida, eles é que escreviam a configuração do mapa.

8

Sim, lembro-me desse dia e dessa manhã. Lembro-me de não me ter lembrado. Mas a Gamito ocorreu-lhe entrar no quarto de Osvaldo, o que tinha olhar de Al Pacino. Havia ceado demasiado tarde e precisava duma pastilha que só o leitor de jornais de véspera possuía. E de facto lá estava a embalagem em cima da mesa-de-cabeceira. Podia servir-se. Era uma pastilha de sugar. Mas depois o gatarrão não se lembrava de ter visto o outro deitado. Voltara a confirmar e não estava. E havia-se estendido de novo, pensando que talvez Osvaldo tivesse voltado a buscar outro objecto na casa de família ao Bairro das Amoreiras. Onde estavam as *T-shirts* que diziam *Muerte a los Estúpidos*? O comprimido começava a fazer-lhe bem, de novo adormecia. Só que pensava que não o tinha visto, e ia dormitando e pensando nisso tudo vagamente, até que se lembrou de que Osvaldo poderia ter ficado ressentido com as circunstâncias em que voltara à casa onde existia um só móvel, e poderia ainda não ter regressado. No entanto, aquela era uma das manhãs em que a servente aparecia com o balde, para limpar os sanitários e passar o pano por uma ou duas arestas das portas. Gamito, que certos dias mal podia ouvir vozes femininas, estava a ser acordado pela arrumadeira. Desesperado, saiu do seu quarto e entrou naquele que lhe parecia já ter sido abençoado pela servente e deveria continuar vazio. Entrou no quarto de Osvaldo e atirou-se para cima da cama. Ali mesmo adormeceu. Quando acordou, porém, não sabia dizer o que tinha. Era como se estivesse num lugar que o expulsava. Durante uns momentos, sentiu medo daquele quarto que tresandava a papel empilhado, montes de jornais adquiridos ao cair da tarde para que não falassem do dia seguinte. E a roupa espalhada por cima das cadeiras. Não, Osvaldo não escrevia nas paredes, como era hábito de toda a gente que ali vivia, mas tinha pendurado fotografias de mulheres de quando ainda novas, que à data já seriam velhas. Duas delas estavam a rir bastante, com os mesmos olhos encandeados do Al Pacino. E a um canto havia cartas rasgadas, recibos de dinheiro, tudo num monte como se fosse para colocar no lixo. Em alguns aspectos, o quarto do Burt Lancaster também se parecia com aquele, mas não na atmosfera. Aquelas mulheres a rir, entre outras fotografias que o tipo tinha pendurado, metiam medo. Gamito saltou para o corredor, deixando a porta aberta. «Alguém sabe onde este gajo se meteu?» – perguntou muito alto.

«Qual gajo?»

«O estupor do Osvaldo, a quem mandámos buscar, já não sei quando, as *T-shirts* de que ele gostava.»

César saiu da cama revoltado contra o barulho. Ele tinha visto luz no quarto, na noite anterior, e Osvaldo estava a ler o jornal, sentado na cama. Porque não tentavam informar-se sobre esse tipo de assunto em voz baixa?

«Tens a certeza de que não era um programa que passava no *queijo flamengo?*» – perguntou Paulina. Naquele momento, já a televisão anã trabalhava no soalho do seu quarto.

«Vai, vai para outro lado, desaparece» – César, irritado, fechou a porta, mas Gamito entrou atrás.

«Tens a certeza de que o viste?»

«Não, respondeu César, agora já não me lembro se foi ontem à noite, se foi há dias atrás.»

O gatarrão parecido com Burt Lancaster voltou para o corredor, com um pressentimento que não sabia se lhe nascia da alma se da entranha. Todos sentiam o mesmo. Mas enquanto Gamito hesitava, havia quem tivesse certezas e soubesse como agir. Rápido, Falcão procurou entre aquele emaranhado de papéis o endereço da casa de família de Osvaldo, ao Bairro das Amoreiras. Finalmente encontrou a informação no triângulo duma carta. Agora deveriam todos caminhar para lá. Ele, porém, decidiu – «Sozinho, eu é que achei o endereço.» E vestindo-se à pressa, o cine-repórter surgiu com a câmara ao ombro e logo desapareceu nas escadas da arara.

9

Falcão parqueou a carrinha *Vitório-Reportagem* em frente do prédio constante do endereço. Era uma casa de quatro andares e um último recuado, junto ao Jardim das Amoreiras. A porta estava fechada. Um repórter, porém, tinha de ter método. Não poderia avançar de qualquer modo. Discou o número do Segurado. O agente demorou muito, demorou de mais, mas quando veio ao telefone foi eficiente – «Sim, houve aí um homicídio, mas tomou-se conta do caso sem reportagem. O corpo recolheu ao Instituto de Medicina Legal, sem mais nada. Você não pode querer que eu lhe fale de toda a porcaria que acontece entre a casa das pessoas e o cemitério. Ou quer? Você já me está a chatear...» E continuou a falar, a falar. Mas Falcão não o ouvia. Tinha a sensação de que alguma coisa de grande e definitivo começava a rondá-lo. Era preciso não perder o norte. A tremer, tomou a câmara e aproximou-se da porta. Tocou. Uma mulher encarniçada veio abrir, escancarar a porta. Ergueu a mão na direcção da escada e começou a vociferar que só agora vinham, só agora apareciam, depois de terem trancado as portas, selado tudo. Naturalmente que ela é que tinha ouvido, ela é que tinha chamado a polícia, mas não imaginava que eles não chamassem a imagem. Porque sem imagem, para que serve a polícia, meu Deus, para que serve a polícia? Mas como as autoridades não dão conta de nada, então não chamam a reportagem. Ela, porém, poderia contar. E colocada à porta de casa, explicou que o rapaz era filho de gente muito abastada que não estava cá. Ele e o irmão tinham pintado a manta, vendido tudo, não havia escapado nada.

«Nem um móvel?» – perguntou Falcão, aguçado de espírito ficcional.

«Sim, a última vez que lá entrei estava só uma espécie de armário que não cabe nas portas, e que se não fosse eu, já tinham partido aos pedaços...»

«E como foi?» – prosseguiu Falcão.

«Você não é inocente. O tipo deve ter vindo pedir o que procurava sem ter com quê. Eu só ouvi, primeiro passos e a porta a abrir-se, e depois alguém bateu com a mão. Demoraram muito a abrir. A seguir, senti um baque e depois umas corridas. Tudo se passou ontem, antes de o Sol romper. Quando entrei, ainda a coisa fumava. Estava tombado no chão...» – A mulher vermelhusca começou a sentir-se mal, a cair junto da ombreira, depois, a ficar amarela como a margarina, como a cera. E Falcão desligou o olho da sua máquina. Mas apesar de ter apenas vinte e três anos, sabia que, naquele caso, não deveria rumar na direcção do estúdio de revelação sem passar primeiro pela Casa da Arara.

Precisava de preparar o que dizer e como dizer. A realidade era esta – Eles tinham mandado Osvaldo lá a casa contra a vontade do próprio. Mas deveriam agora envolver-se num processo de culpa? Não, não deviam. Alguma vez o rapaz que só lia jornais do dia anterior, e buscava empregos com vinte e quatro horas de atraso, teria de enfrentar a dificuldade, passar o cerco em que se encontrava envolvido. Eles até o haviam mandado na melhor hora, a hora da madrugada. Que culpa tinham? Absolutamente nenhuma. Falcão colocou a câmara no seu lugar e voltou ao corredor. César saía da banheira grande, com uma toalha à cintura e a televisão anã debaixo do braço. Os seus olhos ficaram pequenos e sumidos, como os de Dustin Hoffman, no momento em que encostava a cabeça à janela do autocarro, no final d'*O Cowboy da Meia-Noite*. Depois Paulina, já vestida de escafandro, começou a desapertar a roupa, sentada na esteira da ginástica. Leonardo imobilizou-se com o olhar perdido na parede coberta de pedaços de jornal, onde a sua cara se multiplicava por vinte. Só Gamito, o gatarrão, se deixou fragilizar, começando a soluçar encostado à porta. A madeixa do seu cabelo revolto tremia como se lhe soprasse um secador. Mas Falcão atirou-se a ele – «Pára, pá, não foste culpado. Entendido? Aqui ninguém foi culpado e cada um de nós deve ir à sua vida!»

«Ir cada um de nós à sua vida, num dia destes?» – espantou-se Paulina, ainda despida sobre a esteira. A roupa que usava sob o cabedal preto era transparente e branca. Mas depois de meditar um certo tempo, ela mesma acrescentou – «Na verdade, ele foi vítima de si mesmo, da sua fraqueza e falta de vontade. Nós não temos nada a ver com isso. Só devemos ter pena e, depois, caminhar, caminhar...»

César tinha desencolhido os olhos e estava quase a pensar como ela, mas não sabia se não deveria ir ao Instituto de Medicina Legal ver Osvaldo.

«Já não é o Osvaldo» – disse Paulina, como se ainda estivesse a caminhar. «Essa é a triste realidade...»

E Leonardo começou a mexer-se, a articular-se, a andar lentamente pelo quarto, procurando um objecto. Depois desses passos lentos, como se quisesse encontrar um esquema perfeito de movimento, acabou por confessar – «Acho que, sem saber, já lhe fiz a minha homenagem, inventando esta frase sobre as aves e as estátuas. Fui eu ou não fui quem inventou, Paulina?» Paulina disse que sim. Que ela só o tinha estimulado. Então, era bom que houvesse espectáculo naquele dia. Que começasse até mais cedo, em memória de Osvaldo. Entretanto, as ideias iam-se multiplicando.

A Falcão ocorria uma questão relacionada com o problema legal. Era preciso avisar Dona Julieta Lanuit. Ele ia já informá-la antes que ela saísse, enquanto pedia a César que segurasse aquele grande gatarrão que não parava de sorver lágrimas e mucos, demasiado líquidos para a sua idade e condição de macho. Demasiado champô e a proximidade dos cabelos das mulheres estavam a fazer-lhe mal à emotividade. Não tardou que a alugadora dos quartos marcasse o número da polícia sob a efígie da arara. Ela queria, exigia que a polícia chegasse para ver como nada tinha partido dali. Dizia Julieta, explicando para dentro do bocal. Tinha filhos, tinha dois filhos menores, que não desejava ver misturados com situações anómalas. De lá, os agentes deveriam desdramatizar bastante o assunto. Finalmente, ela perguntou do vestíbulo da arara – «Posso então mandar encaixotar as coisas do rapaz?» A resposta parecia ter sido afirmativa. A mulher de Lanuit, que na noite anterior não deveria ter dormido uma hora, ouvia e não compreendia nada. Não, não sabia se poderia ou não mandar retirar os objectos de Osvaldo. Julieta encontrava-se perplexa, a olhar para os seus hóspedes, com o telefone pousado, no sopé das escadas.

Então pronto, se não era possível fazer um só gesto que fosse em favor daquele rapaz magrinho que ali havia estado absoluta-mente para nada, cada um tinha o dever de não contaminar os outros, invocando a sua figura. Tudo o que se poderia dizer é que uns vêm a este mundo para vencer e outros para serem vencidos, e entre estes dois caminhos cada um toma o partido que a sua vontade quer. Os que nada querem não devem roubar tempo de vida aos outros. Mas entre estes, ao menos, ainda há os que ofe-recem ao mundo a hipótese duma reportagem. Outros nem isso. Outros partem e as suas vidas acomodam-se, em menos de quinze minutos, dentro dum caixote – dizia Falcão, filmando o quarto que fora de Osvaldo e fazendo passar o olho global da *Arriflex* por cima das fotografias olheirentas das novas velhas senhoras, agora mais serenas, mais profundas, ali penduradas. Não havia tempo para escrever um epitáfio sobre o cilindro da *Remington*.

Não havia tempo, pois, como disse, o desaparecimento de Osvaldo acelerou a vida. Paulina começou a espalhar *color-cream* sobre Leonardo, com a velocidade duma vibrante massagem, e cada um se vestiu em silêncio e partiu na sua direcção.

10

O *Static Man* caminhou para onde deveria caminhar, fazendo o seu ziguezague entre tábuas e areias, tapumes e escadas onde gente vazava restos de sardinhas, junto às paredes brancas. Sem compreender porquê, naquela tarde, parecia haver mais sujidade pelas ruas. Paulina, porém, ia adiante e tinha na cabeça a geografia desses obstáculos todos. Quando atingiram a Voga, Leonardo contou os cento e vinte e sete passos, e quando alcançou o centro do primeiro cruzamento, preparou-se para pousar o caixote. Nem era preciso fazer qualquer esforço para tomar o lugar. As crianças vagabundas assim que o viam começavam logo a gritar que se afastassem os transeuntes. Ele preferiria que assim não fosse, mas também não fazia mal.

Agora os gestos repetiam-se como se fosse máquina. Leonardo pousou a caixa, puxou a corda, desatou a manta, beijou o punho e começou a estender os vários elementos do espectáculo. Naquele dia, antes de envidraçar os olhos sob as pálpebras falsas, existia mais um. O atleta estendeu o pano e sobre ele amarrou a nova faixa. Só depois se concentrou. Sim, havia muita gente. Gente de todas as raças alinhava-se em volta para vê-lo subir. Mas os espectadores só deram pelo significado do que estava escrito quando o atleta montou a coluna com os degrauzinhos e se imobilizou de todo. As crianças foram as primeiras a soletrar, embora demorassem a entender. Duas raparigas negras tinham-se posto a rir. As suas vozes cheias ressoavam entre a multidão movediça que passava no cruzamento – «Ele quer, ai o que ele quer!» E uma mulher de cabelo cinzento aproximou-se e leu tudo em voz alta – *Desejo Que as Aves Façam sobre Mim o Que Costumam Fazer às Estátuas*. Depois, localizando-se em cima da manta, olhou bem para o corpo do *performer*, só em parte coberto pela túnica, e achou alguma coisa estranha, alguma coisa vulnerável, alguma coisa que poderia fazer ligação com as próprias ideias que trazia sob o carrapito. A mulher largou a cesta que levava e começou a rir de forma alvar – «Só visto! Está aqui um tipo que quer ser cagado pelos pássaros!» E a mulher ria sem parar, de braço esticado, indicando o rosto do estátua, não parando de dizer – «Quer ser cagado, quer ser cagado!» Os próprios miúdos vagabundos pareciam chocados, e diziam – «O *Static Man* quer, ai o que o nosso *Static Man* quer...», correndo à volta da manta.

Muita gente chegou, muita gente parecia indignada, embora ninguém explicasse porquê. Umas inglesas começaram a copiar para os seus documentos de hotel aquelas letras, perguntando o significado a quem lhes parecia que falasse inglês. Mas Paulina saltou para junto da manta e explicou às senhoras que tinham as canetas em punho – «*This is a superior form of art! This is his form to express that he is capable to dominate his mind. But Portuguese are crazy. So crazy, my God!*» Uma das inglesas era absolutamente cor-de-rosa e ficou impressionada – «*Oh, my Lord!*» E ambas começaram a procurar dinheiro. Uma delas depositou uma nota. Mas ia ser difícil estancar a situação. Em língua nativa, a expressão ganhava uma força brutal junto da imaginação de quem passava, fazendo repelir. Sobretudo, quando os pombos voltaram a roçar os papos tensos pelas janelas e baixaram na direcção do chão. Um velho homem com um sinal roxo no lábio dizia – «Façam-lhe agora, pombas, façam-lhe para cima dos olhos!» E além das inglesas e mais uns quantos que iam contra a corrente do alvoroço, ninguém depositava dinheiro no prato. Paulina não sabia se deveria permanecer perto, se longe. A certa altura, aproximou-se e disse – «Leozinho, vamos para casa!» Mas o *performer* nem se mexeu. Continuou imóvel como estava. Só de perto, de muito perto, se podia ver que o peito, de cinco em cinco minutos, se movia, involuntariamente arfava, numa oscilação que não atingia o milímetro. Era uma ilusão da vista.

O próprio António Stradivarius, cuja voz até aí parecera identificar-se apenas com a do violino, de súbito, ficou sórdido como os demais. «Tudo isto é à merda dos pássaros que nos olham de cima!» – E havia desferido o arco sobre as cordas, duma forma saltitante que fazia rir quem passava. Dois polícias começaram a rondar, e a situação só aplacou quando uns rapazes de bloco na mão e máquinas ao peito se aproximaram. «Você fala?» – perguntou um deles. Paulina foi ao seu encontro e disse – «Não fala, não fala, não! Ninguém merece este espectáculo.» Depois a fúria começou a abrandar quando as lojas fecharam e as pessoas correram para os barcos, levando aquela lembrança para contarem aos seus. O cavalheiro idoso que se encostava a uma cana-da--índia também abalou na direcção do Chiado. Porém, à medida que se afastava, encostado à cana, olhava para trás, até que por fim desapareceu. Eram nove horas e havia quatro que o *performer* se encontrava ali em cima. Paulina estava sem saber o que fazer da sua vida. A certa altura, só ela e a rapariga obesa rondavam a manta. Caminhavam como soldados em ronda. As duas olhavam-se nos olhos, cruzavam-se, voltavam a afastar-se, voltavam a cruzar-se. Até que o relógio do arco da Rua Augusta atirou para dentro das ruas desertas pela frescura da noite onze poderosas badaladas. O *Static Man* havia feito seis horas de imobilidade voluntária.

Três horas da manhã – Batiam os martelos da velha máquina sobre o heptágono de madeira, entalado no grosso vão da janela. Era tão pronunciado o vão que só ele parecia uma casa. Outros divertem-se a patinar sobre o gelo ou a beber copos de álcool. Eu gostava que a *Remington* trabalhasse dentro daquela casa, e que pela parede do quarto se espalhasse o meu mapa radicular. Como já disse, tratava-se dum inocente mapa. Naturalmente que dele não podia deixar de constar o progresso da vida do *Static Man* e o abate do breve percurso de Osvaldo.

CAPÍTULO QUINTO

෧෧

1

A serviçal subiu com duas caixas de papelão e entrou no quarto de Osvaldo com o ímpeto duma escavadora. Entre os frascos de detergente havia uma pá, a pá que Lanuit costumava usar para remover a terra do quintal, e que, empinada junto a uma porta, a meio dum corredor, assumia a configuração dum artigo transviado. Mas logo se percebeu para que usava Purificação aquele objecto de jardim. Azafamada, a mulher pegou na alfaia de ferro e em quatro pazadas atirou os jornais e os bichos-prata que deles nasciam para dentro duma daquelas caixas. Depois, enrolou as roupas com a velocidade duma batedeira eléctrica e atafulhou-as por cima. Osvaldo tinha pouca coisa, e além dum atlas e de dois livros sobre astronomia, apenas possuía Patinhas e Astérix. Quando a servente ia atirar tudo para dentro da mesma caixa, deu por um volume em cuja capa se podia ler *The Best Sex Symbols*. A mulher cuspiu no dedo e abriu-o. Fechou-o e atirou-o com repugnância para cima das roupas. «Porcos!» – disse. Tudo aquilo era rápido, tudo aquilo era feito ao alvorecer da manhã. Mas quando a serviçal ia retirar os objectos da parede, parou a olhar, como que estarrecida. A sua voz adquiriu uma finura líquida, um lamento trémulo, incompatível com a largura dos seus braços e o volume da sua barriga. «Ah! Pobres mães, pobres avós, desgraçadas tias! Para que pare a pessoa estes moços! Ai, ai!» – suspirou muito alto. E durante um instante, enquanto desprendia da parede aqueles olhares parceiros das antepassadas de Al Pacino, a sua voz pareceu acompanhar-se à lira. Não assim quando encontrou o calçado amontoado debaixo da cama. A rápida serviçal tomou de novo a pá e atirou botas e sapatos, meias sujas e alpergatas de borracha para dentro da caixa dos jornais com agilidade de varredor. Em seguida dobrou o colchão, dando-lhe algumas palmadas, e procurou escancarar o mais possível as madeiras das janelas. Por fim, arrastou os caixotes de papelão. Levou os caixotes, levou a pá.

2

A janela do quarto que fora de Osvaldo permaneceu aberta de par em par, prova da brutalidade daquela mulher cujo ritmo deveria ter nascido no cruzamento dos galos com a locomotiva. Pelo menos foi isso que Paulina gritou, quando sentiu o corredor devassado de luminosidade. «Grandessíssima puta!» – disse a rapariga. «Vem aqui quando lhe apetece, e só para acordar o Leozinho. Estás acordado, Leozinho?» – perguntou, avançando para dentro do quarto do *performer*. «Agora já é tarde, já não sei se temos tempo para fazer o circuito. Mas para a preparação de solo e a concentração, ainda temos. Ontem tudo aquilo foi de mais. Triste ideia teres inventado a maldita frase. Onde está o pano, onde está a frase?» – Paulina queria encontrar o pano para rasgá-lo. Encontrou-o, desdobrou-o e começou a fazer forças para destruí-lo. Mas o *performer* saltou da cama com a leveza duma pena. «Experimenta a pegar, experimenta lá, nem ouses tocar com uma unha na minha frase!» E completamente exaltado, arrancou a faixa das mãos de Paulina. «Fora, fora do meu quarto!» – gritou ele. «Ainda mal abriste as pestanas e já começaste a mandar. Estou cheio de ti!» – E o *performer* empurrou a rapariga para fora do quarto, pedindo que se fosse embora, que desaparecesse para sempre.

Ela entrou no seu quarto e fechou-se. Devia estar a refazer a sua carga, sentada no meio duma atmosfera onde boiava o cheiro a perfumes e águas-de-colónia com que aspergia as madeiras. Quando acabou de se carregar, explodiu – «Também eu estou farta, farta de ti! Não posso mais, ouviste? Ouviste bem? *Shit*!» E a sua voz crescia, até ficar num só grito, através das paredes, que não eram tão finas quanto isso – «Vai pôr-te debaixo do poleiro dos pássaros, vai, vai, idiota, chanfrado, ridículo!» Paulina aproximou-se da porta de Leonardo e abriu-a de repente.

Não estava, o *performer* havia saído do quarto. Onde se tinha metido aquele idiota? Correu à banheira das patas de leão, mas dentro dela ninguém se encontrava. O idiota não podia evaporar-se, devia ter-se escondido em algum lugar. Também não estava dentro da banheira rasa. Aproximou-se da porta de César, que ainda dormia, e não lhe pareceu que estivesse lá. Gamito, o Burt Lancaster, deitado a meio da cama, de bruços, tinha uns pés enormes saídos de fora. Abriu os olhos claros. «Que horas são?» – perguntou, espantado. «Tão cedo? Vai-te matar para outro lado.» Burt virou-se para a parede. Paulina entrou no quarto estúdio de Falcão. Esse sim, àquela hora já trabalhava. Encontrava-se preparado para sair, barbeado, vestido, com seus óculos de aros pardos muito bem aplicados no rosto. Aquele, na verdade, era um homem. «Espera!» – gritou ela. «Espera por mim, quero ir contigo!» Falcão não podia esperar. Tinha a ideia de que um acontecimento urgente, naquele dia, estava vindo ao seu encontro. Ele não sabia de que modo, nem de onde, mas vinha. E como resposta ao apelo que sentia, estava juntando os materiais. O bloco, a caneta, a *Nagra* do som, a *camera*. «Como é que vens comigo, se ainda estás assim?» – perguntou. Falcão olhou-a na camisa branca, transparente.

«Sim, ou não?» – perguntou ela. Ele pousou a traquitana e encostou a porta. «Parece que o que tu estás a pedir é uma queca» – disse Falcão, aproximando-se de Paulina, com as duas mãos livres. «Não dizia que não, se acaso me levasses.» Com uma mão o repórter puxou a camisa dela para baixo, e com a outra a sua própria *T-shirt* para cima. «Diz que me levas, diz que me levas» – gritava a rapariga. «Vai, vai!» – disse ele.

Tinham-se afastado do material de reportagem oferecido pelo pai de Falcão no dia dos anos. Encontravam-se perto da moviola. Ele virou-se de costas – «Isto é que é uma trampa de casa. Agora temos de ir outra vez para dentro da banheira. Vai lá então arranjar-te, antes que seja tarde. O dia de hoje levantou-se sobre o globo terrestre para me dar sorte. Já viste como veio ter comigo o rapaz do Tejo? E como o caso de Osvaldo quase me vinha ter à mão? Anda coisa por perto de mim. Eu sinto. Hoje, então, tenho a certeza de que vou fazer um grande encontro. Alguma coisa está a caminhar na minha direcção e traz na algibeira aquele objecto metálico que estala e fumega» – disse o repórter. E pela janela aberta sobre a parte velha da cidade, unida pelos telhados em forma de carapaça, Falcão imaginava sons, estampidos e corridas, baqueamentos na água e no solo, enquanto esperava dois minutos por Paulina, mas a partir daí, não esperaria mais. «Vens ou não vens?» – chamou Falcão. Paulina, já vestida de escafandro, com os longos cabelos soltos, espalhados pela cara e pelas costas, desceu atrás dele a correr. A porta que fora de Osvaldo permanecia aberta, introduzindo no corredor uma luz crua. Antes de descer, Paulina gritou – «Um momento, vou fechar a porta que era do Osvaldo. Deixar aquele quarto escancarado, diante de nós, é mesmo uma ideia de sádica!»

3

Também Julieta desceu mas não apressada. Pelo contrário, aquele era o segundo dia consecutivo em que calçava os sapatos de aranha, e o seu tacão fininho deslizava entre as redondas pedras da Rua da Tabaqueira. Quando passou em frente do Café Atlântico, tinha-se a sensação de que caminhava sobre espinhos, mas não deveria acontecer, pois a anca escorreita movia-se com elegância crescente, à medida que se afastava. Para observá--la, contudo, era preciso galgar a secretária encravada na janela. Mesmo assim, podia ver-se que num dos braços levava uma pequena malinha preta, da cor dos sapatos, e que, entre o braço e o vestido de ramagens, havia uma pasta amarela onde transportava os currículos de Eduardo Lanuit. Ela andava, andava, com aquele ticotico sobre a pedra, e a impressão que se tinha era de que quanto mais se afastava, mais permanecia no interior da Casa da Arara.

Então Leonardo ficou largo tempo metido no quarto, evoluindo ao som de *Einstein on the Beach* com movimentos de limácida, entre aquelas esteiras, aquelas frases, aquelas roupas penduradas de cruzetas como uma floresta virgem, e quando chegou a altura, saiu maquilhado e de caixa às costas, como sempre tinha acontecido. A casa estava vazia. Ele desceu as escadas. Eu fiz parar a *Remington*. Depois retomei-a, amassei as mãos sobre o leito das suas letras – Clap, clap. A luminosidade soprava calor sobre os telhados de Lisboa. Leonardo entrou na Rua Augusta repleta de gente que passava e sentiu-se admiravelmente sozinho.

Apetecia-lhe assobiar enquanto puxava a corda, beijava o punho, estendia a manta e fazia rolar a caixa para o seu centro. Porque não? Em vez de repetir mentalmente pedaços da ópera, começou a trautear ondas umas atrás das outras, enquanto alisava a manta e estudava o ângulo de luz. «Yeah, kids! Desapareçam!» – Os garotos, com calças atadas por baraças, aglomeravam-se junto da manta. E assobiou mais alto.

Sentia-se bem preparado e capaz de representar um bom espectáculo. A maquilhagem feita por si mesmo apresentava detalhes muito próprios. Naquela tarde, iria fazer o que bem lhe parecia. Mas não contava ficar em cima do plinto para além das três horas. Era o tempo suficiente para acompanhar Paolo Buggiani. Além disso, estava morto por ver de novo a cara daquela gente a ler o seu desejo espectacular que, além do mais, até correspondia à verdade – *Quero Que as Aves Façam sobre Mim o Que Costumam Fazer às Estátuas*. O *performer* não se importava que os pássaros poisassem nele. Para ser franco – pensava enquanto arrumava o prato do dinheiro – até acharia o máximo se um pombo que fosse, um só, viesse encarrapitar-se-lhe na cabeça e alguém lhe tirasse nesse instante uma fotografia. Ele gostaria de ter na parede do quarto uma fotografia assim, e até a mandaria para o agente de Paolo Buggiani – «Espectacular Buggiani, aqui vai a minha fotografia. Não sei se os pombos de Manhattan são espertos. Telefona, diz!» Agora que estava bem, sem a sentinela chamada Paulina, iria então desdobrar a faixa que amarrava à volta da coluna coberta pelo pano preto. Depois subiria ao plinto. Mas o que contava era o efeito sobre os transeuntes. Não tardariam a enfurecer-se, a mover-se, a enfrentá-lo. Os miúdos estavam de cócoras, seguindo-lhe os movimentos – «De novo o *Static* quer! Olhem para o que ele quer!» E desmanchavam-se a rir, fugindo cada um para seu lado, esbarrando contra as pessoas paradas ao sol, sob seus óculos escuros. Leonardo já tinha subido, já tinha o olho vidrado, já se tinha colocado junto à linha da sombra, já viajava entre as cabeças das pessoas e as cristas dos monumentos da Baixa, metido na sua bolha de ar, sustentado pela reprodução mental da música. «Hôôooop! Yeah! Aqui vai o *Static Man*, admiravelmente sozinho...» – dizia para si. Agora pouco se importava, fosse pelo que fosse. Iria estar lá, já estava lá, planando diante de todos, viajando por dentro como se fosse por fora, fazendo parte dum todo e desfazendo-se no todo, mostrando a sua habilidade, ganhando o seu dinheiro na Rua Augusta, até ouvir sete ou então até ouvir oito badaladas, não mais.

Mas não seria assim. Nenhum dia era igual ao outro, nenhum espectáculo se repetia.

Rápidas, as pessoas faziam as compras de Verão que as conduziriam às praias. Passavam entretidas com as suas contas, olhando para os seus cheques e os seus cartões de crédito. E nessa azáfama da partida – pois as ondas chamavam da costa – poucos paravam junto do *Static Man*. As crianças vagabundas cedo se dispersaram, pendurando-se nos compradores estrangeiros. Raparigas e mulheres passavam com os quatro membros nus. O próprio António Stradivarius apareceu descomposto, sem barrete, com o cabelo colado ao crânio, e quando soltou as primeiras notas dum *allegro marziale* junto aos pés do *performer*, o homem parecia estafado. A respiração dele era quase tão ofegante quanto a sua música. E nesse instante houve uma revoada de fotografias. Mas depois, os mirones acoitaram-se à sombra da Filmarte e da empena do Hotel Francfort. Eram sete horas e fazia calor. O Sol descendente injectava luzes entre os vidros, multiplicando o fumo cinzento dos gases. Parecia impossível que o *Static Man* aguentasse semelhante posição, sob um calor daqueles. Pela cara do *performer* corriam grossas bagas, o corpo coberto pela fantasia branca começava a parecer molhado. E os olhos? Umas mulheres tinham-se aproximado para espreitar os olhos do atleta e falavam entre si. Falavam, olhavam e falavam, como se trocassem impressões pessoais. A dada altura, uma outra saiu da Casa Brasileira com uma garrafa de água. Sobre a garrafa vinha um copo emborcado. Era uma mulher alta e esgrouviada, na casa dos trinta, com uma ondulação miudinha espalhada pelos ombros. A mulher abriu a garrafa, e colocando-se sobre a manta, encheu um copo. A princípio parecia tratar-se duma cena sóbria. Estendia o copo na direcção do *Static Man*, e as outras, mais velhas, apenas viam. Mas depois, a alta esgrouviada começou a dizer – «Bebe! Porque não tomas uma pinga de água? Oh! Coitadinho, porque queres ser excrementado pelos pássaros?»

E em seguida, contrariando tudo o que Leonardo havia projectado para aquela tarde, em que se sentia livre como a poeira que se desprendia das telhas, a mulher esgrouviada deitou tudo a perder. Aproximou-se mais da caixa, aproximou-se com aquele maldito copo de água a transbordar e pôs-se a gritar – «Bebe, bebe, pelo amor de Deus!» Umas outras que saíam da Casa Canadá, com os sacos repletos, precipitaram-se sobre a cena. «Bebe! Não esperes que os pombos te façam!» – disseram as recém-chegadas. «Move os braços, move a cabeça, bebe!» O *performer*, no alto do seu plinto, porém, era como se nada se passasse, ou como se nada ouvisse. Nem um cabelo ele moveria. Estava prevenido, conhecia muito bem aquele tipo de reacção emotiva, própria dum povo que não está preparado para distinguir o sacrifício da arte. Ele tinha corrido várias praças da Europa, ele sabia. E de entre aquelas mulheres que caminhavam em grupo, com folhetos sob o braço, uma delas, de barriga em forma de pote, tirou um lenço da malinha e começou a acenar na sua direcção – «Homem, escute as minhas palavras! Saia daí, não sofra mais! Pelo amor de Deus! Sofrer assim é impróprio dos homens!»

De novo um círculo apertado se estava a formar no cruzamento. Vários comerciantes encontravam-se fora das lojas a assistir à cena cínica dumas mulheres a quererem apear o homem-estátua. Por eles, até que não seria errado que o afugentassem dali. Desde que aquele indigente chegara com a maldita caixa, a Rua Augusta parecia-se com o Circo Cardinali. Mas a motivação do grupo de mulheres altas como girafas, e baixas como potes, que se tinham apoderado da zona da manta, não era comercial. «Porque sofres?» – Uma delas, de grandes seios apertados por um *soutien* que os empinava e a fazia ofegar como se fosse ter um filho, não suportou mais a imagem da imobilidade e atirou-se ao plinto. Com as mãozinhas sapudas agarrou nos tornozelos do estátua, puxou o estátua e, ajudada por uma outra, cuja histeria contida explodia como uma bomba, fê-lo desequilibrar-se. Isto é, na primeira tarde em que Paulina não o acompanhava, faziam-no cair por terra.

Mas Leonardo estava preparado – Tal como encontrou o solo, assim ficou. Deitado de lado, sobre o flanco esquerdo, a mão direita no ar, olhava na direcção das telhas. O círculo de mirones tinha-se apertado como nunca, e um homem começou a gritar – «Fora, fora, suas cretinas! Este atleta vem nos jornais todos os dias, este homem está aqui por vontade própria, este homem não brinca em serviço...» E um alvoroço impróprio se gerou no primeiro cruzamento da Rua Augusta, enquanto Leonardo permanecia em forma de estátua jacente, com a mão direita naquela posição em que um clássico leria um livro. Só que a mudança da rua se processava de forma incontrolável. O *performer* permanecia imóvel, sem fazer mal nenhum a ninguém, oferecendo o seu espectáculo, e mesmo assim, a adversidade vinha ter com ele. Um chui projectou a sombra do seu boné e pediu-lhe a documentação.

Leonardo ainda tentou reagir, ainda tentou permanecer estátua, mas o homem insistiu com violência – «A licença, mostre o papel!» Era humilhante para um homem-estátua despir o caixote, procurar sob os degrauzinhos de madeira a saqueta onde escondia os documentos, atirando o seu espectáculo para o limiar da degradação. Mas não fazia mal, ele haveria de vencer, e quando em meados de Setembro partisse para Manhattan, para junto de Paolo Buggiani, então haveriam de ter notícias dele pelos jornais. Lá, nenhuma mulher americana o obrigaria a beber água durante um espectáculo, nenhuma o faria cair do plinto, nenhum chui lhe pediria os papéis, mas sim às gajas altas e às gajas redondas que se quisessem intrometer. Nenhum polícia americano lhe faria perguntas indecentes como eram aquelas que lhe estavam a ser feitas. O agente da autoridade tinha posto o boné para a frente e olhava o *Static Man*, bastante intrigado. «Hum, hum!» – trauteava o polícia. «Que raio faz você aqui, feito palhaço, você, filho de gente conhecida? Você deveria levar mas era um puxãozito de orelhas.» Mas o *performer* não iria responder. «Sim, pode continuar, vá lá para o seu poleiro, e não ameace a ordem. Olhe que vai dentro.» E quando começou a andar na direcção da sua esquadra, ainda dizia – «Olhe que vai dentro! Olhe que eu não ligo à paternidade!» E com ar ameaçador, pôs a milhas as mulheres esgrouviadas e as gordas que o tinham vindo derrubar.

Leonardo olhou o relógio. Eram oito horas da tarde. «Yeah! Oito!» – pensou. No dia em que tinha combinado consigo mesmo não ir além de três horas, sucedia-lhe um acidente daqueles. Teria capacidade para continuar? O *performer* sacudia os pés, movia os pulsos, não se sentia mal e era capaz até de iniciar uma nova maratona. Beijou o punho, subiu os degraus, atirou-se à imobilidade. Já estava. Embora o efeito do rescaldo se fizesse sentir. Não se poderia dizer que os miúdos não o estimassem, mas agora não paravam de rir e de perguntar – «Não tens sede, *Static Man*?» E um deles, sentado no limiar da manta, foi mais longe – «Não bebes? Não mijas? Não agas?» E os outros riam até mais não poder, esbarrando de encontro às pessoas que desciam dos lados da Pollux, arrastando enormes carregos de Verão. Não, ele não reagiria, não diria nada, não moveria um cabelo. Agora, só para contrariar a adversidade, ainda que não soubesse onde iria ter, estava disposto a resistir, naquela tarde estúpida, até ao limiar do domínio sobre si mesmo.

4

E assim, de novo se fazia noite sobre a Baixa, e os lojistas tinham começado a atirar entulho sobre os passeios. Caixas de cartão vazias amontoavam-se em filas altas, e muitas delas caíam e entornavam objectos duros que tilintavam pelas calçadas. Ele ouvia, sim, encontrava-se ali havia tanto tempo que já escutava o que ninguém ouvia. Mas também não era capaz de saber se estava a ouvir o que ouvia. De entre as caixas de cartão, escutou uma voz chamar.

«Hi, Man! Sabes há quantas horas estás aí parado?»

A princípio, Leonardo julgou que era o pedaço dum filme que boiasse junto a si, dentro da esfera de ar, mas depois ouviu chamar de novo, e a voz provinha do monte de caixas de papelão.

«Queres ficar aí em cima para sempre? Dentro de pouco tempo é meia-noite, Man!»

Agora tinha a certeza de que se tratava duma pessoa exterior que falava, e pelo volume que se recortava à sua frente, não era outra senão a rapariga cachalote.

«Hi!» – disse ela ainda.

Mas ele não conseguia mover-se. A pouco e pouco, tinha ido expondo a superfície do corpo, diante de si mesmo, como um lençol desdobrado, regado por veias que percorria em pensamento com uma lentidão esquecida, e o ritmo cardíaco, tendo descido para as quarenta pulsações, parecia não querer reacelerar. Não batia, não andava, quase parado. O que não significava nem dor nem ardor, nem frio nem calma. Era um esquecimento de si, diante do corpo exposto como uma lição de anatomia desenhada num quadro. A rapariga cachalote mascava uma pastilha elástica.

«Podes saltar, Man! Salta já!»

Mas como ia ele saltar?

«A continuares aí desse jeito, vai-te dar um vaipe!» – ameaçava ela. O homem velho de bengala de cana-da-índia, naquela noite, tinha-se colocado nas imediações da rapariga e parecia acompanhar, sem intervir, tudo o que ela fazia. A Baixa estava deserta.

«Quero ajudar-te, Man!» – A rapariga gorda amarinhou pelo caixote e apertou um pé do *Static Man*. Ele moveu uma perna, os braços, as duas pernas e, devagar, o *performer* começou a descer. Desceu. «Sai de cima da manta, Man!» – disse ela. Ele saiu, não se sentia bem. «Senta-te ali, Man!» Com um rapidez fantástica para o volume do seu corpo, a rapariga dobrou a manta, meteu-a dentro da caixa, recolheu as moedas, enfiou-as dentro do saco, juntou tudo lá dentro, incluindo a corda. Depois ela mesma carregou a carga às costas e pôs-se a andar na direcção dos Fanqueiros. Chamou um táxi e perguntou para onde era. Leonardo respondeu, mas sentado ao lado daquela rapariga redonda, depois de várias horas de imobilidade, sentia-se estranho. Enquanto subiam pelas ruas empinadas e curvas como carrosséis, ela começou a dizer – «Uf! Julgava que nunca mais acabavas, e eu tinha coisas para te dizer. Tu sabes lá, Man, quanto te devo?» Estavam a chegar em frente da Casa da Arara. A rapariga correu a retirar o caixote e preparava-se para ajudar a arrumá-lo dentro de casa, quando Leonardo acordou por completo. O que lhe tinha acontecido que estava na iminência de ser levado por uma rapariga obesa até ao seu próprio quarto? Perdeu a paciência.

«Escuta aqui, miúda gorda, não quero nada contigo!»

«Nem eu contigo, disse ela, só vim porque tenho uma coisa para te agradecer. E eu não sou uma rapariga ingrata. Nunca hei-de ser, ouviste?» – O táxi permanecia à espera, na Rua da Tabaqueira, rufiando como uma máquina agrícola. O *performer* retirou a caixa das mãos da cachalote.

«Agradeceres-me a mim? Pois o quê, miúda obesa?» E para que não restassem dúvidas à cachalote, despediu-se. «Escuta bem! Assim que vejo uma rapariga como tu, puxo de imediato do meu catálogo de gazelas. *Bye!*» E entrou na Casa da Arara.

«Não precisavas de ser ordinário. Mas eu desculpo-te, eu perdoo-te. De qualquer modo, chamo-me Susana Marina. E era só para te agradecer» – ainda disse a rapariga. O estátua enfiou-se no escuro das escadas, carregando a caixa, bem como a restante tralha que a compunha. Antes de se dirigir ao quarto floresta, ainda entrou no quarto da *Remington*.

Mas não estávamos sós. Logo ali em frente dormiam dois mil homens, dentro dos oito navios da força intercontinental *Linked Ocean Forces*. Osvaldo tinha ouvido o comodoro, e apesar de ser uma imagem anã, podia ver-se que o responsável se parecia com Peter O'Toole, no papel de Lawrence da Arábia. O responsável dissera calmamente que nunca se sabia quando o Mediterrâneo poderia ser transformado numa tina de sangue. Claro que, a acontecer, teria de haver um escoadoiro, e nesse caso Lisboa seria então o seu ralo. Agora, todos aqueles jovens de várias nacionalidades descansavam nas nossas águas, incutindo segurança estratégica. Alguém, por certo, já lhes teria explicado que antes, dali se arrancavam grossas pepitas de oiro.

5

Sim, lembro-me perfeitamente. A própria mulher de Lanuit não deixava de ser curiosa. Ficou diante da parede e começou a tentar decifrar o emaranhado de factos e circunstâncias que se alastravam pelo muro, sem poder descobrir fosse o que fosse que lhe dissesse respeito. Aliás, por mais que fizesse não desvendaria nada. Os nomes haviam sido cifrados e as ligações que os uniam encontravam-se submersas em omissões e pistas que não conduziam aos lugares exactos. Por contraste, contudo, ela encontrava alguma coisa de interessante – «É diferente de Eduardo, muito diferente. Tudo o que o meu marido aponta na parede aconteceu e é exacto. Tem lugares, datas, números de polícia. A natureza do que ele faz é outra. Mas voltando atrás...» – disse a mulher de Lanuit, desistindo de dar uma interpretação ao que via numa das paredes de sua casa. «Voltando atrás, era para lhe dizer que a missão está quase cumprida.» Tinha dormido bem, sentindo-se outra, e agora que a vida parecia começar a andar para diante, podia fazer um bom balanço das diligências. E Julieta pôs-se a andar pelo quarto da cama gigante, com passadas pequenas e silenciosas. Trazia sapatos rasos decotados do feitio de sabrinas, e sobre o robe de seda lá estava a faixa larga. A faixa metia-se pela anca dentro. Sem os tacões ficava mais baixa, mais pequena e insignificante, e o cabelo, que enruivava progressivamente na direcção das pontas, parecia ter crescido. Julieta deveria estar estafada. «Sim, estou, disse ela, ontem calcorreei a cidade para depositar, nas mãos exactas, os últimos currículos de Eduardo. Tenho as pernas que nem as sinto.»

Mas tudo havia corrido bem. O Augusto das finanças e o Manuel Rui Vaz da Liber-Investimentos até lhe tinham adiantado datas precisas. A princípio falavam de respostas no mês de Outubro, mas ela havia explicado que Lanuit não estava, andava em viagem pela Europa Central a mostrar a uns judeus americanos os lugares onde tinham os mortos. Quando ele voltasse, ela queria ter uma resposta. Ambos haviam dito que sim e feito apontamento nas suas agendas largas. Meu Deus! Como eles estavam no topo, como viviam, como circulavam dentro de gabinetes metidos em roupas de manequim. Augusto fora correcto, embora mais desprendido, mas Manuel Rui Vaz tinha querido conhecer toda a tragédia que se passava com o casal Lanuit. Julieta havia contado, e Manuel Rui Vaz fora tão sério que ela revelara tudo da sua vida, desde a questão da casa devoluta que conseguira obter da câmara, enquanto não era demolida, e alugava aos quartos, até ao livro que seu marido andava a escrever no escritório do quintal. E por um momento, ainda havia imaginado que revelar tudo isso seria como se abrisse sobre a secretária o cérebro do seu marido. Ainda pensou que se tratava duma devassidão imprópria, sentindo-se como se estivesse a denunciar a entrada secreta do cofre mental onde Eduardo acumulava o saber, mas o gerente estava a ser duma amabilidade espantosa, e parecia interessar-se particularmente pelo livro. «Um livro de que natureza?» – perguntara Manuel Rui Vaz. «Histórico!» – disse ela, estremecendo. «Histórico? Mas sobre que assunto, que época da humanidade?» E ela ainda tinha hesitado, mas como ele se interessava tanto por Eduardo, acabou por dizer – «Recente, ou como Lanuit diz, sobre esta choldra, esta canalha toda, esta gente que desviou, maltratou, roubou os actos dos outros e se abotoou com eles. Sobre os assassinos de almas e honras, e actos que pertencem aos outros. Tu não achas que chegou o momento de se pôr tudo no devido lugar? Que amanhã já pode ser tarde?» E Manuel Rui Vaz achava que sim, mas entendia que empreender uma obra dessas era não só doloroso como arriscado. Por essa razão ninguém o fazia. E ela tinha respondido – «O meu marido sempre foi uma pessoa corajosa!» E o director daquela poderosa empresa de investimentos havia compreendido o seu problema, e fora então que abrira a agenda e apontara – *Antes de partir para férias, assunto Lanuit.*

Ela tinha dito – «Oh! Obrigada, mil vezes obrigada!» E para agradecer melhor, explicou – «Ele escreve nas paredes do seu escritório para não se esquecer de nenhum detalhe. Dum lado tem uma lista que diz – *Estes São os Que não Devemos Esquecer.* Do outro, uma coluna sobre *Os Que não Podemos Perdoar.* Da terceira, constam *Os Verdadeiros Traidores* e, por fim, uma outra mais pequena onde se encontram os nomes e endereços d'*Aqueles Que não Nos Traíram mas Nos Deixaram Sós.* Tudo para que a história um dia fale por si. Não é verdade?» Julieta saiu do gabinete da pessoa que antigamente era apenas Vaz, sentindo que seu marido, por via daquele livro que por vezes tão injustamente ela odiava, ainda iria ser reconhecido. Aliás, a sensação de justiça de que fora possuída, ao caminhar sobre os sapatos aranha, Rotunda afora, tornava-se indescritível. Tinha andado pelas lojas, voltado para casa, nem conseguira jantar. E ali estava, logo pela manhã, a trazer chá, leite, uma torrada. Era assim que fazia todos os dias ao seu marido. Quando Lanuit voltasse, haveria de encontrar um emprego à sua espera, arranjado por pessoas amigas de quem ele desconfiava sem motivo. Sim, ela amava um homem, por vezes, cru e injusto. Mas não lhe queria mal por isso. Sabia que eram os estigmas da sua resistência. Isto é, não devia, e sem saber porquê, amava-o. Porque o amava? Às vezes sentia que nunca iria obter resposta, e aquela continuava a ser a grande interrogação da sua vida. Julieta tinha parado junto do mapa da parede, onde as siglas se emaranhavam. E aí ficou. Mas de súbito, o silêncio interior da Casa da Arara, acompanhado pela música das betoneiras em febre desde as oito horas da manhã, foi sacudido por uma porta que estalava. «*Fuck you!*» – gritou alguém. «Vai tu com a tua mãe!» – respondeu outra voz. A alugadora dos quartos pareceu distanciar-se para muito longe dali. Ergueu o cabelo, juntou os pés, uniu as pontas das sabrinas rasas onde luzia um minúsculo laço e, como se deslizasse por um palco aberto, desapareceu no corredor cinzento.

6

«*Shit!*» – disse Paulina da porta. «Ninguém já pode descansar nesta casa miserável?» Gamito, porém, voltava à carga – «Vai-te matar! Eu vi o gajo chegar à meia-noite, de táxi com uma gaja.» A rapariga precipitou-se de encontro à porta de Leonardo, mas encontrou-a fechada. Bateu com os punhos – «É verdade que estiveste até à meia-noite e vieste de táxi com uma gaja?» De dentro, o *performer* respondeu – «Vai, vai. Olha, estive até quando quis, e vim quando me apeteceu.» Paulina ficou cega – «Não me digas, desgraçado, que foste trepar com uma gaja, quando há meses que não tens nada para mim!» – gritou ela. «Pois que merda é esta? *Shit! Shit!*» – gritou mais. Entretanto, ele abriu a porta e mostrou-se. «*Shit* para ti, estou farto de ser a tua obra, agora sou obra minha, sou só para mim. E olha, sabes o que me aconteceu?» – perguntou ele, em cueca branca, desafiando-a. «Tudo me aconteceu. Umas gajas idosas queriam que eu bebesse água, outras fizeram-me cair ao chão, as grandessíssimas putas, e como se não bastasse, veio de lá um chui e começou a meter-se. Percebes? E eu aguentei e de novo subi e montei o meu espectáculo. As pessoas eram assim-assim, a olharem para o *Static Man*, e afinal estive até à meia-noite, direito, sem me mexer!» Paulina encontrava-se colada ao chão, na camisa transparente – «E a gaja? Existiu uma gaja num táxi?» Ele piscou-lhe um olho e, fechando-lhe a porta, disse-lhe do outro lado – «Estás a ver, não estás?»

Gamito, o grande gatarrão, tinha lavado a cabeça e pingava, e daquele modo, em nada além da corpulência se parecia com Burt Lancaster. Mas podia dizer – «Agora já não gritas, já não ameaças? Hem? Com que então, papado por uma outra, o teu santarrão.» Paulina puxou Burt Lancaster pela toalha e começou a golpear--lhe as costas, mas Burt virou-se e atirou-a por sua vez ao chão, dizendo muito alto que, se ela tinha os mesmos direitos, porque não levava as mesmas peras? Mulher que lhe desse uma bofetada, ele arreava três, fosse em quem fosse, e onde fosse. Até já tinha avisado no Salão Karenine! – gritava o gatarrão. César e Falcão haviam saído dos seus quartos e, como nunca tinham associado Gamito a uma cena de pancadaria, estavam espantados. Caía--lhes o queixo de admiração por verem um tipo vagaroso com os olhos cheios de ódio. Puseram-se a rir, açulando uma zaragata que acontecia em frente do quarto que fora de Osvaldo. Sozinha, a rapariga debatia-se no chão. Levantava-se, caía e rapidamente se erguia, para de novo se atirar contra Gamito. Aliás, o gatarrão segurava-a pelos braços e pelas pernas, imobilizava-a, levava-a contra a parede. Ela, por sua vez, desviando-se por entre as pernas dele, beliscava-o e mordia-o, atirava-lhe cabeçadas certeiras pelas coxas. Entre a grande corpulência do rapaz, Paulina movia--se rápida, fugindo, desviando-se, embora já tivesse um enorme lanho na têmpora. «Sua eiró desgraçada, bate lá!» – ameaçava ele, lento, possante, e a roupa tinha-se-lhe perdido. O seu cabelo pingante estava desgrenhado. Paulina, arremessada pelo chão, foi cair junto ao resto dos romances policiais que ainda por ali havia. Falcão era o único que já se encontrava vestido e resolveu intervir – «Acabou-se. Põe lá a gaja onde estava. Inteira, que não lhe falte nada!» E ficou furioso, com os óculos de aros pardos bem assentes nas feições. Então Gamito, recuperando a toalha, afastou-se. Mas Paulina não aceitava aquela intervenção, pois não se importava de ficar vencida, o que ela queria era bater, vingar-se do que sentia, sobretudo do lanho que sangrava. Ia atirar-se de novo a Gamito, e Gamito estava a esperar pelo golpe dela, com os braços em posição de defesa. Imobilizados pelo cine-repór-ter e por César, os contendores olharam-se de lado, cuspiram no chão. Depois dumas frases mais ou menos calmantes, Falcão per-guntou, olhando para a porta do *Static Man* – «Ouvi dizer que o tipo esteve em cima daquela traquitana até à meia-noite e que veio já tirelires, arrastado por uma gaja gorda. É verdade?» Burt Lancaster só tinha de confirmar – «Assim eu seja cego. Estava a sair do Luna-Bar, quando os vi sair dum táxi. E foi porque eu vi que esta gaja me quis bater. Mas comigo, seja homem, seja mulher, não têm sorte nenhuma. Se não é à primeira, é à segunda que vai para o chão!» Paulina entrou no seu quarto rescendente a perfumes e de lá gritou – «E de mim ninguém troça sem ter a res-posta. Ouviu, seu desenhador de canos?»

7

Ao cair da tarde, a alugadora de quartos voltou. Tinha alguma coisa para dizer que não podia passar daquele dia. «Não queira imaginar o que sucedeu!» – disse ela, amarrada pela cintura com obstinação de vespa. Tinha ido entregar a última cópia do currículo a uma certa pessoa e o encontro havia corrido como num conto de fadas. Ah, se Lanuit pudesse supor! Era precisa-mente uma pessoa que ele sem razão detestava. Que estúpido era Lanuit! – dizia, deambulando entre a porta e a janela, como se o quarto onde trabalhava a *Remington* fosse um depósito para as descobertas que fazia.

Pois bem, naquela tarde, ela tinha ido procurar Rute Maia, uma prima de seu marido, uma mulher culta e inteligente que a recebera melhor que todos os outros. E Julieta, à cautela, até havia entrado devagar, contando da vida do marido com discrição, mas passados uns quinze minutos, Rute Maia abandonara a secretária para se sentar ao lado dela, falando por sua vez da sua própria vida. Ainda lhe parecia mentira – Uma pessoa daquelas, vestida com roupas Louis Féraud e Guy Laroche, tinha-se sentado a seu lado, puxado dum lenço e suspirado. E ela nem sabia em concreto o que significava aquela empresa da prima bem instalada, ali na Rua de S. José. Na placa dourada constava apenas uma designação, mais ou menos abstracta – Empresa de Gestão de Engenho e Recursos Humanos – ERGUER. Mas sob o impacto duma súbita emoção – pois Rute Maia havia dois anos que tinha deixado partir o marido para casa duma antiga secretária – a prima havia explicado que ERGUER era uma empresa de *caça-cérebros*. Tratava-se duma empresa de gestão da inteligência. Funcionava do seguinte modo – Havia uma pessoa inteligente mal aproveitada? Iam buscá-la para a colocarem no lugar devido. Existia uma função que precisava duma pessoa mais dinâmica, mais inteligente e mais viva? Os ficheiros da ERGUER estavam repletos de perfis que colocavam à disposição. Por vezes, os próprios nem sabiam que ali tinham os seus nomes. Em frente viam-se gavetas altas, pequeninas, tão dissimuladas que se diria constituírem a própria parede. E a prima de Lanuit, que estava a receber Julieta como nunca ninguém a havia recebido, tinha mandado vir um chá frio e confidenciado, ambas sentadas no mesmo sofá, que a sua empresa, no entanto, para grande pena sua, não vivia do comércio de *cérebros* mas de coisa bem diferente. Rute Maia baixara a voz – «Querida Juju, as coisas são como são, vivemos daquilo a que chamamos da actividade de *caça-chagas*.»

«Que horror!» – Julieta soltou um grito. Mas Rute Maia disse de imediato – «Horror não, prima Juju, horror é existirem os *chagas*, pessoas sem nada para fazer, sem um canto de cama onde caírem mortas, nenhum sítio onde trabalhar, pobres pessoas desamparadas. É a esses que nós ajudamos mais, e é também desses que esta empresa vive. Porque isto está mau, mas ainda vai piorar...» E Rute Maia, atravessada dum pessimismo metafísico que a empurrava para aquela confidência, tinha explicado como pela sua empresa passava a radiografia inteira duma sociedade mercantilista em decadência. «Um horror, prima Juju!» – No entanto, ela própria sentia-se bem porque a sua casa era uma tribuna de justiça prática e directa, já que a justiça dos homens, a dos tribunais, para não falar da de Deus, não funcionava. Ali, na ERGUER, Rua de S. José, batiam à porta pessoas que não conseguiam cobrar contas, que não conseguiam intimidar ladrões e perversos, os que sabiam dos roubos secretos e não os podiam denunciar, os que fechavam os olhos diante dos roubos descarados e se sentiam impotentes, os que enfrentavam a injustiça da administração pública, da administração privada, os que não podiam fazer crescer a cidade por razões mesquinhas e egoístas de instituições decadentes, por vezes, os que lutavam por causas do grande progresso e que eram incompreendidos e insultados nos jornais. E como enfrentar tudo isso? Como criar uma justiça paralela rápida, eficaz e justa senão agindo através de pessoas com capacidade? Pessoas, também elas, com a noção de progresso e justiça social? Ah! Sim, precisava muito do primo Eduardo Lanuit! Juju que contasse com o seu interesse. Ele viria, sim, viria trabalhar com ela, se quisesse. Eduardo não era uma pessoa que sempre havia pugnado por ideais? Pois agora que a vida tinha mudado, que tantos anos tinham decorrido sobre o tempo dos belos sonhos, a justiça fazia-se doutra forma, doutros modos, e estava contente por que ele, finalmente, se adaptasse. Porém, o subterfúgio para fazer passar a gestão duma empresa que tinha de ser invisível exigia da pessoa uma memória fantástica. Ela, como Juju podia ver, quase não possuía documentação.

Que olhasse. O que estava na estante era apenas o oficial, o público e mostrável, aquilo a que poderia chamar de *dossiers caça--cérebros*. Mas o resto, o que era importante e rentável, encontrava-se na sua memória. E a prima Rute Maia tinha apontado para a sua própria cabeça, que até nem era volumosa, mas dentro da qual existia toda uma organização de combate aos crimes. Resumindo, a prima Rute Maia contava certamente com a memória de Eduardo Lanuit. Desde aquela tarde, a ERGUER dispunha dele – Dizia em síntese a alugadora dos quartos, passeando-se de canto a canto diante da janela, cruzando o soalho, e parando por vezes a admirar as figurinhas libidinosas de Stanley Spencer, a viverem eternamente a sua representação de amantes. Era então essa promessa que fazia Julieta não saber como colocar, naquele fim de tarde de Junho, os sapatos vermelhos sobre o soalho.

Não o nego – Nessa tarde, Julieta passou pela primeira vez para dentro do mapa inofensivo da parede. Tratava-se, porém, duma incursão sem importância. Só passaria a ter algum relevo quando Eduardo voltasse. Então sim, ela manteria a sua sigla, ele ocuparia a sua. Mas era demasiado cedo. Entretanto, interessava-me, como já disse, não quem subia de vez em quando as escadas da arara, mas quem habitava o primeiro andar. E depois? Depois outros chegaram.

8

«Hi, Man!» – chamou a rapariga cachalote no primeiro cruzamento da Rua Augusta, quando bateram as onze e meia. Susana tinha feito as contas e estava a pensar que o estátua já havia atingido as horas a que se teria proposto. Mas enganava-se. Aquele fora um dia calmo, e várias pessoas interessantes haviam compreendido o sentido da sua epígrafe sobre a imobilidade. Com a ajuda do César, Leonardo tinha escrito em inglês o que desejava dos pássaros, e agora os estrangeiros liam e meditavam. Em seguida, davam-lhe dinheiro porque admiravam a sua arte e a sua filosofia. Um português tinha dito – «Podias mover-te um pouco como fazem certos dançarinos, pá! Podias aproveitar a tua *performance* para alguma coisa importante. Assim, não passas dum pobre funâmbulo de esquina...» De resto, passagem calma, dia bom, imobilidade conseguida. E um segundo caso, esse um pouco mais difícil de compreender. Falcão e Paulina tinham aparecido com a *camera*, filmando-o várias vezes, durante o espectáculo. Agora que dormiam juntos, Paulina tinha-o convencido. Pois ele pouco se importava com isso. Tinha mais que fazer do que preocupar-se com os ideais de Paulina. Por si, agora já sabia que era capaz de bater seis horas e meia sem intervalo. Eram onze e trinta. Pessoas passavam lentas pela Baixa, falando alto entre os caixotes e os papéis de embrulho que mesmo sem aragem se deslocavam na horizontal, como grandes alfaces-do-mar. Por perto deambulava o cavalheiro idoso munido da cana-da-índia, e a cachalote parecia ter substituído as crianças vagabundas, como guardiã da manta. A cachalote aproximou-se mais.

«Hi, Man! Desce que te levo de táxi, até casa. Eu nem te digo uma palavra, Man! Se soubesses quanto te devo, compreenderias» – dizia a rapariga, junto do homem idoso. E porque parava diante dele, durante tanto tempo, o velho da cana-da-índia? Quando poucos estavam, quando toda a gente desaparecia, surgia aquela pessoa. Era como se disputasse as horas mais vagas com a rapariga cachalote.

«Hi! Man! Desce devagar, eu ajudo-te, se quiseres.»

Até que o atleta começou a mover-se, finalizando a décima terceira jornada. Mas Leonardo estava bem, tinha aguentado, hora a hora, sem limite fixo, a sessão que mantivera sozinho. Grande coisa era actuar sem ninguém a exigir fosse o que fosse. Só a rapariga cachalote não arredava. «Hi, Man...» – dizia ainda, mascando pastilha elástica. Mas ele queria ignorá-la, repudiá-la e ofendê-la porque não precisava de carregamentos materiais em sua volta. «Yeah!» – pensava. Regressar com aquele ser tão pesado dentro de um táxi era aceitar a imagem da materialidade contra o seu legítimo desejo de leveza. Como *performer*, tinha de lhe dizer – «Volta para tua casa, e deixa-me em paz, pois que mal te fiz eu?» E o *Static Man*, sumindo-se pelas ruas com a caixa às costas, regressou sozinho à Casa da Arara.

9

Julieta subiu sem ruído, como uma sombra, mas sob o robe a sombra trazia um aperto no coração. Havia duas horas que ali tinha estado confiante na ligação entre Lanuit e a empresa ERGUER? Pois deveria esquecer essa confiança. A verdade nua e crua era esta – Lanuit não iria trabalhar com a prima Rute Maia. E a cabeça de Julieta, no sítio onde possuía o órgão da imaginação, parecia rebentar. A coisa passara-se assim – Tinha descido ao escritório do quintal e havia encontrado o nome da prima na lista d'*Os Que não Podemos Perdoar*. Pior seria se estivesse na lista d'*Os verdadeiramente Traidores*. Mesmo assim, Julieta encontrava-se completamente desanimada. Depois de procurar entre milhares de papéis arrumados por datas, nomes e crimes, tinha encontrado a ficha correspondente a Rute Maia e dela constava uma triste informação – *Revolucionária, herdeira de Bakunine. Agora gere, desde 85, negócio execrável. «Verbi gratia» Doc. 3441.* Junto, preso por um clipe, estava um anúncio da empresa ERGUER que Lanuit havia destacado – *Se o seu patrão o trata como imprescindível,*

chegou a hora de mudar para outro. Consulte-nos. Os seus desejos cria-
ram a nossa profissão. Atarantada e desiludida, Julieta lia a ficha e
o documento apenso, decifrando-os junto da lâmpada, como se
exibisse uma arma morta. O marido de Julieta, sem que alguém
compreendesse porque, havia acrescentado por baixo – *Apoca-*
lipse.

«Apocalipse!» – repetia ela, movendo-se em chinela de borracha, robe sem cinto, cabelos espalhados, como uma sombra.
«Acha que a empresa ERGUER poderá alguma vez contar com
a colaboração de Lanuit? Nunca, jamais...» E a alugadora sentia
uma enorme falta de ar. Era como se o episódio da empresa lhe
viesse dizer que por mais bondosas que fossem as pessoas que ela
procurasse, até ao fim da vida, Lanuit estaria disposto a contra-
riá-la, a ver nos seres humanos a sua parte pior, em suma, a fazê-
-la para sempre uma mulher infeliz. Julieta Lanuit parecia uma
prisioneira, junto ao vidro da janela – Agora sim. Era grande a
parede onde se podiam escrever, em forma de ramo derivante,
pequenas notas duma letra, breves números cujo sentido só a
entranha metálica da *Remington* conhecia. Finalmente, o caso
dos Lanuit começava a salpicar-se de alguma coisa interessante.
E tudo o que se possa dizer em sentido contrário é mentira.
Jamais disse à alugadora de quartos – Não vá, não faça, não creia,
não diga.

CAPÍTULO SEXTO

1

Falcão arrumou a carrinha de esguelha junto às árvores do jardim e conduziu Paulina até à porta da Sumaúma. Por pouco tempo que fosse, ele queria sacudir o corpo ao som das duas notas que formidavelmente reproduziam o grande tam-tam, repercutindo-se até à rua. Na verdade, aquele fora um dia extraordinário e a girl um bom amuleto. Ainda o tal globo terrestre não tinha feito três voltas completas e já alguns dos objectos que ele queria haviam aparecido na sua senda. Vitório Mateus poderia abalar para Nápoles, Chicago ou Hong-Kong, desde que lhe deixasse a carrinha. Por ele, sabia que alguma coisa estava a acontecer em Lisboa. Por isso queria dançar com ela, mover os braços reboludos mas ágeis como nenhuns outros diante do bom amuleto que era Paulina. Pela manhã tinha-lhe pensado o lanho da cabeça e levara-a consigo. Já na carrinha, a primeira vez que ela atendia uma chamada, falava o agente Segurado, dando notícia dum tal Rui Guerra que iria actuar naquela noite mesmo no Galdourado. Quando Paulina pousou o telefone, olhou para a paisagem e disse – «Falcão, o agente acaba de te falar dum verdadeiro *mass killer*. É ou não é?» Sim, Falcão até havia parado a carrinha, em frente do arvoredo do Campo Grande. Por isso, agora queria levá-la

143

até ali. A rapariga, porém, tinha os pés doridos de tanto andar, só que a dor amainou quando entraram e viram a Sumaúma electrizada pela presença dos rapazes da *Linked Ocean Forces*. Não dançavam nem se mexiam muito, só riam e bebiam, olhando à volta com a perspicácia de quem aprendeu a observar o mar, mas mesmo assim, os bonés pousados nos joelhos tinham uma força desconcertante. O ambiente era riscado por faíscas que não saíam nem das luzes nem da aparelhagem de som. Paulina disse – «Olha os gajos!» E Falcão sentiu que, na verdade, alguma coisa boa ia acontecer. A multidão estava cerrada. Mesmo assim, Paulina atirou-se aos ténis e desapertou-os. Não aguentava mais. E de súbito, viram Gamito e César, sentados ao fundo do espaço apinhado – «Olha quem ali está!»

«São eles!» Mas era preciso que a música tam-tam os deixasse passar. Atravessaram o recinto utilizando os cotovelos e a impulsão do corpo. Falcão sentiu que era afilhado do Orson Welles, pois tal como o génio quando rapaz, a energia e a abundância não só estavam nele como vinham de longe de propósito para rodeá-lo. Gritou forte e alto, de modo que Gamito e César ouvissem – «Malta! Filmámos um *mass killer*!» Gritou por cima das cabeças e do tam-tam. «Seis sequências formidáveis! Foi ou não foi, Paulina?»

Os dois hóspedes da Casa da Arara não podiam acreditar. Gamito estava deveras surpreendido. Como era possível? Onde ocorrera? Quantos tinha abatido? E isso não se sabia já? César, que possuía o televisor anão e sorvia todos os noticiários, não havia dado por nada. Para se ouvirem, era necessário falarem aos gritos e aos supetões. «Pelo amor de Deus! Entre nós não se noticia a acção dum *mass killer* que acaba de aparecer. Ninguém ainda sabe lidar com essas figuras. Aliás, só nós fomos informados com antecedência» – Falcão tinha tirado os óculos para

144

explicar melhor. A excitação daquele momento fazia esquecer que Paulina e Gamito eram inimigos e que ela mantinha na testa um enorme lanho escuro, fruto da zaragata passada. A rapariga só sabia dizer – «Vamos sair deste antro para eu tirar os sapatos e podermos explicar o que sucedeu com o *mass killer*, ou vamos ficar aqui aos gritos, até de madrugada?»

«Vamos sair» – Gamito, de vez em quando parecido com Burt Lancaster, era um tipo grande e sem rancor. Queria esquecer a luta com Paulina. Conseguiu curvar-se entre a multidão, retirar os sapatos de ténis da rapariga, e em seguida pôs-se a atravessar o recinto, carregando-a ao colo. Vogando acima das cabeças, Paulina seguia nos braços do gatarrão, esticada, risonha, como se estivesse numa cadeira de lona. Faziam as pazes, deixando para trás o recinto electrizado naquela noite pela *Linked Ocean Forces*. Mas assim que atingiram a rua e Paulina foi posta no chão, o repórter começou a lamentar-se. Ah! Aquela espelunca do laboratório que fechava. Porque não havia um serviço de revelação permanentemente aberto? Na melhor das hipóteses, só dali a quarenta e oito horas iria ter as imagens. No futuro, ele haveria de possuir um serviço de revelação só para si. Mas estava consciente de que ainda faltava muito, pois até agora apenas havia surpreendido um suicida no Tejo e um simples *mass killer* com uma guitarra na mão. Não fazia mal.

2

Subiram, entraram na arrecadação, sentaram-se por cima das latas, e descalça, Paulina trepou ao beliche. Antes de tudo, era preciso explicar que tinham esperado uma hora, não mais, para distinguirem o agressor, mas ao chegar, haviam-no identificado imediatamente. Tudo se tinha passado no Galdourado, o *snack-bar* onde a mãe desse Rui Guerra, nos idos anos 60, havia tomado um sorvete, na noite em que o engendrara. Existia uma fotografia dessa noite, óptima para a biografia em questão. Entre um homem e uma mulher beijando-se, depois do sorvete, num mês de Abril dos anos 60, havia começado uma biografia. Mas isso, por enquanto, não interessava muito porque ainda não tinham captado imagens da intimidade do *mass killer*.

Interessava, sim, que o tipo vinha munido com um estojo de guitarra, como lhes havia dito o agente Segurado, e trazia os olhos fechados, quase fundidos. Os olhos do tipo pareciam duas frestas. Tal e qual como esperavam, ele tinha entrado nos lavabos dos cavalheiros. Falcão e Paulina haviam acompanhado todos os passos. Mas quando o assassino estava para sair e já se lhe viam os atacadores a luzirem, perto do chão, três polícias à paisana tinham-no imobilizado. Além da rapariga dos lavabos que havia soltado uma espécie de trino, ninguém mais dera por nada. O gerente do Galdourado havia feito calar a rapariga do WC, e a vasta sala cheia até à porta tinha-se mantido intacta. Todos a comerem, a lamberem-se, a limparem-se aos guarda-napos, como se estivessem seguros. Alguns a dirigirem-se para os lavabos, olhando para homens e mulheres com olhos de carneiro mal morto, inocentes de que estavam a pôr os pés no pavimento onde acabava de estar a silhueta dum assassino fatal. Ah! Que interessante tinha sido! E alguns olhavam estupefactos para a *Arriflex 16 SR* que também os apanhava, como se estivessem passando para a posteridade da noite lisboeta. Falcão e Paulina haviam colhido formidáveis imagens de interior e um som ambiente excepcional.

«Quer dizer – Os tipos apanharam o *mass killer*, segundo estava combinado.»

«Mas vão libertá-lo o mais tardar na semana que vem, conforme previsto, e com a ajuda do agente sabemos o que poderá acontecer dentro e fora da cabeça do matador em série» – Falcão tirara os óculos e rodava-os entre os dedos, como se fossem arcos. «Podíamos avançar com o *story-board*, agora e já.»

«Já!» – disse Paulina. «Amanhã pode ser tarde. Isto é, tudo começou quando o *mass killer* português entrou dentro do Galdourado com o estojo da guitarra.»

«Fala pausadamente, poças!» – pediu Gamito, diante do bloco de papel. «E então?»

Paulina mantinha-se reclinada sobre o primeiro andar do beliche e César sentou-se em cima dumas latas que sobrepôs. Falcão acendeu dois cigarros, passando-os de uma mão para a outra. «Ou melhor, prevendo e resumindo, pode-se dizer que hoje mesmo, ao fim da tarde, ficámos no interior das madeiras pau-santo do Galdourado» – disse o repórter. «Por todo o lado existem almofadas de madeira em forma de ponta de diamante. Sabem? O mundo das cozinhas aparece rubro e amarelo através dumas janelas, e o *mass killer* entrou como se nada fosse com ele. Calmo, com os olhos quase fechados, o *mass* entrou nos sanitários, encerrou-se na restrita área do mictório masculino e afagou a pistola-metralhadora escondida dentro do estojo da guitarra, abandonou o estojo escancarado sobre a tampa da sanita e, saindo disparado, saltou com as botas ferradas para cima do balcão de madeira.»

«Antes foi apanhado» – disse Gamito, sustendo a grafite no ar. Falcão, interrompido, irritou-se.

«O que importa é que não será apanhado, grande gatarrão! Da próxima vez, ele fica sobre o balcão e ninguém o vai dominar porque ninguém vai saber, o agente Segurado só nos avisa a nós. Ouve bem – Rui Guerra está sobre o balcão do Galdourado, tem a mão no gatilho e pretende matar o maior número de pessoas apenas com trinta balas. Isso é que interessa. Mas como matar cento e três pessoas que lá estão dentro a tomar a sua refeição dispondo de trinta balas? O *mass killer* sabe que não pode atingir todos com tão poucas munições. Tudo o que poderá desejar é atingir e fulminar umas vinte. Como fez as contas enquanto se desembaraçava do estojo da guitarra, basta-lhe atirar da porta para o fundo, passando por cima dos frutos empilhados, dos quais os últimos da pirâmide são os ananases. As cabeças das pessoas assemelham-se aos ananases, mas umas não encobrem as outras. Então começa aquele instantezinho fulgurante, o instante do verdadeiro téu téu! Réu téu téu téu téu téu... Ouve-se durante trinta segundos. Várias pessoas alvejadas entre as pilhas de fruta dão esticões e vão bater no tecto de madeira. Algumas delas estão expirando como lebres. Outras caem de borco sobre os pratos, desvanecendo-se como os touros. Outras, correndo e saltando, tombam de lado como perdizes.»

«Um momento!» – pediu o desenhador, cuja mão dançava no ar. Falcão nem o ouviu.

«Como queiras. Não te esqueças que Rui Guerra, o primeiro *mass killer* português, cataloga tudo na sua cabeça com uma frieza de lince, pois transporta essa ideia fixa vai para cima de dois anos e meio, o tempo suficiente para ter podido estudar em pormenor a forma de se matar e morrer. Mas o mais interessante não é o modo como se morre e sim a mistura entre a vida e a morte que um homicídio destes proporciona. Como o Orson Welles bem sabia, misturar os mortos à comida retira-lhes o halo sagrado, redu-los rapidamente à dimensão de matéria impura. Claro que o *mass killer* quereria matar sobretudo dentro das retretes. Aí, sim, matar imensos, muitos, defecando, seria sentido por todos como próprio, justo e merecido, e não haveria juiz nenhum que não desculpasse um *mass killer* que quisesse eliminar seres humanos pela sua sujidade. Também gostaria de matar na cama, se possível fazendo sexo. Ele imagina um lupanar inteiro varrido a tiro. Se fosse um lupanar ainda seria menos punido, mas isso também resultaria impossível. Cada vez mais, o lupanar é um sítio menos colectivo. O carro, que simultaneamente permite a protecção e a distância, substituiu o lupanar. Além disso, o sítio da restauração, sendo menos próprio, torna-se o mais espectacular. Ele sabe que a mistura do sangue e do vinho sobre uma mesa, como dois rios que percorrem caminhos diferentes da terra para finalmente se encontrarem dentro do mesmo cálice, são sempre um espectáculo de grande elevação. O *mass killer* não desconhece que o pão e a carne misturados são uma reencarnação perfeita que se ama ver. Por isso, bem feitas as contas, tinha-se decidido pelo *snack-bar* Galdourado. Depois as flores, depois os vários álcoois, depois os molhos, tudo iria ser misturado, permitindo observar as reacções dos que ficam, fogem ou simplesmente desaparecem no ar. Entre o pânico e a cobardia, existe uma longa corda de roupa suja que se estende a perder de vista.»

«E então?» – pediu Gamito, erguendo a melena de Burt Lancaster. Mas havia interrupções que Falcão não podia compreender.

«Então o quê? Então o massacre está consumado, o silêncio que se produz no recinto é sideral, por isso Rui Guerra desce do balcão com as suas botifarras, sai em mangas de camisa verde e ainda faz uma boa centena de passos, sob o céu estrelado. Durante dez minutos, há um *mass killer* à solta por Lisboa. Seguidamente a esses passos, e depois do que viu, ouviu e experimentou, espera recolher-se a um hotel de cinco estrelas para escrever o Kamasutra do Crime. Talvez o Sheraton, penúltimo andar, esse lugar maravilhoso donde se vê o sol-pôr como de nenhuma outra varanda do mundo. "Iupi!" – grita o *mass* ao atingir o âmago da rua. Mas infelizmente, logo ao dobrar uma esquina, aí sim, esse rapaz pioneiro é apanhado, tal qual como foi hoje...» – disse Falcão, o repórter, sentando-se sobre uma lata. Na sua frente, Orson Welles está surgindo a uma porta, ensombrado pelo chapéu, e

Marlene Dietrich, a cartomante, tem seu olhar dengoso, exorbitado, lembrando uma figura do outro mundo.

«E nós, o que fazemos?» – perguntou Paulina, esparramada no interior do beliche. Só Falcão mantinha a cabeça fria.

«Nós começamos por recolher o que se passou no quarto de banho, dando prioridade ao estojo. Aliás, o estojo da guitarra é fundamental em tudo isto. O primeiro plano deve ser feito sobre o estojo, precisamente no momento em que se abre a sanita e aparece o seu conteúdo explosivo. A introdução da música começa aí, como se saísse do berço guitarroso onde dorme a pistola-metralhadora.»

«Tem de ser fado, uma guitarrada do Paredes» – disse César, o que se parecia com o Dustin Hoffman.

«*Shit!*» – disse Paulina. «Numa cena dessas, tem de ser mas é uma guitarrada eléctrica bem sustida, saída da barriga dum tipo que mova o ilíaco pelo palco como uma ventoinha imparável.»

«Mas nós, nós o que fazemos?» – perguntou Gamito, completamente entregue ao papel, desenhando ainda sobre a mesa.

«Não tenhas medo, gatarrão, vocês ficam cá fora no carro de reportagem e aguardam friamente, sem receio. Antes de sair do seu apartamento, o *mass killer* combinou connosco, através do agente Segurado, todos os passos que vai dar. Ele sabe, não é parvo, que uma boa cobertura do acto pode ser a sua glória durante o julgamento. E tu, Gamito, até que nem deves assistir ao massacre. Viver directamente um espectáculo afecta a capacidade de criação e distância. Afecta de certeza. Vem em todos os manuais espalhados aí pela arrecadação.»

Mas Gamito ainda demorou a reproduzir determinadas cenas, a numerá-las e invertê-las, pois aquilo que acabava de fazer era apenas um primeiro esboço. A força lírica do repórter tinha contagiado a mão do desenhador, e o *mass killer* aparecia com um aspecto magnífico, um ar de português pequeno, cabelo duro, olhos negros, amendoados, zigomas altos, próximos dos orientais. Para ficar perfeitamente identificado, usava o escudo na algibeira da camisa. As cardas das botas, quando em primeiro plano, estavam dispostas em forma de quinas, como se fosse para uma BD nacional. Pelas clarabóias da arrecadação, a manhã vinha a romper. Paulina continuava enroscada no beliche, os sapatos de ténis em baixo, a um canto. Falcão não queria dormir porque tinha consigo as películas para revelação, preferindo ficar com os olhos abertos. A cidade estava a acordar de novo, o globo terrestre, como ele dizia, já havia dado outra volta. Aquela fora uma experiência excepcional. Ele fumava, fumava como se entre os dedos e a boca alimentasse um assador. A rapariga despia finalmente o blusão e atirava-o sobre o repórter. Ela sabia, ele tinha sido formidável, Falcão ele mesmo era um *mass killer*, pois se não fosse, não poderia reproduzir tão vivamente semelhante situação. E o afilhado de Orson Welles, em pé, beijando-a à altura do beliche, não podia deixar de sorrir face à sagacidade daquela mulher.

3

Sim, o esquema da parede crescia em proporção, porque de hora para hora as coisas mudavam na Casa da Arara. Entre a manhã e a noite não se podia dizer hoje, como não se podia dizer ontem, ou amanhã ou depois. A vida alterava-se à velocidade do estoiro dos foguetes, e por isso eu pensei na noite seguinte – Ela vai entrar no seu próprio quarto, vai fazer o curativo ao seu próprio lanho, vai-se encharcar de perfumes franceses, vai-se fechar e dormir até amanhã. Mas não. A rapariga entrou no quarto do *performer* e ali ficou.

Paulina ficou a dormir no quarto de Leonardo, mesmo quando ele desatou na movimentação lesmática e quando saiu para a corrida da manhã. Tinha-se operado uma alteração que não era legível. Como se, de súbito, *performer* e *partner* tivessem escolhido mudar de passo, permanecendo juntos. Então pensei – Ela vai ficar com o *Static*, hoje, no dia da décima quinta jornada, para a qual prevê uma imobilidade de seis horas e meia. Vai maquilhá-lo e vai acompanhá-lo durante o espectáculo. Mas não, enganava--me. Falcão estava a voltar da Pastelaria Jasmim e chamou-a do meio do corredor. Chamava-a da zona onde os policiais se haviam transformado num monte de lixo. *Flores para o Juiz, O Mensageiro Desaparecido* ou *Pacto Sinistro*, seus livrinhos de infância, tinham perdido as capas. Ou mais exactamente, as capas espalhavam-se pelo chão, desgarradas do corpo, à nossa passagem. Paulina des-penteou o cabelo e reentrou no quarto de Falcão.

4

Mas o calor desabou sobre a cidade no dia da décima quinta jornada. Com uma hora de atraso, o *performer* beijou o punho, soltou a corda, estendeu a manta, fez rolar a caixa para seu centro e pôs-lhe o pano por cima. Os seus olhos ficaram luzentes como vidro, por baixo das pálpebras falsas, e mais uma vez subiu acima do grupo de mirones, dispostos em círculo. «Atenção, rapazes! Cá vai o estátua iniciar a décima quinta jornada!» – disse para si, ao subir. Em torno da multidão aquecida, as crianças tinham--se tornado ordinárias. «Não bebe, não come, não aga, não ija! Venham ver o homem que fechou a boca para não utilizar o u!» – diziam os garotos, assim que viam aproximar-se a figura do *Static Man*.

*

Leonardo tinha escolhido o ângulo menos luminoso do cruzamento. A bolha de ar para onde entrava, movendo na sua cabeça a fita donde se desprendia *Einstein on the Beach*, já havia começado a girar. Girava, mas ele ouvia também as moedas caírem, sabia que se encontrava a caminho de Paolo Buggiani, e que iria ser bom. Iria ser extraordinário, sobretudo quando o actor de *Unsuccessfull Attack by Paolo Buggiani* percebesse que ele ficava horas e horas a fio em cima dum plinto. Leonardo iria dizer – «Faça de mim o que quiser, Paolo, você bem vê como é...» E nesse dia em que Paolo quisesse ver, quantas horas deveria ficar parado? Cinco? Seis? Estava dentro da bolha de ar, suportada pela cor da música e pelo som dos telhados dos prédios. «Seis horas...» – pensou. «Eu deveria, voluntariamente, estipular seis para mostrar a Paolo Buggiani! Mas como, como?» E imóvel, deixou-se ficar.

Depois deixou-se ficar, e ainda se deixou ficar, e ainda e ainda. As horas começavam a passar e passavam rápidas, muito mais rápidas do que a sombra que corria a seu lado. Aliás, naquele dia, talvez sob a acção do calor, concentrava-se de tal modo que ouvia a sombra caminhar pela rua como se fosse o dorso dum animal alado que gatinhasse apoiado nas asas. Ouvia as telhas dos prédios partirem-se, ouvia-as esfarelarem-se e os seus cacos reunirem-se e reencontrarem-se. E via as cores dos sons, as cores violetas dos carros, via a luz amarelada das vozes. O mundo aparecia-lhe na sua forma interna, de tal modo veloz e ruidosa, que a ele só lhe cabia parar e resistir. «Opa! Estou aqui resistindo só por isto, só por isto!» Mas a certa altura, também já não se lembrava que tinha estabelecido aquela meta para quando chegasse a Manhattan ser admirado por Paolo Bugianni. – «Seis horas são demasiadas horas, embora não seja nada que Paulina não tenha previsto. Ela costumava dizer – A cerca de mês e meio de espectáculo, se tudo correr bem, estás a fazer para cima de seis horas...»

Encontrava-se escrito na parede do quarto. E tinha apontado à frente a quantia de oito mil escudos. Nesse aspecto, porém, Paulina enganava-se, porque ele estava a ganhar cada vez menos. Só que era tão importante a luta que travava, ora contra as horas, ora contra si mesmo, no meio da Rua Augusta, que lhe era indiferente – Pensava lá em cima, sobre a bolha de calor quente e a cabeça da multidão, lenta e móvel como um caldo. Pensava, pensava, suspenso. Mas tudo o que pensava não sucedia por frases completas nem por raciocínios inteiros. Ordenava-se, como o seu tempo dentro da esfera, em trajectos descontínuos, segmentos parados, presos a si mesmo por uma força tensa.

«Seis horas?» – pensou, quando se fez meia-noite. «Das seis à meia-noite, quantas horas vão? Curioso, pois sou capaz de contar tudo, e não consigo dar conta das horas.» Pelas ruas, andavam pessoas ainda encaloradas e gente que parava para censurar o conteúdo dos cartazes. Uns marginais agarrados vinham olhar o seu dinheiro com uma cobiça mórbida e ficavam a vê-lo. Outros sentavam-se entre os caixotes de papelão que as lojas enfileiravam nos passeios, como se fossem camas. «Experimentem...» – dizia para si, vestido de branco, pintado de branco em cima do plinto. E a certa altura, ficara muito tempo a dizer *experimentem*, *experimentem*, mesmo quando os olhos dos marginais já se encontravam longe. «Agora podia ficar aqui até sempre...» – pensava. «Yeah! Estou só, estou só, estou maravilhosamente só, por cima do mundo, fundido com ele, mergulhado e desfeito nele, absolutamente só...» Mas não estava. O homem velho da cana-da-índia tinha-o acompanhado, e quando por fim abalou, a rapariga cachalote caminhou do lado da Rua do Ouro e ficou de costas para o Rossio.

«Hi! Man, são duas da manhã! É hoje que queres ficar aí para sempre? Adeus, Man! – A cachalote virou-se.

De novo, a cachalote? Mas donde vinha ela? Nascia da rua? Nascia das portas trancadas? Ele, porém, não conseguia discernir nem conseguia fazer o mais pequeno movimento para sair do seu poiso sideral. As pernas que via por fora e por dentro como se estivessem espalhadas pelo céu, fixas aos movimentos das massas celestes, que não eram mais nada do que reprodução abissal do mapa interno dos seus ossos e das suas veias, também continham o mapa da sua língua. Yeah! O *Static Man* precisava de mover a língua.

«Espera» – disse ele, tentando mover-se. «Não podem ser duas horas da manhã.» A cachalote regressou à manta.

«Podem, ouve!»

De facto, pela Rua Augusta deserta, soaram duas badaladas. Elas fizeram pong, pong dentro da cabeça de Leonardo, e ele sentiu que a esfera rangia e rodava. «Espera!» – disse ele, sem saber muito bem porque o dizia. «Leva-me contigo de táxi. Leva--me contigo...» Mas só muito depois conseguiu mover-se, conseguiu partir a pele da esfera onde se encontrava.

«Leva-me» – disse ele ainda, assustado com a sua imobilidade, quando entraram no carro preto que passava lento a caminho da praça, e mesmo quando ainda subiam as ruas enfiadas umas nas outras, em círculos secantes, na direcção do castelo. Ela, porém, não sabia muito bem onde tinham ficado na outra noite, e ele disse que não o levasse para casa, que o conduzisse para outro lugar. A consciência de que tinha estado imóvel em cima duma caixa, durante oito horas, tornava-o vulnerável e enchia-o de medo de si mesmo. Porque não sabia contar as horas? Porque não tomava conta do tempo? A rapariga cachalote empurrou o *performer* e o caixote pela escada duma casa à Travessa das Mónicas, uma escada estreita e interminável que ia dar a um recinto largo onde só havia uma porta.

«Entra, Man, estás em tua casa» – disse ela, empurrando-lhe o caixote.

Ele entrou, ainda assustado pela imobilidade a que se tinha entregue e donde experimentara tanta dificuldade em sair. Mas Susana, a rapariga obesa, possuía em casa aparelhos extraordinários. Andando pelo corredor forrado por um espelho, onde o seu corpo se reflectia todo, com uma ligeireza espantosa, trouxe um estetoscópio, trouxe um medidor de tensão e, não contente com isso, tomou-lhe o pulso. «Chi! O teu coração parece um cavalo, Man!» – dizia ela, pasmada. «Se não tomas cuidado, podes morrer. Sabias?» – Durante algum tempo, a rapariga esfregou-lhe os pulsos e as costas. «Agora lava-te, que depois vou dar-te de comer.» E a cachalote ficou à espera.

Leonardo ainda não estava em si, desorientando-se no meio duma casa que lhe era estranha. «Quer dizer que estive oito horas em cima da caixa, a céu aberto, *good God!*» – não parava ele de pensar, recordando aquele momento em que tivera a ideia de que estava do outro lado entre a poeira. Pensava debaixo do duche que deixou correr infinitamente. Mas quando regressou da água, ainda a cachalote não tinha saído da mesa. Ele apareceu a escorrer. Era a primeira vez que a rapariga cachalote o via sem a pomada branca. Susana sentia-se idiota olhando para ele. «Man! Como é possível? És tal e qual como eu imaginava, Man!... És tal e qual o Robert de Niro em *Taxi Driver*, Man! Olhem só para isto, o mesmo nariz, a mesma boca, a testa é igual! Até tens a mesma sarda preta, Man! Mas que parecença é esta?» – não parava de dizer Susana Marina, meio assombrada, e já deveriam ser umas quatro da manhã. Por fim, radiante, levantou-se da cadeira e ela mesma mostrou-se, virou-se, olhou-se, e disse – «Achas que também eu vou ser tal e qual como me imaginaste?» E ficou à espera, só que Leonardo não conseguia compreender o que a anfitriã lhe dizia.

«Olha para mim!» – disse Susana Marina. «Tudo o que vês em meu redor, Man, não é verdade, é só aparência. É assim como uma espécie de maquilhagem espessa, Man. Vou perder esta maquilhagem, alterar-me completamente, e em grande parte, graças a ti. E é isso mesmo que te quero agradecer.» Susana deu uma volta diante do *Static Man*.

«Yeah!» – respondeu ele, entendendo vagamente que estava perante uma pessoa a braços com o início dum regime agreste ou coisa semelhante. De resto, tudo o que sabia em concreto é que se encontrava naquela casa porque tinha demonstrado a si mesmo que era preciso tomar cuidado com a sua própria vida, nada mais. A cachalote, radiante, falava. Não fazia compras ia para quinze dias, mas buscando bem, encontrou no frigorífico uma comida antiga. Aqueceu-a. Enquanto isso, sentindo-se estranho, ainda sob o efeito das oito horas inesperadas, o *performer* começou a andar pela casa. Era um espaço repleto de postais, fotografias, espelhos, vidros, cacos, flores, mensagens em caracteres chineses e língua sueca. A única superfície limpa e lisa era a do grande espelho. Em frente do espelho estava uma balança. No espelho havia uma silhueta desenhada a preto. «Olá! Mas que beleza! Pois de quem é este corpo?» – perguntou Leonardo. Susana regressava com a refeição tardia.

«É a silhueta de Maria de Medeiros em tamanho natural. Só tenho em comum com ela a altura. Mas posso, se eu quiser e certa coisa trabalhar a meu favor, ficar com uma linha semelhante à dela» – disse a rapariga obesa. E movida por uma agilidade invulgar, como se a matéria de que era feito o seu corpo não fosse da substância que parecia, abeirou-se dum gira-discos perdido no meio daquele emaranhado de objectos, colocado junto à janela – «A *mammy* não está. E há muito tempo que não está.» Depois, bafejou o disco, como se fosse uma lente, passou-lhe uma flanela por cima e pô-lo a andar. A voz da Callas, de súbito, irrompeu dentro de casa com o fulgor duma bomba. Ela acertou o registo e disse-lhe – «Deixa-me agradecer-te uma coisa...» O som de *La Traviata* deveria ter alguma substância entorpecente para o *performer*. Como estava sentado, assim fechou os olhos, inerte, adormecido, em frente do gira-discos que não parava de rodar. Soube depois.

5

Enquanto isso, Purificação descia do autocarro e manifestava-se uma mulher muito mais completa do que alguma vez se poderia suspeitar. Afinal se quisesse fazer uma limpeza bem feita, ela sabia. Tinha trazido lixívias e detergentes, numa abundância hoteleira como nunca se vira na Casa da Arara, e começou a limpar o quarto que fora de Osvaldo. Sobre um escadote a que subia penosamente mas a que se agarrava, enroscando-se como uma silva, atingiu o tecto e começou a esfregá-lo. Limpou as paredes, desceu grudada às empenas e atirou-se ao soalho. Esfregou-o, secou-o e espalhou uma papa amarela por cima da madeira. Foi aos armários e à sanita e, em seguida, gritou no meio do corredor – «Agora acabou o regabofe, ninguém mais entra aqui sem que o hóspede que aí vem dê licença!» Depois, a servente partiu para o quarto de banho da banheira sem patas e utilizou uma chave que parecia querer desenferrujar, dando-lhe voltas infinitas. Quando finalmente alguma coisa encaixou noutra, soltou um suspiro de alívio. Iniciou a limpeza lá dentro. Ouvia-se o raspar de metais e o rojar de detergentes arenosos contra os esmaltes. A abundância de água usada era verdadeira. A limpeza demorou toda a manhã e terminou pelo encerramento do quarto de banho da banheira rasa, operando ruidosamente com aquela chave. Em seguida, varreu capas e corpos de livros da Colecção

XIS, dispersos pelo chão do corredor. *Melodia Trágica* e *Matar não É para Fracos*, páginas familiares de Falcão, agora ilegíveis, mereceram ser calcados, dentro do balde, com o pé. Finalmente, a serviçal avançou na direcção dos quartos abertos de par em par e, movida por uma energia que na expressão do rosto se aparentava bastante com o ódio, quis que escutassem, mesmo os que não se encontravam acordados – «Agora nada de barulho, nada de música, nada de portas abertas, e nenhum de vocês mais se servirá daquele quarto além.»

Gamito, o gatarrão parecido com Burt Lancaster, veio à porta do seu pequeno quarto e começou a rir-se, perante tanta ordem imposta – «O quê? Vem aí o presidente dos EUA a caminho?»

Purificação sentiu-se duplamente ofendida. Falou ainda mais alto – «Por mim tanto se me dá que venha esse como outro. Estou a dar ordens que eu não escrevi. Nem sei ler...» E como tivesse feito o que lhe competia, desceu escada abaixo, na direcção de quem lhas havia dado, desceu na direcção da entrada da arara. Afinal ainda era meio-dia e já se encontravam todos acordados, estendidos sobre os lençóis brancos, precisamente por causa daquele estardalhaço da limpeza.

6

Mas saltaram das camas quando se aperceberam que vinham duas pessoas a subir. Era Leonardo partilhando o peso da caixa com uma rapariga extraordinária. Paulina, aguardando à porta do quarto de Falcão, reconheceu-a imediatamente. O repórter atrás parecia ter o impulso de tomar a máquina, mas se a cena era interessante não havia enquadramento. Para que diabo ia filmar um tipo vestido de calções de xadrez, blusa branca enorme a bater-lhe pelos joelhos, ao lado duma rapariga quadrada, os dois a pegarem num caixote de madeira como se fosse um berço? O primeiro a rir foi César, depois Gamito, com a sua voz gutural de grandalhão, e por fim Falcão também não se pôde conter. Todos riam sem conseguir parar. Quando as gargalhadas daquela gente desconhecida para Susana se interromperam, a rapariga cachalote pôde desafiá-los – «Ontem à noite, o *Static Man* fez oito horas. Está bem? Ele esteve quase a ter um vaipe e eu acudi-lhe. E algum de vocês estava lá? Algum de vocês, por acaso, sabe que este homem fez oito horas em cima da caixa?»

O cabelo loiro e encrespado da rapariga cachalote tremia. Paulina agora também se juntava às gargalhadas dos outros, escorregando pela parede, caindo no local onde tinham estado, amontoados, os livrinhos da Colecção XIS. Não era verdade que ela ainda possuía o resto dum lanho na testa por não acreditar na proximidade daquela criatura? Não era verdade que tinha andado às abarcas com Gamito, exactamente por causa da hipótese duma traição do Leozinho? Pois agora todos riam, todos observavam e riam, sobretudo quando a rapariga iniciava uma explicação. Eles interrompiam, ela pronunciava uma sílaba, eles desatavam às gargalhadas. Calavam-se, ouviam nova palavra, ou apenas nova sílaba, e repetiam as gargalhadas. Não se tinham combinado, era uma reacção espontânea que sucedia em cadeia. A cachalote não conseguia explicar porque estava ali, ao cimo da escada daquela casa, e ela quereria explicar. Ao todo eram cinco contra uma, e a rapariga, em desvantagem, acolheu-se no local onde batia a *Remington*. O *performer*, esse, havia entrado dentro do quarto floresta sem se importar com o que se passava. Estoirado dos nervos, ele apenas voltou atrás para tomar o seu plinto e os seus objectos da mão de Susana Marina.

7

A rapariga sentou-se na cama gigante quando ainda todos riam. E naturalmente que era necessário ajustar as siglas. Aumentá-las, cruzá-las, redistribuí-las. No caso de Susana, a silhueta desenhada no espelho empurrava como uma brisa o aparelho mecânico da *Remington*. Na Rua da Tabaqueira, durante a noite, quando a aragem só transportava o cheiro da água corrente, fazia um Verão espectacular. Não admirava que os rapazes da *Linked Ocean Forces* descansassem, mergulhados na água. A cidade subia no ar como uma imagem que a transcendesse e contava-se o que não se devia. Ao *performer*, a rapariga cachalote só dissera que desejava agradecer. O que é isso, agradecer? Mas na verdade, o que ela queria explicar é que tinha tido a coragem para tomar a *Refeição da Diva*, e depois havia levantado a voz da Callas, até alguém bater nas paredes e ouvirem-se ameaças de pessoas vizinhas, pela Travessa das Mónicas.

Os vizinhos faziam ameaças porque Susana Marina queria agradecer através da Callas, mas jamais poderia referir o motivo e isso é que tomava o agradecimento insólito. O segredo relacionava-se com a natureza do motivo. Na verdade, três semanas antes, a rapariga cachalote, perto da meia-noite, tinha tomado a *Refeição da Diva*. Àquela hora, a medicina privada funcionava em pleno. Os médicos mais famosos haviam aberto clínicas no topo de prédios decadentes e atendiam à hora das ceias. Aliás, na gentileza e acolhimento alguns consultórios assemelhavam-se a elegantes salas de serão, disfarçadas no exterior por um abandono decrépito. Naquele caso, à Rua Ivens, o elevador reformulado atingia um patamar onde havia uma brilhante placa de metal, e Susana não precisava de a ler porque a conhecia de cor. Era ali que ela voltava pela trigésima quinta vez. «Finalmente, senhora

enfermeira, estou preparada» – dissera Susana, já perto da meia-
-noite, e tinha-se sentado à espera.

Só que ninguém acreditava nas suas palavras e a assistente
havia começado a rir com seu chapeuzinho branco. Era muito
simples. O Dr. Giusti parecia muito jovem, mas não devia ser
tanto quanto aparentava, pois dominava seis idiomas, entre os
quais o português, e inaugurara um método de tratamento conhecido entre os pacientes por *Refeição da Diva*. No dia em que fora
informada da natureza do método, Susana Marina tinha ficado a
saber que a designação constituía uma homenagem à determinação de Maria Callas, que o havia experimentado em si mesma.
Tinha sido informada no dia em que fizera a primeira visita à
clínica da Rua Ivens, um ano atrás, disse ela. Mas em seguida,
Susana sentara-se na cadeira mais de vinte vezes, sem ter conseguido. Susana não tinha coragem. Para ter coragem, havia comprado *La Traviata* interpretada pela cantora. Essa luta começara,
como já se disse, no Verão anterior. Então Susana abria a janela
do segundo andar da Travessa das Mónicas onde morava, e deixava que do aparelho escorressem para a rua as fabulosas notas
trinadas pela *Divina*. Susana escondia-se atrás do cortinado, à
espera. Tinha a ideia de que, se a voz que punha a cantar se espalhasse pela vizinhança, mantendo-se a fonte do som dispersante
junto da sua cabeça, ao refluir, esse mesmo som voltaria repleto
da força que a si lhe faltava, mas que julgava que os outros possuíam. Por vezes, a música trazia os vizinhos do talho, da merca-
ria, do fundo das várias casas, e certa vez fora tão forte que havia
trazido vários polícias da Esquadra de Santa Apolónia. Eles não
sabiam, mas na verdade, Susana Marina estava a pedir ajuda ao
Dr. Giusti, à Callas, a todos os vizinhos e a todos os passantes
pela Travessa das Mónicas, e até mesmo àqueles polícias, só que
ninguém entendia. Era a sua forma de pedir ajuda. «*Help me! Help
me!*» – dizia ela, através das modulações da Callas. Mas nunca

ninguém a tinha ajudado, à excepção do *Static Man*, o rapaz que encontrara imóvel, parado, como um farol de vontade, resistindo no meio da Rua Augusta, em cima da sua caixa.

Por isso, três semanas antes, havia entrado no consultório da clínica e dito à enfermeira – «É hoje que vou ter coragem, é hoje que eu vou tomar a *Refeição da Diva*.» Mas a enfermeira não queria perder tempo, embora ela tivesse assegurado com veemência que se encontrava cheia de determinação. Até a mandara sentar, esperando que a coragem de Susana, como sempre, lhe faltasse. Porque durante um ano inteiro havia sido assim – A rapariga cachalote entrava e o Dr. Giusti começava a prepará-la como fazia a todos os seus clientes, confrontando-a com a realidade. Ninguém deveria entrar no tratamento sem se confrontar com a imagem que depois, mais tarde, poderia assaltar o paciente duma forma perigosa. Então ela entrava, entregava-se aos aparelhos, o Dr. Giusti ordenava que começassem a passar os *slides*, e sobre o quadrângulo iluminado, as imagens punham-se a correr. Isto é, era necessário o paciente interiorizar em que consistia a *Refeição da Diva*.

No ecrã aparecia um prato sobre uma mesa contendo uma espécie de canapé. «Mas o que contém o canapé?» – perguntava o clínico, com sotaque italiano. Na imagem seguinte, o canapé figurava aberto, dentro existia uma sobreposição de queijo e *pâté*. Na terceira imagem, o *pâté* isolava-se e uma espátula remexia-o. «Nada dentro do *pâté*, nada dentro do queijo. Apenas uma pérola, uma pequenina pérola... Assim...» – dizia o italiano para Susana Marina, como dizia para uma dezena de pessoas que diariamente passavam por aquela cadeira. Então o médico acrescentava que lá dentro se encontrava a face de uma *Taenia solium*, e a seguir a face desabrochava e dava a vez à *diva*. Era pois um método diferente do que usara Maria Callas, que só havia tomado o ovo. Mas o processo do ovo era muito menos eficaz porque muito mais demorado.

Voltando à *diva*, como Susana podia ver, a face apresentava um rosto rudimentar mas inerme, ornada de dupla coroa de ganchos com os quais ela se agarrava à parede do hospedeiro, e daí em diante tudo se passava com a simplicidade formidável do mundo biológico. Uma vez fixada na parede, o corpo iria crescer como uma fita branca. Era essa fita branca, tal como uma esponja asséptica, que absorvia o excesso, reduzia a abundância do quimo à quantidade exacta, calibrada pelos anéis da fita. A fita enrolava-se e crescia num molho de matéria translúcida que de vez em quando se desprendia. Em seguida, o médico italiano explicava como se obtinham as *divas*. Então advertia que não usava a forma tradicional de inocular cisticercos em animais imundos. Ele usava uma cultura própria em que os vermes se transmutavam de larva a adultos em higiene perfeita. Quando estivessem prontos a passar ao paciente, eram introduzidos com uma pequena parte da sua fita, dentro duma pequena cápsula. A cápsula era ingerida com uma ligeira refeição nocturna. Depois da refeição, um soporífero predispunha a pessoa a uma boa noite, e a cápsula, feita de matéria resistente ao suco gástrico, acabaria por derreter-se no local adequado à fixação devida. Livre da bolsa por onde viajara, minúscula e inofensiva, às escuras, a *diva* iria então à sua vida interna, ao seu labor silencioso, como uma invisível tecedeira. Não tinha peso nem cor nem sabor nem provocava qualquer tipo de sofrimento. No outro dia, a pessoa nem se lembrava que tinha tomado a *Refeição da Diva*. «Tudo bem, Susana?» – tinha perguntado o médico italiano. Aí, as pessoas normais costumavam dizer que sim, que estavam dispostas. Entravam no gabinete ao lado, tomavam a refeição. Mas Susana, pelo contrário. Agarrada à cadeira, mantinha os olhos fixos naquela imagem aumentada setenta vezes, projectada na sua frente, sob a luz feroz do retrospector, e olhava-a com a repugnância dum inimigo arcano. Não podia aceitar, não podia pegar naquele ser que vinha da profundidade duma inumanidade aterradora e engoli-lo por sua própria vontade. Aliás, da primeira vez, não articulara uma palavra. Susana não tinha coragem, queria ter mas não podia. Logo teria no mês seguinte, no ano seguinte, depois, muito depois, ela haveria de ter coragem. Mas passado um ano e tal, estava a encontrar a coragem que lhe faltava. A voluntariedade que irradiava da imagem do *Static Man*, parado em cima duma coluna coberta por um pano, donde não saía senão passadas horas, no meio da Rua Augusta, conduzira-a, calçadas acima, até à Rua Ivens. Era isso que lhe queria agradecer pessoalmente. Mas não lho podia explicar.

Susana Marina encontrara o *performer* numa tarde em que via montras. Tinha parado diante dele e nem mais dali havia saído. Só saía quando ele saía. Pois ela imaginava um esforço, uma superação sobre-humana, bela e exemplar, ainda que a supusesse álgida. Aliás, o exemplo do moço pintado de branco não se lhe transmitia pelo decalque dum esforço que fosse presente, mas pela invocação dum esforço que imaginava passado. E no entanto, a ela, à vida dela, ele incutia o desafio dum grande esforço futuro. Tão vivo, tão directo tinha sido esse desafio, durante os fins de tarde em que se colocava no círculo dos mirones, que Susana havia decidido sentar-se à mesa para tomar a *Refeição da Diva*.

«Dr. Giusti, hoje vou ter coragem!» – Era por essa coragem que ela queria agradecer.

Mas não contaria nada a Leonardo, nem a ele nem a ninguém nesta vida, pois desde que alguém soubesse passaria a ter forma de verdade. Embora por vezes sentisse desejo de gritar para as janelas da vizinhança que havia tido a coragem de engolir a *Refeição da Diva*. Mas em vez desse grito de alegria, ela espalhava pelo bairro a voz da divina Callas. Quando a *mammy* viesse da sua viagem pelo Oriente, ficaria apenas espantada por, de repente, Susana ser semelhante a Maria de Medeiros. Como ficaria contente! Ah, como ficaria! Em pouco tempo, iria haver mais uma bela mulher a passear, junto do Elevador de Santa Justa, esse local maravilhoso onde os cineastas faziam posar as actrizes. Mas o método não o contaria a mais ninguém, nem nesta vida nem na outra, na qual acreditava que todas as almas seriam leves e elegantes como *écharpes*. Não contaria que transportava uma *Taenia solium* desabrochando, sozinha, adelgaçando-a, dando-lhe as formas das raparigas lindas. A Leonardo, então, ela nunca contaria. Queria apenas agradecer-lhe e dizer-lhe que muito, muito lhe ficava a dever. Susana Marina estava cheia de planos, ela iria ser uma outra pessoa. De forma que ela gostaria que o *performer* nunca mais lhe dissesse coisas como aquela de *trepar*. Susana encontrava-se completamente entregue ao seu plano. Por isso, antes de saírem da Travessa das Mónicas, no dia em que ele lá tinha ido passar a noite, perguntara-lhe – «Certo, Man? Fazes o favor de não mais rejeitar o que eu não te ofereço?» Insistia a rapariga, só provisoriamente cachalote, quando ele já estava de saída, com a caixa e seus objectos pessoais num braçado, vestindo umas roupas que Susana tinha desencantado de seus padrastos, dentro dumas gavetas. Mas nessa altura a cabeça de Leonardo, cansadíssimo, devia andar à roda com a velocidade duma varinha mágica. Ela mesma havia tomado o plinto, chamado um táxi, e como era muito perto, dissera ao motorista – «Deixe-nos na Rua da Tabaqueira, mas antes, faça o favor de dar uma volta pela Baixa.» E os dois tinham feito um círculo largo, até chegarem à Casa da Arara. Ao entrar ali, Susana havia sido recebida daquela forma. Não se importava. Estava contente porque possuía um segredo e sentia que a finalidade da vida duma pessoa poderia basear-se na força dum segredo. Desde que o possuía, era outra. Aliás, agora quando se dirigiam a *si mesma*, sabia que estavam a dirigir-se a *outra*, aquela que apresentava a sua aparência. Mas ela, sim ela, verdadeiramente ela, estava a nascer debaixo dessa outra. Ainda não existia. Era por isso que se sentia perfeitamente, mesmo quando lhe falavam de modo ordinário. A verdadeira Susana só possuía em comum consigo ter os mesmos dezoito anos de idade, mas entretanto, estava a salvo de tudo e de todos. Podiam rir-se os hóspedes da Casa da Arara, pois riam-se do que em breve já não existiria.

E como teria a certeza de que o segredo ficava enterrado na engrenagem da *Remington*, como dentro de si mesma, como se guardado no fundo do seu próprio corpo ainda pesado? Ainda imenso? – Susana Marina poderia estar segura, as teclas batendo sobre o cilindro, clap, clap, devolviam ao papel o sonho dela sob a forma de uma outra pessoa. Entretanto, é verdade que o esquema da parede corria, saltava, estendia cada vez mais seus braços bifurcados.

8

Mas de tarde, pois já era outra tarde, Purificação apareceu com umas folhas que colou na porta, de modo a encerrar o ciclo aberto pela inundação na Casa da Arara. Era muito eloquente o que estava a acontecer. A servente subiu ao corredor, e como se tivesse ganho uma qualquer batalha, começou a remoer ameaças enquanto colava os avisos – *Proibido fazer barulho entre as sete da tarde e as sete da manhã. Proibido ouvir música alto. Proibido dormir de portas abertas. Proibido servirem-se do quarto de banho pequeno.* Só o quarto que fora de Osvaldo, donde rescendia a limpeza, e por onde passava a corrente de ar através das persianas descidas, não merecia o aviso. Era claro que vinha alguém de muito especial instalar-se naquele espaço ruidosamente limpo.

E Julieta Lanuit subiu devagar sobre os sapatos ganchorra, subiu na ponta dos pés, e deambulou pelo corredor. O que lhe tinha acontecido? – Mesmo sem que ninguém dissesse, percebia--se que os papéis que mandara colar nas portas eram a extensão da sua nova ordem interior. Revelavam uma conquista do espaço, uma mão disciplinadora que pela primeira vez se estendia até ao primeiro andar da Casa da Arara. Caminhando de novo sobre uns tacões cuja ponta em forma de minúscula moeda suportavam o meio do pé, a alugadora entrou e dirigiu-se para a parede onde se encontrava o mapa. Depois olhou na direcção da máquina. Parecia querer concentrar-se – «Que cabeça a minha, esqueci-me do nome da terra onde o meu marido se encontra. Telefonou. Infelizmente, não se ouvia bem porque a rede não é automática. De qualquer modo, Eduardo encontra-se numa cidade onde sorvete se diz *zemerzelina*. As pessoas que ele acompanha parece que reuniram, à sombra dumas árvores, um cemitério com uma enormidade de antepassados dum século muito antigo e sentem-se satisfeitas. Só que não me lembro dos nomes de nada. Às vezes tenho muita pena de ser uma pessoa pouco culta. Ao contrário do meu marido.»

Estava mais do que provado que Julieta já deveria ter esquecido o episódio Rute Maia e encontrava-se de novo em ordem. Provava-o também o facto de, além de usar os sapatos ganchorra, ter arranjado as unhas duma cor acobreada, semelhante ao nogal do cabelo. Mas a sua alegria tinha causas variadas, e Julieta falava delas, alongando os olhos pelos prédios em frente. Suspirava – «Também os meus filhos telefonaram de Málaga. Estão felizes e têm participado em festas maravilhosas. Têm feito amigos importantes que possuem barcos e pranchas e casas de campo onde mantêm asnos, para fazerem piqueniques nos dias em que as praias ficam repletas. E pensar que o Eduardo nem sabe onde eles se encontram...» Julieta voltava a si mesma – «Ah! Garanto--lhe, no entanto, que já dei uma volta à nossa vida. Tudo resultado da imaginação.»

Mas aí Julieta aproximou-se mais do mapa e admirou-se que tivesse outras letras, novos nomes e novas derivações misteriosas. Ficou parada a olhar para os sinais concretos da parede que a ela lhe pareciam abstractos. Não tinha importância. Julieta encontrava-se em paz, sorridente, estava envolvida por um halo de felicidade que a fazia mais alta e mais magra. Ao descer a escada, o seu corpo movia-se com mais ligeireza, embora caminhasse sobre aqueles terríveis garfos que pareciam furar-lhe constantemente a planta dos pés. O verniz branco rachado conferia-lhes uma imagem de dureza como se fossem de louça. Porcelana estalada, talvez. Ao atingir o vestíbulo onde a arara estendia o bico e as asas, ela encaminhou-se para a porta dos seus aposentos e abriu-a. Percebia-se – Abria-a porque, em imaginação, agora já não lhe pertencia. Julieta, a alugadora dos quartos, verdadeiramente, já ali não estava.

«Faça favor!» – disse ela.
Era a mesma paisagem que se vira no dia da enxurrada, a mesma sensação de contraste com o desleixo do primeiro andar, a mesma ideia de que a dona daquela casa se desfazia em limpeza e de que os objectos teriam sido reduzidos à sua expressão menor. E no entanto, em torno desse despojamento ou dessa pobreza, a untura das tintas era tão intensa que se retirava a impressão de que se acabava de entrar num recinto por habitar. Se não fosse as paredes cor de marfim estarem decoradas com paisagens onde vogavam barquinhos e pássaros saindo de searas,

dir-se-ia uma casa velha remodelada para pôr à venda. Mas ela, no entanto, teve o cuidado de dizer que antes, muito antes, ali tinham estado fotografias de coisas muito antigas, de coisas em que se havia envolvido Lanuit, só que ele mesmo as fora tirando, à medida que ia sendo traído pelas pessoas com quem se havia fotografado. «Faça favor!» – disse Julieta Lanuit.

De resto, aquele era o quarto das crianças, onde os objectos pareciam expostos numa montra. Os livros deles estavam colocados nas estantes velhas como num ordenado escaparate. E além era o quarto dela. Sob o dossel de tinta brilhante, apenas umas fotografias do casamento, e no meio da cama sem cabeceira, abria a saia uma grande boneca espanhola. Ao contrário das casas pobres, atafulhadas de objectos na tentativa de espantar o vazio, ali era o vazio que impressionava. A pobreza da alugadora de quartos era diferente, resultava duma outra fricção com a realidade. Era como se tivesse imobilizado o tempo, dentro da casa, enquanto não encontrava forma de alcançar um ponto almejado. O ponto estava em vias de ser atingido e ela mesma usava palavras explícitas – «Como pudemos, como pudemos, mas agora...» Depois Julieta abriu a porta da *blanchisserie*. Era assim que estava escrito, desde o tempo em que a Casa da Arara fora reconstruída. Abriu. Abriu e mostrou uma divisão arejada onde pendiam lençóis e toalhas, porém, em vez de máquinas de lavar, junto às paredes havia umas selhas grandes e primitivas. A tábua de engomar, essa era descomunal, e dois ferros eléctricos potentes estavam empinados. Mas todo o ambiente era de tal modo arcaico que se esperariam ver ferros a carvão em brasa. Deveria ser aquele o local onde Julieta fazia as mãos inchadas e vermelhas. «Tudo isto vai mudar» – disse ela, fechando a porta. E a cozinha? Demasiado grande, eles já a tinham encontrado dividida e encerrada por ferro. Ela havia pendurado as cortinas e posto o candeeiro. Mas a mesa, a enorme mesa, essa já ali estava. Aliás, ela adorava a mesa. Alguém tinha mandado buscá-la quando já se encontravam instalados, e o seu marido, alheio a tudo, ia deixar sair aquela preciosidade. Julieta, porém, não havia permitido. Tinha-se agarrado aos pés da mesa, gritando e ameaçando ir desenterrar a *Walther* do Lanuit, que já não devia existir, mas que ela fingia ir buscar. Os carregadores acabaram por lavar dali as suas mãos, desaparecendo da porta com a camioneta de carga. Nunca mais ninguém a havia reclamado. Estava feliz com aquela mesa. Quando mudasse de casa, levá-la-ia consigo – «Aliás, é aqui que Eduardo dá lição aos filhos.»

Era noite, fazia calor lá fora, mas sobre a mesa caía a frescura proveniente do quintal. Conhecia bem aquela mesa, a *Remington* havia laborado em cima dela. No seu tampo, acontecia a cena antiga, a imagem arqueológica duma família debruçada em torno da comida, que desde a Primavera se podia observar das janelas do primeiro piso. Entretanto, encontrávamo-nos à beira do quintal. A mulher de Lanuit ainda hesitou – «Se não fosse porquê, mostrava-lhe o escritório do meu marido.» E impelida por um ímpeto de coragem, avançou abrindo as luzes, enterrando as ganchorras dos sapatos na direcção da casota. Era a mesma sensação. Julieta mostrava um outro local de que tencionava despedir-se em breve.

9

Então desviei-me da corda dos lençóis brancos que dividiam o quintal e entrei, atrás de Julieta, na casota de Lanuit. Era um recinto quadrangular, só duma água, encostada a uma parede tão alta que se diria um pano de muralha. Em seu redor, alinhavam-se as alfaias com as quais o resistente amanhava o precário jardim. Mas lá dentro, aprisionado, existia um mundo intenso, amontoado, exposto por camadas como numa fractura geológica. Tudo o que não existia na casa cor de marfim encontrava-se naquela casota. Ali estavam as fotografias de Lanuit com espingarda, as fotografias de Lanuit ao sair da prisão, as fotografias de Lanuit a comemorar alguma coisa numa cervejaria, as fotografias junto do rosto inerte dum gigantesco Mao do tamanho dum Adamastor. Palavras indecifráveis encaixilhadas, rostos de pessoas públicas gastas pelo uso e pela idade, com as caras repletas de cores vivas da juventude, notícias de assembleias, pedaços de jornais, rostos, rostos, rostos, muitos deles desconhecidos, mas todos prenhes de significado como sinais, como astros de ocasião que lhe teriam semeado o percurso. No meio de tudo isso, uma secretária igual à que Julieta havia levado para cima, e no centro do tampo, uma velha máquina de escrever, embora não fosse *Remington*. Mas o que mais admirava é que em torno das paredes, discriminando aquela multidão de fantasmas oriundos do seu país, datada dos idos anos 70, o mapeamento era explícito. Uma coluna ainda estava encimada por uma epígrafe suave – *Estes São os Que não Devemos Esquecer.* Mas numa outra, bem mais extensa, lia-se – *Os Que não Podemos Perdoar.* Numa terceira fila, jaziam em coluna horizontal, como heróis do excremento, votados à posição dos vermes, *Os verdadeiramente Traidores.* E finalmente uma longa lista, a maior, a que dava a volta à parede, englobava, de fornia melancólica, *Aqueles Que não Nos Traíram mas Nos Deixaram Sós.* Nomes e factos alinhavam-se sob as suas figuras como destinos fechados. Pessoas públicas respeitadas apareciam naquela memória gráfica de Lanuit com o epíteto de absolutos estupores. Outros pareciam fazer o caminho inverso. Permanecer ali era entrar na memória proibida duma pessoa, aceder a seus escaninhos recônditos. Enfim, era como se entrasse dentro do coração secreto dum homem. Julieta abriu uma pasta, contendo um monte de folhas dactilografadas, e disse – «Já tem isto escrito, mas agora, quando tiver um emprego, vai interromper. Como vai permanecer tanto tempo longe deste trabalho, acho que deveria copiar tudo o que está na parede, porque não tarda, vem aí outro Inverno...» Quando íamos a sair, ela ainda queria indicar o local onde antes se encontrava a secretária que havia feito subir – «Era aqui, debaixo da lista d'*Os verdadeiramente Traidores*. Quer ver?» Disse ela, movendo envelopes, papéis enfeixados uns nos outros como farrapos preciosos ordenados, e finalmente, fazendo desenterrar uma fotografia de tamanho postal onde se encontravam vários indivíduos com cara de criança, mas de patilha e bigode, Julieta disse – «Este aqui era precisamente Manuel Rui Vaz, e este o Augusto, o dos impostos, amigos que ele julga muito mal só porque são pessoas felizes, pessoas normais. Pessoas que levam dinheiro para suas casas e, de vez em quando, oferecem um anel às suas mulheres. Sinceramente, não compreendo o que tem querido, até agora, Eduardo Lanuit!» E apagando as luzes da rua, entretanto repletas de mosquitos, ultrapassámos a barreira dos lençóis brancos que ela aproveitava para apalpar. Atravessámos a cozinha, o quarto dos filhos, o quarto dela e o corredor onde acabava o mundo cor de marfim, para entrarmos nas paredes decrépitas, a partir da zona da arara. «Tudo vai mudar, tudo vai ser diferente para o meu marido» – disse ela, e ainda acenou da porta dos seus aposentos, que depois fechou à chave.

10

Era assim – Até há pouco, seguindo as instruções de Vitório Mateus, Falcão passava junto ao Tejo Oriental, onde o lodo escondia velhas carcaças de barcos, mas os trabalhadores que lá afocinhavam a forquilha, ao verem a objectiva, em vez de a erguerem contra ele ou contra alguém concreto, ou abstracto que

fosse, punham-se a rir sobre o cabo do instrumento, acenando-
-lhe – Deus vos salve! E continuavam a chafurdar no lodo. No
Largo Camões, um ladrão voltava a devolver os documentos a
uma velhinha que ele mesmo havia assaltado. Só faltava levantá-
-la do chão, dizendo – Levanta-te velhinha, agarra-te à minha
mão! E as prostitutas? Ah, as prostitutas! Falcão costumava rondar o Intendente com Vitório Mateus, e mesmo que lhes ofere-
cessem o dinheiro de dez noites de serviço, nenhuma dava a cara,
nenhuma dizia uma palavra para a *camera*. Uma delas, enquanto
não chegava o novo cliente, passava as contas dum rosário –
padre-nosso, *ave-maria*, dizia essa. «Nunca na tua vida vais ter um
verdadeiro *killer*, no teu país, tira os cavalinhos da chuva» – Costumava dizer Vitório Mateus, quando regressavam. A convicção
de que seria assim para sempre fizera com que o chefe da equipa
de *Vitório-Reportagem* tivesse partido. Mas agora Falcão sabia que
alguma coisa estava sendo diferente, e ele próprio aprendia a
procurar duma outra forma. Depois, a noite era boa conselheira,
a noite tórrida como se fosse dia colocava a vida em órbita, e os
dois, ele e Paulina, formavam um par esporádico que procurava
um ilimite para a sua vida. O ilimite viria, era só esperá-lo.

Sim, confesso, por vezes bastava deitarmo-nos no chão, com
os olhos fixos no horizonte da cidade, para que tudo quanto
desejávamos acabasse por acontecer. Pela janela fechada contra
o voo dos insectos, passavam as nossas silhuetas, deambulando.
Por baixo de nós só havia escadas e a terra do quintal, podíamos
andar e andar até ao infinito. Podíamos continuar à espera.

Assim, o segundo *mass killer* já habitava em frente de nós. Era
só uma questão de olharmos para a outra margem do rio. Em
segundo plano, encontravam-se os navios da *Linked Ocean Forces*, descansando, mas ao fundo espalhavam-se a toda a largura

as luzes da outra banda. Pois o rapaz de quem o agente Segurado falava provinha precisamente de Almada. Provinha ou não provinha? Deste modo, o *mass* alcançava a ponte quando ainda eram apenas seis horas e o sol mal raiava na água. Como o agente bem sabia, chamava-se Rui Quintas e iria ter de atravessar Lisboa para o lado poente, dormindo em três camionetas distintas e levando consigo um enorme saco de desporto. O *mass* trabalhava numa grande superfície e tinha a incumbência de empilhar até às doze horas grades de cervejas que outros levavam para dentro do gigantesco recinto, mas cerca da uma o seu serviço mudava, passando a desempilhar os carrinhos abandonados entre as galerias. De facto, cada vez havia mais gente que vinha de longe, parqueava o carro na enorme cave, subia a rampa, demorava uma ou duas horas entre a multidão a escolher desodorizantes, detergentes, barras de queijo *brie*, vinhos de Bordéus, rosbife enrolado, pão integral, pão-tigre, panos de limpeza ou atoalhados, para depois, ainda antes de abrirem a carteira, abandonarem os carrinhos cheios. E o seu trabalho consistia em descobrir os carrinhos em que os víveres começavam a derreter e a carne se punha a pingar. Aí, Rui Quintas tinha de trazer os carrinhos para dentro, e iniciava a desmontagem.

A princípio havia sido um trabalho fácil, eram dois, três carrinhos abandonados por tarde, e ele podia ficar encostado, passeando entre a abundância, recolocando pacotes pelas galerias, mas agora, de súbito, era como se esse tipo de gente enchedora de carros se tivesse multiplicado numa proporção geométrica. Em cada tarde, o *mass* estava a desmontar entre vinte e trinta unidades. Quem enchia os carrinhos e os abandonava? Dos clientes que vinham entrando, quantos traziam na ideia essa vingança ou essa impotência? Quantos, quantos? Naquele dia, Rui Quintas imaginara no estreito apartamento de Almada que todos os clientes da grande superfície encheriam carrinhos que abandonavam, em número infinito, e ele, porque não aguentava o infinito, tinha-se preparado. Havia tomado uma metralhadora do tio que andava escondida sob a cama desde o ano em que ele mesmo havia nascido, com munições e tudo, e tinha-a posto dentro dum saco da ginástica. Não, naquela tarde, não queria entrar na grande superfície vestido com uma odiosa bata azul. Ele iria entrar de ginasta. E foi assim que entrou. Toda a gente estava de tal modo entregue à tarefa de vender e comprar que ninguém o viu atravessar na direcção dos congelados. O segundo *mass killer* escalou as montras frigoríficas sem ninguém dar por nada, e ele não subia assim tão naturalmente, porque as montras eram de vidro e aço. Mas a verdade é que teve tempo de subir, de se entrincheirar, de observar toda aquela quantidade de gente que poderia estar a encher os carrinhos para depois os abandonar, e ali mesmo, onde costumavam aparecer em maior quantidade, produzindo pingas vermelhas pelo chão, ele abriu a fúria do dedo sobre o gatilho e começou a atirar. Tinha um carregador de vinte balas disponíveis, e atirava de cima da montra frigorífica como se se encontrasse numa escarpa do Colorado. O ruído dos enchedores de carrinhos fugindo e dos que se espalhavam pelo chão, inertes, assemelhava-se ao tonitruar dum *Boeing* no acto da elevação. Depois, Rui Quintas deixou escorregar a arma, deixou escorregar a arma, a arma, a arma... «*THE END*» – disse eu.

«*Shit! THE END!*» – respondeu Paulina. Ambas andávamos pelo quarto da *Remington*, de cá para lá, diante de César e Gamito, estendidos na cama gigante. Falcão, porém, sentia receio de que, no dia em que isso acontecesse, a sua *camera* não estivesse à hora certa, no lugar preciso. Era necessário ligar com urgência, já, imediatamente, embora fosse noite alta, para casa do agente Segurado.

«Espera!» – disse Paulina, lembrando que melhor seria deixarem passar o resto da noite, aguardarem umas horas e, na madrugada seguinte, surgirem em Almada, de modo a poderem acompanhar o percurso de Rui Quintas até à grande superfície. Captariam o amanhecer de cima da ponte, a luz malva da manhã e as deambulações do pessoal de autocarro em autocarro, com os olhos fechados de sono. Segui-lo-iam até às caves das galerias de víveres, quando ainda estivessem desertas. Paulina foi veemente na exposição do argumento. Então Falcão acalmou-se. A ideia dilatória da rapariga estava exercendo sobre ele o efeito dum sedativo potente.

CAPÍTULO SÉTIMO

~~

1

Ainda ninguém tinha posto a vista em cima do ocupante do quarto que fora de Osvaldo. Sabia-se, no entanto, que se levantava por volta das seis e regressava cerca das dez da noite, quando todos se encontravam na rua. Sentiam-se os seus passos e as voltas das suas chaves, as únicas que se ouviam rodar na hospedaria da Casa da Arara. Assim, o facto de existir uma pessoa nova não impedia que se continuasse a viver o clima criado pela tarde da enxurrada. Ao contrário daquilo que os avisos advertiam, as portas mantiveram-se abertas, as músicas subiram às mesmas alturas e os gritos de todos cruzaram-se pelo corredor com a mesma veemência.

Também Paulina, que parecia ter mudado definitivamente de cama, não havia no entanto desistido de seu papel de *manager*. Pelo contrário. Por volta das nove, fazia uma pausa no sono para bater à porta do quarto floresta – «Acorda, Leozinho! São horas dos psicofisiológicos, dos teus *asanas, pranayamas, pratyharas, dharanas*! Olha que a desidentificação da dinâmica sensorial é muito importante!» Outras vezes, a todo esse jargão incompreensível, acrescentava – «Não te esqueças de mandar diluir a laranja em bastante água, não te esqueças da tua dieta, do mel e do leite, olha que precisas de açúcar...» E depois gritava – «*Shit!* Que porta é esta? Só tu e o novo inquilino não têm a porta aberta!» Em seguida voltava para a sua própria cama, abandonando Falcão. No dia da décima sétima jornada, Paulina acrescentou – «Hoje deves arrecadar um mínimo de oito contos! Vê lá o que fazes, vê lá se prestas...» E Gamito, irritado, gritou do fundo dos seus lençóis – «Acabem com essa gritaria, egoístas. Querem a casa só para vocês?» Mas o *performer* mantinha-se em silêncio, trancado por dentro. Agora tinha o hábito de não falar, como se tivesse a língua imobilizada. A porta do seu quarto parecia-se com a da frente, aquele donde havia desaparecido Osvaldo por ter ido à procura das *T-shirts* que diziam *Muerte a los Estúpidos*. Leonardo fazia os exercícios de porta aferrolhada e saía sem ruído, com pequenos saltos, a caminho da sua corrida.

2

Mas desde o dia em que fizera oito horas sem dar por isso, as coisas dentro da sua cabeça tinham-se complicado, e havia-o assaltado uma grande dúvida em relação ao equilíbrio que Paulina estabelecera entre o ganho que lhe permitiria abalar para Manhattan, antes do fim do Verão, e as horas de imobilidade que teria de fazer. Desde a estranha noite em que fora levado para casa de Susana Marina, a rapariga cachalote, experimentava a tentação de abandonar o expediente do prato e do dinheiro e até, por vezes, a própria contracenação com Paolo Buggiani, para se entregar a uma meta que ele mesmo não saberia dizer qual fosse. Era um desejo enorme de se pôr à prova, de fazer uma caminhada na direcção dum local de confronto que lhe parecia ser ao mesmo tempo estúpido e brilhante. Dias antes, ainda tinha pensado chamar Paulina, fazê-la sentar-se a seu lado

e discutir com ela essa coisa que não possuía nome, mas antecipadamente estava a vê-la e a ouvi-la perguntar para quê, para
onde, com que dinheiro e com que fim. Para Paulina, tudo era
muito claro e constava das contas da parede – No final de Julho,
ele teria de fazer uma média de sete horas em cada espectáculo,
e recolheria cerca de dez mil escudos por sessão.

Então para que iria procurá-la? Porque não a deixava andar
metida com o cine-repórter, sem lhe perturbar a agitação, sua
forma de ficar em paz? Era nisso que Leonardo estava a pensar
no momento em que subia acima da sua caixa, a caminho da
décima oitava jornada. Nos dias anteriores, havia feito espectáculos breves, e naquela tarde ainda não sabia o que iria suceder.
«Oito horas, pensou, nunca mais na vida vou permanecer seja
onde for parado durante oito horas. Tudo quanto posso fazer é
tentar aproximar-me dessa meta...» E uma espécie de espírito de
declínio o assaltou, no momento em que se acomodou sobre a
caixa. «Nunca mais volta a acontecer.» Pela primeira vez, ao imobilizar-se, se sentiu levado por uma espécie de desânimo, o que
o fazia vacilar dentro da bolha de ar que o elevava entre as coisas materiais da Baixa e as imateriais da sua ideia abstracta. Pela
primeira vez, o *performer* se sentia triste, fora e dentro da superfície de gaze. «Vou desistir, pela primeira vez, não vou aguentar...» – pensava, subindo acima dos peões da Baixa. Agora a luz
do sol era tão intensa que a sombra dos telhados e dos varandins passava a meio do pavimento, criando uma sombra nítida
como se desenhada à faca. Um peão disse para outro – «Chega a
estar parado seis horas!» O outro rondou a manta – «Seis horas
parado? Grande malandro, grande estupor...»

Leonardo, ainda sustentado pela bolha, respondeu para si
mesmo – «Oito horas! Pois se essa é a minha meta, porque não
vou realcançá-la? Só tenho vinte e dois anos. Acaso já envelheci?»

E levado por um desejo imenso de atingir a mesma meta, pela primeira vez desde que actuava naquele local, o *Static Man* desceu da caixa e recomeçou tudo de novo. Esse recomeço chamou maior número de passantes. Ele via-os chegar e sentia o desejo de que não se aproximassem. «Desandem, vão...» – pensava. E no entanto, poucas vezes contava com um público tão especial. Nos últimos dias, dezenas de rapazes fardados, provenientes dos vasos de guerra da *Linked Ocean Forces*, invadiam as zonas da Baixa, usando fatos de marinhagem dos vários países de origem. Dezenas deles, ornados de barretes diversos, tinham vindo fotografar-se junto da sua caixa preta. Mas naquela tarde, era de mais. E ele pensava – «Vão, vão, não me atrapalhem a vida...» Quando os rapazes dos exercícios aeronavais se aproximaram em maior número, o Stradivarius pôs-se a rir e, antes de atirar o bordão sobre as cordas do instrumento, disse para os observadores – «*Chers Messieurs, this is our Liberty!*» Só depois fez gemer aquela música que furava os ouvidos mas conseguia parar gente, sequiosa de romantismo. E ele ia pensando – «Que grande maçada, nunca mais desandam, nunca mais é noite, nunca mais se vão. Estou aqui para fazer oito horas seguidas...»

«Vão, vão! Para perfazer oito horas vou ter de estar aqui até às três da manhã...» – dizia ele, deixando o tempo passar por cima dos chapéus da marinhagem. Gente oriental caminhava em suas blusas brancas, e o velho da cana-da-índia rondava o perímetro da manta, erguendo a bengala na direcção do *Static* como se mostrasse um objecto de estudo a discípulos. Ultimamente vinha acompanhado por dois ou três rapazes, e ao esmorecer a luminosidade amarela da tarde, partiam. Ele ficava dentro da bolha de ar. Até que Susana, a rapariga cachalote, sentada no lancil, em frente da Alfaiataria Corrêa, de novo se pôs a chamar – «Hi, Man! Já passa da meia-noite!»

Não tinha importância. Enquanto não fossem três horas, não se moveria e não se moveria. Até porque, cada vez mais, o chamamento de Susana se aproximava. O que significava que o ouvia cada vez mais longe. Agora apenas era possuído por uma ideia fixa – Ouvir bater as três badaladas previstas. Ainda só havia escutado as doze, e naquele dia de luz intensa, o espectáculo tinha começado às sete. Mas não lhe custava. Encontrava-se a viajar por dentro das suas veias, o mapa da sua carne interna espalhava-se diante de si como se fosse um invólucro. Ele estava dentro do saco vermelho e carnal do seu corpo, não queria saber de mais nada, a não ser que se encontrava ali, resistindo, resistindo numa direcção que tinha provisoriamente um grande, um supremo fim – Ouvir bater três badaladas sobre os telhados da Baixa. Ouviu duas.

«Hi, Man! Escuta!» – dizia Susana Marina.

«Não, não, rapariga cachalote...» – pensava o *performer*. Ela iria compreender que ele estava a resistir, que estava envolvido com a missão mais importante da sua vida. O seu coração tinha descido as pulsações para um nível baixo, embora, desta vez, se encontrasse plenamente controlado. Estava dentro do seu coração, conhecia a magnífica *performance* do seu músculo pulsante, viajava por dentro, sentindo-o bater. Coincidindo com ele. Mas só batia de vez em quando. Batia tão raramente que ele julgou a certa altura encontrar-se a medir os minutos pela batida. Naquela noite, em que as pessoas passavam lentas e encaloradas, ao fundo, buscando a frescura da água, ele tinha a certeza de que ia aguentar muito melhor do que na noite em que por acaso atingira as oito horas. Desta vez, não experimentaria surpresa. Quando ouvisse o som das três, desferido Rua Augusta acima, o *performer* estaria controlado. Leonardo iria descer. E por fim o relógio bateu, atingindo o coração do *performer*, agitando a velocidade do sangue. Rompida a bolha de ar e de som onde pairava,

Leonardo ficou surpreendido. A Baixa parecia mais escura, mais rasteira e rectilínea, untada pela humidade da noite – «Oito horas de quietude absoluta. Hem? Desta vez consegui estar atento ao bater das badaladas.»

Pelas laterais um ou outro carro de aluguer subia e descia, mas como nenhum parava, Susana achou por bem caminhar Rua da Prata adiante, com o caixote às costas, até à praça dos táxis. A caixa, os degraus, os panos, o prato, tudo aquilo pesava para cima de vinte quilos. Susana Marina, vergada, caminhava. Mas no entender do *performer*, a cachalote devia ter uma pancada mental, pois à entrada na Praça do Rossio, ainda a rapariga dizia – «É só para te agradecer, Man...» E sem consentir que ele pegasse na caixa, avisava-o – «Voltaste a bater oito horas, Man! Mas tens de ter cuidado, olha que podes cair para o lado, olha que podes morrer...» Subiam as ruas enroladas, entravam na Tabaqueira. As palmeiras do jardim pareciam gravadas no escuro, e Leonardo pediu a Susana – «Se o táxi nos levasse até à tua casa?» Entraram, subiram, ele voltou a tomar um banho que não tinha fim, e a rapariga tornou a exclamar – «Meu Deus, mas tu és igualzinho ao Robert de Niro!» E correu a pôr *La Traviata*.

3

Mas não, ao contrário do que se diz, eu não tinha de me meter, não tinha de roubar a liberdade das suas vidas. Quem era eu para dizer não ajas, não faças, não subas? Não subas estas escadas? Eu apenas estava atenta como um pequeno olho de vidro, numa casa onde ninguém corria riscos, ninguém se maltratava. Assim, a propósito de Paulina, ainda ouço os passos da rapariga caminharem sobre as tábuas. Ainda me lembro de como adivinhava o seu humor, os seus desejos e sobretudo os seus percursos que tinham a ver com os seus desejos. Era como se as passadas de Paulina no soalho fossem duas teclas que dissessem palavras antes de ela própria as dizer. Era isso, apenas isso, que eu escrevia nas paredes, no caso dela, desenvolvendo a sua sigla inquieta.

Por exemplo, na noite seguinte, Paulina apareceu à hora em que se costumava descer à Sumaúma, e não vinha a andar, vinha a correr. O *performer*, rapidamente, trancou a porta antes que ela batesse. «Quantas horas fizeste hoje, Leozinho?» – perguntou Paulina. De dentro ele mandava-a embora, mas ela insistia – «Abre essa porta, abre, tenho uma coisa espantosa para te dizer!» Como ele não respondesse, ela arremessava-se contra a porta, até que ele abriu – «Queres ou não me queres ouvir? Olha aqui. Quantas horas já fizeste de seguida?» Encostado à porta, como quem já perdeu a paciência no ano anterior, Leonardo nem lhe respondia. «Oito horas, pelo menos, foi o que disse a lontra que aqui veio. Responde – Quantas horas fizeste?» Paulina apanhava o cabelo, deixava-o cair. «Olha aqui, idiota! Por acaso sabes que podes bater o *record* da imobilidade voluntária? Uma disciplina que se chama de *motionless*? Isto é, tu podes, se quiseres, constar de livros que circulam por todo o mundo. Mas só podes se quiseres...» Ele olhava-a de lado. «Yeah, estou a ver» – dizia Leonardo. Mas Paulina tinha entrado daquele modo para alguma coisa, e Gamito, o gatarrão, preparado para sair, abria o *Livro dos Records* nessa disciplina, embora, em seu entender, o *Static Man* estivesse a anos-luz de atingir semelhante sucesso. Leonardo só havia feito oito horas e os últimos *records* encontravam-se em dez, dois minutos e cinquenta e cinco segundos. Era muita hora e muito segundo de diferença. César, o parecido com Dustin, começou a troçar – «Bater esse tempo todo? Queres matá-lo, ou que queres tu? Nem um jacaré no Inverno conseguiria ficar tanto tempo parado.»

Paulina corria pelo soalho – «Estão enganados. Esses gajos, em plena rua, nunca foram além das sete horas. Leozinho perfez oito, desleixando a parte atlética pela artística. Não vêem, seus desgraçados, que ele tem sido sobretudo um artista? Suponham-no actuando só como atleta. Leozinho apenas precisa dum espaço coberto, de acompanhamento médico, e de *sponsors*, jornais e uma ligação eficaz com o *comité dos records*. Leozinho pode bater o *record* mundial. Leozinho tem escrito na parede aquela coisa – *Durar Uma Vez! Eternamente Vivo...* Tem ou não tem? Então para quê?» E ela entrou no quarto onde adereços e uma infinidade de objectos continuavam pendurados de cordas e baraças, e pôs-se a riscar o mapa da equação, em função da hipótese histérica dum *record*. Os três rapazes começaram a raciocinar sobre o assunto, descendo as escadas da arara.

Sim, afinal por que razão andava o *performer* entusiasmado com essa ideia de ir contracenar no chão com um tipo que se pendurava em cordas, entre duas torres de Manhattan, quando ele mesmo poderia aterrar por cima de Nova Iorque e até dos próprios Estados Unidos, se acaso batesse um *record* mundial? – Encontrávamo-nos no Luna-Bar, naquela noite invadido também pelos rapazes da *Linked Ocean Forces*. E agora, pensando bem, Gamito achava que Leonardo não perderia nada em tentar. O bar encontrava-se atravancado de gente que permanecia em pé, não se escutando uma única nota do piano, posto a tocar ao fundo da casa sobre um estreito estrado. A pessoa que tocava fechava os olhos, como se procurasse um refúgio atrás das pálpebras, mas os presentes escutavam-no menos do que a um ruído de líquido descendo por uma garrafa. Aliás, o grande gatarrão estava a tomar um copo quando se lembrou do pai de César. «O teu pai é que poderia dar uma ajuda, servir de patrocinador ao *Static Man*!» – disse o vagamente Burt Lancaster.

«Afinal não é sócio majoritário duma cimenteira? Então podia avançar com umas despesas a troco de publicidade colocada na base da caixa.»

Mas César, que poderia socorrer-se desse estratagema, não queria arriscar, metendo no caso pessoas de família. Até parecia que estava a voltar atrás. Para que tinham lutado para serem independentes do passado que os agarrava aos locais tenebrosos donde haviam partido? E nesse caso, o próprio Leonardo poderia recorrer, se quisesse, ao seu próprio pai. Ora não era isso que estava em questão. Ele, César, submetia-se a um emprego cujo barrete em forma de sexo lhe apertava a cabeça, ficando com vinco de chui, precisamente para ser livre. Todos ali faziam o mesmo. Para que diabo estava Gamito a inventar essas divagações? Era só porque naquela noite o Luna-Bar se encontrava naquele estado? O fumo cortava-se à faca. Para uma pessoa sair dali, tinha de afastar o anidrido carbónico às braçadas, como se se nadasse em poeira. Saíram. Já na rua, encararam-se os três. Era preciso agir. Gamito deveria escrever sobre uma tarjeta gigante os seguintes dizeres – *Este Homem Vai Tentar Bater o «Record» da Imobilidade Voluntária.* Depois se veria – «Aceitas, *Static Man*? Aceitas?» Ainda eram apenas três horas. Até às cinco, altura em que os dedos do Burt Lancaster perdiam a agilidade, dava para se pintar essas letras. O estátua seguia adiante – «Yeah! Aceito, mas pouco me importa o que vocês queiram lá escrever. Por mim, não altero nada. Ando com a ideia de bater oito horas e meia na próxima jornada. E é tudo.» Então César e Gamito quiseram que o *Static Man* se deitasse, enquanto eles tratavam do resto. Àquela hora, ainda tencionavam acordar Paulina. Mas nem ela nem Falcão se encontravam em casa – O carro de reportagem, por certo, havia rondado na direcção duma zona produtiva da cidade. Talvez estivesse rumando na direcção de Almada.

*

As letras demoraram a desenhar, porque o fundo tinha de ser preto e os materiais não eram adequados. A sessão de trabalho, no minúsculo quarto do gatarrão, demorou até de manhã, e então ouviram a porta que fora de Osvaldo abrir-se. César e Gamito correram a espreitar e ficaram transidos – O hóspede do quarto de Osvaldo parecia ser apenas pouco mais velho do que eles, mas ia vestido de fato escuro e gravata como um bimbo e na mão levava uma pasta. Cruzou-se na escada com a arrumadeira. A arrumadeira encostou o corpo às vassouras, afastou-se para junto da parede e disse muito alto – «Muito bom dia, Sr. Lavinha! Desejo-lhe um muito bom dia!» E deixou escapar mais uns sons que se perderam sob as palavras do próprio bimbo. O homem – pois alguma coisa nele não tinha idade – respondeu com uma voz meio rouca, monótona e rouca, como se comprimida por um êmbolo de cortiça. O homem saiu. Depois, a arrumadeira esteve lá dentro do quarto de banho da banheira rasa durante muito tempo, e em seguida passou pelos quartos de todos a correr, tendo demorado um escasso minuto debruçada sobre a banheira de patas de leão. Uma alegria especial luzia nos olhos da serviçal. Apressadamente, munida das suas alfaias, Purificação desceu as escadas da arara.

4

Julieta subiu. Era como se não conseguisse continuar a viver sem subir. Para encurtar as suas próprias razões, estava arrependida de ter franqueado o escritório do quintal. Agora sentia-se vítima duma espécie de remorso que não a deixava dormir. Ter aberto a porta do escritório de Lanuit era como se tivesse devassado a capacidade que ele teria de alterar o futuro. E ela queria acreditar no futuro do seu marido. Pois apesar de tudo, apesar da sua vida com Lanuit, apesar de ele a ter feito mastigar os pastos do deserto, apesar de tudo o que nem conseguia explicar, quando se punha a noite, misteriosamente, sentia desejo de ser beijada, muito beijada, mas apenas e só por Eduardo Lanuit. E como era pouco culta, não se sentia capaz de resolver o mistério. Inculta e talvez indigna – Julieta juntava os pés enfiados numa chinela antiga onde deveria ter havido um pompom de *nylon*. Já não havia, em seu lugar estava um pequeno buraco preto, brilhando na superfície do calçado.

O mistério consistia em não compreender porque desejava os beijos de Eduardo Lanuit – Sabia que se pudesse explicar a alguém o que sentia, se encontrasse palavras, pessoa e situação conveniente para o fazer, talvez sucedesse que essa pessoa informada lhe explicasse. Mas ela, sozinha, explicando-se a si própria, não tinha alcance para tal. Não duvidava, porém, que, mesmo naquele instante, era noite e desejava ser beijada. Mas seriam beijos o que ela realmente queria, quando tanto desejava ser beijada? Desconfiava de que os actos que invocava, à medida que pensava em Lanuit, fossem verdadeiros beijos. Pensando bem, pensando tudo quanto era capaz de pensar, talvez nem fossem beijos que desejasse, antes uma aproximação menos vasta, mais precisa e até menos prolongada, mas que lhe desse o sentido de bem-estar que a entusiasmasse a viver, e que ela só sentia no momento em que imaginava ser beijada. No entanto, analisando melhor, Julieta sabia que, a seguir aos beijos e às carícias que envolviam todo o corpo, um sentimento de infortúnio se abeirava dela sem razão. Certa vez, havia lido uma frase escrita numa língua estrangeira, em que constava que todo o animal ficava triste depois do coito. Ela tinha copiado a frase porque coincidia exactamente com o que pensava. Possivelmente, era por ser pouco informada que se assemelhava nesse acto a um animal, e ele, Eduardo Lanuit, uma pessoa culta, sentia-se bem. Nunca ele ficava tão suave, tão repousado, dormitando entre os braços dela. Chegava a sorrir, chegava a desvincar aquela ruga amarga que se lhe entranhara entre os olhos em forma de H. Mas ela, não.

Ela estava à espera que a seguir aos beijos houvesse uma mudança qualquer, uma espécie de alteração radical, uma promessa de vitória sobre a vida. E como não sabia de que modo se traduziria tal vitória, procurava trocar essa prenda por actos reais que estivessem ao seu alcance. Como mudar para uma casa verdadeira, possuir um automóvel, comprar novos armários de cozinha ou simplesmente adquirir um objecto íntimo. Um *soutien* preto da *Maidenform*, por exemplo. Um frasco de *Magie Noire*. Isso bastaria. Então, começava a deixar cair lágrimas sobre a almofada, enquanto Lanuit dormia, pelo simples facto de querer possuir pelo menos uma peça de roupa nova. Ele acordava espantado. «Um *soutien*, dois pedaços de rede unidos por duas tiras de elástico?» – perguntava Lanuit. Vinha ela esmagar-lhe a manhã ou a noite por dois exíguos pedaços de rede? Como se compreendia que num mundo tão complexo, quando uma antropologia morria sobre a Terra e uma outra despontava, enterrando milhares e milhares de pessoas sem voz, numa planetária vala comum, ela o acordasse a meio da manhã ou da noite, carpindo-se por um *soutien*, a peça de vestuário mais ridícula que fora inventada para cobrir corpo humano? Na verdade, quando aí chegava, também ela já havia perdido a ideia de que a peça de *lingerie* resultara da casa, e a casa resultara do carro e o carro resultara do sonho de que Eduardo Lanuit pudesse ter um emprego normal. Isto é, quando terminava o amor com Lanuit, ela quereria que ele se sentasse, sob os olhos abertos da boneca espanhola, e dissesse – «Querida, uma vez que fizemos amor, eu vou procurar uma ocupação rentável. Mais que não seja, vou ocupar a minha vida a procurar ocupá-la, como em breve acontecerá com metade da humanidade...» Ou então – «Querida, uma vez que fizemos amor, vou subir aquelas escadas, no topo das quais está sentado o Mesquita, para lhe dizer que Juju, a minha querida mulher, merece esse sacrifício. Aceito, pois, aquele convite muito antigo...» Era isso que ela queria. Durante todo o tempo em que ele a olhava fixamente dentro dos olhos, e o sexo dele entrava nela, e todo o ser dele mergulhava dentro do seu corpo, ela esperava essa tomada de decisão, e como ele não falava, tinha a ideia de que ele iria falar, de que o seu último suspiro era já a primeira sílaba.

Mas afinal não havia segundo som. Lanuit a seguir fechava a boca sob o bigode e partia para o mutismo do seu sono. Era então que ela se sentia triste como o animal daquela frase. Nesse instante, percebia, envergonhada de si mesma, que afinal o que ela queria no amor era uma troca, uma compensação, não era amor verdadeiro. E aí Julieta parava o seu relato para ficar horrorizada de si mesma, e desejava lutar contra esse comércio banal do sentimento para que tendia. Essa a razão por que só queria imaginar um beijo, um único, que uma vez começado não tivesse fim. Pois assim não pensaria nem confundiria nada com coisa nenhuma e não bateria com os miolos ardentes de encontro a uma parede fria. A noite estava quente como borralho, do Tejo subia uma calda húmida como se entre as suas águas e as da corrente do Golfo apenas houvesse um pássaro. Um pássaro marítimo que àquela hora piava a partir dos telhados verdes das margens, entre os motores que já roncavam atrás dos faróis. A janela estava aberta. Juju unia os chinelos que antes teriam tido pompom, apertava o robe cor-de-rosa dentro do largo cinto de cetim, e finalmente, sem acender a luz nem fazer ruído, como se soubesse deslizar no escuro, Julieta descia. Eu cuspia na *Remington*, cuspia em cada tecla que fazia saltar sobre as folhas onde escrevia o nome de Julieta Lanuit.

*

Mas não corresponde à verdade o que se diz – Eu não preparava a perdição de ninguém. Eu apenas começava a achar interessante falar com uma mulher originária dum mundo remanescente, um exemplar vivo duma espécie antiga. Um fóssil movente que vinha encontrar na Casa da Arara. Por outro lado, também não me cabia dizer a ninguém – Não sintas, não ajas, não partas. Ou não durmas, não acordes, não te lembres que tomaste a *Refeição da Diva*. O meu papel era branco como o duma fina mortalha, não pesava, não ocupava espaço nas suas vidas, e eles sabiam-no.

5

Assim, Susana Marina acordou no segundo andar da Travessa das Mónicas, e sentiu-se como achava que deveria sentir--se Maria de Medeiros ao acordar. Acordou cedo, com a luz da manhã a entrar pelo seu quarto, e percebeu que não tinha peso. E não só não tinha peso como não tinha espessura nem altura nem profundidade, nem ventre nem vísceras. Além disso, na noite anterior, não se lembrava de ter posto a Callas a cantar, e agora acordava como se ela soprasse notas musicais sob o lençol da sua cama. Susana procurou dar uma volta na cama, para ver se conseguia descobrir donde provinha essa música, e não encontrou a fonte. Estava de facto a acordar numa espécie de outro mundo, um mundo onde nada pesava, onde tudo era imaterial como uma imagem que passasse, e ela tinha a ideia de que uma imagem real corria pelo quarto. «É o *Static Man*, e agora mesmo preciso de lhe falar» – pensou para si. E sem peso, ouvindo ao longe os sons que produzia perto, dirigiu-se para diante do espelho.

Aproximou-se do espelho. Sim, era outra, estava a transformar-se numa outra, numa pessoa que antes queria ter sido e agora vinha ao seu encontro, de dentro de si. Como se durante toda a sua vida tivesse escondido no interior da sua pessoa uma *outra* por quem sentia imensa saudade e em breve essa outra viria ter consigo. «Já sou a outra» – dizia, vendo-se de frente e de lado, encolhendo-se, sem se lembrar sequer que dentro de si existia a trabalhar a figura da *diva*. Aliás, lembrava-se mas não se importava, era como se tivesse acontecido com outro corpo. Susana estava sozinha em casa, entre móveis cheios de roupa de sua mãe e seus padrastos, no entanto, a cómoda que precisava de abrir era aquela que continha roupa sua. Sem esforço algum, puxou a gaveta da cómoda e começou a passar, peça a peça, a sua roupa. Roupa que nem já sabia se era sua se da pessoa que antes existira em si, e da qual se havia desprendido. Fazia isso tudo ao som da Callas de que não pusera o disco. A Callas cantava no seu corpo, e Susana vagamente apenas se lembrava de que havia engolido a cápsula contendo a cabeça da *diva*. E então, sozinha e alegre como nunca, sentindo-se ir ao encontro do corpo desejado, entre o espelho e a cómoda, calçou os seus sapatos de ténis, enfiou uma blusa larga e avançou pela Travessa das Mónicas, correndo, sempre correndo, até atingir a Pastelaria Jasmim. O *Static* ainda não teria passado, mas se passasse, iria atrás, iria com ele, agora que ele corria sozinho, sem a rapariga escafandra. Iria continuar atrás dele para lhe dizer – Hi! Man! Nem podes imaginar quanto te devo, Man!

E Susana corria, passava por cima de vidros, garrafas, caca de animais que ninguém limpava, ia a direito, sobre restos de caixotes emborcados nas ruas, papéis, cascas de melancia engelhada, e ela nem olhava. Estou completamente ligeira, sem peso, sem fome, sem sede, sem sono! Sem dar conta do espaço, já estava ali na Pastelaria Jasmim. Então finalmente sentou-se, mas era como se não estivesse sentada, porque não estava lá. Susana encontrava-se num outro lugar, onde também não havia fome. Pediu uma água e um café. A água sim, conseguia tomar, atingira aquele estado em que conseguia tomar água, mas o café era demasiado volumoso e escuro para entrar dentro de si. Não podia tomar o café. Aliás, estava ali, a olhar para a Casa da Arara, e só via a porta por onde sairia o *Static Man*. Amaria por acaso o *Static Man*? Aquele rapaz tão parecido com Robert de Niro? Talvez sim, talvez àquilo se chamasse amor, não sabia, mas do que ela tinha a certeza era de que desejava de novo agradecer-lhe, sem lhe contar, no entanto, que havia tomado a *Refeição da Diva*. «Obrigada, mil vezes obrigada, foi como se nascesse para a vida. Obrigada, *Static Man*...» – pensou ela, quando o avistou.

Mas Leonardo não saiu sozinho, atrás dele saíram a correr dois rapazes. Um primeiro, enorme e pesadão, e um segundo, pequeno e rápido. Lembrava-se muito bem de os ter visto, rindo às gargalhadas, no primeiro andar da Casa da Arara. Lembrava-se demasiado bem, pois riam ainda quando ela se refugiara junto da cama gigante. Os três avançavam dentro dumas *T-shirts* que diziam *Static Man*. Susana Marina ergueu-se à passagem dos três e, sem hesitar, começou a correr atrás deles. Sim, não sentia peso nem fome, nem sono nem sede e corria ágil atrás dos rapazes. O *Static Man* já a tinha visto e era como se dissesse – Corre, corre, estamos os quatro no nosso ofício sagrado da corrida matinal, não nos podemos falar. E como eles corriam mais do que ela, ela esforçava-se sem esforço para alcançá-los, pois ouvia a voz da Callas sair de si, como se em vez da cápsula tivesse engolido o disco, e quanto mais corria, mais sentia desprender-se da personagem antiga que a havia encoberto durante dezoito anos de existência. Ao regressarem à Casa da Arara, sempre correndo, os rapazes haviam desaparecido atrás da porta. Ela ainda tinha dito – «Espera, *Static Man*!» Mas não era o momento, pois em breve o velho casario da cidade esbraseava. E ainda bradou mais uma vez – «Espera, *Static*, eu queria contar-te uma coisa...» Só que Susana não sabia que Leonardo não podia responder porque se preparava para bater oito horas e meia de imobilidade voluntária.

Não sabia – Sempre a correr, regressou à Travessa das Mónicas, subiu as escadas do andar de sua mãe, e como as gavetas se encontravam abertas, começou a tomar entre as mãos a sua roupa antiga. Amontoou a roupa antiga, fez um braçado e correu para a rua. O sol caía em brasa sobre as pedras da rua e o caixote de lixo da esquina tinha a tampa descida. Sempre a correr, abriu a tampa do caixote e enfiou a roupa no fundo do lixo. Ainda a correr, sem esforço, subiu as escadas de novo. A roupa da sua mãe também ainda não lhe servia. Precisava de comprar roupa intermédia. E sozinha, sob o duche que a ajudava a ficar cada vez mais a outra que era ela, a Callas abria a boca vermelha engrandecida, e os palcos do mundo também se abriam. Palmas, palmas para a divina Callas! Susana Marina estava amparada contra todos e tudo pela voz esplêndida da *Divina*. Ninguém tinha o direito de intervir.

6

Eu apenas me limitava a registar. Registei que o *Static* finalmente ia sair para fazer as oito horas e meia. Paulina percorria a cidade com Falcão, e tinha passado aos outros hóspedes a direcção atlética e estética de *Static Man*, utilizando formas imperativas – «Acordem-no às nove! Saiam a correr por volta das onze! Levem-no a almoçar por volta da uma! Partam com ele por volta das cinco! Só por volta das cinco! Ele deve performar a partir das seis, mas não depois das seis! E estiquem bem a faixa! Toda a imprensa deve ficar a saber que ele se prepara para bater um *record* mundial! Que não é um qualquer, que já não é aquele que queria ser utilizado de poleiro para receber unhadas e caca de pássaro...» – dizia ela, cheia de veemência. A cada palavra sua surgia um ponto e um risco vertical. E sacudindo a poderosa crina preta, carregando o tripé e a *Nagra*, Paulina partia com Falcão para dentro do carro de reportagem que pertencera a Vitório Mateus.

Então Gamito faltou no cabeleireiro e César antecipou um dia de férias para ajudarem a levar o caixote de Leonardo, pois era a primeira vez que o *performer* iria aparecer como candidato a bater um *record*, e ainda por cima um *record* mundial. Não era uma coisa de endoidecer? Passar-se duma brincadeira a uma candidatura daquela natureza? Gamito olhava muito sério para a cara lavada de Leonardo, sem saber por onde iria começar a pintá-lo – «Até sinto arrepios na espinha. Este caso está a excitar-me muito mais do que as reportagens do Falcão.»

Decidiram-se, maquilharam-no como antes fazia Paulina, escolheram o fato branco mais branco, puseram o caixote sobre as suas próprias costas e os três desceram à Baixa. Embora para Leonardo o que movia os amigos continuasse a ser um objectivo marginal. O que ele tinha metido na cabeça é que estaria ali durante oito horas e meia. Como sempre, começou a contar os passos a partir da Voga, depois desenrolou a manta, beijou o punho, fez rolar para o centro a caixa dos degraus, cobriu-a com o pano preto e em seguida deixou que os olhos ficassem vítreos sob as falsas pálpebras. Todo de branco, subiu ao topo do estrado preto e preparou a postura do homem que enxerga ao longe a sua própria imagem. «Yeah! *Static Man*! São agora seis horas, por isso, não te livras deste pensamentozinho integrador no *todo* até às duas e meia da madrugada. Até ouvires de novo aquele *poing* por cima da tua cabeça...» – Ajeitou a roupa branca, arrumou-se, esticou-se, estabilizou o corpo sobre a caixa. «Boa noite, boa noite...» – dizia para si, agarrando já a noite, sob a luz furiosa da tarde. Gamito e César, nessa altura, como fora combinado, esticaram a faixa onde se dizia que ali estava um homem a tentar bater um *record* mundial.

NÃO PERTURBE – ESTE HOMEM ESTÁ A FAZER UM ENSAIO PARA BATER O *RECORD* MUNDIAL DE IMOBILIDADE VOLUNTÁRIA. DÊ A SUA CONTRIBUIÇÃO E P. F. AFASTE-SE.

Liam sobre a faixa as pessoas que passavam. Andavam à pressa, a comprar fatos de banho, polaróides, óculos escuros, pulseiras de conchas e cremes de bronzear. Barbatanas e viseiras para mergulharem abaixo da babugem, bóias em forma de crocodilo para os meninos chapinharem nas ondas do mar. Mas como muita gente parava, outros aproximavam-se também, liam e não se afastavam. Ninguém sabia da existência daquela modalidade. *Imobilidade voluntária* – repetiam. *P. F. afaste-se?* – Alguns lembravam-se daquele pobre piloto americano a quem os japoneses tinham feito permanecer imóvel durante vários dias. Aí estava um sacrifício imundo. Mas agora surgia uma modalidade voluntária. Deste modo, tudo mudava de figura. Aquilo que para muitos tinha parecido uma loucura sem sentido, de repente ganhava uma extraordinária clareza. Aquele rapaz era impelido por uma ambição desmedida, embora compatível com o seu esforço, com a sua compleição física, com o seu enorme voluntarismo. Afinal aquele rapaz tinha descido tantas vezes à Baixa com um objectivo muito próprio, sem dizer nada a ninguém. Isto é, o rapaz de branco, de longos cabelos empastados em *color-cream*, não era um palhaço, era uma atleta a treinar-se para o *Guinness Book*.

«Ah! Assim, sim! Já teremos alguma vez batido um *record* mundial?»

Não, ninguém se lembrava senão de umas pessoas a correrem, arrecadando umas medalhas de ouro, mas de outros *records*, não, ninguém se lembrava. E se não se lembravam era porque não havia. «Deus te ajude!» – disse uma velhinha. «Coragem, muita coragem!» – incitava um rapaz que deveria ser desportista, e passava com um grande saco como se lá dentro levasse uns remos. Uma grávida ficou a olhar. «Fazes bem olhar. As mulheres grávidas devem fixar os exemplos dos voluntariosos para influenciarem os filhos. Olha, olha bem, que este tem pinta de entrar nos *tops* do mundo. Já viste o autodomínio, a fina compleição? É pena ter a cara e o corpo cobertos de branco...» – O marido da grávida era bastante mais velho do que ela e beijou-a na boca, para que a imagem do *Static Man* passasse para o estro do feto, seu filho. «Não exageremos. No século XVI fomos os primeiros a dar a volta ao mundo...» – disse um lojista, emparvecido com aquele movimento. Mas duas raparigas em culotes gritaram – «Fora, fora! Nessa altura, ainda não havia *Guinness Book*...» Um tumulto crescente parecia avolumar-se. António Stradivarius abeirou-se, demorou muito tempo a ler, muito tempo a discernir, porque estava mais habituado às notas musicais, mas por fim, compreendeu. Levantou o arco, tocou-lhe junto dos pés, a vara aproximava-se do *Static Man* como se quisesse fazer vibrar umas notas que se encontrassem escondidas nos seus calcanhares. Os rapazes da *Linked Ocean Forces* continuavam ociosos, por ali a deambular, embora erectos como postes. Eles já tinham visto muita coisa na vida, já tinham enxergado o mundo em redor a partir dos seus navios de guerra. Mas mesmo assim admiravam-se que um tipo sem treino, e sem utilidade militar, quisesse ficar imobilizado durante tantas horas em cima duma caixa. Falavam baixo, em inglês, e como o *Static Man*, diziam entre todas as sílabas – Yeah! Yeah! Mas ninguém, além de Gamito, César e Susana, iria ficar para ver um homem parado, no meio da Baixa, até às duas e meia da madrugada.

7

Contudo, não seria assim – Cerca da meia-noite, apareceu o homem idoso com seus companheiros jovens. Trazia a cana--da-índia, que ergueu ao aproximar-se do *Static Man*. Os rapazes ficaram atrás, junto ao idoso, que falava, falava, falava. Apontava com a cana para o rosto do estátua, regressava atrás, voltava a apontar, girando agora a cana-da-índia em forma de ventoinha, como se se divertisse com uma ideia. Depois o homem afastou--se para junto da Casa Brasileira e os rapazes aproximaram-se do perímetro da manta e aí ficaram um tempo, até que se juntaram, e muito unidos começaram a descer, falando, gesticulando com elegância, passeando, na direcção do antigo cais. Já iam ao fundo, quando do relógio se desprendeu aquele *poing* que marcava as oito horas e meia de imobilidade de Leonardo. Susana Marina chamava – «Hi, Man! São duas e meia, Man!» Mas os companheiros do atleta eram mais rápidos. Desmontaram-no de cima da caixa e levaram-no em braços para junto do passeio, massajando--o, impondo-lhe movimentos lentos, obrigando-o a respirações fundas. «Vocês ainda o matam, percebem?» – dizia a rapariga cachalote. «Levem-no de táxi. Apanhem-no além na praça, seus incompetentes, seus estafermos, seus estúpidos chanfrados...» O estátua caminhava por seu pé, seguido pelos dois rapazes, e Susana Marina, em vão, não se cansava de chamar – «Seus idiotas que não sabem tratar do *Static Man*...»

CAPÍTULO OITAVO

∾

1

Paulina e Falcão entraram muito tarde, dando joelhadas nas portas e batendo com o tripé pelas paredes, mas mesmo assim ficaram a saber que Leonardo tinha aguentado oito horas e meia em cima da caixa, e essa situação animou-os a ponto de se porem a cantar para cima da cama do *Static Man*. Aliás, o próprio Falcão, encostado à porta, também queria fazer constar que haviam encontrado uma pista especial que ele não desejaria referir, apenas estava deixando uns indícios no ar, para que todos tivessem bons sonhos. Paulina, porém, cheia desse acontecimento, não conseguiu conter-se. «Supomos estar na peugada dum verdadeiro *serial killer*» – disse a rapariga, começando a desembaraçar-se da roupa. Ela já tinha largado a *Nagra* e o resto dos objectos com que percorria Lisboa e arredores atrás de Falcão.

Mas César e Gamito não acreditavam e ameaçavam regressar aos lençóis fosforescentes – «Um *serial killer*, com pessoas marcadas e o mesmo tipo de execução? Vão enganar outro...» O próprio *performer* parecia ficar entediado. Afinal, o que significava tudo aquilo? Acabava de bater oito horas e meia em cima dum plinto, estava a tentar descansar, a tentar unir a velocidade do sangue com a do pensamento, a tentar retomar o ritmo normal através

201

do sono, e sucedia que lhe vinham falar às quatro da manhã dum *serial killer*? Para quê? Com que finalidade? Antes, pelo menos, Paulina tinha algum respeito por ele.

«E tenho. Ou duvidas que se não tivesse andava metida em contactos com gente detestável, só para que batas o *record*?» – Paulina começava a transitar do mundo de Falcão para o mundo de Leonardo. Virando-se para César e Gamito, que permaneciam encostados à parede forrada pela imagem de Paolo Buggiani, pediu que se fossem embora. Falcão até já tinha entrado na arrecadação e encaminhava-se para a grande tina. A rapariga abeirou-se do *Static Man*. Encontravam-se tão pouco que, antes de adormecerem, ela precisava de lhe falar. Naquele instante, a sua voz parecia trespassada duma certa suavidade. Isso sucedia porque estava convencida que, a partir do momento em que Leonardo havia entrado na corrida para aquele *record*, as exposições no meio da multidão tornavam-se desnecessárias e até gratuitas. Em seu entender, o que ele deveria era voltar a treinar rigorosamente em conformidade com o manual do *Bio Feedback Training*, voltar a cumprir a dieta dos três terços até ao último requisito, e entregar-se de novo a um plano intenso de resistência, com um objectivo definido. Deveria, inclusive, pedir ajuda dum mestre em relaxação que respeitasse o seu esquema. Ele, porém, esticado sob o lençol, não respondia e ela desesperou-se – «Pois tu farás o que quiseres, farás o que te passar pela cabeça, que a mim pouco se me importa. Mas acho que, daqui para diante, não interessa mais se fazes exibição na Baixa, no Chiado ou no Camões, nem tão-pouco que figura fantástica desempenhas. A ti, agora, só te interessa a realidade, isto é, o cronómetro a marcar e uns juízes internacionais que o vejam. Nem a maquilhagem importa.»

Disse ela, fazendo contas mirabolantes na parede do quarto, cada vez mais semelhante a uma hirsuta floresta. Leonardo não conseguia mandar os fatos à lavandaria a tempo e horas, e de véspera ele mesmo os lavava no fundo da banheira, os punha a estender e os passava sobre a tábua da cama. As cordas estavam arcando de roupa amarrotada. Paulina também não ia tratar disso, porque, na verdade, ela agora só se importava com as filmagens de Falcão, a par da ideia de que Leonardo estava em vias de bater um *record* mundial. Ela tinha-se despido, retirado aquela indumentária preta que despegava das pernas como se se desfizesse da própria pele, e deambulava sem roupa da cintura para baixo, permanecendo vestida de cabedal da cintura para cima. Paulina deambulava e escrevia pela parede. A rapariga voltava-se para Leonardo e admoestava-o – «Devias repensar tudo em função do *record*. Eu faria assim – Deixava o número da Baixa, treinava aqui mesmo no quarto, e só descia quando chegasse o dia do *record*. Um *record* desses tem de ser batido diante de testemunhas, num espaço coberto e acompanhado por médicos. E as câmaras ali a apontar. Eu trato de tudo. Aceitas ou não aceitas?» – perguntou ela.

A lâmpada encontrava-se aberta, e ela baixou-se sobre os calcanhares e passou-lhe a mão pelo corpo. Leonardo estava demasiado magro. Ali onde as costelas terminavam, a barriga descia num desfiladeiro a pique até à zona da bacia. O umbigo do *performer* perdido naquela cova parecia um nódulo ossificado. Paulina teve a impressão de passar a mão por um pássaro ou um peixe a quem haviam retirado a buchada. «Estás demasiado magro, demasiado seco. Pareces um arenque ressequido. Assim não sei se te vais aguentar...» – dizia ela. E passou-lhe a mão pelo sexo. Demorou aí a mão. «Isto ainda funciona?» Ele continuava sem responder. Aliás, ela já conhecia o que ele tinha para contar. Leonardo havia-se transformado num homem a viver em torno duma obsessão. Uma importante, uma desmesurada obsessão, que já não era de oito mas de nove horas, e uma pessoa que se deita com a ideia fixa de que deseja, dali para o futuro, permanecer nove horas imóvel, dispensa a função de que falava Paulina, ao acariciar um volume viril, agora reduzido à espessura duma esferográfica. Ele, de facto, havia fixado a marcha para as nove horas, nove horas imóvel, e só queria dormir exactamente para atingir esse tempo. Vai, vai... Então a *Remington* punha-se a funcionar – É assim, Paulina vai dizer *shit* várias vezes, vai sair do quarto de Leonardo, vai vestir a camisa de arrastar e entrar no quarto de Falcão. Vai subir ao beliche, fazer tremer o beliche, o soalho, o corredor. Encher o primeiro andar da Casa da Arara com seu grito abafado. Ela vai, ela vai...

Mas não, naquela noite não iria. Pelo contrário. Paulina praguejou ainda umas duas ou três vezes, e depois tanto ela quanto o *Static Man* adormeceram, cada um para seu lado da cama, no meio do quarto floresta. Ainda sentiram os passos do Lavinha a caminho da banheira privativa, a sem pés, ainda deram pela aragem perfumada que aquele hóspede invisível derramava quando saía. O bimbo também tinha a sua música, também a punha a girar cerca das sete horas da manhã, e também a seguia cantando alto como se treinasse. Porém, era uma música que não conseguiam identificar, por mais que César e Gamito se esforçassem. Ambos se levantavam e ficavam a espreitar o bimbo, atrás das portas. Lavinha saía, a música terminava. Cada um regressava à superfície amarrotada da sua cama.

2

E Falcão? O trajecto da sua letra espalhava-se pela superfície do quarto como nenhuma outra – O repórter acendeu dois ciganos e esperou que estivéssemos todos, o que só aconteceu depois da meia-noite e sob o olhar de Orson Welles, semelhante aos mortais, em *Touch of Evil*, apenas pelo uso dum chapéu cinzento. Quando nos encontrámos instalados sobre as latas, o cine-repórter começou a reconstituir os factos antes de accionar a moviola. Era preciso explicar, porque, sem vozes e sem narrativa, as imagens em bruto reproduziam apenas ruas da cidade, umas antigas, outras recentes, com os seus grandes viadutos cinzentos, os seus pilares enormes cheios de urina, lambidos pela *Arriflex*, ora em plano geral ora em grande plano. Parecia que a câmara se tinha enroscado na entranha dos viadutos. Nas bases dos viadutos paravam as putas. Aquelas eram as putas da 5 de Outubro em plano americano. E Paulina, que presidia à passagem pela moviola, sabia de tudo. Sim, ali encontravam-se as putas em causa, mas umas não sabiam das outras. A pessoa julgava que elas falavam umas com as outras, mas elas não falavam entre si, elas falavam com os polícias, com os homens e algumas até com Deus, através dos rosários, mas umas com as outras não falavam, como se fossem inimigas. Também não eram muito dadas a jornais, só a revistas, que guardavam dentro de sacos fechados, e de vez em quando tiravam para ler o horóscopo e uma ou outra coluna sobre artistas conhecidos, mas mesmo que lessem jornais, não leriam o que se passava com o *serial killer*, ainda com o estatuto de hipótese, para as autoridades portuguesas. Porém, eles, Paulina e Falcão, acabavam de retirar o *serial killer* do esfumado limbo da hipótese. Paulina permanecia em pé, ajudando. «Portanto, vocês vão assistir à projecção do material em bruto» – disse ela. «Não é todos os dias que se participa no aparecimento duma figura destas. É ou não é?» – perguntava Paulina.

Os factos tinham começado assim – Na manhã do dia anterior, encontravam-se a rondar perto do lodo do rio quando o agente Segurado lhes dera a notícia de que havia uma surpresa interessante nas faldas do Bairro Camboja. De imediato, haviam começado a correr na direcção da cabana que, segundo o agente, se encontrava num sítio quase inalcançável. Fora necessário atravessar locais e ruas que ainda nem tinham número de polícia, amontoados de lixo provenientes dos entulhos, e sobretudo escalar a pé uma ribanceira. Mas sobre aquela espécie de escarpa, num armazém que parecia um resto de serração, entre aparas de madeira, estava de facto a vítima do crime. E aquele, sim, era um crime a sério.

Falcão passou a imagem, e dentro do quarto cine-estúdio fez-se silêncio total. Da imagem não rescendia som, mas só as cores conseguiam criar o ruído das pegadas sobre as maravalhas. No entanto, tudo começava por cima, pelo tecto, pelas paredes. As paredes tinham sido brancas e deveriam ter servido para expor ferramentas, pois, em redor dos pregos, ainda se viam os desenhos das serras, dos martelos, das goivas e dos jogos de parafusos. Descendo pela parede, em grande plano, podia ver-se que já não havia ferramenta nenhuma, mas em alguns desses pregos encontravam-se penduradas curtas peças de roupa de mulher. A imagem, filtrada por um bom amarelo, fixava-se sobre um trinco de porta. Nesse trinco balouçavam dois botins brancos, amarrados pelos atacadores. E no chão – pois finalmente o olho da *camera* rastejava pelo chão – o corpo estrangulado duma mulher, como nas grandes metrópoles do mundo. Falcão tinha aproximado o olho da *camera*, mais e mais. Tal e qual como em Londres, Roma, Nápoles ou Filadélfia. Tal e qual. O corpo tinha marcas de sevícias, a boca encontrava-se atafulhada por um pedaço de roupa preta, o coração havia sido atingido pelo esterno e, sobre as costas, entre a omoplata e a anca, desenhada a caneta de feltro, esboroava-se uma espécie de escrita. O plano era grande, grande plano, ampliado, o olho da máquina abria sobre o corpo, transformando-o numa espécie de pergaminho gigante, onde se divisavam garatujas escritas, até que a objectiva recuava, e de novo se ficava diante dum flanco estropiado de mulher. «*Shit! Shit! Shit!*» – bradou Paulina, de novo arrepiada. Sobre a cena descia a *claquette* de Paulina. Mas ainda não era o fim. «Fizeram mal não ter captado toda essa droga de caminho até lá» – disse Gamito, o grande gatarrão. Os autores da reportagem estavam suspensos – «Não, esse caminho não presta, não tem qualquer beleza plástica.» Calaram-se todos – «Sendo assim, não falem, não se movam, não digam nada. Vejam o que vai aparecer a seguir.»

Paulina fechou a porta, atendendo ao sono de Leonardo e à natureza da cena sequente. Era de facto muito verdadeira, muito forte e demasiado íntima para ser passada de quarto escancarado. Não havia qualquer som. Balcões brancos, sudários, lembravam o interior duma interminável mina de sal que tivessem visitado. Na imagem, Paulina ela própria se aproximava e erguia o sudário – Sobre umas espáduas, de novo as mesmas garatujas desfeitas. E outra e outra. Eram ao todo quatro pessoas estranguladas, perfuradas no peito, escritas nas costas. Mas sobre a última é que se liam algumas palavras inteiras – *Vais*, *Tira-te* e *Mãe*. As imagens eram evanescentes, brancas, imateriais, e sobre elas aquelas inscrições, feitas para uma espécie de eternidade provisória, abriam uma intriga excitante. Dentro da arrecadação cine-estúdio da Casa da Arara, os rapazes estavam desfeitos, pregados às tampas das latas sobre as quais se encontravam sentados. Tratava-se de facto dum *serial killer*, não havia dúvida. Era como se estivessem a descobrir uma cadeia que faltasse, um laço celeste que parecia ocultar-se até ali. Uma estrela que por cálculos matemáticos devesse existir e agora reluzia no firmamento de Lisboa. Só que tudo estava em segredo, não se podia divulgar. E para quê divulgar? Até à data não havia a palavra, logo não havia a realidade, não havia o crime. Ele só existia a partir do momento em que a relação designativa se operava. Sim, havia um *Jack the Ripper* entre nós, ainda ignorado. «Descobriu-o o Falcão» – disse Paulina, acendendo-lhe os cigarros.

Mas fora o agente Segurado quem tinha dito que elas agiam no viaduto da 5 de Outubro, sob os pilares em forma de forquilha. Falcão metera-se no carro, aproximando-se das putas do viaduto. «Olhem bem, olhem bem para as costas» – Todas elas estavam escritas. Eram quatro prostitutas. Falcão havia filmado as costas das mulheres mortas com a perícia dum câmara genial. Ali estavam as costas. Ali estavam as costas escritas. Repetiam – Falcão tinha percebido que em todas elas havia a palavra MÃE. Era terrível que estivesse escrito nas costas das putas essa palavra. Afinal, muito mais gente, além deles, detestava essa palavra. Eles tinham rasgado esse mundo, abandonado essa prisão armadilhada pelo tempo, e por isso nem se lhe referiam. Mas o desgraçado do *serial killer* havia ficado marcado indelevelmente pela mãe. Era horrível. Era mesmo um *serial killer*. No escuro, onde zuniam apenas as imagens, aquele argumento reclamava música. O próprio César acabou por se sentir fascinado pelo caso das prostitutas nacionais estranguladas, esfaqueadas e escritas por um português que não escrevia nas costas do crime nem *Mamma*, nem *Maman*, nem *Many*, tão-pouco *Mammy*, como era corrente, mas MÃE. Era absolutamente emocionante ver redigido um crime em português. «Sim, estou muito orgulhosa de Falcão. Muito, imenso...» – respondeu Paulina, desapertando o cabedal. Quando ela se baixava, apareciam os mamilos em forma de botão de punho. Fazia calor ali dentro, mas não se podiam escancarar as portas nem as janelas, por causa de Leonardo, que precisava dormir.

3

Porém, tudo havia sido mais complexo, porque não se descreve um crime apenas pelo seu princípio e seu fim. O mais importante é o que move as acções, o vento interior que impele ao acto, que empurra as solas dos sapatos para os locais exactos, a mão para a arma própria, essa sombra que anima o corpo e não se vê, mas na reportagem existe. O grande repórter é aquele que descobre o sopro que anima o crime. Porque quem filma tem de entrar dentro dessa sombra, incorporar-se nesses passos, alcançar a mesma arma. Ora ele, Falcão, a partir das imagens colhidas na 5 de Outubro, tinha construído uma teoria, tinha entrado dentro dessa sombra – Tratava-se dum cirurgião.

«Como sabes que é um cirurgião? Ainda hoje não se sabe se *Jack the Ripper* o era?» – perguntou Gamito, surpreendido.

«Já vais ver. Avança, Paulina!» – Falcão apenas dispunha da imagem dum grande carro parado junto ao pilar da estação. Só que dessa imagem rescendia uma força de intensidade nuclear. O carro, um *Alfa Romeo* cor de leite, brilhava de encontro à ponte. A puta saía do pilar, dirigia-se para o carro, bamboleava-se sobre umas botas altas, curvava-se sobre o vidro da janela, ela ainda olhava para trás, segurando uma cabeleira espessa, entrava na porta e a viatura arrancava. Depois, o carro sumia-se no escuro da noite de Lisboa e não havia mais nada. «Calma, calma aí!» – disse o repórter criativo, o futuro cineasta. Pedia calma porque ele mesmo estava a desenrolar o papel de cenário ao longo da parede. Sobre o papel, a mão preciosa de Gamito hesitava, antes de fazer aterrar o carvão e iniciar o *story-board*. Falcão transpirava em bica e tinha uma solução que Gamito já descrevia com rapidez nos quadrados expostos. Era um cirurgião de cinquenta anos que se mantinha celibatário. O agente Segurado havia identificado o proprietário do carro, havia descoberto o personagem. O condutor do carro chamava-se Joaquim Madureira.

Mas para tanto era preciso Paulina repor as imagens, retornar àquelas em que a 5 de Outubro se acamava debaixo do viaduto. Por entre os pilares, voltava a existir uma colmeia de putas passeando, muitas delas com botas altas. O cirurgião Madureira passava no *Alfa Romeo*, a correr, mas ao vê-las, travara. Mais adiante, parava o carro. Uma puta aproximava-se enquanto ele descia o vidro. A noite estava cálida e a solidão desse homem era tão intensa que rangia. Ele chamou-a com o dedo. A puta debruçou-se sobre o vidro, mas não fez entrar a cara. O cirurgião apercebia-se, contudo, que, enquanto se debruçava, a puta ia rodando as nádegas. Olhando-a por cima, o corpo dela apresentava a configuração duma sela. Ele, porém, encontrava-se protegido daquela cavalgada porque estava noivo da sua solidão. Ela lá disse as suas condições. Aliás, tinha o discurso tão sabido que só dizia estritamente o útil e o essencial. Havia vários carros partindo. Ele abriu a porta da direita e fê-la entrar no *Alfa Romeo*. A puta tinha-se coberto de esguichos de perfume, mas sob o perfume desprendia-se um forte cheiro a ratazana. A pensão era logo ali ao dar a volta. Entrava primeiro ele, depois ela, mas como fora combinado ele não precisava de mostrar a identificação. A noite estava tão quente e tão boa para trabalhar que a puta não podia dispensar mais de meia hora da sua preciosa vida. Num instante, descalçou os botins brancos e desprendeu-se da saia que ficava a um palmo da cueca-cinta. Espetou o peito donde fazia deslizar uma tira de renda preta. Ela apertou alguma coisa dos peitos entre os dedos, como se fosse dar de mamar a um gigante e gatinhou sobre a cama. Como o cirurgião demorasse a pôr alguma coisa do seu corpo à vista, a puta achou por bem deitar-se de bruços, ajeitando-se exactamente como sela exposta. Devia estar fresco para ela, porque tinha posto a cabeça colocada sobre a almofada e respirava à vontade. O cabelo enorme estava virado, e devia ser por aí que a aragem lhe entrava e a dispunha bem, porque esperava com paciência. Aliás, ainda teria de esperar um pouco mais, pois o cardiologista procurava um objecto que não encontrava. «Despacha-te» – disse a puta como se acordasse.

«Já vai» – respondeu ele. «Põe-te quieta.»

O cirurgião apertou entre os dedos a ponta duma esferográfica de feltro, aproximou-se da mulher por trás, juntou o seu corpo ao dela, e começou a traçar-lhe palavras sobre as costas com a precisão do *laser*. A puta não se mexia. Ele agarrou no candeeiro e aproximou-o das costas dela para ver de perto. O candeeiro tinha um abajur amarelo e uma lâmpada de vinte e cinco velas, mas dava para verificar que a escrita estava perfeita. Madureira transpirava. Também ela transpirava. Aliás, agora que o corpo estava nu e transpirado, o cheiro não era desagradável mas assemelhava-se ao de um peixe morto abandonado numa praia. A rapariga virou-se de costas. – «O que fizeste?»

«Umas letras» – disse ele.

A puta olhou para ele, aviltada. «Umas letras?» O seu profissionalismo emergia de súbito. Possivelmente tinha feito mal o seu trabalho. Deitou-se de costas e abriu as pernas. Depois tomou um pedaço de renda entre os dentes. Abanou-o entre os dentes, sacudiu-o, mordeu-o. Mas era inútil. O cirurgião Madureira já tinha guardado o instrumento e estava contente. Podia sair. Ela quis contar o dinheiro antes que ele abalasse, mas no meio das notas havia uma gorjeta choruda e ela compreendeu. Possivelmente, poucas putas admitiam que maníacos impotentes lhes escrevessem letras nas costas. Queria lá saber. Para ela até era uma noite de sorte porque não precisava de se lavar, e ao todo tinha gasto apenas quinze minutos. Assim, rápida como a flecha, partiu metade do dinheiro, que pôs dentro do botim, abotoou a renda e enfiou pelos membros o resto dos pequenos panos que pareciam ser todos de elástico. Quando o *Alfa Romeo* dava a volta, a caminho de outras pontes e outros viadutos, já ela estava debruçada sobre outro vidro, já rodava de novo a nádega redonda como se sacudisse uma copa.

4

«Mas o cirurgião volta atrás, e é o cirurgião quem a abate» – disse Gamito, com a grafite no ar.

«Naturalmente» – O cirurgião retoma-a uma segunda vez, bancando o papel do complicado, e ela, untada pela manteiga do dinheiro, salta de novo para o *Alfa Romeo*. Aí ele diz-lhe que precisa de caminhar para um lugar um pouco afastado, e ela cede porque leva a canela da perna forrada por duas grossas notas. Imagina que vai regressar com a outra perna duas vezes cheia. A puta chega a contar que precisa do dinheiro para comprar um grande espelho, um espelho em que se veja toda. No quarto de banho, tem um caquinho de espelho do tamanho dum prato. Ele leva-a então para um local escondido e ela vai, vai atrás dele a rir, a desapertar pela segunda vez os elásticos, e é aí que entra o espaço da serração. Ela de novo se despe, de novo faz de sela, de cachorra, com as rendas na sua boca, e ele toma apenas uma das peças e estrangula-a com a cinta, enche-lhe a boca com a blusa e amarra-a a um cabo por um outro pano. O bisturi, ele tira-o de dentro da pasta, e sem que a mão se desvie um milímetro, aponta-o entre as costelas, na direcção da aorta. Aponta outra vez, outra e ainda outra, até ter a certeza de a ter crivado de golpes. Caem pingas de suor da testa do cirurgião como se fosse chuva. Mas quando termina, é como se a sua solidão ficasse preenchida por uma presença divina. A presença do assassínio, da eliminação da vida, tem alguma coisa de inaugural como a fina pele da criança. É a quarta vez que o cirurgião Madureira assim procede no espaço dum mês e meio. E graças a Deus que nunca se esqueceu de nada, sobretudo nunca se esqueceu das luvas. Umas luvas de elástico assépticas, brancas, de textura fina, semelhante à película interna duma casca de ovo. Madureira entra no *Alfa Romeo* e liga o rádio. São quatro horas da manhã, e a estação religiosa do País transmite as matinas. Umas vozes claras, mas arrastadas como uma onda lenta, dizem – *Ei-los que andam em volta de mim! Fixam em mim os olhos para me prostrar por terra!* Ele fica a ouvir, tentando perceber a quem se dirigem. Por mais que interprete não entende, porque não é dito para se entender, mas para impressionar. Conhece essa técnica muito bem. As vozes néscias dizem – *Esses, semelhantes ao leão que se atira ávido sobre a presa, tendo o leãozinho no seu esconderijo! Levantai-vos, Senhor, saí ao seu encontro e derrubai-os*, e outros dislates semelhantes que felizmente surgem de noite, quando ninguém os ouve, a não ser os doentes. Ele encaminha-se para o hospital onde passou a vida a emendar a imperfeita máquina do coração dos homens. Entra pelas traseiras, penetra na sala onde se fazem intervenções no coração, sem cessar. É ali que cumpre a promessa que fez à sua mãe de se assemelhar a um deus. Por isso, contente de si, ele leva as luvas, deposita as luvas onde seus colegas depositam as deles. Deposita o bisturi. Fecha a tampa do lixo. É tudo feito com delicadeza. Quando o cirurgião regressa ao *Alfa Romeo*, a noite de Lisboa parece retirada da calmaria do Caribe. As vozes estão dizendo, lentas, como se pertencessem a mortos, sendo seus corpos puxados por cordas – *Livrai-me desses homens cuja felicidade está nesta vida, cuja felicidade está nesta vida*, estão dizendo. E tendo por companhia esses loucos disparates que atravessaram os séculos para nada, o cirurgião Madureira regressa à sala panorâmica da sua casa, erguida sobre um jardim, em pleno Restelo. O Madureira caminha dum lado para o outro, entre os móveis lacados da sua casa. O Madureira sente um alívio enorme quando realiza pela quarta vez o acto aniquilador. O Madureira sente-se bem consigo e com o Universo. O Madureira está à nossa espera.

«E então vocês vão buscá-lo com as algemas da câmara.»

«Nós? Pois que merda é essa, em que porra de acto está a pensar?» – diz Falcão, escandalizado. «Nós não temos nada que ir buscar o Madureira. A vida é dele, as vítimas são dele. Não temos que nos meter onde não somos chamados. O nosso papel é isento, o nosso papel é um papel de reportagem...» – O repórter que se prepara para ser cineasta nem sabe para que companheiro olhar.

«Sim, nem duvido. Desculpem, são coisas um pouco estranhas que eu tenho na cabeça.»

«Safa!» – diz ainda Falcão, surpreendido. «Nem parece a pessoa que me falou há um mês, naquele dia em que eu estava cheio de pressa a tomar o meu banho.»

Na verdade, Falcão voltava ao momento em que pela primeira vez o tinha visto entrar na banheira, mas agora era de modo diferente. Fumava cigarros ao mesmo tempo que bebia *Cola* e não conseguia conter o entusiasmo pela vida. Era como se os olhos do Welles tivessem ressuscitado nele. O mesmo olhar esbugalhado, a mesma estrutura forte e flácida, a mesma abundância de genes. Falava, falava. E já havia ultrapassado o susto. Dirigia-se-me – Afinal, eu tinha razão, tinha inteira razão. Eles estavam para chegar. Eles já tinham chegado. E tal como dizia, já cá estavam, nós é que não os víamos. Estavam debaixo das telhas, debaixo das escadas e das mesas dos restaurantes. Estavam sentados às secretárias, estavam no fundo das casas, entre espelhos, sei lá onde estavam. Agora sabemos que existem pessoas portuguesas capazes de escrever, nas costas das prostitutas que vão assassinar, a palavra *MÃE*, e isto começa a assemelhar-se a alguma coisa. Agora começamos a ser como os outros, já estamos no limiar do novo mundo dos outros. Tal como dizia, agora as coisas marcham, as coisas vão...

Mas a mão prodigiosa de Gamito, vagamente parecido com Burt Lancaster, parou. Encontrávamo-nos em pé, à espera do quinto crime, no quarto estúdio da Casa da Arara, em tomo do crime desenhado, e o desenhador parou. Teríamos falado de mais? Teríamos pela primeira vez, desde que ali nos havíamos alojado, incomodado alguém? Seriam vizinhos do prédio contíguo? Paulina correu a desligar a moviola e instintivamente, deu pontapés numas películas espalhadas, criando um espaço livre. Mas não era, não. Ao abrirem a porta, o inquilino de quem só sabíamos que se vestia como um bimbo estava finalmente diante de nós. Usava um pijama de riscas e *robe de chambre* de seda, pés enfiados em alpergatas de quarto a preceito. O bimbo ficou de braços cruzados a olhar-nos e a sorrir, como quem surpreende alguém numa falta grosseira. Até que por entre mesuras duma estúpida satisfação, escapuliu o que tinha a dizer – «Pois bem, vim aqui, humildemente, só para que tenham a ideia de que o tumulto da vossa alegria perturba o meu descanso, meus amigos. Ele criou a Terra para todos. Estamos entendidos?» E fez mais duas ou três insinuações semelhantes, contendo todas elas *humildemente*, e depois desapareceu.

Falcão ficou estupefacto ao ouvir aquela arenga. «Humildemente vos digo, a vossa não sei quê colide com a minha! Pois que canção é esta?» – perguntou o repórter, encarando os seus companheiros um a um. Dentro da arrecadação, ninguém sabia como proceder. Até porque o rapaz a quem a arrumadeira chamava de Lavinha voltou para o quarto que havia sido de Osvaldo, ligou a sua música e agora distintamente ouvia-se a continuação do cântico – *Longe de mim o coração perverso, não quero conhecer o mal!* Estava tudo entendido. Se o bimbo queria esse tipo de guerra, tê--la-ia. Falcão elevou o volume do seu próprio rádio para alturas aberrantes. Naquele instante, a estação sintonizada continuava a transmitir alguma coisa que parecia resultar do cruzamento de *Einstein on the Beach* entaramelado com *O Coro dos Escravos*. O primeiro andar da Casa da Arara encheu-se duplamente de vozes humanas soltando estultícias aos borbotões – *Desses homens, cuja felicidade está nesta vida, que têm o ventre repleto de bens, cujos filhos vivem na abundância, e ainda deixam aos netos o que lhes sobra...* Outra vez? As estúpidas das vozes faziam estremecer o soalho e pareciam ameaçar toda a Casa da Arara. Até Leonardo, com os olhos sumidos de sono, tinha aparecido envolvido no lençol.

Mas Falcão nem via o *performer*, de agastado que estava com o bimbo – «Vai sorver com os ouvidos o que cuspiu com a língua. Ele esquece-se que, quando chegou, nós já cá estávamos.»

O repórter tinha regressado para junto do *story-board*, ainda sem saber se não deveria ter-se atirado ao bimbo, despregando-lhe com uma única sapatada todos os botões do pijama de riscas. Caramba, nem parecia um cine-repórter que acabava de encontrar, na entranha da cidade, um verdadeiro *serial killer*. Ele só não ia enfiar peras na cara do bimbo porque se sentia uma pessoa digna e forte. Mas nem todos reagiam de igual modo – Gamito, o grande gatarrão, comovido, limpou os olhos nas costas das mãos. A música da pessoa que afinal os tinha vindo admoestar com aquela lengalenga também ribombava pelo corredor – *Saciar-me-ei ao despertar com a visão do vosso divino ser...* Respondia a música triunfante do bimbo. Mas era uma pena, era uma infinita pena, pois afinal tudo até ali tinha sido duma unidade prodigiosa – As imagens, a história em si e o som da rádio católica, que ocasionalmente viera juntar-se, estavam a unir-se na direcção dum soberbo filme de acção e intriga, baseado na vida real. O desenhador que lavava cabeças para viver como queria deixou cair o carvão. Sumiu-se o carvão entre os pés. Era um homem sensível. Por vezes, quando atingido no essencial, um homem sensível tem dificuldade em conter as lágrimas. Os outros podiam barafustar. Mas o grande gatarrão parecido com Burt Lancaster, esse, estava vivamente emocionado. A resposta mais adequada era deixar incompleto o *story-board* e, como o *Static Man*, tentar dormir de porta fechada até às tantas, para suportar a monotonia

da manhã, da tarde e de boa parte da noite. Depois, sem se perceber quem havia desligado primeiro, as duas músicas sumiram-
-se no ar.

5

Susana Marina passou pelo primeiro cruzamento da Rua
Augusta e não viu o *Static Man*, a uma hora em que habitualmente
fazia espectáculo. Imaginando que o calor o tivesse levado para
outro local menos agreste, outra rua ou outra sombra, começou
a deambular por entre as vias quadradas. Mas em vão procurou.
Agora que conseguia usar roupas dois números abaixo, e que já
se havia desembaraçado de grande parte delas, não compreendia
que Leonardo tivesse desaparecido. Então resolveu sentar-se na
esplanada mais próxima. A Suíça lembrava um velho bazar retirado duma cidade do Índico que tivesse sido atingido por uma
bombarda. As mesas entulhadas e muito juntas, despintadas,
pareciam ter vindo do porão dum barco fundeado. Os chapéus-
-de-sol tinham varetas moles que vergavam. Em frente, parando,
os autocarros apontavam os focinhos rectos na direcção dos lan-
chantes. As pombas, parecendo transportar nos ovários vinte
ovos prontos para nova postura, passeavam lentas em frente dos
turistas. Mas Susana via a paisagem através dum filtro azulado e
ria sozinha. «Meu Deus, como tudo isto é belo se imagino o *Static Man* performando no meio da via!» – pensava Susana, sentada
a uma mesa donde espreitava o primeiro cruzamento da Rua
Augusta. Pois iria esperar.

Porque não esperaria? Desembaraçada de seu peso mais
supérfluo, o encaixe entre a cabeça e o pescoço era como se fosse
de vento e, por vezes, toda a cabeça também. Susana Marina
sabia que tinha peso, ainda devia ter muito peso que iria perder,

e no entanto nem dava por isso. Não sentia o corpo nem as pernas nem o assento. Era maravilhoso não saber onde se colocava o assento. Agora unia as pernas, elas já não roçavam uma na outra, se roçavam não sentia. Por isso, tinha todo o tempo para esperar por ele, porque também não sentia o tempo – Susana pôs-se a esperar pelo *performer*, maquilhado e vestido de branco, essa figura que se havia transformado no farol da sua vida.

Mas a certa altura, as pombas, a Praça do Rossio e todos os telhados circundantes começaram a perder a luz, Leonardo não aparecia e ela compreendeu que não podia ficar ali eternamente, embora não sentisse capacidade para se levantar. Aliás, era muito estranho, porque querer, ela queria, mas porque não tinha peso nem medida, e parte do seu corpo emagrecente estava apenas preenchido por aquela sensação de vento, alguma coisa soprante não lhe obedecia. Às vezes julgava que era a *diva* lá dentro dela quem mandava essa ordem para a contrariar. Sim, possivelmente estava a travar-se uma luta entre a sua própria vontade e a vontade daquela figura que a habitava. E então, pela primeira vez, sentiu vontade de expulsar a sua benfazeja, a sua grande amiga, mas era horrível ser indecente para com essa criatura generosa. Estava a pensar nisso, e cada vez mais o Rossio escurecia antes de anoitecer, e ela ali, feita idiota, naquele diálogo com quem lhe queria bem, como se desejasse vomitar para cima do *croissant* com fiambre que o empregado lhe tinha posto num prato e que ela não comeria. Jamais tocaria em matéria que tivesse farinha. Apenas enganava o criado desfarelando o *croissant*, colocando de lado a língua afiambrada, reluzente de manteiga amarela. Nem no *Sumol* ela tocava. Mas se escurecia antes de anoitecer, tinha de fazer alguma coisa, até porque nem percebia o que se passava no cruzamento. O *Static* poderia entretanto ter chegado, e ela não enxergava direito.

Então felizmente que apareceu o empregado a correr, com um pano molhado, em cima da bandeja. Sem lhe dirigir palavra, ele tinha começado a arrumar o desfarelado *croissant*, o refrigerante que emborcou de qualquer modo, e limpou a mesa com o pano amarelo. Sobre o tampo da mesa ficou um rasto de suco, do feitio duma espiral. O empregado trazia um pano verde, um papel branco, estendeu tudo isso por cima da miniatura da galáxia aquosa que ela conseguia discernir muito bem, e fez sinal a um casal de irlandeses de cabelos cor de nêspera. Susana tinha a obrigação de se levantar. Aliás, era muito fácil. Não sentia peso nem volume, nem dor nem sabor. O seu ser era mesmo feito de aragem. Assim, não resistiu e voou. Quando soube, estava junto dos pombos – Algum daqueles pássaros teria já passado junto do *Static Man*, quando ele ainda não pretendia bater *records* mundiais e vinha quase todos os dias colocar-se em cima do plinto? Talvez. Estava junto da pombaria, no meio daquele sussurro de asas crenadas. Mas como tinha a ideia de que se havia feito noite na sua cabeça, quando ainda era dia, resolveu molhar a testa. Encontrava-se próximo o bebedoiro dos pombos. Susana curvou-se para o bebedoiro e molhou a testa durante uns minutos. A água dos pombos cheirava a resquícios duma espécie de paul, quente e verde, e no entanto, era boa. Passado algum tempo, de súbito, a tarde estava a voltar. Tinha recuperado a vista. Os pombos eram de novo cor de chumbo e os telhados cor de terra. O sol batia por cima deles, tornando-os cor de laranja. O cruzamento ficava ao fundo.

«Não veio, o *Static Man* voltou a não vir!...»

Pois vou procurá-lo, pensou. Então Susana começou a subir Santa Justa, o Caldas e entrou finalmente na Rua da Tabaqueira. A Casa da Arara ficava ao cimo. Pelas janelas, encontravam-se algumas pessoas tão imóveis que pareciam pintadas. Um gato com coleira vermelha dormitava tão parado que nem o guizo tinia. As árvores do jardim estavam verdes, mas alguma coisa anunciava que iriam secar, e contudo havia água pelo chão. Em frente, a entrada do Luna-Bar parecia a porta dum sarcófago de tão pequena, tão preta, tão trancada. Susana, no entanto, não se sentia perdida, porque sabia que estava a ver a vida não com os seus olhos, mas com os olhos da pequena *diva*. Então dirigiu-se à pessoa que tinha o gato com coleira. Aproximou-se da janela. A pessoa que dormia sentada ao lado do gato acordou. Olhou para ela. O gato também abriu os olhos mas voltou a fechá-los. Um homem aproximou-se da boca da janela a tentar responder – «Como disse vossa excelência? Se vimos hoje o *estetiquemé* passar? Não, há dias em que ninguém sai daquela casa enquanto há raio de sol. Depois de escurecer, sim, as portas começam a bater, as janelas começam a abrir. Durante a noite é um fandelírio pegado...»

«O que sabe você disso, da vida que lá vai, lá vai?» – disse a mulher do gato, repreendendo o homem e ameaçando-o com o bicho ao colo. A mulher fazia abundantes sons com a língua como se atrás dos lábios possuísse umas velhas castanholas.

Então Susana Marina sentiu esperança. Agora sim, a nova tarde ia ter seu termo. A noite festiva iria começar dentro de duas horas, e ela tinha de regressar para se preparar para a noite. Pesar-se, lavar-se, escolher a roupa que iria deitar no caixote do lixo, tinha de ir colocar no prato a voz da Callas, derramá-la, esbanjá-la pela Travessa das Mónicas, mas agora já não precisava dizer «*Neighbours! Help me! Help me!*» Com pequenos contratempos, o seu caminho para outrem estava desimpedido. E Susana, que se encontrava de sapatilhas, saiu da Pastelaria Jasmim e passou sob as janelas da Casa da Arara a correr, sentindo-se uma pena branca.

CAPÍTULO NONO

ᕦᕤ

1

Dois vasos de guerra da *Linked Ocean Forces* começaram a mover-se, dirigindo-se para o local marítimo dos treinos, e no céu um avião da Lufthansa mostrou a barriga cintilante donde se desprendeu o trem de aterragem. Um outro da South African Airways, saindo pelo lado oposto, sacudiu o dorso e elevou-se a pique, desferindo um rasto bombástico de som. Os vidros da Casa da Arara, pela centésima vez naquela manhã de Julho, estremeceram. A ave migratória que existe na manada dos homens movia-se e movia-se. Os grupos humanos rodavam em volta da Terra à procura de paraísos. A ociosidade transformava-se nessa rápida emigração aérea e caía sobre as ruas assombradas de luz – Bati sobre a *Remigton*. E entretanto?

Entretanto, as plataformas dos cais de embarque oscilavam sem cessar, apoiadas nas longarinas. Os lojistas moveram os restos de colecção para junto das montras por onde entrava a fúria do sol. Os bancos continuaram a trocar moeda proveniente dos cinco continentes. A nata continuou a azedar no coração dos bolos, e o bicho-prata a saracotear-se no escuro dos armazéns. Entre o milho espalhado pelas praças e os excrementos que cobriam os monumentos reais, continuavam a voar os corpos polpudos dos pombos. E nós? Nós apenas tínhamos de definir objectivos – Continuei a escrever sobre a *Remington*. Em matéria de objectivos, Leonardo devia explicar se queria ou não bater o *record* mundial de *motionless*. Paulina tinha de conciliar a reportagem e o acompanhamento do *performer*. Falcão devia decidir-se por uma estrutura que englobasse ao mesmo tempo o caso do matador em série e dos matadores de grupos. O título *Rosas de Sangue em Lisboa*, inspirado em Patrick Quentin, apesar de provisório, era dum mau gosto abjecto, no dizer da rapariga, e não traduzia o que estavam construindo os dois, noite após noite. Gamito faltava no Salão Karenine e César havia reduzido o serviço no restaurante rápido Coma & Leve, para ajudar à maquilhagem do *performer*. E todos em conjunto tinham de decidir como proceder face a João Lavinha, aquele bimbo extravagante que usava pijama de riscas, pasta preta, e se movia lentamente pelas ruas, dentro dum *Rover* escuro. De madrugada, ao sair da banheira rasa, sorrateiro, o bimbo ligava aquela música exultante – *Mais poderoso que os vagalhões do mar é o Senhor lá no alto do céu...*

Mas uma janela abriu-se, fechou-se e tudo ficou resolvido. Falcão decidiu que o seu filme compor-se-ia de três partes, duas delas já em fase avançada de elaboração, e uma terceira, tendo por sujeito um tipo especial de *killer*, sobre o qual ainda não tinha ideias muito claras, mas contava que o método do comando do próprio real lhe traria, em simultâneo, o modo e o objecto. O título foi mudado para *O Sonhador de Crimes*, em homenagem a dois livros de Murdoch Duncan que bisavam a mesma ideia e muito o haviam impressionado, quando era pequeno, infelizmente apodrecidos por causa da inundação. Paulina, porém, continuava com esperança de que poderiam encontrar melhor. Aquele título não acentuaria uma vertente irreal dos factos, quando Falcão queria precisamente desvendar a pura realidade? Mas o cine-repórter achava que não, que o título era provocador, precisamente porque iria estruturar a narrativa de modo a desafiar os incrédulos, aqueles que diziam que a nossa coragem era tão pouca que nem conseguíamos ter verdadeiros crimes de sangue. Acaso ela não se lembrava dum outro que se tinha desfeito também com a maldita enxurrada? Um livrinho de Peter Chambers, intitulado *Matar não É para Fracos*? Sim, lembrava-se muito bem, era alguma coisa passada na Califórnia, envolvendo um músico, um maníaco e uma corista. E alguém tinha tido coragem. «*Murder is for keeps*» – disse ela. «Exacto!» Estavam perto do olhar de Welles e sentiram-se protegidos. Calaram-se. Haviam passado uma manhã inteira diante da moviola.

Mas Paulina gritou – «Ainda aquele tipo se vai embora sem o cartaz sobre o *record*. Anda tão desvairado para bater nove horas seguidas, com esta tempestade de calor, que se esquece de tudo!» Leonardo mantinha agora o hábito de se trancar e fugir de todos. Aproximou-se da porta. «Ouves-me ou não? Olha que não devias descer, não te devias esgotar. A prova pode ficar marcada para Agosto, mas já que teimas, leva ao menos os cartazes para arranjarmos *sponsors*. Ouviste bem? Não devias enfrentar a rua com uma temperatura tão alta...» Como ele não respondia, ela esperou que ele saísse – «Afinal o que queres tu? Já temos três patrocinadores, o comité já foi contactado e a Cruz Vermelha presta assistência. Não me deixes ficar mal, olha que até o que não posso chego a fazer por ti...»
Leonardo estava cada vez mais magro, no entanto, pegava no caixote com força de estivador e leveza de bailarino. Tinha finalmente aberto a porta e encontrava-se diante do espelho, depois de ele mesmo se ter maquilhado. A desarrumação dos objectos era completa. «Não me toques, não me mexas!» – avisou ele. Em

seguida, mudou de tom – «Podes então dizer que sim a esses tipos todos. Aceito, finalmente acho que aceito, mas com algumas condições de que não prescindo. Primeiro, quero que saibas que essa corrida não vai alterar em nada o meu ritmo dos *records* pessoais que por minha recreação vou batendo. Depois, nada de recintos interiores, que me sinto abafado. Além disso, só entro nesse jogo se por acaso isso não me estorvar de ir fazer o meu trabalho com Paolo Buggiani, aí por meados de Setembro. *OK, girl?* Agora deixa o *Static Man* em paz.»

Mas nessa tarde o *Static Man* teve um espectáculo falhado. Não aguentou duas horas, e ainda que para os transeuntes passasse despercebido, ele sabia que alguma coisa tinha de mudar. Voltou apressadamente para casa. Paulina lavava a cabeça na banheira de patas de leão. Disse-lhe da porta – «Escuta aqui, girl! Queres que eu bata esse *record*? Então não me grites, não me importunes com as tuas corridas e charadas. Nesta casa não existe ambiente capaz. Hoje não consegui fazer duas horas de imobilidade. Já viste o que seria se estivesse a contracenar em Manhattan com Paolo Buggiani? Já viste o falhanço, a vergonha?» Encostado ao umbral, Leonardo era a imagem da desolação.

A rapariga ergueu a cabeça da água, e mesmo a pingar agarrou-se a ele – «Isso aconteceu-te mesmo? Quer dizer que vamos perder esta oportunidade única de fazeres uma carreira decente?» Mas depois, reconsiderou. Beijou-o. «Não chores, Leozinho. De facto, temos de te ajudar. Juro que, daqui em diante, vamos respeitar a tua vida como deve ser. Antes dávamo-nos melhor, e eu não fazia reportagem. Mas o que queres? Acho que descobri a minha grande vocação. Se me mantivesse só contigo, não passava duma *partner*. Percebes, Leozinho? Agora, até o meu pai me manda uma quantia mais avultada. Escrevi-lhe um papel a dizer – Estou a fazer uma coisa útil como querias. Faço reportagem.

De volta, mandou-me algum dinheiro. Estás a ver, Leozinho? Só que não é por isso. Tu sabes como te quero. Mas o que se passou para não conseguires parar duas horas?» – O estátua estendeu--se na cama. Ela tirou-lhe o vestido branco, desempastou-lhe os cabelos e começou a massajar-lhe as costas. Iam ambos esperar por um dia melhor.

2

Também Julieta Lanuit subiu. Mas essa sentou-se na berma da cama gigante e disse que tinha decidido não esperar mais – Não, não vou fazer mais telefonemas, não vou perder uma moeda de dez escudos, cada vez que me aproximo do aparelho para perguntar se o Senhor Fulano de Tal está. Invariavelmente, faz--se um silêncio de morte, ou solta-se uma música que diz para esperar um momento, e a seguir vem a confirmação – Não está, já esteve, ainda não está, não sabemos quando vai estar... Tinha deixado seis cópias do currículo de seu marido nas mãos de seis pessoas diferentes, todas tinham prometido notícias rápidas, e até ali, nada.

No entanto, o Mesquita, por exemplo, até a havia beijado, e havia-se roçado intimamente pelas suas pernas, e tinha prometido de imediato soluções para a reintegração de Eduardo, com uma voz calorosa, como se, ao chamar Lanuit de regresso ao banco, a chamasse a ela, Julieta, para junto de si. E que pensar de Manuel Rui Vaz, a quem havia contado o plano do seu marido? Plano sobre o qual ele havia feito dezenas de perguntas? Até se tinha sentido desapossada do segredo de Lanuit. E agora ele não lhe dizia nada. Mas era por ser tarde, por serem férias de Verão. Só que ela havia explicado que não podia esperar. Ora se uma mulher passa dez anos à espera, pacientemente, sem perder o controlo, e de repente sai de casa e diz – Amigos, se tem de ser agora, é exactamente porque tem de ser, sem adiamento. A empresa ERGUER de Rute Maia não iria, nunca iria, desde que descobrira aquela maldita ficha em que Eduardo, com um rigor extraordinário, a punia sem razão. Muito exigente era o seu marido, exigência que estava passando aos filhos. Mas custava-lhe, sobretudo, o silêncio do Mesquita. Custava-lhe muito, disse Julieta. E então decidira agir.

Julieta tinha pensado surpreender o Mesquita à entrada do banco, quando regressasse do almoço. Era simples. Desceria lá abaixo e dirigir-se-ia ao local onde o carro preto do Mesquita costumava parar. Em geral, parava só por um instante, diante do banco, e depois o carro corria rua abaixo, e ele entrava. Aí ela iria aparecer vestida de saia azul-escura e blusa branca, ainda que puída no peito. «Sr. Doutor Mesquita! Sou eu, Juju Lanuit!... Disseste que me telefonavas. Telefonaste?» – perguntaria à queima-roupa. E ele iria ter de se desembrulhar no meio da Rua do Ouro, lembrando-se de como a tinha apertado contra o sexo que crescia, crescia como um animal poderoso que se desenrolava de encontro à sua perna. Não era uma esperança vã, era um selo de intimidade que lembrava o passado, quando ela fora Miss Praia, e ainda mal namorava o Eduardo. Assim fez.

A mulher de Lanuit esperou, esperou e ainda esperou, vendo correr os carros soltando baforadas quentes. As portas estavam pretas, as bandeiras penduradas dos paus pareciam de lata enferrujada, mal se descobrindo a cor que tinham tido, no dia em que ali haviam sido postas. Ela estava a pensar nessa jorra preta, a olhar para cima, distraída, quando vira o Mesquita sair dum carrão enorme. «Doutor Mesquita!» – gritou ela. «Sou eu, Julieta Lanuit!» Mas o Mesquita não saía só. Do outro lado, desembaraçava-se do assento um cavalheiro muito alto, com o cabelo em forma de auréola, coxeando um pouco. Parecia um gigante loiro. O Mesquita olhou-a, sim, olhou-a durante dois segundos, e depois passou protegido pela figura do gigante, falando uma língua que deveria ser inglês. O Mesquita passou, protegido pela sombra do outro, protegido pela bengala do outro, pelo coxeamento do outro, um gesto que infundia admiração e respeito. O Mesquita, muito direito, muito solícito, falando e rindo naquela língua como se fosse sua, olhou-a, viu-a, mas fingiu que estava distante, muito distante. Julieta ainda chamou – «Olha o cabrão do Mesquita!» Mas sentia-se tão desnorteada que nem sabia dizer onde se encontrava. Tudo aquilo de que tinha consciência era de que estava perfilada, direita, postada sobre os sapatos ganchorra. E pensou – Vou morrer, vou precisar de terminar com isto, senão morro. Então, sem dar pelo que fazia, atravessou a Rua Augusta e alcançou a da Prata, percorrida a toda a velocidade por autocarros verdes.

Um deles levou-a deitando pólvora pelas entranhas sempre que amarrava, sempre que desamarrava, junto das paragens. Ela contou-as. Ainda iria a horas? Atingiu o limiar da Liber-Investimentos. Olhou para a porta. Ainda era cedo. Estava ali a mulher de Eduardo Lanuit. Que dissesse ao Sr. Engenheiro Manuel Rui Vaz que era ela. Como demorasse, Julieta ainda disse, como se esbracejasse contra uma poderosa maré – «Gostaria, se fosse possível, que explicasse que sou eu, a mulher daquele escritor que está a fazer uma memória que se chama *Alguém Nos Amará mais tarde*. O Sr. Engenheiro sabe.» A rapariga que a atendia tinha os olhos fixos nas pontas da sua blusa, mas era absolutamente simpática. «Sim, o Sr. Engenheiro nunca se esquece...» O grilo chamou de novo. Não, ela não tinha encontro marcado. Então que esperasse mais um pouco. Julieta pôs-se a esperar. Sabia muito bem colocar as pernas, quando enterrada no sofá. Tinha aprendido com Vanessa Redgrave em *Blow Up*, no momento em que a actriz se sentava em frente do fotógrafo, um filme que por sinal Lanuit havia detestado. Ela começou a ver o trânsito girar, girar, em torno do Marquês. Era interessante como, vista de cima, a pesada fera talhada em lioz parecia apenas uma pobre pedra brutamente iluminada pelo sol. Quando despertou daquela luminosidade, a rapariga disse – «Desculpe! O Sr. Engenheiro afinal não está.» Julieta pensou que não era possível ouvir o que ouvia – «Mas nunca esteve?»

«Nunca está!» – disse-lhe a rapariga, procurando ser amável.

Era muito difícil compreender. «Como nunca está?» Ainda perguntou também sorridente, parecendo-lhe tudo aquilo um sonho de pedra. A rapariga simpática, demasiado simpática, começou a pegar no saco, a arrumar o seu estaminé de recepcionista. No entanto, não desviava os olhos da blusa puída. A rapariga simpática tirou uma escova e olhou no alvo. Começou a passá-la pelos cabelos. A rapariga baixou a voz e disse – «Quer dizer, nunca estará...» Julieta compreendeu, já tinha compreendido, só que era preciso demonstrá-lo a si mesma. Sobre os sapatos ganchorra, começou a descer as escadas do prédio, depois a Avenida, cujos tapumes, perto dos quais havia areia e betoneiras abandonadas, dificultavam a sua marcha. Caminhar sobre a areia com uns sapatos ganchorra não era fácil. E ela queria descer a Avenida da Liberdade por inteiro, queria atingir o Rossio, subir ao Caldas, subir, por seu próprio pé, a Rua da Tabaqueira. Quando subiu as escadas da arara, era outra vez noite, ela subia descalça, com os sapatos ganchorra um em cada mão. Pelo soalho, as dez unhas envernizadas de cor de cobre vivo assemelhavam-se a pétalas de papoilas sarapintadas. Ela pousou os sapatos ao lado dos pés nus e ficou emudecida, na direcção da *Remington*.

Por isso, tal como as outras trajectórias, também a de Julieta fazia curvas, ocupava rectas, subia, descia. Tratava-se dum jogo secreto cuja importância era inversamente proporcional ao aparato sobre a parede. Uma forma de enfeitar um muro interior que havia muitos anos não via uma demão de tinta. Ela sabia-o, todos o sabiam. Ninguém o levava a sério.

3

Então era assim – Se Leozinho queria bater o *record*, precisava de tomar precauções, para além das horas eternas dos *asanas*, *pranayamas* e diversas concentrações mentais. E além da dieta rigorosa e das oito horas de sono, bem repousadas, esse rapaz devia proteger os olhos da intensidade solar. Bem podia deixar de fazer de estátua de pedra e representar outra figura que lhe permitisse usar uns óculos de sol. A menos que escolhesse a sombra. Mas Leonardo, deitado na cama gigante, encimada pelas figurinhas amorosas de Stanley Spencer, nem queria imaginar uma situação dessas – Uma pessoa estátua, com óculos de sol? Nunca, jamais. Bastavam-lhe os olhos falsos, como os do *poster* de Miles Davis, de modo a poder pestanejar à vontade, sem perder energia mental, ou então só iria actuar depois de o Sol se pôr. Eles, porém, duvidavam que no dia da maratona isso fosse possível.

César ficou pensativo – «Tenho uma pena desgraçada de ter de trabalhar até depois da meia-noite. Gostava bastante de ajudar o estátua. Às vezes até me passa pela cabeça telefonar a meu pai.» E o rapaz que se assemelhava a Dustin Hoffman, sobretudo pela configuração do nariz, punha-se de costas a olhar na direcção do rio. Mas o grande gatarrão achava que nada na vida justificaria regressar a esse ponto. «Isso não! Ainda há pouco tempo quase me batias, quando levantei a hipótese de falares a teu pai, pensando na cimenteira como patrocinadora, e agora queres capitular? Vamos conciliar tudo isto. De manhã, ajudamos no circuito, correndo com ele, ao almoço acompanhamo-lo na comida, e em chegando Agosto, ficamos de férias e as coisas vão melhorar...» Mas César não acreditava – «Não sei, sinceramente, acho que tu vais mas é envolver-te com os filmes do Falcão, entregas-te à história dos *story-boards* e vais deixar Leonardo para trás, como fez a Paulina.» A rapariga exasperou-se – «Vocês são uns injustos. Quem tem arranjado isto tudo, quem contactou toda esta gente? Acaso vocês sabem que até fui a casa do meu pai fazer telefonemas para Londres, às escondidas? E que até me vi forçada a saltar a vedação? Acaso sabem?» Mas não valia a pena enervarem-se daquele modo nem envolverem-se em dispêndios de energia inútil, quando se aproximava a vigésima primeira corrida.

Vigésima primeira corrida, vigésima primeira jornada Leonardo voltou a descer sozinho. Desta vez era seu objectivo atingir nove horas de imobilidade, treinando-se assim para bater o *record* mundial na disciplina de *motionless*. Os anúncios das marcas patrocinadoras cobriam todo o sopé da caixa, e a expectativa de que iria bater o *record* numa das próximas semanas continuava a originar um movimento de simpatia importante, para não falar da presença cada vez mais frequente do homem da cana-da-índia e seus vários acompanhantes. Vinham do lado do Elevador de Santa Justa, entravam na Casa Brasileira, depois passavam duas vezes, uma para cima outra para baixo, sempre com a mesma solenidade e elegância. Paravam, falavam entre si, não lhe diziam nada. Outros, porém, eram mais expansivos e cumprimentavam-no aos gritos, mesmo quando ignoravam o prato.

No entanto, a miragem do êxito também levava a que alguns passantes se sentissem no direito de interferir na vida do *performer* e de lhe fazer perguntas estúpidas, confundindo o presente com o futuro. A ideia dum *record* e a proximidade de grandes marcas comerciais invocava-lhes dinheiro. «Quanto ganhaste com esse *record*? O gajo deve ter ficado rico e ainda quer que se lhe deite no prato! Tá quieto, ó mau!» Era como se aquela expectativa, exposta no meio da rua, atraísse novos olhares e trouxesse para junto de si outros incómodos. Conhecidos e desconhecidos vinham vê-lo, olhá-lo, dar conselhos e fazer perguntas a que Leonardo não responderia. O sol mantinha-se intenso, a sombra rodava a sua rota deslizante como sempre, ele ouvia-a afastar-se pelo chão da Rua Augusta como um manto, como uma pasta de obscuridade que o glorificava, e era essa sensação maravilhosa que desejava e queria, e no entanto, aquela procissão de brutos continuava a importuná-lo. Refugiava-se dentro da esfera onde a pirâmide equilátera do seu corpo se mantinha suspensa, como numa órbita de cristal infinita, afastado de todos, guardado daquele tumulto esparso que era o percurso das pessoas correndo. Mas de vez em quando, o equilíbrio que havia preparado com tanto cuidado desandava, e os mirones atingiam-no como se utilizassem varas compridas. Havia os que duvidavam, e entre eles um dizia – «Qual até às duas da manhã? Quando chegar à hora do jantar, e lhe der a fome, o gajo desce dali e vai lamber um sorvete de pistácio e abricô que é um ver se te avias!» Os miúdos vagabundos, porém, gritavam contra eles o que se lhes tinha tornado estribilho – «Qual abricô! Ele não come, não tem oca, não tem u! É por isso que vai ganhar o *record* mundial!» Os transeuntes não acreditavam nos miúdos, mas alguns imaginavam anormalidades – «Uma pessoa que não tem físico normal não deve entrar numa corrida, seja em que disciplina for!» E outros, descendo do Rossio, sem saberem de nada, paravam para acrescentar – «Sim, por isso mesmo, muito homem tem ganho *records* que são de mulher, escondendo em certo sítio, que não digo, o volume do sexo. E muitas das moças que ganham medalhas, no peito, em vez de seios, usam duas tábuas e até têm barbas na face...» Mas nada disso importaria se acaso as pessoas não parassem e não ficassem a tagarelar quartos de hora a fio, interligando-o directamente – «Quem te maquilha, *Static Man*? De quem és tu filho? Esses são mesmo os teus olhos?» E outras questões semelhantes, próprias dos estúpidos e dos indolentes.

Aliás, a vigésima primeira jornada iria ficar marcada por um extravagante incidente – Como já foi dito, quando as lojas fechavam, à tapeçaria de papéis entornados pelo chão, juntavam-se vastas sebes de caixas abandonadas, mas durante esse período, o tempo avançava mais rápido. Criava-se um momento favorável, em que não fazia nem calor nem fresco, nem secura nem humidade, e os transeuntes encontravam-se entregues às horas do jantar. Os turistas passavam esparsos, em bandos, com as mãos atrás das costas, olhando o céu cor de malva. Naquela noite, porém, um homem forte e manquejante aproximou-se. O homem rondou a manta, perna sim perna não, e postou-se em frente, junto ao prato, a olhar para o candidato ao *record*.

A princípio a figura parecia não querer falar, ou se queria, não encontrava as palavras, mas de súbito soltou-as como uma torrente em espiral que tivesse saído da porta duma caserna, começando a pronunciar insultos, entre os quais, de forma abundante, avultava *porcos* e *nojentos*, como se, em vez de se referir ao atleta, se dirigisse a um grupo ou uma vasta comunidade. Fosse para quem fosse, era diante do *performer* que o homem soltava os borbotões da sua vingança. «Suas bestas, seus porcos!» – dizia a pessoa, movendo-se dentro da roupa como se procurasse objectos escondidos. «Seus filhos da grandessíssima puta! Com que então, sacrificando-se de propósito, como cães! Sabem o que vos falta? Falta-vos a porra duma luta armada...» E o homem manco, de súbito, começou a descrever guerras – «Falta-lhes ao menos a merda duma granada que rebentasse junto dos ouvidos e lhes levasse no mínimo a ponta das orelhas... Só uma, pá, só uma do tamanho dum feijão para mostrar como era! Falta-vos um morteiro nos cornos! Uma bazucada na cabeça! Falta-vos isso, seus sacanas! Falta-vos perigo, risco e uma grande seca de mulher, seus depravados, seus igno-rantes... Metem nojo! Metem asco! Uma guerra que os levasse para a linha da frente, uma descarga que lhes desse em cima das pinhas com uma cacetada...» – E ao mesmo tempo que desenvol-via todo aquele pensamento, o homem estava a desembaraçar-se da manga da camisa. Desenrolou-a, sacudiu-a e brandiu na direc-ção da cara do *performer* um curto couto. Bastante curto e branco, lembrava um nabo que mexesse. Depois, com uma rapidez fan-tástica, baixou as calças e mostrou a zona do sexo. Mas o sexo estava truncado. Era como se junto às virilhas o homem se tivesse transformado numa pessoa feminina. Fazia aquele *strip-tease* mesmo em frente das frestas dos olhos do estátua. Era impossí-vel não ver. Naquela luta por mostrar o corpo, no meio da Rua Augusta, o homem mutilado assemelhava-se a um cabide gordo onde houvessem pendurado umas roupas, e elas caíam e escor-regavam pelo tronco abaixo, arrastando membros desprendidos muito antes. O homem tinha dificuldade em amarrar as calças e fechar o cinto, e respirava em voz alta, invocando os nomes mais sórdidos que teria aprendido durante a sua dura tropa, que por sua vez deveria ter acontecido nos tempos de antanho. As pala-vras, contudo, ainda eram as mesmas – «Porcos, sujos, ordiná-rios!» E o *performer* pensava – «Não te impressiones, *Static*, não te movas, não te mexas...» Até que o homem conseguiu apertar o vestuário em volta da cintura e, coxeando, se pôs a andar. «Não te movas, não te mexas, não ouviste nada, não estás cá...» Ia o *perfor-mer* dizendo para si, durante aquela jornada. Era muito injusto. Porque o perseguiam e falavam agora para ele, como se fosse res-ponsável das desgraças que aconteciam aos outros? Porquê? – «Tu não és culpado de coisa nenhuma. Tu és uma cor, um filtro solar, um som *poing* dentro da sombra da noite, não és nada, não tens que te amachucar, estás protegido pelo não nada que tu és há muito tempo, e sempre serás.» Ia pensando em voz alta para dentro da sua cabeça, sentindo aquele homem, ao fundo da Rua Augusta, mover-se e barafustar.

Mas felizmente que a permanência rotativa dos navios da *Linked Ocean Forces* se prolongava muito para além das expectativas e que os rapazes de branco andavam dum lado para o outro, dando segurança e paz ao anoitecer. Depois de três magotes passarem, direitos, em suas fardas impecáveis, o homem truncado deveria ter sentido vergonha da sua idade e da sua história militar, vergonha de não ter sido capaz de sobreviver incólume, de não ter ficado inteiro. Dum momento para outro, já tinha desaparecido. Pois se havia sofrido aquele acidente era porque uma parte da sua pessoa não deveria prestar, deveria ter nascido exactamente para ser perdida. Sim, os rapazes da *Linked Ocean Forces* passaram nas fardas brancas e o homem mutilado desapareceu no labirinto das ruas.

Como se disse, aquela era a vigésima primeira jornada.
«Hi! Man! Move-te daí, são duas horas!»
Na verdade, batia uma hora, ele tinha iniciado às seis da tarde e queria atingir as duas da madrugada, mas a rapariga cachalote é que não sabia. E como estava bem, estava pregado à esfera da noite, agora não lhe custava esperar pelas duas.
«São três horas, Man!» – disse então a cachalote.
«Três horas?» – perguntou Leonardo, sem dar conta das horas, em cima do plinto.
«Yeah! Man, yeah! São mais do que horas de desceres, e eu aqui à tua espera. Não percebes que estou à tua espera há imensas horas?»
Surpreendido, ele começou a desprender-se da imobilidade, a desprender-se a pouco e pouco, de encontro à rapariga que lhe

anunciava aquela boa notícia. Susana Marina chegava sempre a horas ideais, para lhe dar notícias boas. Mas era curioso, agora que tinha atingido o chão, a voz da rapariga não batia certa com a sua cara. Era uma outra, a cara que o esperava. Uma rapariga emagrecida que havia reduzido o volume de um terço, e metida numa roupa escura, não tinha nada a ver com a silhueta redonda que duas semanas antes lhe vinha anunciar o fim das jornadas. «Pois o que te aconteceu?» – A rapariga levantava a manta, dobrava-a e ria. Susana fazia voltas velozes diante dele, como se fosse borboleta. «Como foi isso? Desengordaste metade! O que fizeste para ficar assim dum momento para o outro, rapariga?»

Cada vez ela ria mais. Não, não iria contar, não podia contar. Mas ria de satisfação pelo seu êxito, enquanto ele se esfregava e fazia exercícios sobre o passeio, para onde ela tinha carregado a caixa. «Vamos?» – perguntava a rapariga já com a caixa às costas. Só que o *performer* não iria continuar a falar com Susana Marina nem iria de táxi com ela. Gamito e César apareceram dum lado, e do outro encontrava-se a carrinha *Vitório-Reportagem* estacionada no lancil, à espera dele. Era por isso que estavam atrasados – Pela primeira vez, a equipa da Casa da Arara se tinha reunido para se ocupar a sério dum tipo que iria bater um *record* mundial. À janela da carrinha de reportagem, ele só conseguia dizer – «Fiz nove horas, fi-las sem sentir! Estive ali entre as seis e as três. Até a mim me custa acreditar no que os meus olhos não viram... Quer dizer que venci...»

4

«Não, não me vou deixar vencer. Sou uma mulher que sabe sonhar, e como meu marido diz, só tem direito a sonhar quem sabe resistir» – pensou Julieta, no dia seguinte, antes de descer à

Rua de S. José, onde pontuava a estratégia de Rute Maia. «Sinto uma enorme força, uma espécie de vendaval que me empurra. Pouco me importa com certas notas que o meu marido escreve!» – disse ela, junto à *Remington*.

Então começou de novo a descer, concentrada sobre a sua própria força, e quando chegou à empresa ERGUER, Rua de S. José, não pôde deixar de se desconcentrar. É que na moderna sala vestibular, separada do gabinete por um corredor branco, estavam dois homens, um gordo e outro magro, de fisionomias muito diferentes, e no entanto, alguma coisa os tornava extraordinariamente semelhantes, porque ambos chupavam os cigarros com a mesma sofreguidão activa. Quando ela entrou, puseram--se a andar dum lado para outro, depois sentaram-se, embora ambos, gordo e magro, dessem a ideia de não estar bem. O gordo parecia mais macilento que o magro, talvez porque lhe rareasse na fronte o cabelo negro e as repas despenteadas lhe caíssem na testa larga. Contudo, quem fazia mais ruído a puxar o fumo do cigarro era o magro, que entretanto sacudia a cinza com o dedo mínimo, espalhando-a para todos os lados. Mas Julieta não teve tempo de meditar muito mais sobre aquelas pessoas diferentes e iguais que já ali estavam. De repente, foi chamada de dentro pelo gesto silencioso duma secretária, ultrapassando a vez dos precedentes, e essa deferência fê-la ter esperança como se a vida estivesse finalmente a compensar o seu ingente esforço. Concentrou-se sobre a sua própria pessoa.

Além disso, faziam bem chamá-la antes dos outros, porque ela queria dizer alguma coisa à prima de Eduardo, e a prima, por acaso, também tinha urgência em falar com Julieta Lanuit. No interior do gabinete, ambas estavam a olhar-se uma para a outra, olhos nos olhos, entendidas, porque eram mulheres e a cumplicidade entre pessoas do mesmo sexo talvez ainda não fosse uma palavra ultrapassada. Ora Rute Maia queria pedir precisamente o que Julieta vinha oferecer. A gerente da Empresa de Gestão de Engenho e Recursos Humanos – ERGUER, com a simplicidade corajosa que o treino duro lhe dera, disse – «Gostaria muito que o Eduardo não soubesse que fica a trabalhar para nós.»

A mulher de Lanuit estava fascinada com o que acabava de ouvir, e apesar de haver ali um bom ar condicionado, tinha-se posto a transpirar. Sim, sim, era isso precisamente que ela também desejava, mas não sabia como exprimir esse desejo, numa empresa de *caça-cérebros*. Nessa altura, estavam passando pela cabeça de Julieta os olhos escuros dos homens, de barba mal feita, que haviam ficado sentados, enquanto ela tinha passado à frente, retirando-lhes a vez. Mas a gerente foi mais longe, e disse que reservava uma grande oportunidade para Eduardo, uma oportunidade que lhes mudaria a vida. A alugadora de quartos ia balbuciar a palavra *quanto*, mas não sentia coragem, só que de novo, como se a mulher humana que existia dentro de Rute Maia iluminasse de azul-marinho a empresária que se via por fora, ela mesma lhe disse – «Para começar, ele pode receber dezenas e dezenas de contos...»

Julieta sentiu o coração pular acelerado, pois ao dia horrível que fora *ontem*, seguia-se a esperança esplendorosa da tarde do dia de *hoje*, e nem conseguia falar. A empresária parente de Lanuit ainda por cima sossegou-a, dizendo-lhe baixo e rápido que em breve alguém o iria procurar. «Quando regressa o Eduardo?» – perguntou Rute Maia, consultando alguma coisa dentro da sua cabeça. Julieta tinha-se levantado sobre os sapatos flor, e explicou que só dali a uns oito dias. «Um bocado tarde...» – replicou a prima de Lanuit, fechando o arquivo que se não via. «Mas está bem. Ele é um homem inteligente, com ele trabalhar-se-á rápido...» Julieta preparava-se para sair. Rute Maia, porém, não ia deixá-la abalar sem lhe fazer algumas confidências, apesar de saber que duas pessoas continuavam à espera. Para fazer essas confidências, precisava alcançar uma fotografia para a qual olhava no intervalo das entrevistas, guardando-a atrás dum vaso onde vicejava uma planta exótica. Era a fotografia do Maia, *aquele cavalheiro*, como Rute dizia, que a tinha deixado para viver com uma jovem sua funcionária, numa casa minúscula, para os lados de Algés. Agora que faria da sua vida? Julieta sentiu uma infinita estima pela empresária, no momento até experimentou ódio pela injustiça da ficha em que Eduardo insultava aquela maravilhosa criatura, vítima da lascívia estuporada duma porcaria de marido. Julieta acercou-se de Rute Maia e incitou-a a lutar – «Lute, não desista, não deixe que a vida a domine, resista sempre, e naturalmente, conte comigo!» E num arroubo de intrepidez, a alugadora da Casa da Arara acrescentou – «Prima, se for necessário que alguém encha a cara de bofetadas a essa gaiteira, eu sou capaz de fazer isso por si!» Já estava semiaberta a porta do gabinete, e já se avistavam os olhos inquietos daquela gente cheia de fumo que esperava por Rute, desconhecendo o sofrimento que existia sob o fato cinza, de corte Rodier, que a intrépida empresária envergava. Mas na sala vestibular não se encontravam só duas pessoas atamancadas a seus cigarros – Estavam mais três, ainda que nem todas fumassem da mesma forma. O fumo daqueles dois fora suficiente para se ter criado uma espessa nuvem azulada.

«Sim, devemos lutar com imaginação, porque devemos saber guardar os nossos sonhos. Isto é, quem não tem força para resistir não tem o direito de vencer» – pensava Julieta, caminhando sobre os sapatos da flor. E ia pensando nisso, e ouvindo aquela certeza tão próxima – *dezenas e dezenas de contos, ele é um homem inteligente, com ele trabalhar-se-á rápido* – no momento em que o salto do sapato ficou encravado nas pedras redondas da calçada e ela parou para retirá-lo, mas quando já o havia retirado, seus olhos depararam com uma imagem extraordinária que parecia estar ali à espera dela. O sapato tinha-a feito parar diante dum carro *Renault*, que rodava de portas abertas sobre uma placa giratória. O carro parecia ter espírito no corpo, e os faróis, quando passavam por ela, olhavam-na. Era um pequeno carro vermelho, um carro aberto que dançava diante dela como se a atraísse para um acto singular. Julieta ouviu de novo aquelas mensagens da prima, *dezenas e dezenas*, e então, comandada pela imagem daquele objecto mágico, que em forma de ser voluntarioso a chamava de portas abertas, faróis arredondados como olhos enternecidos que a olhassem esperançadamente, Julieta entrou. Alguém veio ter com ela e a conduziu até ao veículo, e o que o vendedor de fato claro, como se fosse um italiano em férias, dizia daquele carro vermelho era duma beleza sem fim. Não percebia como, mas sem querer via-se a si mesma sair pela porta do *stand*, metida naquele assento delicioso, de portas abertas, e partir. Para partir em breve, poderia já levar o catálogo com os preços, os descontos, toda uma artilharia literária que depois, muito depois, Eduardo leria, quando ganhasse aquele dinheiro de que falava Rute Maia. Só o compraria depois. No entanto, quando saiu do *stand*, afastando-se do carrinho que rodava de portas abertas, era como se fosse seu, e ela o deixasse generosamente emprestado à rua que ficava para trás, ao caminhar na direcção da Casa da Arara.

Assim, enquanto subia, não ia andando por uma calçada, ia rolando através duma planície que se reflectia nos vidros como num espelho. Prédios, ruas, igrejas por onde ia passando eram apenas obstáculos que ainda a separavam dessas planícies de gelos e desertos que atravessaria na maior comodidade, sem ruído nem gás, dentro da metalização do carrinho vermelho. Como um pássaro rodando, o carrinho abria as asas, fechava as asas, sacudia a cauda, erguia-a e exibia o local interno onde eles tinham colocado as malas. Dentro das malas iam apenas as suas roupas de noivado. Julieta levou a mão aos lábios.

«Meu Deus! Estou a excluir os meus filhos deste projecto!» – disse ela, ao pôr o pé na entrada da Casa da Arara. «Que horror, meu Deus! Como posso ser tão falsa?» Ficou a olhar para o telefone, estremecendo de remorso. E se lhes telefonasse? Se gastasse um dinheiro, à conta do que havia falado a prima? – Cheia de força e de desejo de reparação daquele sonho imperfeito, discou os números necessários e encontrou os filhos a levantarem-se da rede, pois em Espanha, aquela era a hora de os veraneantes acordarem da sesta, feita à sombra das árvores. «Filhos!» – gritou ela. «Vocês estão bem? Ah! Continuem, queridos, continuem a desfrutar da areia e do mar! Lisboa parece uma fornalha. Sim, eu tenho saudades mas estou muito bem...» A sua voz saltitante enchia toda a casa até ao primeiro andar. Cansada, muito cansada, mas satisfeita consigo mesma, como se findasse uma espécie de parto, Julieta pousou o telefone e penetrou no seu mundo cor de marfim, devagar, descalçando os sapatos flor, retirando a boneca das mãos abertas, colocando-a sobre a cómoda, e dobrando cuidadosamente a colcha, despiu-se, esticou-se ao comprido na cama.

5

Quando acordou era noite. Mas acaso teriam decorrido oito noites? Ou era ilusão da sua vista, provocada pela penumbra do quarto? Não, não era ilusão – Lanuit tinha regressado e arrumava ao canto da porta as suas bagagens. Agora já vinha em direcção a ela, e sentava-se sobre a cama. Sim, tinha vindo mais cedo, e tentara avisá-la, mas o telefone da Casa da Arara podia explodir de tocar que ninguém atendia. Porque não atendiam o telefone naquela casa? Era assim que Lanuit estava regressando. Parecia cansado, o bigode estava mal aparado e a roupa engelhada, dizendo que só lhe apetecia dormir, embora antes tivesse de contar como fora. Os americanos não eram verdadeiramente americanos mas russos, refugiados na América havia várias gerações; tinham feito todo aquele trajecto através da Europa para verem as suas sepulturas, e na verdade haviam encontrado tantos antepassados com o mesmo nome que, a certa altura, desnorteados, tinham querido regressar. Era como se atrás deles se erguesse um mundo de compadrio com o pó e a terra, como se todas as leivas da Europa fossem feitas dos ossos dos seus parentes. Para eles, a Europa apresentava-se-lhes como um vasto cemitério repleto dos seus avós. Então, a certa altura, impressionados pela revelação, tinham regressado por Paris e haviam abalado. Ela permanecia calada, mas à medida que ele ia falando, refazia-se da surpresa e ia-se enternecendo.

«Quer dizer que andaste de cemitério em cemitério, atrás dessa gente? Pobre Eduardo! Esgaravataste em campas, em nomes, raspaste inscrições, estou mesmo a ver...»

Como ele não a acariciava, ela estendeu a mão na direcção da sua orelha onde caía parte daquele cabelo cinzento, farfalhudo. Mas ele ainda parecia não ter a alma ali. Tinha de lhe contar como havia estado em Roma, essa cidade que odiava não só pelo tumulto, mas sobretudo pela concupiscência com o Papa. Depois haviam atravessado a Suíça, a Áustria, o Sul da Alemanha, mas o seu destino último era Praga. Lá havia um rio chamado Moldava muito mais ameno que o Tejo, atravessado por pontes abauladas onde os estudantes, noite e dia, cantavam, e as cúpulas eram doiradas, e ele até tinha subido a um castelo fantástico, perto do qual havia visitado uma pequena casinha de Kafka. Claro que ela não sabia quem era essa gente. Mas se lhe dissesse que lá quase ninguém precisava de carro, que os transportes colectivos corriam à desfilada, sem impedimento, levando as pessoas dum lado para o outro com uma eficácia de coisa automática, isso ela compreenderia. E assim por diante. Precisamente lá, em Praga, os judeus russo-americanos julgavam ter encontrado seus parentes do século XVI, emocionando-se junto das lápides entortadas pelo tempo. Haviam passado os dedos pelas inscrições talmúdicas, colocado pedras, copiado inscrições e lido em voz alta passagens de Jeremias. E então, antes do regresso por Paris, tinham-lhe pago bem.

«Em nota ou em cheque?» – perguntou Julieta.

Eduardo Lanuit começou a rir-se e encostou-se na cama – «Em cheque, naturalmente. Achas que as pessoas andam assim com dinheiro metido na algibeira das calças?» Lanuit esticou-se ao lado de Juju, Lanuit despiu-se e subiu sobre o corpo ainda elegante de Juju, um corpo que ainda se aparentava com o que tinha obtido o título de Miss Praia. Ele ainda perguntou – «E as crianças?» Ela ordenou – «Chiu! Não é preciso falar, não pergunte, não diga nada...» Mas Julieta olhava para o tecto, dispersa, porque não se encontrava preparada para aquele regresso, ainda andava à procura duma estratégia que escondesse as suas *démarches*, e Lanuit afinal já não estava sonolento, agora parecia ter voltado com uma loquacidade inexplicável. Durante o amor ele continuava a falar. Mas não, ele ainda não tinha a alma ali. Agora mesmo, muito magro e todo nu, Lanuit queria ir buscar roteiros de cidades e monumentos, alguns deles indispensáveis para certas notas de rodapé do seu próprio livro. Eduardo levantou-se e na precipitação de alcançar a sua bagagem, tropeçou no saco de Julieta. O saco virou-se e despejou grande parte do conteúdo pelo chão impecável do quarto. «Isso é o meu saco!» – disse ela. Ele respondeu – «Ah! Que desastrado estou, desculpa!» E pôs-se a apanhar o conteúdo disperso, amontoando-o apressadamente. Mas de súbito Eduardo Lanuit ficou petrificado, pois estava a levantar do soalho um catálogo da Renault. Um catálogo? Sem conseguir parar, o marido de Julieta começou a remexer o conteúdo do saco, virando-o sobre a cama e descobrindo coisas estranhas e inimagináveis. Mais do que surpreendido, Lanuit estava a ficar lívido e mudo, movendo o catálogo, reservas de roupas de vestir, para homem, mulher e atoalhados diversos, além dos endereços e a resenha da distribuição dos currículos, assinalados com a palavra *entregue*. Os endereços da prima Rute Maia, do Mesquita, do Manuel Rui Vaz, do Augusto, o corrupto dos impostos, do Rodolfo, o traficante da alfândega, e do Bastos, o assassino da seguradora, todos ali estavam. Eram seis. Ela tinha ido pôr a vida dele na mão de seis inimigos. Ele não falava, só a olhava como se ela lhe aparecesse, pela primeira vez na vida, verdadeira e nua. Por fim, Eduardo Lanuit dobrou aquilo tudo e disse – «Desonraste-me, Juju, perdeste-me para sempre aos olhos do mundo contemporâneo.» Ela só vagamente sabia o que isso era, mas fosse o que fosse devia ser muito grave. Entre as pernas Juju ainda mantinha a marca gelatinosa do seu sémen. Eduardo começou a vestir-se como para receber um luto – «Diz-me agora onde estão os nossos filhos.» Como ela não respondesse, ele ainda tentou desviar a infelicidade pela adivinhação – «Vá, diz, mandaste-os com os Saraivas, com os ladrões dos Saraivas, lá para aquele sítio de ladrões que suja as pessoas honradas de toda a Andaluzia. Diz, diz!» Estava à espera que ela dissesse que não, mas pelo contrário, ela disse que sim. O silêncio dele era uma espécie de chaga que abria e fechava ao ritmo da respiração. «Juju, tu não podias ter feito isto ao teu marido, tu não amas mais o teu marido, tu desesperaste de mim. Às vezes eu acho que vives comigo só por dinheiro...» Julieta ergueu-se na cama. «Dinheiro?» – gritou, estarrecida. «Como podes dizer isso, se eu é que te dou dinheiro e não tu? Como, como? Se há

dez anos que nem um guardanapo de papel vem de ti? Enlou-
queceste, lá nessa Praga, foi o que foi, meu amigo!» Ele também
já começava a ficar desnorteado com o que dizia, e retirando o
cheque judeu-americano de dentro dum envelope, assinou-o
e depositou-o sobre a mesa-de-cabeceira. Eram gestos miseráveis, tudo gestos miseráveis. Estava de cabeça perdida, por isso
atravessou a cozinha, arredou os lençóis brancos pendurados no
quintal como bandeiras de feridos, e apesar de ser noite, a luz
fraca e os mosquitos voarem zumbindo, Lanuit foi trancar-se na
insalubre casota do quintal.

Sim, via-se a casota do quintal iluminada até ser madrugada
e manhã. Foi nessa noite, só nessa noite, que Lanuit ocupou um
lugar no esquema das paredes. No meio delas, continuavam a
bater as quarenta teclas da *Remington*, umas vezes atrás, outras
adiante, em relação ao esquema.

6

O encontro entre o estátua e João Lavinha ocorreu à hora do
almoço. Leonardo preparava os adereços que iria utilizar na *performance* da vigésima segunda jornada, quando o rapaz vestido
de bimbo se aproximou do quarto floresta. Acabava de regressar
a casa, e como sempre, parecia ter saído duma mesa de deciso-
res transcendentais. Não era a primeira vez que Leonardo pensava assim, mas o jovem disfarçado de homem, com aquela voz
que parecia ser controlada entre o colarinho e a gravata por uma
esquadria, depois de o cumprimentar com uma frase eufórica,
ficou muito calmo, como se quisesse ser santo, e acabou por perguntar de forma bastante directa – «Tive conhecimento de que
estás tentando bater um *record* mundial. Podes dar-me informa-
ções mais precisas?»

O interesse de João Lavinha pelo *record* apanhou de surpresa o *performer*. «Yeah! É isso mesmo que acabas de dizer. Nem mais uma, nem menos uma letra» – O bimbo vestido de escuro avançou cheio duma gravidade sorridente que enervava bastante.

«E já tens *sponsors*?» – perguntou.

«Yeah! Já tenho. Uma amiga arranja tudo isso, sem que eu mexa uma palha.»

O bimbo ficou ainda mais sorridente – «E quem são eles, pode-se saber?»

O *performer* achou que se dissesse rápido, tudo aquilo iria terminar – «Tudo boa gente – Coca-Cola, Cimpor, Boutiques Grant, vários bancos e caixas de depósito.»

O rapaz disfarçado de homem não pareceu surpreendido – «Calculo, disse ele, de qualquer modo, precisando de alguma coisa, não é necessário atravessares o oceano. Nós somos gente de bem, e em frente da tua porta tens um amigo.» E o bimbo parecia ir-se embora, mas voltou atrás para acrescentar – «De qualquer modo, também te quero dizer que admiramos as pessoas que lutam por si mesmas, embora uma pessoa nunca lute sozinha. Uma pessoa está sempre acompanhada pela protecção de Ele» – O jovem bimbo vestido daquela forma transcendental não ligava a preposição ao pronome, como se Ele fosse sonoramente inatacável. Depois, uma vez que o *performer* não o esclarecia, perguntou – «Tu, amigo, chamas a Ele em teu auxílio. Não é verdade?»

Leonardo estava a passar a ferro a sua roupa branca, entaramelado em objectos pendurados que não tinham fim, entre paredes pintalgadas pela mão de Paulina com ordens e expectativas tão megalómanas quanto ela, e ao mesmo tempo, tentando mentalizar-se para o dia seguinte, pelo que não queria continuar aquela conversa, e achou que era melhor dizer alguma coisa que evitasse a interrupção do pensamento superdenso com que ultimamente costumava preencher os momentos que antecediam os grandes percursos de imobilidade. O *performer* disse – «Não pá, não preciso de nenhuma protecção, estou absolutamente sozinho e é assim mesmo que quero continuar. Se não subisse à minha caixa completamente sozinho, não tinha ponta de interesse...» Leonardo julgava fechar assim aquela conversa entre pessoas que não tinham nada em comum, além da proximidade dos quartos, mas acabava de dizer alguma coisa que atingia em pleno o bimbo, ainda no vão da porta. O rapaz de fato transcendental avançou para dentro do quarto, como se socado.

«Por favor! Não repitas isso, não digas que te encontras sozinho. Tu podes imaginar uma coisa dessas, mas imaginas mal. Se me tomas por um distraído, enganas-te, porque, encontrando-me ao serviço de Ele, não posso deixar de ser um circunspecto. Eu tenho-te visto sair daqui, e tu és uma pessoa protegida por Ele. Porque és não só um justo, como um grande lutador. E Ele aprecia a pessoa lutadora, aprecia os que não se acomodam com a indolência do mundo e com a vida rastejante do negócio do dia-a-dia. Tu não tens nada a ver com o resto da verminagem que habita esta casa» – E o bimbo vestido de escuro, que parecia treinado para não fazer a voz subir nem descer além de certo limite, esparramava na horizontal a sua perspectiva, andando de lá para cá, dentro do quarto floresta que parecia não ver.

O *Static Man* tinha acabado de engomar a indumentária branca, arrumava o ferro sobre o soalho, e agora alinhava os *sprays* e o resto dos objectos indispensáveis à maquilhagem, também como se o não ouvisse. Aliás, estava bem treinado para só escutar o que desejava e entender o que queria. Mas achou que devia dizer alguma coisa – «Pois é, pá, mas cá o *Static Man* por alguma coisa se chama assim. Quero dizer-te que foi uma escolha que fiz, e que escolhi há muito tempo não querer nem deus e nem pai. Aliás, se quiseres saber, comecei a fazer *performance* estática exactamente contra meu pai, e depois, acabou por ser contra tudo para me fundir com o nada que é o tudo. Eu sou o tudo e o nada, estás a perceber? Se amanhã fizer de novo as mesmas nove horas seguidas de espectáculo estático, mereço brindar-me a mim mesmo que sou tudo e mais nada. Suponho agora que já estamos entendidos. Eu costumo falar bem pouco, e até que já me fizeste falar de mais...»

«Com licença!» – disse o novo hóspede da Casa da Arara, começando a rir-se e sentando-se na cadeira menos cheia de papéis e de trapos que ali havia. «Nunca o mundo esteve tão precisado, nunca o mundo necessitou tanto de saber descobrir a presença de Ele. Ouve, irmão...» Lavinha parecia cobrir-se de infinita paciência. A pasta preta estava colada às pernas da cadeira, e o bimbo dispunha-se a continuar – «Tudo o que estás a fazer, sem saber, estás a fazer por Ele. E só Ele é o tudo e o nada. Ao dizeres isso de ti, cometes uma heresia. Não o digas mais. Mas se é uma questão só de linguagem, porque não entregas os teus actos a Ele? Pensa bem. Pensa que a tua acção espectacular poderia ter um sentido importante, se integrado na vasta acção do seu povo. O povo de Ele!» – Agora o bimbo estava deixando a voz elevar-se acima da monótona toada. Subiu extraordinariamente o tom de voz – «Se estivesses de acordo, nós seríamos o teu *sponsor*. Aliás, Ele que não nós, que não passamos de seus empregados domésticos, seria o teu único *sponsor*. Pensa bem. Possuímos meios suficientes, em nome de Ele, para dispensarmos reclames de qualquer espécie. Não te encharcarias com nomes tristes de marcas industriais. Baterias o teu *record*, silenciosamente, em nome de Ele!» – E o bimbo emocionou-se tanto que parecia ir chorar. Confundido, no meio do quarto floresta, o *Static Man* estava experimentando uma grande dor de cabeça – «Yeah, yeah. Talvez... Logo noutro dia a gente pensa, isso é tudo estranho para mim, muito estranho para um tipo que só quer atingir umas horas de imobilidade, mais nada, absolutamente mais nada...» E começou a conduzir o bimbo na direcção do quarto que fora de Osvaldo. De súbito, a figura do tipo magrinho, de dentes podres, que eles tinham empurrado para a rua, numa madrugada, para ir buscar camisetas que diziam *Muerte a los Estúpidos*, fazia-lhe falta. Se não fosse o desaparecimento desse tipo, nunca a alugadora teria metido ali dentro aquele animal raro. Agora já nem sabia se estava capaz de se abalançar a uma jornada longa. Talvez a vigésima segunda não passasse duma exibição curta, à medida do seu nervosismo.

7

Julieta viu que três vasos de guerra desciam Tejo abaixo, deixando sulcos nas águas, e caiu-lhe o coração aos pés. Já? Já a força intercontinental abalava rio fora? Sem ela ter decidido nada sobre a sua própria vida? Correu ao noticiário das oito e ficou a saber que os navios saíam para voltar, era uma espécie de passeio que executavam para distrair os rapazes da *Linked Ocean Forces*, mas o comentador de estratégia militar acrescentou de imediato que possivelmente iriam até Cádis para avaliarem a desembocadura do Mediterrâneo. Era uma missão de reconhecimento e paz. Iriam logo regressar. Julieta sentiu-se muito mais segura.

Também se sentiu mais confiante. Pensou sobretudo que tinha feito bem, e que se Eduardo havia descoberto o que se passava, não fora por descuido seu, mas por pura obra do acaso. Ora por vezes o acaso era muito inteligente, e assim, ele a havia dispensado de esconder as diligências que tinha feito para Eduardo mudar de vida. Era manhã, ainda estava vestida de robe cor-de-rosa com restos de organdi, mas se uma parte do seu coração exultava, a outra endurecia. Os vasos deslizavam, lentamente, rio abaixo, e ela, aberta por fora ao mundo que possuía navios nos portos e *boutiques* nos cais, trancava-se por dentro contra uma só pessoa, isto é, contra seu marido, Lanuit. Por isso, entre as duas forças que a exaltavam, resolveu pôr-se a assobiar *As rosas são vermelhas, meu amor, as violetas são azuis.* Quando os navios deixassem de deslizar, iria então tratar dos lençóis. Agora não se virava, e cantava aquele pedaço de canção, para que Lanuit, às voltas com as gavetas das mesas-de-cabeceira, pudesse ouvir a sua indiferença. Aliás, Julieta achou por bem dizer muito alto – «Olha que eu não toco naquele cheque nem que ele crie animais!» Sem dizer nada, Eduardo tomou o cheque e desceu na direcção do banco. Ela estava em paz. Tudo o que tinha feito fora por bem, e por isso merecia ver os navios militares a desaparecerem um a um, para depois regressarem.

E oxalá voltassem em breve, porque o Tejo, depois da passagem daqueles navios, parecia um lago desguarnecido. Mas ela sentia-se muito bem e, aproveitando a descida de Lanuit ao banco, ia ligar para a empresa ERGUER, a fim de anunciar a Rute Maia que Eduardo, afinal, já tinha regressado. E terminou a sua canção, aquela que Lanuit havia traduzido a partir da voz dum tipo que se chamara Bobby Vinton. Em tempo, ela era capaz de contar tudo sobre a vida de certos cançonetistas, mas agora já não se importava com isso, como se tudo tivesse ocorrido à luz dum outro século. Só as canções pareciam resistir à passagem das décadas, assemelhando-se nisso à persistência das pedras. Antes de se despir e se entregar à tarefa de engomar os lençóis, no fundo da lavandaria, podia cantar – *Quando o grande dia chegou, eu escrevi junto ao teu nome* – *As rosas são vermelhas, meu amor, as violetas são azuis.* Porém, como Eduardo regressasse do banco, calou-se e ele avançou, com uma voz rasa, atirando para cima dela bofetadas provenientes do melhor tecido da vingança – «Já lá está! Dentro de quinze dias, tens os teus duzentos e cinquenta contos.» Havia uma altivez em Eduardo que o assemelhava a um padrão na areia. Direito, magríssimo, Lanuit saiu para o seu quintal e ela, por sua vez, indiferente ao que via e ouvia, como se falasse ao telefone com um outro homem, um belo e longínquo homem, que fumasse um charuto ao jantar, pelo menos nos dias de aniversário, continuou – *O açúcar é doce, meu amor, mas nunca tão doce quanto tu.* Para que ele percebesse que ela poderia vir a sonhar com um homem desconhecido.

8

Mas aquela gente do primeiro andar acordou, a banheira de patas de leão começou a funcionar, Paulina gritou por Falcão e o telefone da entrada pôs-se a retinir duma forma espantosa. Julieta aproximou-se julgando que poderia ser contemplada com a voz dos filhos ou da funcionária do gabinete de Rute Maia, no entanto, a rapariga de cabedal atirou-se ao aparelho. Esperava que fosse o agente Segurado por causa do *serial killer*, visando Falcão, ou então a revista *Amanhã*, pelo patrocínio de Leonardo. A alugadora de quartos, porém, venceu. Ainda estava junto ao telefone, e Paulina foi obrigada a passá-lo, pois a chamada destinava-se ao próprio Lanuit. «Meu Deus! É a empresa de Rute Maia já a funcionar!» – pensou, e o seu coração bateu forte, quando chamou por Eduardo. Paulina e os hóspedes estavam todos perto, todos pareciam esperar uma graça qualquer através do telefone.

O antigo resistente, porém, era uma pessoa com um olhar forte, e só com o bocal no ar os fez desaparecer escada acima, mas quando o juntou ao rosto, não podia acreditar no que ouvia – Um cavalheiro do banco onde tinha depositado o cheque pela manhã telefonava-lhe. Não, não era uma questão de cobertura, era bem mais complicado. O banco que emitira o cheque pura e simplesmente não existia. O contacto no país fizera todas as diligências, e essa era a conclusão. Mas Lanuit, um resistente, não desarmava à primeira, e por isso não ia acreditar que um cheque timbrado, com uma designação invocadora duma cidade como Nova Iorque, não existisse. Era forçoso que existisse, que tivesse uma sede, não podia ter falido sem se ouvir falar. O seu interlocutor, no entanto, estava sendo explícito – Aquela casa nunca falira porque nunca tinha tido existência. Tratava-se duma falsificação. Ele que consultasse os serviços que quisesse, que telefonasse, que fosse tentar depositar noutro sítio, pois o serviço local de exteriores já tinha perdido a manhã, e dinheiro justificava tempo, mas quando do outro lado não havia dinheiro, era tempo perdido. Ora um banco não vive de tempo perdido. Se quisesse, o cliente que se ocupasse pessoalmente do caso, que abrisse o seu próprio contencioso com essa sede incerta, inventada para além do mar.

Sim, o esquema florescia pela parede, subia e descia, a sua linha quebrada corria e saltava. Lanuit meteu-se de novo no interior da pequena casota. Não nego que antes de se ter recolhido, já o facto constava no mapa. Naturalmente que o resistente se sentia roubado.

9

«Roubaram-me, roubaram-me!» – pensou Susana Marina, reflectindo sobre a noite em que tinha pensado ser útil a Leonardo, e aqueles ladrões dos seus companheiros de habitação o haviam levado dentro duma carrinha de reportagem. Tinha deixado uma ceia preparada para ele, e a cama da mãe aberta para o deitar lá, e a mesinha do gira-discos pronta para fazer rodar a Callas. A voz da cantora divina não iria pela rua, ficaria ali em casa. Ela passaria sem volume e sem peso junto ao espelho, a sua silhueta aproximar-se-ia da de Maria de Medeiros, e agora ele já não lhe diria que possuía um catálogo só com gazelas bambis. Ou se dissesse, dentro em breve, Susana seria uma delas, graças à ajuda da amiga *diva*, cujo rosto lhe parecia bastante humano. Tendo deixado praticamente de comer, ela própria, em breve, estaria no catálogo dele. Seria que o amava? – pensava, com insistência.

Pois bem, os companheiros de quarto tinham-lhe roubado a noite, aquela noite tão serena, tão própria, mas se lhe tinham roubado aquela noite, não lhe roubariam a manhã que aí vinha. Susana Marina iria levantar-se assim que o Sol nascesse, e para tanto iria deixar a janela aberta, pois queria preparar-se, vestir-se, avançar na direcção da Rua da Tabaqueira, e depois, ficaria pregada à mesa da Pastelaria Jasmim, sob um guarda-sol, até que Leonardo surgisse. Ela não tinha dúvida de que ele se encontrava impressionado com a sua rápida metamorfose. Susana iria chamá-lo e iria dizer-lhe – «Vem, vem comigo!» E se acaso ele trouxesse aqueles dois atrás, Susana Marina iria ter coragem de lhes dizer – «Escutem, eu quero falar a sós com o *Static Man*, eu quero contar-lhe uma coisa muito importante da minha vida...» E eles iriam afastar-se, e ela mostraria como estava a ficar uma pessoa outra. Queria que ele a olhasse nos olhos, visse como tinham ficado grandes os seus olhos azuis, como estava alto o seu pescoço branco, como já não se assemelhava a uma prostituta de Fellini, fotografada em contraluz tal como ele havia dito, graças à intervenção da *diva*. No entanto, Susana teve um sobressalto – «Que horror! Já é tão tarde! Será que ainda vou a horas?»

O Sol despontava mesmo sobre a cidade, outra vez, mais outra vez, e já ia alto, já chamejava luz, e ela ainda se encontrava na cama. Conseguiria levantar-se como queria? Sim, conseguiria.

Susana Marina começou a andar pela casa, viu-se ao espelho. Era de facto outra a pessoa que se reflectia sobre a silhueta para a qual caminhava. Sem sentir nem a roupa, nem a água fria, nem a aragem quente, desceu ouvindo a música que não punha a tocar, mas de que se havia impregnado, como sucedera com *Einstein on the Beach*, no caso do *Static Man*. Tinha posto ténis e fato de treino, tudo rosa, tudo justo, com uma fita segurando o cabelo loiro e ondulado, e entrou na Pastelaria Jasmim. Pediu uma bica forte e meia torrada, e ficou à espera, mas quando a comida veio, sentiu que não era capaz de engolir fosse o que fosse. Aliás, se não engolisse, seria a melhor forma de ajudar a adormecer a *diva*, deixando-a quieta, repousada, algures dentro de si. E esperou. Esperou que da Casa da Arara alguém saísse e esse alguém fosse a pessoa que esperava. Esperou ainda e ainda, diante da bica fria e da torrada amarela, sem se mexer, até que por volta das dez, os três amigos saíram para a rua em passo de corrida.

«Esperem!» – Susana pôs-se a correr atrás deles. «Esperem aí!» Mas os rapazes eram lestos e pareciam atravessar ruas sem se importarem com os carros, como se o trânsito tivesse o dever de esperar que passassem. Eles corriam, com a cabeça baixa, afin-cadamente, pé aqui, pé ali, César à frente, Leonardo ao centro, Gamito gatarrão depois, e ela atrás, muito atrás, tentando apro-ximar-se, mas em vão. «Esperem!» – gritou ela de novo, passando por carros, por caixas de fruta expostas donde saíam abelhas, fazendo erguer os cães à sua passagem, tropeçando nos lancis e nas árvores que vinham ao seu encontro sem se desviarem, pois curiosamente, agora que não tinha peso nem fome nem volume, e a vista era uma janela que ora se abria ora se fechava para a luz, acontecia que, de súbito, todas as coisas, incluindo as casas enfi-leiradas por ruas, se separavam, para aparecerem de novo uni-das, conforme o comando da sua amiga *diva*. Então ainda disse, percebendo que eles iam sumir-se ao fundo duma escadaria – «Esperem por mim!»

Leonardo parou a meio da escada por onde iam descendo os três, com fitas amarrando às testas e em roupas brancas. Ainda a chamou, mas ela demorava a avançar e para não se perder dos companheiros, retomou a corrida, olhando de vez em quando para trás. De novo, aquela rapariga que tinha emagrecido, e cuja carne abanava em torno do seu corpo como se fosse perder-se de si mesma, vinha no seu encalço. E ele correu mais e mais, atrás dos companheiros da frente. «Espera por mim, *Static Man*, quero contar-te uma coisa!» – dizia ela. César e Gamito chamavam--no, por sua vez. Que raio de corrida aquela, que martírio estava sendo, que desassossego! César disse – «Deixa a merda da gaja, pá, que se lixe a moça gorda!» Mas Leonardo também não podia aceitar isso porque várias vezes ela tinha esperado por ele, sobre-tudo quando estava longe de se meter naquela corrida do *record* mundial. Ele ia esperar por Susana, e aliás, não custava nada, porque ela aí vinha. Eles acabavam de descer um novo lance de escadas, e ela aparecia em cima, cor-de-rosa, correndo, esfalfada. De longe via-se-lhe a boca aberta de correr, como as maratonis-tas. «Esperem aí! Se faz favor!» – chamou a rapariga, começando a descer os degraus talhados na colina da cidade, dois a dois e três a três, agora descia quatro a quatro e aí vinha na direcção dos três rapazes, que tinham abrandado o passo. As escadarias eram daquelas que nem o Diabo se lembrava de construir numa cidade – Talhadas a pique, nem mais terminavam. O *Static* ainda quis subir ao seu encontro, mas ela vinha às voltas, como um saco que se desprende por ter perdido as asas.

«Já se levanta, a moça!» – bradou César, furioso, pela cor-rida idiota que faziam. «Levanta-te e vem!» – disse Leonardo. E os três puseram-se de novo a correr, a saltitar, a princípio ainda pensando que ela poderia vir atrás, aquele pesadelo que insistia em correr atrás deles só para lhes complicar a vida. Mas felizmente que não. Deveria ter compreendido que a corrida dela não era igual à deles, e César até que achava engraçada a forma espectacular da palhaça que a rapariga tinha dado, rebolando pelas escadas abaixo. Ainda Gamito, o Burt Lancaster, haveria de reproduzir a cena num *story-board* qualquer. Entraram em casa, um tanto esfalfados, e o problema que se punha era sempre o mesmo – Quem tinha prioridade para saltar para dentro da banheira de patas de leão? Era Leonardo, o grande *performer*, como não podia deixar de ser. «Não gritem!» – pediu Paulina. «Ele não pediu que se fizesse silêncio? Ou não querem que Leozinho ganhe o *record* mundial?» Aliás, havia tanto que fazer que os rapazes nem se lembraram de contar como a rapariga gorda lhes havia atrapalhado a manhã, querendo correr atrás deles.

CAPÍTULO DÉCIMO

⁂

1

Sentámo-nos no Café Atlântico e pedimos bicas. Duas, três, quatro bicas e várias águas. Mas não demorou muito que Eduardo Lanuit não entrasse no interior da casota do quintal onde se encontrava a condensação do seu mundo, e aí ficasse algum tempo, sem saber onde colocar o cheque proveniente de lugar nenhum. Aquele papel azurado de linhas brancas imitando vagas, contendo assinaturas falsas e designações inexistentes, parecia-lhe ter adquirido uma dimensão extravagante. Envolvido com a realidade social, onde tudo era cruamente positivo e exacto, nem se lembrava de nada mais extraordinário, disse ele.

Para Eduardo Lanuit era como se um pedaço de sudário dos velhos cemitérios que havia visitado se tivesse libertado das pedras em forma de cheque, para lhe vir dizer algum segredo de que ele precisasse. Como se fosse a mensagem saída da boca dum fantasma comunicador. Tinha pegado na lupa, examinando de todos os lados, e naturalmente que poderia ter feito esforços para esclarecer o caso. Mas que traria o esclarecimento? A descoberta de que havia uma rede de falsários, semelhantes às figuras públicas que dispunha pela parede, conforme o tipo de crimes? A prova de que aquelas cinco pessoas graves que viajavam numa limusine, à procura dos seus mortos, não passavam dum bando de patifes, idênticos aos construtores civis que iria denunciar? E para que iria saber isso? Para que queria essa hipotética verdade? Que faria com ela? De repente, imaginar essa série de actos burladores, fora do seu espaço geográfico, afigurava-se-lhe qualquer coisa de trágico que não conseguia vencer. Isto é, pela primeira vez na sua vida, Eduardo Santos, designado Lanuit, preferia imaginar-se rodeado duma mensagem proveniente dum mundo amplo e impreciso, atraentemente vago e abstracto. O sol brutal de Lisboa, derramando-se a jorros sobre a porta da casota, incidia a claridade na folha de papel concreto, onde ele mesmo havia posto assinatura e data, e no entanto, preferia imaginar que era alguma coisa enviada do limbo das ideias obscuras, interpelando-o pela primeira vez, desde que tinha deixado de ser criança. Lembrava-se perfeitamente.

Depois de terem saído do velho cemitério, haviam deambulado largas horas pelas ruas de Praga, até que se tinham sentado à porta duma espécie de taberna para comerem *goulasch*. Eram pessoas sóbrias que dividiam a comida entre si, como se ainda tivessem presente a travessia dos desertos. E ele havia sido impelido a contar o que fazia, o que escrevia, e como desejava voltar rápido para Lisboa, a fim de poder terminar o livro com o título de *Alguém Nos Amará mais tarde*. Fora aí que o mais velho tinha entendido que Lanuit já havia cumprido o seu dever, e que deveriam libertá-lo quanto antes, para que regressasse rápido à sua tarefa prioritária. Haviam assinado o cheque, explicado a forma de procedimento, e depois, combinaram o regresso por Paris, rodeados pelas manchas vermelhas do *goulasch*. Lanuit não podia duvidar de nada, nem sequer da realidade material do cheque cuja importância, para um homem na sua condição, assumia um significado assinalável. Mas o papel tinha vindo até ele para lhe dizer alguma coisa. Havia várias horas que estava à porta da casota a olhar para as colunas justiceiras cujos agentes enfileirados faziam filas e voltas, e não era capaz de entrar nem de sair. O cheque fantasmático não tinha lugar na divisão quadripartida do seu globo de justiça. Uma explicação que lhe escapava, que não tinha nome, mas possuía forma, estava ali com ele. «Será que envelheci?» – pensou. «Será que perdi a clarividência? Que tudo isto provém dos meus neurónios a apodrecer?»

Fosse como fosse, encontrava-se diante das bicas curtas do Café Atlântico, e naquele dia não iria entrar mais no recinto a que chamava escritório. Lanuit atravessou o campo dos lençóis enxumbrados, entrou em casa e aproximou-se da mulher. Foi claro – «Juju, quero dizer-te que decidi não apresentar queixa contra incertos. Estou habituado a que os meus actos tenham destinatário. Neste caso, quem são os incertos? Nem sequer vale a pena ir à embaixada narrar uma coisa destas. Acho que tudo isto pode ter um sentido que depois se explicará por si. Estou aqui para te pedir desculpa...» – disse ele, aproximando-se dela, disposto a abraçá-la.

Julieta encontrava-se sobre o grande ferro que espirrava água por si mesmo, e só passou mais rápido, não lhe respondeu. Aliás, não o queria ouvir sequer, tratando-o como se ele lhe fosse transparente e inodoro. Em vez de lhe responder, ia mas era assobiando a letra duma canção que ele muito bem conhecia. Eduardo tinha-a traduzido do inglês a pedido dela, apesar de se ter demarcado do ridículo da mensagem, como havia feito questão de lhe frisar. Segundo ele, havia doces canções feitas de propósito para espalhar veneno. Ela, porém, gostava. Tinha sido na altura em que fora Miss Praia. E agora, passado todo este tempo, até lhe servia muito bem. Cantarolava por cima do feno – *Então eu parti para longe, e tu encontraste outro alguém – O açúcar é doce, meu amor...* Ela sabia que, naquele miserável contexto, uma letra lamentosa era um insulto para Lanuit. E continuava a passar a ferro. Ele sentia remorso. «Juju, querida Juju, fala comigo, alguma coisa de definitivo na nossa vida agora vai acontecer» – disse ele, sem se aproximar. O cabelo vermelho nogal de Julieta brilhava no meio da *blanchisserie – Então eu parti para longe...*

2

Mas a alugadora dos quartos fora atingida duma forma bem diferente daquela que Lanuit imaginava. Havia colocado uns sapatos com que nunca aparecera, e estava a subir ao quarto onde a *Remington* descansava em paz. Aproximou-se da parede. Agora o esquema tinha-se ramificado tanto que já havia atingido a aresta e prolongava-se pela superfície a caminho da janela. A intuição de Julieta havia algum tempo que lhe tinha feito decifrar o significado de alguns daqueles trajectos. Fingia, porém, manter ignorância, como se estivesse a ponto de descobrir o que já sabia. Sobre aqueles sapatos, a mulher de Lanuit ficava demasiado alta, porque a sola era volumosa como as de certos coxos. Deviam datar duma época diferente daquela a que pertenciam os frágeis sapatos aranha ou os sapatos flor. Por certo que os guardava para momentos em que desejava parecer uma pessoa mais robusta. E na verdade, caminhando sobre aquelas andas tensas, diante do mapa, Julieta reagiu de forma inesperada – «O que significa isto aqui?» Depois, a alugadora virou-se e disse – «Às vezes arrependo-me do que conto. Dum modo ou de outro, fica tudo gravado nesta parede. Mas desta vez não corresponde à verdade, não estou desiludida. Eduardo encontra-se no ponto exacto para ser contactado por uma empresa de *caça--cérebros*. Acaba de ser enganado por desmazelo e imprevidência, por descuido criminoso, em relação a mim e seus filhos. Neste momento está roído de culpas. Por isso, o meu silêncio vai ser de ferro, e ele finalmente não terá outra solução que não seja procurar a sua vida...» Julieta foi de novo até à parede – «Aí está como eu nunca irei ficar estendida sobre essa mesa. Porque lhe passou pela cabeça que me estenderia sobre uma mesa de cozinha? Sou uma pessoa pouco instruída mas tenho resistência. A sua previsão sempre me divertiu. Agora, para falar a verdade, ofende-me!» Naquele instante, ouvia-se entrar o hóspede Lavinha com seu passo apressado. Julieta Lanuit deixou que ele subisse, que entrasse, e só depois abalou corredor fora, sem se despedir da *Remington*.

3

Nos últimos dias, o grande destinatário do telefone era o *performer*. Fosse quem fosse que atendesse, sempre se acabava por chamar por ele. Os *sponsors* queriam ouvir, da sua boca, que desejava bater o *record* e em que dia. Alguém reclamava um contrato firmado em presença. Os membros do júri exigiam, por sua vez, falar com Paulina. Alguns jornalistas estagiários precisavam de marcar encontro, já que não pronunciava palavras quando estava em cima da caixa. António Stradivarius telefonou também. Possuía uma casaca preta a rigor para quando actuava em salões, e gostava de a arejar. Tinha pensado vesti-la para ajudar ao espectáculo de resistência do *Static Man*. Como o estátua sabia, haviam estado juntos desde a primeira hora, desde o primeiro dia em que o *Static* tinha subido ao palco – dizia com a voz molhada, a partir duma cabina, o instrumentista de rua. A moeda acabava, o som ia a abaixo. Era antes do almoço, Paulina, César e Gamito estavam pendurados da escada. Leonardo olhava para cima – «Antes, quando eu queria ir directamente para o Paolo Buggiani, os dias eram bem mais simples. Tu, girl, és a culpada! Não sei se vou resistir...» A rapariga soltava os cabelos. «Ai não sabes se vais resistir! Mentiroso! Consta que, ao contrário do que te aconselhamos, andas a querer bater dez horas de qualquer maneira, em vez de te preparares para a maratona. E depois, dizes que não sabes se vais resistir.»

Quando o *performer* já subia, metido nas calças largas com que fazia as ginásticas em movimentos de invertebrado, o telefone chamou-o outra vez. Devia ser um telefonema invulgar, porque só do outro lado se falava e não terminava mais. Quando terminou, o *performer* desfez-se em irritação – «Há com cada telefonema! Imaginem que era o meu pai.»

Paulina ficou varada – «Pois o que te quer ele?»

Leonardo apanhava em rabo-de-cavalo o cabelo comprido – «Que vá lá. Na família há quem se queira deitar a afogar na piscina por minha causa...»

«Que estúpido telefonema. Não te prejudiques, esquece isso, vá...»

4

Mas o telefone também tocou para Eduardo Lanuit. Atrás da porta, Julieta ouviu a combinação – O encontro seria pelas treze horas do dia seguinte. «Vão encontrar-se à uma hora da tarde» – disse ela para si e precipitou-se para a lavandaria, erguendo sobre a tábua o único fato de Eduardo. Estava limpo, mas limpou-o de novo, passou-o e colocou-o no sítio. Por certo que Eduardo iria usá-lo, tendo percebido o tipo de pessoas que o esperavam. E assim foi. O antigo resistente procurou o fato, vestiu-se diante do espelho e saiu. «Vai, vai, mal sabes que te protege uma pessoa de quem dizes horrores, naquela papelada... Vai, vai...» – pensou ela, vendo-o descer pelo meio-dia, Rua da Tabaqueira abaixo. Mas não lhe podia querer mal. Assim vestido, de fato e gravata bem-postos, a caminho dum lugar importante, ela achava-o muito atraente. A cabeça dela continha uma imaginação prodigiosa. Aliás, sonhar não ofendia nem prejudicava. Sendo assim, em breve voltaria à montra da Franco Fiorelli, teriam o carrinho vermelho e deixariam aquela horrível casa que lhe lembrava um campo de batalha, ou uma loja de decadências. Na mudança, levariam tudo o que era deles, menos as paredes do escritório onde estavam aquelas colunas maledicentes de que tanto desconfiava. Essas ficariam ali e seriam derrubadas quando viessem os *caterpillars* para as destruírem e arrancarem. Então, meu Deus, todas as paredes, sobretudo as do primeiro piso, cairiam por terra, e em seu lugar, construir-se-ia um alto prédio com uma brilhante entrada de mármore. Nessa altura, em homenagem àquele Verão que lhe havia excitado a imaginação e a vontade de mudar a vida, dando-lhe perfeitas ideias, ela aceitaria voltar a morar ali, mas à altura em que o álamo tremia as folhas, mesmo sem ponta de aragem.

«Senhor, ajuda-nos!» – disse ela, ao recolher os lençóis no quintal. Quando viria a noite?

5

Era noite, Eduardo Lanuit sentou-se num canto do Café Atlântico. Não sabia como começar. Continuava a ser assaltado pela sensação de que a vida continha a reminiscência dum sonho. Pois como explicar de outra forma o que se passara durante aquele dia? Na sequência dum convite feito ao telefone por certo colega de Faculdade que não via há muito, dirigira-se naturalmente para o restaurante combinado, julgando que iria ter um almoço normal, mas não era esse velho amigo quem o esperava na porta. Um criado tinha vindo ao seu encontro e levara-o aos solavancos entre mesas cheias até um lugar mesmo ao fundo onde se encontrava uma pessoa sentada, protegida pelo cardápio. Quando a pessoa pousou a capa de coiro e se mostrou, aparecera uma figura que ele bem conhecia mas que não tinha nada a ver com o ex-colega que pensava estar à sua espera. Tornava-se claro, porém, que estava ali para substituir o outro. «Senta-te» – tinha dito o substituto, apertando-lhe a mão. «Como estás?» Depois pusera a lista das refeições de lado e encarara-o – «Desagrada-te que seja eu a esperar-te?»

Lanuit de facto não esperava encontrar quem estava na sua frente, mas tinha a ideia de que não passava duma situação irreal e explicou que só estava admirado, mais nada. Pois porque estaria desagradado? No passado, até que nunca se haviam desentendido.

«Sim» – disse o interlocutor de Eduardo Lanuit. «Até me consta que no teu livro nem me tratas mal.»

O antigo resistente começava a sentir que perdia terreno. Como é que ele sabia do seu livro? Como sabia, ainda por cima, se o tratava bem ou mal? O substituto do seu colega não tinha cara de cínico, mas durante um momento comportou-se como se o fosse – «Primeiro podemos escolher o prato. Depois de escolhido, vamos falar...» Também não aparentava cara de sôfrego. Curiosamente, parecia comportar-se como tal – «Escolhes então o mesmo que eu... Escolhes bem, é o melhor prato da casa. E vinho?» A cara do substituto do colega naquele encontro continuava a ser macilenta como a dele mesmo, Lanuit, e no entanto, mais uma vez se tornava interessante como discorria sobre a carta dos vinhos, indicando os das regiões demarcadas e o tipo de refeições que deveriam acompanhar, com precisão de provador e bom garfo. Lanuit, ainda mal refeito, quis acrescentar alguma coisa de útil – «Quer dizer que este é um encontro bem assimétrico. Tu até conheces o conteúdo dum livro que ainda não terminei e que ainda ninguém leu, e eu desconhecia que tu vivias tão bem.»

«Calma» – disse o interlocutor, aparentando nervosismo. «Não se trata de viver bem, trata-se de viver. Não faças juízos apressados. Não fui eu quem te chamou para este almoço, foi alguém que por sua vez não chamou por mim. Quero dizer-te então, antes de encetarmos o assunto, que a partir do momento em que nos encontrámos por aqui, ficámos a fazer parte da mesma cadeia. É assim, eu conheço-te a ti, tu a mim, e eu, além de te conhecer a ti, só conheço mais uma pessoa que fica uma unidade acima de mim, duas acima de ti. Como vês, a nossa sorte continua a ser contígua. Por isso folgo, em primeiro lugar, por ter vindo contactar contigo, e em segundo, por saber que me tratas bem na tua memória. Adiante – Se fosse há uns anos atrás, pelo menos teríamos contestado que aqueles gajos tivessem vindo fazer passear a *Linked Ocean Forces* por aqui, como se fôssemos um cais de putas. Agora, não sabemos mais com que sonhar. Tudo faz parte do mesmo pesadelo. Aliás, o problema é que pertencíamos a um mundo em que dois pesadelos se amenizavam um ao outro. Tu estavas num lado e imaginavas a salvação do outro, e vice-versa. A imaginação andava sempre a viajar. Pelo menos tinhas uma estrada a percorrer. Agora, não tens para onde espairecer a imaginação nem a revolta. Tudo parte do mesmo ponto como se fosse o centro dum único *big-bang*. Tens de ficar sossegadinho onde estás se não quiseres explodir. Eu se fosse a ti não escreveria esse livro» – O interlocutor tinha começado a comer pão com manteiga, com à-vontade, desdobrando a prata por cima da toalha. «A propósito» – disse ele. «Ambos pertencemos ao grupo dos irrecuperáveis. Sabias disso, não sabias?» O substituto do colega expressou um riso trocista.

«Ouve aqui» – disse Lanuit, querendo evitar a sensação de irrealidade. «Vim a este almoço porque alguém me disse que dispunha duma tarefa própria para uma pessoa como eu, e eu respondi porque estou a precisar duma ocupação urgente.»

O outro mantinha-se trocista – «E quem te disse que eu não ta posso dar?»

Lanuit empurrou a posta de manteiga – «Ainda não vi coisa nenhuma. Pareces querer apenas mostrar que conheces parte da minha vida.»

O interlocutor endureceu a feição. Também afastou a manteiga – «Não conheço parte, conheço-a tanto quanto é possível conhecer uma vida. Neste trabalho, quando nos encontramos, já temos na agenda mental tudo o que for relevante. No teu caso, inclusive, sabemos que acabas de ser burlado em duas centenas e meia de contos. Para quem vive do trabalho da mulher, é obra. Mas isso não importa. Serve-te do teu almoço. A verdade é que se trata duma empresa de *caça-cérebros*. Sei que nunca ouviste falar, porque te tens mantido demasiado fechado na casinha do teu quintal. Quero, porém, advertir-te para três factos» – disse o interlocutor de Lanuit. «Primeiro, que a empresa de *caça-cérebros* é composta, em noventa por cento, por um outro ramo, sendo portanto, na realidade, uma empresa de *caça-chagas*. Em segundo lugar, que a empresa não sobrevive pelos *cérebros* mas pelos *chagas* que caça. Por fim, quero avisar-te que se ganha vinte vezes mais como *chagas* do que como *cérebro*» – Entretanto, estava a chegar uma espécie de ensopado dentro duma caçarola, mas Lanuit não queria ver o que lá estava dentro.

«E qual é o teu desempenho? *Cérebro* ou *chagas*?»

O outro tinha voltado a ficar cínico – «Naturalmente que tu e eu somos dois *chagas*. Pelo quadro que te dei, significa que entrámos ambos nos grandes quadros.»

Lanuit deu um salto, repelindo a caçarola «Eu não entrei!»

«Não entraste? Pois eu aconselhar-te-ia a não desperdiçares, por uma noite, o que muitos *cérebros*, daqueles que têm chapéu de borla e nome nos jornais, não ganham num ano – O interlocutor servia-se do conteúdo da vasilha funda. Havia um contraste entre o preço daquele prato, o punho daquela camisa e a pessoa magra que o incitava a provar.

«O que queres de mim?» – perguntou Lanuit.

O interlocutor juntou as mãos por cima do prato. Olhou Lanuit nos olhos – «Assim, cruamente, como amigo, vou dizer--te a verdade. És um tipo inteligente, suportas o que vais ouvir – A empresa precisa de ti como incendiário.»

Lanuit tinha ficado certo tempo sem compreender a palavra. Parecia-lhe alguma coisa cifrada em sentido oposto, disse ele depois, no Café Atlântico. Fora àquele restaurante julgando que uma pessoa amiga havia encontrado, na administração pública ou num escritório privado, uma tarefa que lhe dissesse respeito. Talvez o regresso a um banco, já que sua mulher tinha andado de mão estendida a pedir essas esmolas, humilhando-se até ao chão. Mas em lugar algum Julieta teria pedido que fizessem dele um incendiário. O que acabava de ouvir era tão paralisante que o inibia de respirar. «Nunca ouvi proposta tão abjecta na minha vida...» – disse por fim.

O interlocutor comia vagamente, e esse gesto conferia-lhe por instantes uma naturalidade bárbara – «Pois admito que tenhas ouvido muito pouco na tua vida. E talvez a empresa tenha avaliado por alto as tuas capacidades. Talvez tu nem sirvas. Na verdade, não se trata dum qualquer incendiário. Trata-se de alguém que, ao queimar, saiba como proceder. Como gerir, como entrar, como utilizar os combustíveis, que cálculos fazer, que zonas atingir, que dispositivos evitar e, depois disso tudo, como sair da embrulhada...» O interlocutor pegou na caneta e escreveu junto do prato um número qualquer. Fez uma conta de multiplicar – «Ao todo, se bem-sucedido, ficarias com o equivalente a três anos de trabalho dum bom professor de Matemática...» Lanuit ia a levantar-se. O outro, porém, durante um minuto fechou os olhos e susteve-lhe o braço. Quando voltou a falar o tom era diferente – «Não te levantes, não me desgraces. Já te disse que, desde há três dias, alguém nos uniu neste serviço. Não te esqueças que somos inocentes. Que mal fizemos? Que mal faremos? Nenhum. E se fizermos algum mal, será sempre por um bem maior...» O interlocutor também devia ser um aprendiz, ou ganhar à percentagem, seria por certo aquilo a que se poderia chamar um contacto intermédio. Também ele custava a respirar. «Já decidiste?» – perguntou.

«Não tenho nada a decidir, tudo o que posso fazer é supor que não ouvi uma palavra sequer, que os meus ouvidos ficaram lá fora a esperar na calçada...» – disse Lanuit.

Aí o interlocutor começou de novo a servir-se da comida parecida a um ensopado, apesar de ter o prato ainda cheio. Era como se tivesse decorado os gestos para servir as palavras. «Escuta, nestes assuntos, como em tudo, somos uma pobre sociedade arcaica, estamos a aprender como bebés de leite. Em matéria do tipo de expedientes de que te estou a falar, ainda não sabemos nada, somos uns pré-industriais tristes, deslocados para um tempo, à frente de nós mesmos, que não nos diz respeito, mas fingimos o contrário. É por isso que te vou aconselhar, com toda a simplicidade...» O interlocutor não comia, mas servindo-se daquele modo, havia acumulado um volume despropositado sobre o prato – «O teu filho Filipe tem dez anos, o António doze. Verdade? Encontram-se numa linda idade. Têm tudo para descobrir, são dois potros que ainda nem avistaram a cor da pradaria. E a tua Miss Praia? Daqui a um tempo bem poderias estar a dizer – Ah! Que chatice, que bela mulher ela era! Que bem me limpava o único fato que eu possuía! Caramba, desandou... E os putos, a razão da minha vida, onde estão?» – O interlocutor olhava para o exagero do seu próprio prato.

«Compreendo, ou pelo menos penso que estou a compreender...» – disse Lanuit, começando a mexer nos talheres. Fizeram um silêncio surdo. Sobejavam das mesas vizinhas vozes e risos tão desinibidos e alegres que afogavam o espaço livre da toalha. Lanuit sentiu-se cercado por todos os lados. Não podia, porém, deixar de ser firme – «Almoço contigo, que diabo, pagas a conta, vamos falar de coisas simples como manteiga ou vinho, e depois nunca mais nos veremos...»

O interlocutor consentiu – «Assim, sim, pelo menos já estamos entendidos. Cada um na sua casota, cada um no seu galho.» Ficaram um longo tempo a petiscar aquele ensopado que tinha alguma coisa de mistela. Reclamaram, era bom reclamar. O criado de mesa, aos trambolhões entre tanta gente, pedia desculpa, servia outra vez, eles nem olhavam. Mas antes de se despedirem, o interlocutor acabou por dizer que as coisas nunca terminavam assim. A empresa, além de conhecer a biografia completa, apropriava-se também das características temperamentais dos visados. Naquele caso, contavam procurá-lo ao longo de dois meses, todos os oito dias, mas não seria ele mesmo quem o iria fazer. Por certo que uma outra pessoa se encarregaria disso. Aliás, mesmo que Lanuit não se mantivesse obstinado, poderia acontecer que nunca mais se vissem. Saíram pela mesma porta, embora caminhando cada um em sua direcção.

Eduardo Lanuit sabia que tinha de voltar à Rua da Tabaqueira, que teria de entrar no Café Atlântico para beber seu café e comprar seus cigarros, mas queria que isso ficasse adiado para muito depois, quando caísse a noite ou mesmo quando fosse madrugada. Era Agosto, a cidade batida pelo sol parecia-lhe um labirinto de luz, e no entanto, alguma coisa que ele não via olhava da sombra, da vasta e enorme sombra que pairava sobre as vidas, entre as quais, avulsamente, estava a sua. Sem saber como nem porquê, suspeitava que havia uma inteligência qualquer nessa sombra, que pela primeira vez encarava como explicação de toda a incoerência. Deveria ser ela que lhe emprestava a si a sensação de ter entrado na técnica dos sonhos. Então, caminhando pelas ruas brancas, Lanuit pensava no episódio do cheque e naquele homem que havia cerca de dez anos não via, e com quem tinha mastigado umas garfadas à hora do almoço, como enviados dessa sombra significante. Mas caminhava, pensando também que não podia vaguear atrás de sinais oníricos, e a esse discernimento se chamava a responsabilidade de ser homem. Se não era estúpido, o que a sombra estava a insinuar é que tinha chegado a hora de mudar de vida, ainda que para isso fosse necessário mudar de ser.

«Mudar de ser!» – pensou Lanuit, deambulando pelas calçadas.

Na verdade, era dentro de si que tinha de mudar, ao contrário do que sempre supusera. Pois pensando bem, calcorreando pelas ruas encurvadas, via o seu erro claro como a luz, iluminado pela força que emanava da sombra donde alguém o observava por inteiro. Distinguia melhor porque se vira ao espelho na cara do seu interlocutor. O que havia de comum entre os dois? Que no passado ambos tinham colocado uma meta altíssima para si mesmos e para os outros, e haviam julgado que a meta, excelente e inalcançável para eles, sendo inalcançável, era também boa para os outros. Mas à medida que os outros se tinham afastado dela, por inalcançável, mais eles haviam ficado parados diante da meta, chamando a moralidade dos outros para dentro da sua, primeiro com voz suave, como a filhotes, e depois admoestando-os como traidores. Ora todos os outros estavam certos, e eles estavam absolutamente errados, e agora queriam que os outros viessem ajudá-los a sair daquele sítio fixo, mas não vinham, e como tinham perdido todo esse tempo inútil, no presente, para alcançarem o caminho dos outros, precisavam de fazer, duma só vez, o percurso que os outros ao longo dos anos tinham feito. Precisavam de ser incendiários. «Isto é, transformámo-nos em *chagas...*» – deduzia ele, abstractamente, deambulando pela cidade. Aliás, estava no coração dela, pois caminhando à deriva tinha chegado à Baixa, disse Lanuit.

6

Mas os segmentos incoerentes daquele dia ainda não tinham terminado. Lanuit deambulou durante várias horas pelas ruas, sem as ver, e a certa altura havia reparado num grupo de pessoas que se juntava. «Preciso de olhar à minha volta, não faço mais nada do que pensar abstractamente. Um momento, um momento...» – tinha pensado. E de seguida, interrogou-se – «Um momento?» Na verdade, naquele dia nada estava a ser vulgar ou neutro na vida de Lanuit. Bastava dizer que os transeuntes, entre os quais se encontrava, aglomeravam-se porque uma pessoa, vestida e maquilhada de branco, beijava os punhos, estendia um pano preto sobre uma caixa, espalhava cartazes como um feirante, e depois, caminhando altivo, subia e imobilizava-se em cima de todo esse monte de objectos. Os dizeres que acumulava em baixo davam para forrar um arco. Um dos cartazes era um apelo a que os pombos lhe fizessem esterco por cima, num outro a pessoa dizia sentir-se um junco, num terceiro, o tipo anunciava que iria bater o *record* mundial de imobilidade voluntária para entrar no *Guinness Book*. Mas rente aos pés que a criatura calçava de sandália branca, como a opa e como todo ele, incluindo o cabelo, encontrava-se a mensagem mais insultuosa de todas. Num pequeno cartaz, em forma de moldura, estava escrito – *Por Nada e por Ninguém – Todos Somos o Nada Que É Tudo*. E no entanto, em torno dessa indecência, a lista dos patrocinadores era numerosa e cobria todo o pano preto. Lanuit reconheceu no palhaço a pessoa que sua mulher albergava lá em casa. Estava surpreendido, completamente chocado. Não podia deixar de bradar – «Seu palhaço de merda!» disse na direcção da criatura, colocada lá em cima. Mas era o mesmo que não dizer. A pessoa imóvel não bulia, e a pequena multidão que tinha parado reagiu mandando-o calar. Quem ali estava amava o *Static Man*, quem não gostava do atleta que se fosse embora. Em seu redor já tinha havido confusão com mulheres histéricas, testemunhas de Jeová, ecologistas, loucos e gente do género, tudo pessoas contra o progresso e o desenvolvimento. Gente contra a representação de Portugal nos *rankings* internacionais. Gente que não queria que ultrapassássemos os *records* chineses, indonésios e coreanos, batidos em países onde os atletas só comem serpentes e folhas de palmeira, sendo por isso catatónicos por natureza, o que não era o nosso caso. O nosso homem-estátua ia bater, ocidentalmente, o *record* mundial – «Ah! Grande *Static Man*!»

«O gajo chega a pegar às seis e a largar às duas da madrugada!» – disse alguém muito jovem ao lado de Lanuit. «Se uma vez largar às sete, é mesmo a hora em que eu apanho o barco...» A pessoa jovem atirou uma moeda como se fosse um disco, e a peça de alpaca retiniu no prato. Lanuit encontrava-se colado ao chão. «Deixa que não está longe! No dia em que tiver de bater dez horas, vai ter de sair dali às oito, se pegar às dez em ponto... Por causa da frescura, o *Static* prefere a noite!» Alguém mais entrado na idade inquietou-se – «E assim baterá o *record* do mundo? Por mais um pouco, melhor será assegurar a vitória, ultrapassando-a. Há júris sempre dispostos a roubar tudo o que pertence a Portugal...» Mas para desmentir essa hipótese, aproximou-se o violinista velho, vestido de casaca, e guinchou para o chão. Depois parou e disse – «Senhores, há momentos em que parece estarmos em Viena de Áustria!» E tocou a *Pequena Serenata Nocturna*, ainda em pleno dia.

Não se encontrava muita gente parada, apenas a suficiente para que o primeiro cruzamento parecesse a Eduardo Lanuit uma espécie de lugar imundo. Sim, o palhaço tinha-se imobilizado sobre o poleiro. E não estava ali de braços estendidos, apenas por estar. Ninguém aguentaria um sacrifício desses. Pelo contrário – Aquela pessoa a quem por acaso sua mulher dava guarida encontrava-se a fazer troça de si e de todos aqueles que uns anos atrás tinham feito *estátua* nas enxovias da polícia por protegerem vidas, defenderem ideias, arvorarem no alto as sagradas bandeiras da utopia. Eles tinham ficado horas e horas sofrendo, em pé, afastados das paredes e de braços estendidos como cristos, agonizando pelos objectos altos da humanidade. Agora era o oposto. Ali estava aquele palhaço treinando-se para nada, absolutamente para *nada*, que no dizer do seu cartaz era o seu *tudo*! – Lanuit rondava toda a publicidade que se encontrava distribuída em torno do *Static Man* como se fosse um carro de corrida. Até a marca de cigarros que ele próprio fumava constava da lista dos patrocinadores. Rondando à volta da manta, a sua cabeça fervia. Pessoas lambiam sorvetes olhando para o homem-estátua. Deitavam a cornucópia para o chão. Lanuit pensou que afinal tudo o que lhe estava a acontecer não era fruto dum olhar metafísico que lhe enviasse recados, mas sim um conjunto de coincidências alinhadas para o levarem à loucura. Porque o mundo racional não conta com a coincidência. Nada daquilo era sonho.

Lanuit tinha perdido a respiração e começou a correr como se um cão cósmico o perseguisse, a caminho da Casa da Arara.

Quando alcançou a entrada, chamou pelo nome da mulher. «Julieta! Julieeeeeeeta?» – O volume da voz aumentava de encontro às paredes. Ela encontrava-se no quarto da *Remington*, sentada, com as pernas postas sobre os sapatos altos, os da grande cunha, e a princípio não reconheceu a voz do marido. Depois levantou-se e começou a descer, agarrada ao corrimão, produzindo enorme ruído com os saltos e as solas, como se precisasse desse som para se agarrar à escada. Lanuit entrou atrás dela no mundo cor de marfim e gritou-lhe – «Retira-me aquele estátua de casa! Vi-o na rua e apeteceu-me matá-lo. Não sabes como eu sofri? Como sofri nos meus próprios braços? E afinal absolutamente para nada? Não é isso que lá está escrito nos trapos daquele gajo?» Pela primeira vez na vida, Eduardo lhe torcia os pulsos e a entalava contra a parede bege – «Retira-o daqui! Dou-te três dias para o mandares embora. Não ofendas o meu passado nem os meus princípios. Tu sabias, tu sabias! Não só andaste a oferecer a minha honra aos inimigos, como albergaste aqui dentro uma pessoa de propósito para insultar Eduardo Lanuit, que esteve de *estátua* durante noites e noites a fio, resistindo pela justiça e pela liberdade dum povo! Afasta-mo, manda-mo daqui...» – Acontecia no momento em que Julieta tinha pensado que Eduardo voltaria metido no seu fato, para lhe dizer que a vida finalmente ia recomeçar. A alugadora pôs-se a fazer perguntas mas Lanuit ainda era um homem, ainda mandava. Enquanto ela não executasse a expulsão, ele não daria explicações de nenhuma natureza. Iria sentar-se à mesa de canto do Café Atlântico, onde depois a noite o encontrou e lhe ofereceu a sensação de viver segmentos dispersos dum verdadeiro sonho.

Para quê negar a evidência? – Naturalmente que nessa altura, a sigla de Lanuit galgava por cima das outras, corria mais veloz que todas, estendia-se à volta da parede em forma de sarmento. Só Falcão o seguia de perto.

7

Sem óculos e sem sapatos, estendido na cama gigante, Falcão achava que a reportagem seria sempre a reportagem, mas a música constituía a espuma do espírito da reportagem. O *cameraman* que gravava a imagem era apenas impressionado pelo ruído natural das cenas. Mas o autor da acção, aquele que criava o crime, vivia um sentimento imperioso, tão forte, tão arrebatador, que só a música o poderia traduzir. Um criminoso caminhava sempre impelido pela força da sua poderosa música. O afilhado de Orson Welles já o tinha lido, no entanto deduzia-o sobretudo pelo trabalho que estava operando. Na verdade, bastava juntar um pedaço de trilha musical às imagens, e logo o sentido explodia, fazia foguetes, partia na direcção exacta, o alvo carenciado, isto é, o espectador de coração impressionável que existe aninhado em cada um de nós.

Por isso, as cenas do primeiro *mass killer* estavam tão felizes. Ele tinha estudado a biografia de Rui Guerra, o rapaz do Galdourado, captara as fotografias lá em casa, vira aquela em que os pais se beijavam, e ele ainda não era, e a outra, a do dia seguinte, em que já existia, e depois de vasculhar várias lojas de discos, decidira-se pelo Elvis. A mãe do atirador tinha ouvido *Good Luck Charm* milhares de vezes antes de o ter dado à luz. Seria com essa faixa que iria abrir o início da acção, quando a porta do lavabo encostava, e lá dentro o primeiro *mass killer* português separava as duas partes do estojo da guitarra. Depois, a cena era intercalada de silêncios e som ambiente – O pontapé no estojo, o salto para cima do balcão e os gritos. Naturalmente que o réu, téu, téu ficaria a cru. Mas a música voltaria a surgir no fim, quando o matador em série se libertasse do *snack-bar* e entrasse na atmosfera exterior da noite. *Good Luck Charm* estoiraria, no momento em que o matador olhasse para o céu de Lisboa. Depois, não custava nada.

Rui Guerra encaminhava-se a pé para o Sheraton, e de repente, surgiriam as algemas! Resultaria bem, tendo em atenção que se tratava dum *mass killer* nascido no final dos anos 60, tal como aquela música e o próprio Galdourado. Assim como não haveria grande problema com o *mass killer* de Almada, para quem a guitarrada do Paredes iria na perfeição, alterando o que fora a primeira ideia de Paulina.

A questão tinha-se posto, porém, com o *serial killer*. O tal Madureira era um homem suave, de mãos delicadas, que rondaria pelos cinquenta anos, e Falcão insistia em atribuir-lhe os ridículos sons dos Abba. Na verdade, a mãe do cirurgião amava os sons líricos desse grupo e o filho ouvia-os aos serões, sozinho com ela, sentados na mesma poltrona. Mas Paulina tinha uma opinião bem diferente. Lembrava-se muito bem – Durante um Natal, seu pai namorava duas mulheres ao mesmo tempo, e uma delas trouxera para a ceia da consoada uma música espantosa, tão suave e ao mesmo tempo tão forte que fizera a namorada chorar no ombro do pai. Aliás, a mulher deveria ser um tanto mórbida. Paulina lembrava-se que ela havia dito – «Com uma música destas, uma pessoa não tem medo de morrer...» E tinha-se-lhe aninhado na camisa. Depois, o pai havia optado pela outra namorada, a que tinha aparecido na noite de Ano Novo, com um vestido muito curto e uma tarte de canela, e como a noite estava alegre, haviam dançado de tudo, incluindo música de Carnaval. O disco da namorada mais velha, porém, ainda estava lá em casa. Falcão quis saber – «E lembras-te do nome da composição, do executante, tens qualquer referência?» Paulina fez um esforço de memória, mas não tinha ideia nenhuma, só se lembrava duma música romântica e arrebatadora, própria para acompanhar os passos dum *serial killer*. De súbito, ela decidiu – «Pois não vale a pena matar a cabeça. Vamos lá. Tenho a chave da porta de serviço, é só uma questão de saltar a vedação.» Assim fizeram.

Dirigiram-se ao Bairro de S. Miguel e pararam a carrinha *Vitório-Reportagem* diante duma vivenda. Em volta estava tudo deserto, os vizinhos deviam ter entrado em férias. Saltaram a vedação e entraram pelas traseiras. Era preciso procurar o disco. Como é que ela ia localizá-lo, entre milhares de LP que estavam por ali? Se Paulina visse a capa reconhecê-lo-ia. Enquanto ela procurava, o cine-repórter quis filmar a casa. Era um belo interior. Durante um tempo, Falcão ficou surpreendido, a apreciar a atmosfera magnífica que ali se respirava. Segundo ele, um belo palco de acção – Um homem na casa dos quarenta deixava que uma namorada da sua idade se apaixonasse por ele, e quando ela percebia que não era correspondida, na noite de Ano Novo, assassinava-o, enquanto ele dançava *Meu Mundo É Você* pegado a uma outra qualquer – «Bem junto à mesinha do xadrez! Desvia-te, por favor, para pegar um *zoom* em expansão sobre o tabuleiro. Na acção, as peças deverão cair sobre eles, uma a uma...»

Mas Paulina deu um grito de alegria – «Achei, Falcãozinho, está aqui, é esta faixa!» Ele pousou a *camera* e identificou imediatamente – «Adágio para Órgão e Orquestra, *Albinoni...* De qualquer forma, põe lá para ver.» Puseram a rodar. Sim, ele também estava de acordo. Ela tinha um olho maravilhoso, era aquilo mesmo, coisa dormente e arrastante, ondulosa, que se adaptava bem às cenas dum *serial killer* de cinquenta anos. Já estava a ver a música a irromper nos momentos em que aparecia a vítima espalhada pela serração, acompanhando depois as imagens dos sudários. No momento em que se liam as palavras *Vais, Tira-te, Mãe*, escritas nas costas das raparigas, ficaria suspensa. Sim, por ele, se não encontrassem melhor, achava que servia muito bem. Aliás, ainda teve uma ideia – «E se dormíssemos esta noite aqui?» Paulina nem respondeu, estava naquela casa sem dever estar, possuía uma chave só para uma emergência, e tinha jurado não pôr ali os pés, a não ser para vir buscar perfumes. De resto, para fazerem amor, dispunham duma carrinha, da beira do Tejo e das matas. De madrugada, quando voltassem, havia o beliche da arrecadação. Agora era preciso avançar para dentro do coração da cidade, esse labirinto sem fim onde havia sempre uma surpresa, se bem procurada. Com aquele calor, muitas coisas poderiam acontecer. A rapariga defendia a ideia de que deveriam começar a rondar a partir de Monsanto, Belém, Algés, Dafundo – Disse ela, descansando, sem a roupa preta, esticada na cama gigante, ao lado de Falcão.

8

Sejamos concretos – Sobre Julieta, tinha-se avançado até ao último limite.

Então era assim. Não havia saída. O mundo quando rodava na televisão apresentava grandes continentes, milhares de países divididos por cores. Bastava ver o estuário do Tejo da sua janela e o diminuto espaço que ocupava no ecrã, para se imaginar a vastidão do Globo, e no entanto, Julieta, a alugadora dos quartos, nem queria voltar ao primeiro andar nem queria andar pela sua própria casa. Queria estar ali na cadeira, em frente da boneca espanhola, metida no robe cor-de-rosa com pedaços de organdi. Não queria mais nada. Queria que o mundo ficasse grande para todas as pessoas da Terra, que os navios da *Linked Ocean Forces* dessem a volta aos mares, que, para si, apenas desejava que tudo se reduzisse ao tampo duma cadeira. Menos até que uma cadeira. Queria que se reduzisse ao tamanho duma chávena. Tinha desistido de compreender a vida em seu redor. A lógica da recompensa do mundo não se aplicava a si mesma. A única vez que havia desobedecido a Lanuit fora em 75, quando ele ainda nem seu namorado era, e ela tinha concorrido entre trinta raparigas, e havia sido Miss Praia. Nessa noite, os momentos melhores tinham sido aqueles em que havia passeado em fato de banho, expondo as pernas sobre os sapatos altos e depois, quando lhe enfiaram o vestido verde, da cor do fato, que passados todos aqueles anos, viria a provar na Franco Fiorelli. Aparecera feliz, em pé, com uma coroa na cabeça. Mas essa era a única mancha que havia trazido para junto de Eduardo. Mais nenhuma. E depois, tinha-lhe dado dois filhos, acompanhando-o como uma sombra activa.

Mas a vida deveria querer outra coisa dela que não só isso, e Julieta não sabia fazer nada de melhor no seu limitado mundo. Tinha multiplicado como sabia o esforço do seu corpo, tinha-se desfeito em actos, em gestos, em lavagens, passagens, comidas, divisões infinitas, e ainda por cima, havia procurado manter a elegância devida a um corpo feminino. Agora, porém, não havia mais nada para fazer. Por exemplo – Era meio da tarde. Seus filhos tinham telefonado, anunciando que viriam. Viriam já? Então como iria enfrentar Agosto inteiro? O livro das suas contas parecia um trapézio voador. Retirar de lá de dentro a conta proveniente do quarto floresta era alguma coisa de insustentável. Vendo bem, a família do *Static Man* era a única que pagava a tempo, a única que chegava a duplicar a mensalidade. Os outros esqueciam-se, tinham vidas dispersas ou enganavam-se nas datas. Talvez pudesse subir ao quarto do último inquilino, o Lavinha, para lhe pedir adiantamento, ou emprestado, como fazia a servente. Mas em troca, o rapaz exigia um juro mais elevado que uma penhora e um tipo de alegria que ela não tinha para dar. Tão-pouco o entendia, e no entanto, havia-o recebido o melhor possível. Aliás, tudo o que fizera, durante aqueles dias, junto dos amigos do seu marido também fora errado. Todas as pessoas, coisas e objectos que tinham brilhado no seu caminho haviam sido falsos. Ou então era ela que não possuía inteligência suficiente nem para compreender nem para reagir aos desafios desta vida.

*

No entanto, Julieta quereria ter alterado a sua vida. Sabia que uma mulher duma outra cidade, ou de outra cultura, ou de outra educação faria diferente. E a quem iria perguntar como faria diferente? A quem? A quem? A resposta era esta – A ninguém. A pessoa da *Remington*, a quem tinha oferecido uma secretária, apenas tomava nota, espalhava uma rede de sinais pela parede e não intervinha. Por vezes, antecipava o que sucedia, mais nada. Ora ela não precisava de antecipações, precisava tão-só duma inversão na sua vida. Julieta queria mostrar que, se fosse possível, faria alguma coisa de muito importante pelos seus, alguma coisa de útil, de prestável, de rentável e alegre por eles, a partir do seu corpo, já que seria difícil proceder de outro modo, com a sua fraca cultura. Mas como não era capaz, deveria então criar um grande gesto através do qual lhes dissesse – Não posso mais, mas estou disposta a dar por inteiro o que tenho, isto é, o meu corpo.

Então era meio da tarde e Julieta pensou – «O meu corpo?» Calçou os sapatos de aranha, a saia azul travada com a blusa branca e pôs o cinto. Penteou o cabelo, limpou as unhas, perfumou-se e olhou-se ao espelho. Não distinguia muito bem as feições, mas não importava, fazia tudo o que devia, mesmo que não visse o resultado nem sequer sobre o espelho. Foi à grande mesa da cozinha, aquela enorme mesa em que habitualmente comiam os quatro, aquela que Juju gostava de iluminar para que se visse de fora a sua vida conjunta, e dispôs os talheres em volta, os pratos, os guardanapos, os copos, os dois castiçais de prata que seu avô lhe tinha dado. Julieta continuava a sentir que o mundo era vasto e as soluções infinitas, mas para ela estava ali o mundo, e a solução era aquela – Deixar-se dormir para sempre, estendida no meio da mesa, rodeada de pratos, talheres, guardanapos e dois castiçais, um em cada extremidade, para que soubessem que não podia ter feito melhor. Oferecia-se assim. Sabia que interpretava alguma coisa difícil de explicar. Pelo menos, nunca tinha lido nada de semelhante em nenhuma revista, e por isso, não deveria ser bom nem belo o que estava a fazer. Mas fazia-o sem maldade nem arrogância, sem nenhum outro sentido que não fosse aquele – O de oferecer o seu corpo falho de cultura e inteligência, já que, mesmo que quisesse, não poderia fazer com que se alimentassem dele. Tinha chegado ao fim da crença. Era horrível dizê-lo e imaginar que outros interpretassem mal as suas palavras, era horrível mas era verdadeiro. Julieta subiu acima da mesa, cruzou os braços e confiou que bastaria entregar-se à força da desilusão para tudo terminar.

9

Entre Paulina e Falcão, no entanto, tinha sobejado certo desentendimento – Ao contrário da rapariga, o repórter achava que deveria haver dois temas no caso do *serial killer*, e se o *Adágio* servia para acompanhar o pensamento interior do cirurgião e as cenas das mulheres mortas, não servia para envolver o passo provocante das prostitutas. E assim, tinham passado o dia nas casas de discos, à procura de alguma coisa adequada. Tinham ouvido tangos, valsas, salsas, *fox-trots*, mas achavam tudo demasiado velho. As putas da 5 de Outubro eram novas. Só que não queria uma reles música *pop-rock*. Ele nem sabia o que queria «Em que ficamos?» – perguntara a rapariga, cansada da busca inútil através duma Lisboa cada vez mais quente. Também Falcão se sentia esgotado naquela tarde, e apeteceu-lhe regressar à Casa da Arara, embora soubesse que ao fim do dia teria que fazer. Aliás, Paulina lembrou-lho várias vezes – «Estás esquecido de que prometeste tratar de Leonardo?» Não, Falcão não iria esquecer. Então tinham regressado, e à vez iam entrando dentro da banheira patas de leão, refrescando-se e voltando à água. A certo momento, porém, Paulina, quando estava a secar a cabeça à janela, sobre as traseiras da casa, começou a chamar por Falcão. «*My God!* O que estou eu a ver? Quem está além, em cima daquela mesa?»

Vestiram-se à pressa e Paulina nem conseguia encontrar uma blusa. Gritava para Falcão – «Depressa! Traz a *camera*.» Ela mesma correu com a *Nagra*. Falcão meteu a porta dentro e entrou pelo mundo cor de marfim, mas quando se aproximou da porta da dependência junto à cozinha, protegida pela marquise, passou sorrateiramente, como se assaltasse uma casa. Falcão começou a captar a imagem, depois de ter pedido a Paulina que acendesse o candeeiro de abajur. A luz espalhou-se sobre o corpo da alugadora de quartos de quem nunca tinham gostado nem muito nem pouco, era-lhes totalmente indiferente, mas agora eis que ela proporcionava aquilo. Era preciso agir em silêncio, devagar, sorrateiramente, passando a *Arriflex* sobre a toalha, os talheres, o sal, o pimenteiro, as chamas dos castiçais, o corpo estendido. A alugadora de quartos até que era um naco de mulher. Tornava--se necessário fixar-lhe o rosto, as mãos, os pés, fazer um grande plano de perfil, um plano iluminado. Rápido, rápido e bem, pois, infelizmente, já alguém estava a chamar por Eduardo Lanuit. «Sr. Lanuit!» – chamava a pessoa duma janela de cima. Era César, enrolado numa manta. Era aquele cara de Dustin Hoffman quem chamava. Que estúpido! Acenaram-lhe, pedindo calma. Eles sabiam muito bem o que deviam fazer, sabiam muito bem como agir, estavam habituados a percorrer a cidade, estavam mais do que talhados para salvar gente. Aliás, Paulina já se encontrava junto ao telefone chamando por quem devia chamar. Falcão tam-bém se aproximou da entrada da arara, porque não queria assistir ao encontro completo entre a alugadora dos quartos, deitada em cima da mesa, no meio dos talheres, e o velho Lanuit. César também descia, também estava alarmado. Nos sítios onde ele vivia não gostava de assistir a desgraças, e se Paulina e Falcão apreciavam, isso era com eles. «Fiz ou não fiz bem ter chamado pelo homem? Cometi por acaso algum erro?» – perguntava César.

Discutiam na entrada. Ninguém, porém, podia perder o que se ia passar. Os maqueiros irromperam por dentro do mundo cor de marfim e atrás entraram todos os presentes. Até fazia aflição – Eduardo Lanuit era uma pessoa tão idiota que nem sequer ainda tinha retirado os pratos. Ao menos isso. Se não podia com o corpo da mulher, escondia os talheres, os guardanapos, apagava as chamas, restituía um ar de dignidade à casa. Por eles, nunca tinham visto na vida uma cena tão surrealista. Aliás, poderiam voltar a vê-la sempre que quisessem, pois tinham-na captado, estava ali, dentro da barriga da *camera*, para o que desse e viesse.

10

Mas agora que a ambulância partia, soltando o mugido, todos se sentiam tristes. Mesmo que não gostassem daquela mulher que já nem era nova e se vestia de boneca de fogos, e nem olhava para eles, como se alguém lhe devesse a renda dos quartos, sentiam-se mal. Tudo permanecia triste, cheio de sombras, incluindo o quarto onde batia a *Remington*. Paulina e Falcão sentaram-se de novo sobre a cama gigante, sem saberem em que pensar. «Teremos feito bem em captar as imagens da patroa? Teremos ofendido alguma lei, alguma norma?» – Paulina estava emocionada e prestes a chorar. Se chorasse, era a primeira vez que verdadeiramente chorava desde que havia entrado na Casa da Arara. César tremia por qualquer razão que não era febre, mas tinha o espírito livre para pensar que sim, que eles haviam cometido uma violação. Ele não sabia qual nem sabia dizer como se deveria ter feito, o que tinha a certeza era de que não podia deixar de existir uma norma que impedisse a entrada de qualquer um na casa de quem se quer suicidar. César estava convencido. Falcão, pelo contrário. – «Não violámos nenhuma casa, afinal todo este espaço é uma casa, e nós moramos nela. Além disso, enquanto filmávamos, chamámos por socorro.»

«Mentira!» – disse César. «Enquanto tu filmavas, ela estava captando o som, que nem sei que som era.»

«*Shut up, boy!* Ou queres que te faça calar?» – gritou Paulina. «A verdade é que tudo isto me está deixando agoniada. E agora também já não sei se devemos ou não continuar a filmagem do Leozinho. O que acham?»

César voltava a soltar demasiado a língua. Embrulhado na manta, falava, falava. Entendia que Paulina e Falcão não estavam a funcionar bem. Filmar a mulher do Lanuit era questionável e eles não tinham hesitado. Filmar o *performer* constituía um dever, e eles estavam a duvidar se lhes assistia ou não o direito. De vez em quando sentia-se filho de advogado. «Porque esperam? Porque não correm já? Estão perdendo a melhor luz, o céu tem com cada ramo cor de laranja que é um prazer! A esta hora, um homem todo branco, em cima dum sopé todo preto, num fundo amarelo, deve ser um espectáculo soberbo!» – disse César, parecido como nunca com Dustin Hoffman. Aliás, tinha toda a razão. Por questões de luz, nem iam jantar. Iam a correr na direcção da Baixa, antes que se fizesse noite.

Mas a princípio não encontraram uma situação tão agradável como estavam a prever. Uma ponta de vento tinha espalhado os caixotes, e as próprias faixas de que o *Static Man* abundantemente se rodeara, naquela tarde, haviam caído e mudado de lugar. Algumas tinham ido parar junto de caixas vazias e confundiam-se com o lixo. Por isso Paulina queria rearrumar tudo. Só que, em sua opinião, nunca ela vira Leozinho tão bem. Se Falcão reparasse, a aragem levava a indumentária do *performer*, ondulava-a, movia-a, por vezes batia-a de encontro ao corpo, cingindo-lhe as formas. Até o cabelo empastado conseguia mover-se. Então Falcão teve uma ideia. «Espera!» – disse o cine-repórter. «Vamos captar tal e qual como está, compreendes? Assim, tudo revolvido, a Rua Augusta mais ou menos deserta, toda a Baixa lambida pelo vento, os anúncios e faixas por terra, e o azul da noite a descer – Primeiro panorâmico, depois, a passar sobre o lixo empurrado pelo vento, por último, a recolher sobre o estátua. *OK*?» Paulina insistia em arrumar alguma daquela traquitana. Falcão gritou – «Obedece uma vez na vida! Uma só! Esta não é a primeira sequência, é uma sequência intermédia, pô! No próximo dia, haverá mais...» E finalmente, tinham começado a filmar.

CAPÍTULO DÉCIMO PRIMEIRO
ᕲᕳ

1

Os vasos da força aeronaval conjunta, treinando para enfrentar e lidar com crises mundiais, espalhavam-se por vários portos, ainda que as explicações do comodoro de olhos azuis fossem reservadas e os movimentos secretos. Verdadeiramente, só conhecíamos o que víamos, mas o que víamos era bom – Tejo dentro, regressavam seis fragatas europeias e um porta-aviões americano, espalhando na calma do estuário uma amostra do que estava a ocorrer com os exercícios ao largo da costa. Podíamos trabalhar à vontade – Havia forças intercontinentais que cuidavam de nós, como vigílias de ama. Por vezes, Falcão filmava os vasos de guerra. Ele não se esquecia que a melhor imagem do jovem dos *jeans* azuis fora captada no momento em que uns navios ingleses entravam de bandeiras hasteadas.

E naquela manhã, Falcão não queria tomar decisões sem atender a opinião dos outros, em especial a do autor dos *story-boards*. César também tinha acorrido, mas como ainda se sentia adoentado, achava-se no direito de se instalar no primeiro andar do beliche, arrastando lá para cima a sua própria manta. Assim, à excepção do sósia de Dustin Hoffman, todos se encontravam em volta da moviola, aguardando que Paulina e Falcão começassem a operar. E em menos de cinco minutos a fita estava visionada, mas foi necessário voltar atrás – A mulher do velho Lanuit, deitada no meio dos pratos, estendida em cima da grande mesa, era algo que merecia ser encarado na devida conta.

A patroa, porém, não deveria ter tomado comprimidos nenhuns, deveria, sim, ter fingido tudo aquilo para pôr em pânico o homem, metido noite e dia dentro da casota do quintal. Na imagem, a mulher estendida apresentava os cabelos vermelhos, escorridos, agarrados ao rosto, e as mãos alongadas ao lado do corpo como se estivesse em exame de raios X. Os pratos brancos dispostos por cima da madeira escura até luziam. Mesmo pensando nos grandes realizadores, a sequência que acabavam de ver era um achado em qualquer ecrã do mundo. Aliás, o último momento apanhava Lanuit a entrar pela porta da cozinha e a olhar como um idiota para a cena surrealista. A câmara fixara-lhe a cabeça, e a expressão de estupefacção do homem fazia-o assemelhar-se a uma ratazana espavorida. Mas essa última passagem, no entender de Falcão, por grosseira, teria de ser eliminada. Paulina, por sua vez, foi clara – A sua opinião era de que a sequência da patroa sobre a mesa deveria ser incorporada na série do *serial killer*, como última vítima do cirurgião, enquanto Falcão pensava que ganharia muito mais se fosse introduzida no início do *mass killer* de Almada. De madrugada, quando Rui Quintas pegasse no saco de desporto, antes de sair de casa, passaria pé ante pé pela cozinha. De súbito, olhava para o lado e via a mãe, oferecendo-se para ser trinchada, em cima da mesa. Era então que o tipo voltava ao quarto, pegava na metralhadora e enfiava-a dentro do enorme saco. As imagens colhidas a partir do escaparate da grande superfície poderiam ser entrecortadas pela imagem da mulher em cima da mesa. Isto é, a mulher de Lanuit transformava-se na mãe do *mass killer*. Puseram-se a pensar.

«Não vês que é muito nova para mãe do Quintas?»

«E não vês que é muito velha para ser objecto erótico do assassino Madureira?»

Gamito, o grande gatarrão, era de opinião bem diferente. «Elimina-se» – disse ele. «Não me importo nada de desenhar novas sequências quer dum quer doutro filme, mas acho mal. Acho que já lhes mexemos de mais. Daqui a pouco, vocês vão ser ultrapassados pelos factos. Vocês não percebem que se trata duma questão de velocidade?»

Fez-se silêncio. Sempre que havia dilemas entre a urgência e a perfeição, fazia-se pelo menos um breve silêncio. Lentamente, Falcão pôs de lado a película da mulher sobre a mesa. Paulina sentia que havia ali demasiado fumo, encontrando-se Leozinho presente, e pediu que apagassem os cigarros. Agora iam passar a sequência do *Static Man*, mas esse era um momento de relaxe, e todos experimentavam curiosidade familiar. O próprio César desceu do beliche, arrastando a sua manta porque não queria perder a passagem, colocou-se junto à moviola e na verdade fazia bem ter descido. Eram quinze minutos de filme. Longo, demasiado longo, reproduzindo o tempo real da exposição de Leonardo, mas não se poderia dizer que não houvesse bons planos. A imagem do *performer* aparecia de longe, de perto, de baixo, de cima, de perfil e, até por instantes, assumia imensa grandiosidade. A roupa branca filmada ao cair do dia, a mover-se pelo vento, não era de modo nenhum um elemento desprezável. Paulina estava encantada – «Vamos continuar a sacar-lhe imagens até ao *record*?» Aplaudiram. César estava feliz porque tinha sido ele quem havia dado pressa, lembrado que os ramos das nuvens cor de laranja que andavam no céu, por cima do homem-estátua, poderiam desaparecer. Mas o visado não entendia assim. O *performer* foi até violento.

«Muito interessante, gente!» – disse Leonardo a Falcão – «Antes dizias que nem que eu deitasse sangue pela cueca me filmavas, e agora perdes teu tempo desta forma! Pois não gosto dessas imagens, detesto ver-me no meio da rua com as caixas aos trambolhões, os cartazes e as faixas por terra, a arrastar como se isto fosse o Cairo. O que é que se passa? Tenho feito espectáculos lindos, e vocês vão logo apanhar-me num dia em que faz uma ventania dos diabos. Já viram a maquilhagem? Toda desfeita, a roupa colada às pernas. Façam desaparecer esse pedaço de fita, se faz favor...» – Leonardo pegou no cesto do lixo e levou-o para junto da moviola, exigindo que executassem de imediato a destruição do atentado contra a sua imagem. Paulina levantou-se.

«Pois o que é que acabámos de te dizer? Não ficaste a saber que o Falcão te vai filmar de todos os lados, durante vários momentos, ao longo de todas as jornadas? Não percebes que é um compromisso que ele tem comigo?» Leonardo, porém, queria pegar ele mesmo na moviola, dar-lhe um enorme trambolhão, fazer saltar a fita, derrubar pelo soalho aqueles instrumentos todos. Felizmente que o cine-repórter considerava tão ridícula aquela manifestação de força, por parte dum tipo que passava a maior porção do tempo sem se mexer, que nem se dava ao trabalho de desviar a cabeça. Pelo contrário, tirava os óculos de aros pardos e acendia dois cigarros.

Era de mais – Paulina empurrou o *performer* para dentro do quarto floresta e mandou-o entregar-se aos exercícios de concentração, lembrando-lhe que estava marcado o dia do *record*, em letras descomunais, na parede do seu próprio quarto. Ela ia escrevendo tudo o que era necessário, ele é que nem olhava, ou se olhava não via. Mas Leonardo começou a deambular pelo quarto floresta, enervando-se e achando que era muito mais interessante no princípio de Junho, quando só pensava na exibição em parceria com Paolo Buggiani. O dinheiro para a viagem, o tempo batido em função do autor do *Unsuccessful Attack by Paolo Buggiani* que ali estava a forrar a parede, tudo isso tinha sido ultrapassado na sua vida, nem sabia como. Às vezes, sentia-se revoltado e traído. A rapariga estava a ponto de perder a paciência. «Outra vez?» – disse ela, penteando activamente o cabelo com os dedos. «Não comeces a capitular, não comeces a falar assim diante de mim!» Antes de sair para almoçar, Leonardo ainda resistiu – «Não me filmem mais! Ouviram bem? Escusam de ir para junto do meu espectáculo montar o vosso arraial. Não se esqueçam que, se forem, é sem licença minha! Proíbo-vos...»

2

Mas quando o *performer* pôs os olhos vidrados, já eles lá estavam, e quando beijou o punho e subiu à caixa, teve a certeza de que nada lhes escaparia. Agora era Agosto, havia pouca gente a andar sobre os passeios ensolarados, e uma brisa quente movia continuamente as franjas dos toldos, batendo-os na passagem. Os pombos reboludos pareciam alapardados com a calçada, passeando no chão como galinhas. Isso não invalidava nada, porque em termos de transfiguração, a harmonia entre a sombra e a luz era inacreditável. Para além da câmara e do gravador do som, Falcão, Gamito e Paulina tinham trazido o tripé, o fotómetro e a *claquette*, e haviam espalhado tudo em volta, com rapidez de profissionais. Então, de novo, saíram dos seus esconderijos de sombra as pessoas que pretendiam ficar na filmagem. O Stradivarius lamentava não estar munido de casaca preta, mas retirou o boné, baixou o violino até à manta, ergueu-o até ficar apontado aos telhados, fê-lo descer para a horizontal do seu ombro, e protegendo o queixo com um lenço de assoar, tocou pedaços do *Concerto n.º 6*, desferindo coisas agudas em forma de ásperos *pizzicatos*. A entrega ao instrumento era tanta que a sua vibração fazia estremecer alguns dos que se encontravam no círculo ralo. Os garotos pareciam ser outros, sempre outros, e no entanto, todos sabiam o que dizer – «Ele não ija, não aga, ele não tem u...» Rindo e saracoteando-se. Parando. O Stradivarius disse – «*Pequenina Serenata Nocturna!*» Depois, depois, quiseram recomeçar de novo. E contudo, Paulina achava que não haviam colhido as melhores imagens.

«Não podes voltar cá abaixo e recomeçar do princípio para apanharmos a subida?» – perguntou ela e os três, junto à orla da manta, ficaram à espera.

Podiam esperar. Tinham-se esquecido de perguntar até que horas o estátua contava permanecer imóvel na vigésima terceira jornada, e queriam saber qual era o limite da sua maratona. Mas nada, Leonardo, o grande obstinado, não responderia. Chegava a ser ridículo e inspirava vontade de provocar, obrigando-o a mover-se à força. Ou até puxá-lo, bater-lhe, fazê-lo cair. Aquela imobilidade, por vezes, fazia exasperar as pessoas, mesmo as sensatas. «Ele não responde, não tem oca, não tem issa, não tem u. O *Static* não tem íngua! Podem estar aqui a perguntar, até amanhã de manhã» – disseram outra vez os garotos vagabundos.

Paulina insistia – «Leozinho, era bom subires de novo, colocares as faixas, beijares o punho! Queríamos que, antes de subires, levantasses no ar a faixa que diz *Este Homem Está Querendo Bater o "Record" Mundial. OK?*» – pedia Paulina. Mas ele não dava sinal de ouvir, não respondia. Então resolveram interromper. Voltariam quando se aproximasse o crepúsculo e de novo se estendessem os ramos pelo céu cor de fogo. Desta vez, iriam tirar partido do cabelo branco, muito teso, a resistir ao vento. Nada como um elemento dinâmico para criar a poesia necessária a uma acção. E assim fizeram. A rua ventosa encontrava-se deserta quando

aconteceram os tons afogueados e a brisa morna se intensi-
ficou. «Até que horas aí vais estar? Uma, duas, três da madrugada?» Ele não respondia. Ali estava. Falcão sentia a situação
absurda. Achava que já haviam feito o que era para fazer e tinham
de desandar. Gamito, pelo contrário, entendia que era preciso
regressar mais tarde. Não perdiam nada e ficavam descansados.
A estátua não era de pedra. Se entre as sete da tarde e as dez da
noite tinha havido uma mudança, quando fossem duas ou três,
conseguiriam uma imagem diferente, talvez uma imagem inolvi-
dável. Para ele, se tivesse de desenhar um *story-board* sobre o *Static
Man*, preferiria conhecer as variações integrais.

Leonardo ficou em cima do plinto cujas faixas se despregavam
e as partes soltas batiam. Ficou sozinho. Ultimamente até nem
recorria ao prato, não porque se esquecesse, mas pela simples
razão de que, sem dinheiro à vista, deixavam-no em paz. Só aqui
e além as janelas tinham luz. E naquela noite, queria fazer apenas oito horas e meia, mais nada. Agora, porém, precisava estar
atento às badaladas, porque a rapariga que lhe dizia *Hi Man! São
onze, é uma, são duas*, depois da queda nas escadas não aparecera
mais. Mas ele estava bem, estava dentro da bolha incomensurá-
vel que oscilava com o ar, e tal como o junco inventado por Paulina pressupunha, tudo o que tinha a fazer era manter-se imóvel
contra o vento. Encontrava-se parado de esguelha, para a corrente passar sem o zurzir. A corrente tinha cor e som, como uma
imagem animada, e imerso nela, ele ali estava, organizando a sua
proeza, resistindo, concentrado sobre si mesmo, como confluên-
cia do mundo, diluindo-se no meio desse X que era a sua encruzilhada, sem se importar com a integridade dos seres, coisa que
não existia senão na aparência. Se por si conseguisse resistir e
alcançasse o que desejava alcançar, que era atingir aquele ponto
em que se ficava diluído em tudo como se fosse nada, todos os

outros seres se elevariam, automaticamente, sem mérito nem demérito, apenas por natureza. Pois haver ou não haver, sob as estrelas, uma pessoa dispersa dessa forma não era indiferente ao cosmos. Mas mais nada, absolutamente mais nada, a não ser a vontade de mostrar isso mesmo, através do espectáculo em si. O espectáculo não era pois o mais importante, embora, desse modo, a mensagem da resistência chegasse mais rápido à margem do outro lado.

Ia pensando devagar, para não ferir o estado de suavidade e resistência em que se encontrava, conforme o capítulo doutrinário do *Bio Feedback Training*. A certa altura, porém, quando ainda não havia batido a meia-noite, e o homem da cana-da-índia desaparecera, levado por seus companheiros, viu alguém proveniente do Rossio que se aproximava, e a respiração que mantinha num sopro de vinte actos alterou-se. Pois a pessoa que se aproximava era um homem cujo andar conhecia, e não só conhecia como lhe dizia respeito. O homem aproximava-se cada vez mais. A sua aproximação fazia mais quente a corrente de ar. Deu a volta ao plinto e aos cartazes, à própria manta revolta. Baixou-se para esticar a manta. Apalpou-a, afagou-a. Depois levantou-se. Leonardo pensava – «Não vai dizer nada, vai olhar e vai-se embora, não vai ter coragem...» Mas quando pensava que o momento de perigo já tinha passado, o homem conhecido começou a falar – «Sozinho por aqui? Não tens medo?» E como se tivesse tomado uma decisão qualquer, colocou-se em frente de Leonardo.

3

O homem conhecido aproximou-se mais. Parecia recear que estivesse presente alguém invisível, pois olhava em todas as direcções, mas logo começou a desenvolver aquele raciocínio – «Olha que devias prevenir-te. A estas horas aqui, praticamente sem polícia, sem vizinhança e sem admiradores que te protejam, torna-se uma situação perigosa. Seria bom prevenires-te, por uma questão de prudência. No entanto, não tens medo...» O homem conhecido parecia não conseguir quebrar o círculo das suas próprias palavras, e a Rua Augusta mantinha-se praticamente deserta. Nas laterais, os carros passavam produzindo o mesmo barulho, abrindo uma espécie de faixa a meio do silêncio. O homem avançou na direcção da manta, colocou os pés sobre ela e encheu-se de decisão.

«Pois se tu não tens medo, nós temos medo por ti. Não duvidas que nos inquietamos por tua causa. A cada dia que passa, a vida está mais violenta, o mundo mais ruim, matam-se pessoas por tudo e por nada, e tu aqui sozinho... Porque não vens estar connosco?» – O homem muito conhecido começou a fazer passadas largas, diante da manta. Parava, retrocedia, continuava – «Ainda que a gente saiba que não estás propriamente sozinho. Não ignoramos que tens amigos, que tens protecção, que escolheste viver numa casa rodeada de gente. Mas como sabes, o teu lugar aí é só de passagem, o teu verdadeiro lugar é na nossa casa. O lugar dum filho é junto do seu pai. Já imaginaste o que sofre a tua mãe?» – O homem sobejamente conhecido parou junto do *Static Man*. Parou a olhá-lo. O vento quente da noite incomodava os olhos. À altura das janelas, os cabelos compridos de Leonardo, empapados de branco, moviam-se. O homem retirou os óculos, esfregou os olhos. Disse – «O teu lugar deveria ser no teu quarto. Agora, por exemplo, pegavas em ti e nas tuas coisas e voltavas para a tua casa. Tomavas o teu banho, deitavas-te na tua própria cama. Acordavas quando querias, comias quando te apetecia. Ninguém mais te iria dizer nada. Não imaginas quanto sofre com esta ausência a tua mãe...» Como se houvesse um conluio entre a Rua Augusta e aquele homem conhecido, ninguém passava. Limpava os óculos, pô-los com lentidão. A sua voz aprofundou-se.

«Sofre imenso, a tua mãe. Ah! Como sofre a tua mãe! Desde que tu apareceste aqui pelas ruas, ela meteu-se na cama. Fechou a porta e a janela do quarto. Compreendes o que se passa com a tua mãe – És o filho mais novo dela, o seu benjamim, és o nosso benjamim querido. E agora todos estamos preocupados com a tua mãe. Podias ajudar a ultrapassar isto, vindo ter com ela. Porque não vens daí, com o teu pai? Desce. Vem daí. Deixei o carro na Praça dos Restauradores e vim a pé, pela rua abaixo, vim ter contigo. Vinha pensando...»

De súbito, dois transeuntes aproximavam-se do local, nem olharam, continuaram a caminhar falando e rindo em voz muito alta. Mas só quando tinham descido o suficiente, o homem conhecido de Leonardo continuou. «Vinha pensando – Caramba, que mal lhe fizemos nós? Que mal lhe fizemos, para que não nos queira? E será que apenas não nos quer, que apenas não significamos nada, independentemente de lhe querermos mal ou bem? – Vim eu pensando. Mas mesmo supondo que não te digamos nada, pode acontecer que nos estimes como amigos. Tu serias só nosso amigo. Amigo de teu pai, de teus irmãos e de tua mãe. No entanto, é da tua mãe sobretudo que te falo. Volta para tua casa como se não houvesse parentesco entre nós, regressa como um amigo. Anda, vem...» – O homem conhecido parecia ficar à espera. Mas naturalmente que ainda era apenas meia-noite, e o *Static Man* ainda tinha várias horas pela frente. Não iria responder, não iria dizer nada, nem mover um dedo. Estava ali no seu território, estava ali na sua coluna, num sítio mais alto, num local inalcançável para seu pai. Só a força do vento quente, soprando na sua saia, podia movê-lo.

*

«Para que não haja equívocos entre nós...» – continuou o homem conhecido. «Todos te admiramos muito, todos te elogiamos pela tua força de vontade. E se pensas que não é assim, enganas-te – Acredita que temos falado imenso no assunto. Como sabes, os teus irmãos sempre foram os melhores por onde passaram. Sem que eu ou a tua mãe tivéssemos feito nada por isso, eles sempre quiseram ser os primeiros. Eles foram os primeiros. E verdade seja dita que também não sabemos a quem saem, se a mim, se à tua mãe, porque, afinal, nós também fomos bons naquilo em que nos empenhámos. Também nós dois fomos, se nem sempre os primeiros, fomos pelo menos bons entre os bons. E talvez seja modéstia não dizer a verdade. Porque não? Também nos colocámos no pelotão da frente. Sempre to dissemos, nunca to escondemos. Mas agora, meu filho, tu, passado este tempo, mostras o que vales – Também tu queres ser o primeiro. Queres ser o primeiro na tua disciplina. Aceito. Os teus irmãos aceitam, a tua mãe aceita. Não quer dizer que a disciplina que praticas eu a ache muito relevante, mas que importa é que nessa disciplina, relevante ou não, tu queres ser o primeiro, à frente do primeiro. E isso é interessante. Na verdade, tu não queres ser nem o terceiro nem o segundo, tu queres atingir o melhor lugar do mundo. Poderia ser em direito ou em ciência, mas não faz mal, se é em imobilidade voluntária que tu queres, aceitamos. Não somos pessoas tradicionais, talvez até a tua disciplina signifique, no futuro, algo mais que eu e tua mãe atingimos, mas nisso também somos pessoas versáteis, pensamos que encaramos a alteração dos valores, duma forma que eu diria mais ou menos inteligente. Por isso, aceito. Aliás, aceitamos de tal modo, que a tua mãe pediu que viesse aqui para te dizer expressamente que aceita. Diz agora tu, ao menos, se posso dizer à tua mãe que aceitas que ela aceite...»

O homem conhecido ficou à espera, mas naturalmente que o *performer* tinha a sua meta de movimento muito longe, e não se moveria. A ventania quente levava as faixas e os cartazes, fazendo-os trambolhocar pelo chão. O homem correu a apanhá-los. Endireitava-os junto ao plinto. Um deles, sem qualquer tipo de suporte, tombava. *Por Nada e por Ninguém – Todos Somos o Nada Que É Tudo.* O homem procurou entalá-lo no pano preto do plinto. Quando se ergueu, parecia ainda estar curvado. «Vim pois para te dizer que voltes, vim para te vir buscar. Vem... Não precisas de passar junto da biblioteca que te metia medo nem do piano onde aquela incompetente professora gritava, dizendo idiotias sobre a tua falta de talento, quando tu até tinhas tanto jeito! Não precisas de passar nos quartos dos teus irmãos nem no meu escritório, onde deixaste de entrar. Aliás, a nossa casa está mais livre desde que teus irmãos estão longe, a fazer os seus PhD. Os outros dois estão cá, acabando com excelentes resultados. Os melhores entre os melhores. Para ser exacto, a tua irmã Candi ficou em segundo lugar, por injustiça daquela cambada do Técnico. Naturalmente que não foi por ficar em segundo lugar que ela se pôs depressiva, foi pela injustiça. Está a tomar uns comprimidos. De qualquer forma, tudo estaria bem na nossa casa, se a tua mãe não se tivesse trancado, e ela trancou-se por tua causa... Filho, vem, salta daí para baixo. Vamos recomeçar uma vida nova, pondo tudo no seu devido lugar...» – O homem estendia a mão, mas Leonardo não se movia, só os seus panos batiam em seu redor como se estivessem a secar.

«Ouve-me. Acredita que não considero o teu mutismo um insulto à minha dignidade. Nem exijo que me respondas. Nem exijo sequer que me digas não. Não exijo que saias de cima dessa caixa e me apertes os dedos. Mas sugiro-te. Sugiro-te, em nome da nossa afeição por ti, que me digas uma palavra. Se não me disseres é como se a natureza me fechasse a porta na cara, sem me dar uma resposta. Seria como se a vida tivesse escolhido a tua pessoa para praticar, através de ti, um mal que não mereço...»

– O homem conhecido parecia ter metido o pescoço para dentro do fato como certas tartarugas na carapaça. Tinha empequenecido.

Saiu durante um instante da sua humilhação, endireitou-se e disse – «Mas se não me disseres uma palavra, se nem me estenderes a mão, tem a certeza de que voltarei derrotado por fora, mas de algum modo, altivo por dentro. Ao homem que oferece todas as oportunidades rejeitadas, e não dispõe de outras, não se lhe pode exigir mais nada. A sua consciência permanece limpa e leve. Isto é, se não reagires por tua livre vontade, vou sair daqui muito triste, mas também muito ágil. Com a certeza de todo o meu dever cumprido. E de ti, magro, pintado de branco, vestido de mulher, em cima duma caixa, tu, meu filho, lá deves saber o que fazer de ti mesmo...» – Havia meia hora que o homem conhecido estava ali a falar, a falar sem obter resposta. Depois o homem começou a andar rápido e cadenciado como uma sentinela, entre as duas margens da rua, e por fim pôs-se a rondar o perímetro, a passar apressadamente pelas ruas do Ouro, da Prata, dos Correeiros, espreitando na quadrícula recta. Parecia esperar que o *Static Man* se deslocasse, talvez para o apanhar, talvez para o meter à força para dentro do seu carro, chegou a pensar o *performer*. As caixas e o lixo andavam rebolando pelas ruas, as bandeiras batiam como aventais pelo ar. A certa altura, o homem partiu, não apareceu mais.

4

Leonardo não esperou pelo fim da vigésima terceira jornada. Confiante em que alguém apareceria, não havia trazido dinheiro e agora regressava à Casa da Arara submerso sob a traquitana. Se não fosse tão rijo, teria arreado. Mas não, ele ali ia a caminhar.

Encontravam-se todos no quarto de Gamito, e como o bimbo João Lavinha utilizava por som de nanar aquelas ladainhas reclamantes, estavam tentando decifrar a letra, só para verem até onde iria a loucura do tipo – *Verei a Vossa Face... Saciar-me-ei ao Despertar...* e outros clamores do género que faziam rir bastante. Se ao menos um naco daquela prosa servisse para acompanhar uma sequência do filme sobre o *mass killer* de Almada, ainda por solucionar, acabaria por ter alguma utilidade. E daí, talvez pudesse acompanhar a cena da alugadora dos quartos, sobretudo no momento em que o Lanuit aparecia à porta. Aquelas poderiam ser as palavras dele a seguir à mímica de rato – Riam muito alto, no quarto de Burt Lancaster. Em resposta, o bimbo aumentava o registo do som. Por baixo da porta e através das paredes, aquela coisa agora exprimia-se alegremente – *Ressuscitará! Ressuscitará!* Quando a música ficou daquele modo elevada, viram aparecer Leonardo, arcando com o palco às costas. Paulina encheu-se da alegria que já tinha. «Capitulaste? Ah! Capitulaste! De vez em quando gosto que capitules para ver se ganhas juízo!» O *performer*, porém, vinha completamente esgotado do confronto com o homem conhecido e respondeu, antes de fechar a porta – «*Lick my piss! Kiss my ass! OK, girl?*»

5

Mas a noite não ficaria assim. Falcão, quando se foi deitar, encontrou César metido no seu beliche, embora enrolado na sua própria manta. Acendeu a luz e fez o adoentado sair, para a cama arrefecer, e entretanto o sósia de Dustin Hoffman, cambaleando, encaminhou-se para onde viu luz. A guerra dos sons tinha amornecido, e do quarto que fora de Osvaldo já só vinham uns acordes de música com ordens e chamamentos de que o bimbo tanto gostava. César, contudo, não parecia bem. O cabelo, em geral amarrado à testa por causa do barrete, estava brilhante como se lhe tivessem despejado por cima uma galheta de azeite. Falcão apurou o candeeiro sobre ele e chegou-se mais. «Espera aí!» – disse o cine-repórter amador, acendendo também a luz do tecto. «Já viste como estás? Já viste como tens o corpo? Pá, despe-te lá!...»

César despiu-se e ficou nu, a tremer no meio do quarto, sob duas luzes que não eram grande coisa, mas davam para ver que o sósia do Dustin tinha o corpo coberto de manchas encarnadas. Livre das vermelhidões, apenas ficava o nariz em forma de navalha. Todos se entreolharam. César, entretanto, entregava-se aos olhares dos amigos, cheio de pena de si mesmo, carente de mimo, exibindo onde tinha a maior mancha e donde lhe vinha o maior mal-estar. Paulina pegou num lenço, e protegida por ele ergueu-lhe um braço. «Estás mal, César...» E abrindo a janela atirou o lenço para fora, para o interior do quintal.

César reagiu – «Que é isso, gente? Acham que tenho sarna?» Falcão investigava, aproximando só os olhos. Indignou-se «Estás a ser indecente, não é? Estás a insinuar que sabes o que tens, e que nós é que estamos a exagerar. Ora tu não sabes o que tens.» César sentiu-se ofendido e começou a vestir a trusse e a arrepanhar de novo a sua manta. Gamito tinha estado calado – «Espera aí! Já viste o teu pescoço? Olha as tuas virilhas. Devias baixar já a um hospital...» Burt Lancaster costumava ser pachorrentamente cauteloso e aquela advertência provinda de si, depois da revelação do estado de César, abalava como um toque de campainha. Paulina sentiu que devia ser franca – Quando tinha deitado o lenço fora, era exactamente por pensar que poderia ser contagioso, e uma doença contagiosa deve ser tratada num hospital. Falcão disse-lhe – «Cabrão, sabias que estavas doente e foste dormir na minha cama...» César, sarapintado de manchas vermelhas, segurava a manta pelas costas e olhava os companheiros como se nunca os tivesse visto. «Pá, vocês parecem querer repetir o que fizeram há aqui um mês com Osvaldo, é ou não é?» Mas Falcão não se comoveu, lembrando-lhe precisamente que fora ele o mais culpado, e Osvaldo, por acaso, apenas era um rapaz magro de dentes podres, mais nada. O vício que antes tinha era problema seu e até nem se pegava. Mas César, pelo contrário, apresentava sintomas duma doença que poderia ser grave, e havia-se amalhado durante o dia inteiro no seu beliche, contaminando o ar que ele respirava e também Paulina, que, ainda bem não, lá dormia. E tudo sem dizer nada.

O rapaz parecido com Dustin Hoffman encarou os companheiros de frente. A doença de aspecto assustador emprestava--lhe um ar estranho, e como de repente se enfureceu, seu rosto por um instante ficou roxo e sinistro. Paulina começou a choramingar de olhos esbugalhados, as duas mãos sobre o coração – «Com quem dormiste lá no restaurante? Diz com quem dormiste. Isso foi coisa de cama...»

Falcão não esteve com meias medidas. Dois dias antes ele não os havia criticado por não terem chamado o 115 imediatamente, quando da patroa? Pois era o mesmo que deveriam agora fazer, para o levarem a ele. E o repórter desceu ao *hall* da arara e explicou o estado do rapaz a quem atendia o telefone. Não, não estavam controlando a febre, nem possuíam termómetro em casa, mas acreditavam que o doente ardia nela já havia uma semana. Em cima, César tinha deixado a manta cair pelo chão e vestia uma roupa normal, aparvalhado. Não queria crer no que lhe estava a acontecer. Paulina disse-lhe que levasse consigo as coisas mais íntimas e necessárias, incluindo o *queijo flamengo*, porque nunca se sabia o que poderia acontecer num hospital. E para que diabo de hospital iria? Quando o ruído da ambulância, amarrando, estacou à porta da casa, César abriu-se num pranto.

Os dois homens ainda olharam para Paulina, esperando que ela cedesse ao instinto de o amparar, de o socorrer, porque sempre era mulher. Mas mulher também era pessoa, também gostava de se proteger a si mesma. César não desceu encostado a nenhum ombro. Desceu raspando as paredes que ladeavam a escada, com um saco de napa a tiracolo. Quando entrou na ambulância, olhou para trás, para a porta da Casa da Arara, e não viu nenhum rosto.

CAPÍTULO DÉCIMO SEGUNDO

1

Desde o dia da inundação que César ocupava o lugar que lhe competia. Antes não fora possível identificá-lo. Mas a partir daquela tarde já longínqua, naturalmente que o seu percurso se transformara num trajecto individual e próprio. O seu destino encontrava-se como o dos outros espalhado em forma de nervo pela empena da parede. Se o seu traço se suspendia era por pura coincidência. Eu nunca disse – Não o amparem, não o abracem, não o beijem, não o conduzam até à porta da Casa da Arara. Naquela noite, o rapaz parecido com Dustin Hoffman cruzava-se por acaso com Eduardo Lanuit. Os dois disputavam a sua vez, de formas diferentes. Bati sobre as teclas amorosas da *Remington*.

Pois Lanuit sentou-se no Café Atlântico, queimando tabaco, e agora tinha a certeza de que, ao invés dum sonâmbulo, agia acordado, como se estivesse a dormir. Ainda na noite anterior, havia sonhado que se encontrava a terminar o livro *Alguém Nos Amará mais tarde*, e o acto de escrever sobre toda aquela gente verdadeira era consistente e nítido como a mesa onde agora apoiava os punhos. Mas quando acordou sozinho, ao lado duma boneca espanhola, tudo lhe pareceu vogar no espaço, com a desligação

305

temporal dum sonho. A causa e o efeito, na sua vida, estavam sem relação, disse Eduardo Lanuit. O que tinha acontecido? Sinceramente, não sabia. O que mais o chocava é que Julieta não havia tomado comprimidos, e no entanto tinha-se deitado em cima da mesa para morrer, o que custava a aceitar, no caso duma mulher pragmática e realista como era a dele. Se não soubesse que tudo aquilo se parecia pelo menos com metade dum sonho, não teria aguentado tanta humilhação. O médico tinha vindo ao corredor dizer-lhe – «Isto é o que se pode designar por uma fita por parte da sua esposa...» Depois as irmãs dela haviam aparecido e tinham-na levado, afastando-a dele, com o ímpeto de quem a salvasse dum matadouro. Não era verdade que tudo isso tinha apenas a lógica dum sonho?

Mil vezes sim – Era um sonho, dizia o antigo resistente, vergado sobre a mesa do Café Atlântico. Ele tinha voltado para casa e pusera-se a fazer telefonemas, mas a cidade estava deserta das pessoas que desejava encontrar e as que encontrava demoravam imenso tempo a reconhecê-lo ao telefone. Tinha mesmo procurado um velho amigo que trabalhava numa seguradora. Fora esperá-lo à porta dos escritórios da Almirante Reis, mas o aspecto de Lanuit deveria ser mau. O outro, como dispunha de pouco tempo para ouvi-lo, e percebia que a conversa iria demorar, tinha metido a mão ao bolso, oferecendo-lhe uma nota rápida. Lanuit empurrou a nota. O outro voltou a recolocá-la no mesmo sítio, retomando a conversa – «Sim, então diz lá...» Naturalmente que, se ele próprio não estivesse a ser uma figura de sonho, teria ao menos explicado. Lanuit, porém, disse que também ele se encontrava atrasado.

O que estava então a acontecer na sua vida? A relação causa-efeito havia desaparecido, ou era só o seu olhar que estava a mudar? Tinha voltado a casa para mexer em papéis, pusera-se a

ler a carteira dos seus contactos e, de súbito, os olhos haviam-
-lhe caído sobre um formulário enviado, fazia tempo, por uma
distribuidora de enciclopédias de venda porta a porta. Correu
para o endereço, e quando se aproximava do local indicado, pensou haver um engano no número, pois apesar de ser tempo de
férias, uma fila compacta descia até à rua, como numa repartição
pública. Verificou o número, e era aquele mesmo. A fila de gente
que se encontrava à sua frente pretendia como ele um trabalho.
Naquele caso, o que deveria ter feito uma pessoa em seu estado
normal? Deveria ter permanecido ali, a pé firme, aguardando a
sua chance. Mas não, pelo contrário, Lanuit tinha-se afastado,
como num falso epílogo de sonho. Pelo caminho, uma ideia fixa
empurrava-o na direcção do *hall* da Casa da Arara. Puxou por
uma cadeira, sentou-se junto ao telefone e ficou à espera.

Amanheceu junto ao telefone. A ideia fixa era esta. O interlocutor daquele restaurante tinha-lhe dito mais ou menos o
seguinte – *A empresa vai procurá-lo, ao longo de dois meses, todos os
oito dias*. Não tinha a certeza de que a prioridade fosse essa, até
poderia ter sido de quinze em quinze, pois estupidamente havia
fixado esse informe com a imprecisão de quem decora os sinais
duma ameaça, desconhecendo que em breve haveria de pensar
nessa periodicidade em termos de salvação. Estava junto ao telefone e só queria que ele tocasse. O seu pensamento tinha deixado de se assemelhar a um espaço racional, para ser apenas um
estado sensível. Ou melhor, toda a sensibilidade do raciocínio
límpido de Lanuit estava virada como os braços duma anémona
para o toque do telefone. Ia ao ponto de dizer em voz alta –
«Toca, toca, toca...» E na verdade, por fim, tocou. O seu corpo
cobriu-se de suor. «São eles» – tinha pensado Lanuit, deixando
tocar duas vezes. E eram. Precisavam de Lanuit com urgência, não havia tempo a perder, e sendo assim, dali a duas horas

deveria encontrar-se com alguém, em frente da Ferrari. Pousou o telefone – «Precisam de mim. Afinal alguém precisa de mim. É possível que alguém precise de mim e ainda por cima com urgência? É bom o que me pedem, afinal não implica que mate ninguém. Trata-se dum serviço como os outros. Sim, vou já, pois alguém precisa de mim...» Aliás, voltando ao seu treino anterior, ao treino de resistência, lembrava-se de como era necessário a concentração apenas num ponto – «Não falarei, não falarei, não moverei a língua, não tenho língua, o meu esófago termina num tubo, não termina em boca, não termina em lábios, não termina em língua...» Era isso que pensava, enquanto vestia o seu fato castanho, o único que possuía. Oito dias atrás, e Lanuit teria confundido aquele relato verdadeiro com uma história de fantasia bárbara, disse ele. O estado de sonho permanecia. Por bem ou por mal, não o desamparava.

2

Desta vez não havia sido marcado nem almoço nem jantar, ainda que o encontro devesse ocorrer à porta da Ferrari. Afastado do umbral, ele pensava – «Alguém me vem buscar para me entregar uma caixa de fósforos e um ramo de acendalhas. E um mapa do rio. Tenho a certeza que me vão pedir para atear fogo a uns barracões imundos que se encontram junto ao porto, cheios de tralha e bicharada. Talvez até eu vá fazer um acto de justiça. Mas antes de mais, uns fósforos ou um isqueiro, rápido, rápido...» Tinha chegado cedo de mais e estava à espera no local combinado. Quem viria dar-lhe instruções seria um *cérebro*, seria um *chagas*? Foi um tipo de aspecto banal quem veio na sua direcção.

Mais banal foi o que disse – «Vamos procurar aí um poiso onde se possa parlapiar umas ideias? Se você não se importa, vamos por aqui...» E tinham começado a descer a Rua Garrett. Lanuit olhava para a silhueta daquele homem que parecia não fazer exercício havia vários anos, e não encontrava jeito, nem no saco que trazia a tiracolo nem nas algibeiras que abriam para os lados, de transportar consigo fósforos ou acendalhas. Passavam pela porta do GRANDE ARMAZÉM donde saíam umas mulheres apressadas, e o indivíduo pesado pareceu hesitar. «E se atravessássemos por dentro? Escusávamos de dar a volta. Não só aproveitávamos a escada, como eu até ficava a saber se a minha mulher não terá cá deixado a maldita duma agenda, que está farta de procurar e encasquinou tê-la largado por aqui...» Sim, podiam atravessar por dentro do armazém, ainda que aquela intromissão de banalidades tão corriqueiras, num momento tão exaltado da vida, pusesse Lanuit ansioso. Comparando este homem que o conduzia até aos fósforos e à acendalha com aquele que o tinha contactado no restaurante, o outro atingia a subtileza dum filósofo alemão. Mas não faria mal, entrava pela porta do estabelecimento donde só saíam mulheres, pensando no seu objectivo – Fósforos, isqueiro, acendalhas.

«Oh! A senhora aí...» – disse o indivíduo, aproximando-se dum balcão à entrada, repleto de tecidos a monte, mas sobre o qual se lia *Caixa* e *Recepção* com letra de antigamente. «Por acaso não foi entregue aqui uma agenda pertença da minha mulher?» A senhora era muito velha, apesar de muito mais nova do que a atmosfera do GRANDE ARMAZÉM, mas estava fantasticamente pintada, com a boca vermelha em forma de asas de borboleta. Custava a mover aquela coisa carmim que se espalhava pela cara, e com um gesto aprendido por certo junto de vedetas já mortas, disse que não, mas que, se desejassem, procurassem pelos balcões onde essa senhora tinha estado. O indivíduo respondeu que iria procurar. Por instantes, Lanuit pensou que encontrara à porta da Ferrari a pessoa errada.

«Errada?» – Espantou-se o indivíduo gordafudo, encarando-o de frente. «Pois que porra é esta? Você deve ter ficado avariado com a história da sua mulher. Olhe que não lembra ao diabo... Deve ter sido cá uma mocada no estômago dum gajo!» – disse o homem, olhando para o chão de madeira, sobre o qual havia vinte anos ninguém espalhava um grama de cera. Não restavam dúvidas. Aquele era o *elemento* que lhe mandavam. Também pouco se importava que o homem soubesse da sua vida. Interessava-lhe apenas que fosse o homem. Em breve iriam encontrar-se com alguém que tivesse fósforos, isqueiro e acendalhas. Enquanto não chegava a hora, procuravam a impertinente agenda através do grande estabelecimento do século passado. Primeiro entraram nas cabinas de telefone onde ninguém punha desodorizante, e que, de fechadas e mal limpas, cheiravam a choça, depois o gordafudo pensou em voz alta que a mulher tinha estado no bar. Subiram ao terceiro piso, onde havia um bar improvisado que imitava o convés dum navio cercado por bóias e cordas. Também lá não estava. Mas dali via-se bem a estrutura grandiosa do armazém, os seus tectos altos, os seus vidros amplos. Então ele disse – «Quem mandou fazer esta casa tinha a mania que era um republicano democrata, mas depois deu com os burrinhos na água. Afogou-se em estadão, anões, gigantes, pândegas e mulherio. O que ficou foi isto...» Sim, a agenda era um objecto importante, e por isso iriam ainda subir, procurar sistematicamente, trepar ao último piso onde havia móveis dum lado e artigos de desporto do outro, quase sem ninguém.

Os móveis eram poucos e dançavam entre umas filas de carpetes de flores miúdas, penduradas. Parecia a nave duma mesquita abandonada. Mas tinha de ser, pois a mulher do indivíduo poderia ter passado por ali à procura de qualquer coisa. Aliás, a mulher dele parecia ter estado em toda a parte. Poderia ter estado no piso das loiças, onde os antigos elevadores passavam em forma de gaiola entrançada. Tinha estado de certeza no balcão dos brinquedos, no canto dos livros, junto às janelas, e o homem ia explicando às empregadas – «Não entregaram aqui uma agendazinha de pele preta? A minha mulher é sofazeira e apontava lá todas as moradas...» Até que, por fim, tinham ido aos sanitários. Uma empregada levou-os aos *toilettes* das mulheres e escancarou as portas para poderem procurar a agenda. Ia pouca gente ali. O indivíduo até se agachou junto ao cesto dos papéis, mirou atrás da sanita. Depois ele mesmo se enfiou no WC dos homens e saiu de lá a olhar para o chão. Boas madeiras, nogueira e carvalho, mas tudo maltratado, tudo numa desgraça, dizia ele. Desceram pela escada, olhando para o corrimão, e como caminhavam à procura da agenda miserável, no sentido descendente, depararam com o espaço de saída para a Rua do Ouro.

Tal como à entrada da Rua Garrett, também aí se aglomeravam mulheres à volta de tecidos em saldo, espalhados por cima de balcões de madeira, amplos e intermináveis. Junto aos perfumes, encontravam-se raparigas jovens que pareciam réplicas netas da senhora velha, lábios asa de borboleta cor de carmim. A maquilhagem era outra, bastante diferente, mas também custavam a mover a boca. O homem perguntou pela mágica agenda. A rapariga devia ter entalado na garganta um frasco de perfume francês. Apenas olhou distante e abanou a cabeça como se não os visse. Esse facto desencadeou o fogacho de cólera do indivíduo banal. Virou as costas. «Você vê isto? É um equilíbrio de trampa, está tudo a abanar, os panos não prestam para nada, as roupas só servem para sopeiras, estas vendedeiras são umas peneirentas desgraçadas, mal preparadas, mal pagas. Aqui não entram aparelhos há mais de cinquenta anos. Os telefones devem ser os mais recentes. E dizem estas desgraçadas que não viram a agenda. Viram, viram, mas limparam o cu com ela. É tudo uma trampa em decadência...» – O homem tinha-se feito vermelho. Lanuit, porém, havia fechado as portas do seu raciocínio social e só sentia, exactamente como as franjas da tal anémona. Rapidamente, o que ele queria era uma caixa de fósforos maneirinha, um isqueiro *Zippo* e umas acendalhas. Porque os expositores repletos de chapéus, postos junto ao tecto como cabeças ao vento, os montões de tecidos caídos dos rolos, as montanhas de *chiffon* a metro que as mulheres faziam desdobrar diante delas, entravam pelo coração de Lanuit, com a violência duma evocação antiga. Sem querer, sonhos, viagens, corpos magros, beijos, paquetes de mugidos longos, elevavam-se no ar como um todo. Pois uma beleza sublime unia as roupas, as madeiras, as palhas, tudo envolto na luz velada dos vidros altos e acompanhado pelo solene pisar dos tacões femininos. No entanto, para aquele homem grosseiro, que não havia encontrado a agenda, barafustando sem cessar, tudo era um monte de esterco e decadência. Mas isso de momento, a ele, não lhe interessava. O que Lanuit queria era sair dali para ouvir o que um outro indivíduo tinha para lhe dizer sobre fósforos e acendalhas. Olhou o relógio. Parecia impossível – O gordafudo tinha-o feito vaguear por ali dentro durante quase uma hora. Estava a deitar o GRANDE ARMAZÉM pelos olhos.

Mas o indivíduo banal virou as costas e colocou-se do outro lado da Rua do Ouro, ainda a olhar para a fachada. Esteve algum tempo a contemplá-la. «Viu? As portas das cabinas telefónicas têm a abertura alta, são quase opacas, e nas casas de banho das mulheres, no segundo piso, pouca gente lá vai. As que precisam aproveitam junto ao bar, naturalmente. Coisas de beber e urinar sempre andam associadas Mas os tecidos, por azar, encontram-se longe, encontram-se no primeiro e no último andar...» – Ainda não tinham saído da Rua do Ouro. «Vamos?» – disse Lanuit, impaciente. O outro encarou-o, surpreendido.

«Vamos para onde?» O gordafudo até parou. «Disseram-me que você é um tipo inteligente. Você acha-se tal?» – perguntou o indivíduo, menosprezando Lanuit, passando-lhe os olhos pelo mesclado do fato castanho como se o pespontasse. «Homem! Você ainda não percebeu que visitou o local que tem de reduzir a nada?» – O homem gozava a surpresa de Lanuit com perversidade de criança, e ao dizer *Nada*, atirava o *N* como uma pedrada. «Você ainda não percebeu que já começou a ser pago para isso?» – Agora o banal olhava muito sério, muito frio, na direcção do GRANDE ARMAZÉM, avaliando o edifício de alto a baixo, com a metodologia dum guarda. Depois, avançou pelo passeio da Rua do Ouro afora, como se Lanuit devesse fazer um treino para acompanhar o absurdo.

3

A conversa que se seguiu ocorreu rápida, durante um café, ao balcão da Casa Chinesa. Aquele indivíduo não trazia fósforos nem acendalhas nem isqueiro de qualquer marca. O indivíduo trazia um envelope com razoável volume, e entregou-lho ao passar-lhe um maço de cigarros. O homem disse – «Resta-lhe muito pouco tempo, quando podia ter começado uma semana atrás. Repare que tem de estudar graus de queima, tipos de combustível a utilizar, os lugares onde depositar os ninhos de incêndio, o tempo de combustão, o seu próprio plano de entrada, e também o plano de saída. Você não pode ficar lá dentro quando a coisa for ao ar. Isto é muito importante, não por si, mas pelo plano de quem lhe paga... Como pode compreender, tem de ser uma deflagração natural...»

Sim, o raciocínio de Lanuit estava concentrado naquele objecto e naquele plano, as palavras do elemento que lhe parecera banal funcionavam como um roteiro de assalto, e o homem falava com o à-vontade e a discrição de quem ainda procurasse uma agenda. «Viu como se faz?» – dizia aquele homem tão soberbo e afinal tão *chagas* quanto ele. «Mas agora não repita o estratagema, pois duas agendas já seria de mais» – O elemento da alma banal abandonou-o, dizendo-lhe que não se voltariam a ver, a não ser por acaso, só por acaso, e se acontecesse, naturalmente que ambos estariam de memória perdida, desde há muito. Pelo menos, desde o dia em que tinham saído das pancinhas das suas mães adoradas.

Era tal e qual um sonho. Havia voltado à Casa da Arara e ela prolongava-se por um espaço que não tinha fim. Os muros do quintal, entre os quais ainda se encontravam lençóis, abriam-se e prolongavam-se por um deserto fora até às portas de locais longínquos como Berenice e Hoggar. Por mais que ele quisesse atingi-los não conseguiria, andando a vida inteira, tanto a que lhe pertencia, quanto a de todos os que a quereriam alterar. Ao longo dessas paredes caiadas pela cor do deserto, os homens erguiam-se prisioneiros e tombavam escravos. Saíam da superfície da Terra, lutando para se libertarem, mas a ela regressavam, sendo sempre de novo e de novo ainda escravos. A verdade era o deserto. A humanidade parecia-lhe uma *espécie* como as outras, criada apenas para enfeitar a superfície arável da Terra. Com esse pedaço anacrónico de sonho na cabeça, entrava na casota do quintal e pensava – «Aqui trabalhei eu...» Mas não queria lembrar para quê nem sobre quê. As letras que tinha escrito pela parede assemelhavam-se a caracteres duma escrita suméria que jamais conseguiria ler. Lanuit saiu para fora da casota e ouviu passos. De quem? – pensava, sentindo todas as coisas afastadas do seu centro e do seu pé.

E no entanto, como a Casa da Arara ainda se encontrava povoada, pois além do deserto da sua porta existiam ruas e uma

cidade viva. Ali iam, escada acima, umas quantas figuras semelhantes às reais. Eram os rapazes que sua mulher albergava,
vivendo em horda, que subiam, e reparando nele, troçavam do
fato castanho que tinha vestido. «Olha, olha, o Lanuit de fato e
gravata!» – diziam, tal e qual como nos sonhos. Mas ao invés do
que sucede nesse estado, em que o sujeito, entregue à sua natureza mais pura e primitiva, sempre se afasta do que teme, Eduardo
Lanuit perseguia desassombrado as figuras que o amedronta-
vam. Queria investir contra elas. Assim, pela primeira vez, estava
subindo as escadas que iam ter à única fonte de rendimento
de sua mulher. Queria ver de perto esses rapazes, essa gente de
quem ele mesmo se alimentava sem nunca ter tido a consciência disso. Subia as escadas, subia-as sem degraus, agarrado a um
não corrimão. Ao chegar lá acima, os rapazes encontravam-se
metidos cada um em seu quarto, com as portas abertas. A partir
do interior de cada quarto, os rapazes olhavam-no às gargalhadas sem som, como nos sonhos. Um deles, forte, desengonçado,
com os aros dos óculos pardos, falava na sua direcção. Da única
porta que estava fechada, saiu um rapaz de preto com uma pasta
reboluda. Além estava a rapariga escafandro, ali encontrava-se o
funâmbulo deitado, de pernas erguidas no ar. Em redor deste,
amontoavam-se bisnagas, boiões, roupas, cartazes pendurados das paredes. O funâmbulo encontrava-se imóvel, de olhos
fechados. De resto, todos os outros vieram à porta dizer alguma
coisa agressiva a Lanuit. Como nos sonhos, durante um tempo
indeterminado, Lanuit e seus adversários tinham-se acariciado
roçando as gengivas, mas não se haviam mordido – Lanuit entrou
no quarto da *Remington*. Consultou o mapa que se espalhava em
torno das paredes, que atingia as arestas, prolongava-se por cima
das portas, mas não enxergava seu nome, não sabia que havia riscos naquele jardim simulado que tinham a ver com a sua vida.
Era um pobre homem em desespero de causa. Podia deitar-se

ao comprido sobre a cama gigante, dormir ali mesmo sem dizer palavras. Desde que quisesse, poderia falar directamente para o leito metálico da *Remington*. Eis os dedos, os sabugos dos dedos, esmagando as quarenta teclas.

4

Afinal, de quantas pastas dispunha João Lavinha, e o que levava dentro delas? A princípio pensavam que ele só usava uma, mas já o tinham visto sair com duas e agora, cerca das onze da noite, viam-no sair com três. O que mais espantava é que a terceira, naquela noite, era levada pela mão de Purificação. O que significava que a serviçal não só passava a maior parte da manhã a fazer limpeza no aposento do bimbo, descuidando cada vez mais os direitos dos outros hóspedes, como ainda mantinha relações nocturnas com ele, através da terceira pasta. Paulina estava de queixo aberto de espanto, e apetecia-lhe dizer – «*Shit* para este bimbo de merda!» Mas não ia dizer nem uma palavra, não ia poluir a atmosfera da casa, pois o *Static Man*, finalmente vencido, tinha-se entregue à sua orientação. Conforme ela havia determinado, Leozinho estava a ser seguido por um médico cardiologista, por um nutricionista e por um mestre em técnicas de relaxamento Wa-Do e Kum-Nye, tendo aceitado a disciplina que lhe era imposta, pela simples razão de que não se afastava da que ele mesmo seguia. Aliás, sozinho, preparando-se no meio de toda aquela choldra de gritos, já ele havia batido nove horas e trinta. Por que razão não haveria de bater um pouco mais, quando estivesse cercado dos cuidados de tanta gente, incluindo a estação oficial de TV fixada sobre si? Na tarde anterior, passara no local que ele mesmo havia escolhido. Como os meteorologistas previam nova calmaria para o dia marcado, Leonardo tinha andado com a caixa às costas até atingir o azimute excelente. Andou, andou e pousou a caixa sob o arco. Começaria às sete da tarde e iria até às cinco da madrugada. Ele gostava de trabalhar de noite. Paulina tinha obtido licença para colocar cordas em volta da manta, e havia a garantia de que dois polícias da esquadra do Rossio patrulhariam o recinto. Estava assegurada a presença dum delegado do Governo Civil, uma figura idónea da vida pública, um funcionário duma agência de viagens, e a presença dos dois ingleses, representantes da Organização dos Records. O problema que se punha com o local, que tinha estado em vias de não ser considerado válido pelos patrocinadores, prendia-se com o ruído próprio da zona. Como se poderia diminuir o tráfego do Terreiro do Paço?

Mas o *Static Man* fora categórico – Aquele era o ambiente sonoro exacto. «Yeah! Ou aqui, ou em lugar nenhum» – tinha dito, sem acrescentar mais nada. Leonardo não iria explicar a pategos, sem transcendência mental, que o barulho dos eléctricos não o prejudicaria, pela simples razão de que ele gostava de ouvir o ranger dos metais, estimulando-lhe a imagem da grande desintegração interna. Sentir esse guinchado era melhor do que ouvir o ruído da vara do António Stradivarius raspando as cordas. Metais e arranhamentos faziam-no sentir-se no meio da grande migração dos átomos até à pacificação no nada, entrando na igualdade do cosmos, conforme o último capítulo do *Bio Feedback Training*. Por alguma coisa a banda sonora que o acompanhava provinha da ópera rangente *Einstein on the Beach*. Mas tinha advertido – «Yeah, girl, yeah! Diz aos tipos que quero que seja debaixo do arco da Rua Augusta, mas nada de ligações com aquela divisa que lá está em cima no frontão. *OK?* O *Static Man* não tem nada a ver com aquele caso dos antepassados...» Aliás, ele ficaria de costas para a praça, com o rosto bem apontado a poente. Tinha sido escolhido o 17 de Agosto. A corrente quente do Golfo iria empurrar até ao arco um vento fraco que não ultrapassaria, nem pela noite dentro, os 15 quilómetros horários. O céu estaria limpo, a temperatura oscilaria entre os 20 e os 30 graus, e a Lua encontrar-se-ia em seu melhor minguante, não o importunando com excessos desequilibradores. «Yeah! É este o lugar e este o dia!» – tinha dito Leonardo à *manager* Paulina.

5

Agora encontrava-se preparado para dormir. De facto, Paulina cumpria o prometido – Havia silêncio na Casa da Arara. Apenas no regresso do bimbo vinha outra vez a melodia de adormecer – *Ressuscitará! Não haverá mais noite, não mais se precisará de lâmpada.* De forma moderada, o som subia e descia atravessando as paredes. Felizmente que, antes de adormecer, João Lavinha desligava a música e o andar ficava em paz.

Acordou cheio de calor. «Calma aí, boy! Não te estarão a comer as papas na cabeça? Afinal estás mesmo a fazer o que alguém quer, que não tu! Mas e tu mesmo não queres? Que porra é esta, boy, que andas perdido entre o que queres e não queres?» – Leonardo sentou-se na cama a pensar no escuro.

De fora vinha o ruído dos tipos que deixavam o Luna-Bar, onde a partir das duas muitos ficavam a passar-se, mas quem falava e ria alto deveria ser gente da Sumaúma. Às vezes não sabia bem por que razão não era antes um daqueles tipos. O que é que lhe tinha dado para ser diferente? Por que diabo estava aplicando a força de vontade daquela forma? A verdade é que lhe apetecia estoirar com todos os limites e não sabia como. Com essa metida na cabeça, tinha enveredado por aquela estrada e não era má.

Só que não queria, tal como aqueles que caminhavam aos gritos pela rua, estar ao serviço e ao mando fosse de quem fosse. Isso ele sabia. Pensando bem, agora até concluía que era muito semelhante àqueles. Era ou não era? Bastante gozado – Dois dias antes de tentar bater a maratona, apetecia-lhe abrir a janela e gritar para a Rua da Tabaqueira – «Hey! Vocês aí, companheiros. Vejam como somos todos iguais!» Mas não ia fazer isso, quando o princípio da sua escolha se tinha fundado no desejo absoluto de ser diferente.

Pensou aos círculos, como se o raciocínio se encadeasse por argolas de ferro, e resolveu experimentar a concepção dum novo cartaz. Acendeu a luz. Às braçadas, por entre as dezenas de objectos pendurados, procurou cartolina preta, escantilhão e *spray*, e desenhou – *Este Homem não Está Disposto a Bater o «Record» Mundial de Imobilidade Voluntária*. Depois, agitou a cartolina para que secasse e pôs-se a contemplá-la. Não se sentia mal ao ler – Era a verdade. Preferia muito mais ter continuado a cumprir o plano de contracenar com Paolo Buggiani, num bairro de Nova Iorque, do que ultrapassar um *record*. Havia ali alguma coisa que não batia certo, mas também não sabia esclarecer, muito menos conseguiria explicar a Paulina – O *performer* escondeu o cartaz debaixo do colchão e procurou dormir.

6

Acordou com Paulina a entrar pelo quarto, desgrenhada, descomposta – «Leozinho, estamos perdidos. O *record* acaba de subir para quinze horas. O sacana dum indonésio conseguiu isso...» Paulina estendeu-se de bruços na cama do *performer* e começou a soluçar. A cama estremecia com os soluços da rapariga. O que ela tinha feito, quantas voltas não tinha dado, quantas pessoas não havia envolvido, e de repente acontecia uma coisa daquelas. Um tipo, do outro lado do mundo, driblava-os, roubava-os, espoliava-os do seu êxito. Como iria tornar-se pública uma desistência dessas? Como? Que vergonha! A parede estava repleta de recortes de jornais, tudo a subir, tudo a crescer em torno de Leozinho, e agora, tudo caía a pique! – Havia sido miseravelmente traída por um tipo raquítico, de maçãs altas e olhos em bico. Paulina não conseguia aguentar. Chorava desesperadamente. O bimbo Lavinha, já de pasta e fato escuro, tinha-se aproximado da porta, e a ele juntava-se Gamito, o gatarrão, e o repórter, sem óculos, desengonçado, também eles quase nus, os dois de tanga. Era de facto uma grande porrada na vida do *performer*, pensavam. Mas Leonardo concentrou-se um bocado, segurando a cabeça entre as mãos, depois deixou que os cabelos lhe cobrissem a cara, e de súbito sacudiu-os para trás, fazendo com eles o movimento de uma onda grande que se afasta. «Malta! Isto é assim... Yeah! Esse desafio interessa-me – O *Static* vai em frente, o *Static* vai tentar ultrapassar essa barreira de som. O *Static* vai fazer quinze horas de imobilidade, em cima do seu palco. Yeah, yeaaaaaah!» – decidiu Leozinho, saltando da cama e dirigindo-se para o espelho.

CAPÍTULO DÉCIMO TERCEIRO

ⱷↄ

1

A tentativa de bater o *record* mundial coincidiu com a vigésima sétima jornada. Eram cinco horas da tarde. O *Static Man* imobilizou-se minutos antes, mas estava acordado que só começaria a contar a partir do momento em que o relógio do arco da Rua Augusta desferisse a primeira das badaladas.

Agora sim, a grande maratona estava a ter o seu início. A zona pedonal fora interrompida, e os transeuntes mais apressados passavam por outras ruas para não incomodarem a corrida. Paulina e a organização tinham espalhado avisos nas zonas limítrofes para que se soubesse o que ali decorria, e dois agentes da polícia passeavam ao largo. O operador de câmara da televisão oficial encontrava-se em seu poleiro, fixando o rosto de Leonardo. Junto à barreira das cordas uma multidão aglomerava-se, mas dentro dela apenas o mestre de técnicas Kum-Nye e Wa-Do podia entrar. Só ele saberia quando alimentá-lo, e quando e onde aplicar as massagens. Durante quinze horas, o *Static Man* apenas poderia arfar o peito ao ritmo da respiração e mover o globo ocular. Qualquer mensagem que viesse a ser dada por Leonardo ao mestre teria de ser, precisamente, através do movimento dos olhos. Paulina segurava um mapa em tamanho natural com o corpo do *performer* desenhado. Através das batidas das pálpebras e da trajectória da vista, Leonardo daria indicação da zona que o mestre deveria auxiliar com gelo, fricções e massagens. Além disso, a ambulância encontrava-se nas imediações, por precaução. De facto, aquela era a primeira vez que Leonardo tentava manter-se imóvel durante quinze horas seguidas. Difícil, muito difícil, já que até ali o seu máximo fora de nove. No entanto, ele tinha a certeza de que iria ultrapassá-las. Da expressão fisionómica adoptada, constava o traço da absoluta serenidade. O estátua sabia muito bem que até um sorriso, mesmo irónico, poderia prejudicar. As coisas seguiam bem. Nas suas costas, eléctricos e autocarros passavam, mas ele estava além, muito mais além, fazendo a prova de incorporação dos ruídos dos carris e das rodas na grande vigília mental. As pessoas que acompanhavam mantinham-se em silêncio religioso – Afinal, naquele instante, diante do país, em pleno Agosto, com o apoio de dez *sponsors* importantes, um português estava tentando bater um *record* mundial. Quem poderia sair dali? Uma vez atraídos, era como se aquele espectáculo tivesse azougue, não podia a pessoa despegar-se dele. Um pouco afastadas, duas raparigas puseram-se a cantar.

E já tinham soado as sete, as oito, as nove e as dez. A noite estava caindo. Quando as pessoas desprevenidas eram informadas que o *Static Man*, para ganhar, teria de permanecer assim até às oito da manhã seguinte, ficavam aflitas, algumas cheias de compaixão. A imobilidade parecia-lhes um estado tão contra-natura quanto a extinção do corpo pelo fogo. Algumas afastavam-se do círculo para comentarem que se tratava dum homem explorado por uma organização de lucros, não acreditando que alguém se submetesse àquele tormento por deliberação pessoal. Os momentos em que o mestre se dirigia com o tubo da alimentação e o introduzia entre os lábios, resultavam em grande crueldade porque lhes lembrava que era gente. Era melhor quando não lhe davam de comer nem beber nem lhe massajavam as barrigas das pernas, porque ao menos assim, por instantes, tinha-se a ilusão de que não se tratava de pessoa. Persistente como ele, a câmara da TV oficial iluminava-o e vários repórteres de rua andavam cá e lá, seguindo a *performance* estática. As rádios funcionavam de longe com pequenos apontamentos. As raparigas voltaram a cantar, duas mulheres velhas começaram a passar as contas, em silêncio, três homens trouxeram garrafas e, de longe, puseram-se a beber. Só cerca das duas da madrugada, alguma assistência começou a dispersar. Ainda faltavam seis.

«Não sei se vou conseguir dormir!» – Em frente balouçavam quatro fragatas inglesas, e escarranchado à superfície, mantinha-se o porta-aviões americano. Nada disso interessava. «Como é que uma pessoa vai conseguir descansar, sabendo que este rapaz está aqui?» – disse, alto de mais, uma mulher de aspecto varonil, com a voz entaramelada de emoção. Ia abalar Terreiro do Paço fora, mas percebendo que seria inútil deitar-se, a mulher regressou ao círculo próximo das cordas, onde ainda se encontravam os miúdos vagabundos, bem como António Stradivarius, a quem haviam pedido que não tocasse, ao contrário do que desejava o próprio *performer*. Gamito e Paulina ocupavam cadeiras de lona ali postas para o efeito. Falcão chegaria mais tarde, para captar apenas umas passagens, a pedido de Paulina – Ele tinha imenso que fazer, pois enquanto Leonardo estava ali bem imóvel, a cidade movia-se. Como se movia! Os elementos do júri não cabeceavam. O idoso da cana-da-índia, sem acompanhantes, apoiava-se na bengala e de vez em quando fazia círculos com ela. Descia, subia a Rua Augusta, aproximava-se das cordas, tocava nelas, eram quatro da madrugada.

*

Agora sim, a cidade entrava no período de silêncio e os meteo-rologistas tinham previsto com rigor – A temperatura era amena e nem uma brisa passava. Do Tejo elevava-se uma maresia doce que despertava as narinas. Mas todos sabiam que estavam che-gando as horas críticas para o *Static Man*. O mestre aproximava--se com o mapa, perscrutava o olhar de Leonardo e, volta e meia, massajava-lhe os ombros, os flancos, de novo as barrigas das per-nas. Dava-lhe a beber leite, água e mel pelo tubo. Eram cinco, eram seis horas da madrugada, eram sete da manhã. Muitos dos que tinham passado para tomarem o barco da meia-noite já esta-vam voltando, olheirentos e mal cabeceados. Aproximavam-se, esfregando os olhos. «Ainda ali? Ainda não se mexeu?» – pergun-tavam. Agora tudo se encontrava a postos. Em breve foram oito horas, foram oito e cinco, oito e sete, oito e dez minutos. Várias garrafas de champanhe molharam os pilares do arco, e dois enfermeiros erguerem Leonardo em braços.

«Mostrem-no ao alto, coloquem-no de frente para a televisão! Nós conseguimos, conseguimos!»

Os miúdos levantaram-se da calçada onde tinham dormido a noite e disseram para a televisão do Estado – «Não tem oca, não tem issa, não tem u!»

O *Static Man*, desprendido com cuidado pelas mãos do mes-tre e dos enfermeiros, era levantado no ar e exibido em punho, como um carga pública, tornada ao mesmo tempo preciosa e frá-gil. Estava bem, o coração do *performer* estava a acelerar, ninguém podia imaginar o tipo de luta que se teria estabelecido dentro do corpo do tipo, aligeirado apenas pelo socorro dos estratagemas Kum-Nye e Wa-Do. Leonardo espreitou por debaixo das falsas pálpebras e viu uma multidão em seu redor. Mas naquele ins-tante ele não diria nada, não explicaria como se processava essa luta, estava inerte, no meio dos braços, tal tinha sido o esforço.

Para quem-observava, era uma pena terem de levá-lo dali, quando persistia tanta interrogação. À cautela, a ambulância pôs-se a correr fazendo ziguezagues entre os automóveis, para um exame completo ao organismo formidável do *Static Man*.

Tinha conseguido, Leonardo tinha ganho. Sim, isso há muito constava do esquema. Como disse, ele fora o primeiro elemento do mapa. Por vezes, podia suspender-se, saltar, regressar, mas não havia dúvida que o caminho do estátua ocupava o centro, como no vegetal, a nervura axial da folha.

2

Então o telefone da Casa da Arara conheceu um momento singular – Tocava amiúde e nunca estava pousado. As paredes do quarto floresta, nos dois dias que se seguiram, forraram-se de recortes. O próprio Falcão se associou à alegria, apesar da urgência das suas reportagens, pois a cada canto encontrava matéria filmável. Mas a reacção mais curiosa proveio de Purificação. A servente chegou-se à beira da cama onde o *Static Man* descansava de pés erguidos e olhou-o com admiração – «Dizem que você ganhou qualquer coisa. Pois veja lá, que eu nunca tinha dado nada por si. E foi muito o que ganhou?» Pelo sim pelo não, a limpadora dos quartos, nesse dia, varreu muito bem o soalho e passou um pano nos vidros das portas.

Também João Lavinha se aproximou. Só havia visto pela televisão, porque felizmente as pessoas estavam a aderir à sua mensagem e de seus irmãos, numa afluência extraordinária. Por dia, faziam-se inscrições às centenas. Assim, não tinha podido passar pelo local da prova, mas sentia imensa alegria pelo seu vizinho ter conseguido o que desejava, com a ajuda de Ele. Leonardo poderia crer que num outro enquadramento, e com outra moldura humana, a resistência de quinze horas de imobilidade conseguiria ser um excelente testemunho de O que estava para acontecer em breve – Lavinha não só não juntava Ele a nenhuma outra palavra, por insignificante que fosse, como não tocava no O. A décima quinta letra do alfabeto, tomada umas vezes por *Ele*, outras por *Aquilo*, outras por *Aquele*, era usada com a delicadeza e a parcimónia de quem maneja com a língua um biscoito de fogo. «Tenho a certeza de que não faltarão ocasiões...» – dizia João Lavinha, e vestido de bimbo, entalado na roupa tesa, com aquele calor, descia apressado as escadas da Casa da Arara. Depois, já no exterior, ouvia-se o arranque do enorme carrão.

Só Lanuit não deu por nada. Enquanto o telefone parecia uma batedeira eléctrica e as escadas testemunhavam todo aquele corrupio, o antigo resistente substituía a mulher em alguns trabalhos da casa. Eram cenas interessantes, aquelas que se registavam a partir do primeiro piso. Naturalmente que só as podia observar quem se mantivesse à margem do *record* alcançado pelo estátua. Ora Falcão mantinha-se – O repórter correu a buscar a câmara com teleobjectiva incorporada, e pôs-se a filmar um homem de cabelo cinzento, calças a caírem pelos quadris abaixo, de braços abertos, a estender lençóis brancos por cima dumas cordas. O homem punha molas de roupa na boca, usava-as, prendia com elas os cantos dos panos, depois voltava a estender, voltava a alisar. Em seguida curvava-se, apanhava o alguidar e metia-se em casa. Era Eduardo Lanuit. Falcão ainda não sabia o que faria com aquelas imagens, mas lá que elas serviriam para alguma coisa muito especial, ele não duvidava um instante que fosse. Falcão tinha regressado à arrecadação para depositar o rolo em segurança, mas em seguida, deitou-se ao comprido na cama gigante, congeminando sobre o que se poderia criar a partir duma mulher em forma de refeição posta no meio duma mesa e dum homem de braços abertos, esticando lençóis sobre cordas, à sombra dum álamo.

«Leozinho!» – gritou Paulina, passando a correr, diante do quarto da *Remington*. «Vem aqui, há uma criatura que se chama Ricardo Asse que quer encontrar-se urgentemente contigo. Cheira-me a alguma coisa boa.» Leonardo não conseguia regressar ao seu ritmo de vida. Estava a ficar desesperado. Não lhe iria responder, não iria continuar a fazer o jogo dos outros, e por isso não iria dizer nada. Paulina voltava à sua natureza – «Não me lixes, pá! Digo que não ou que sim?» O recordista olhava-a enfadado. «Não conheço esse Ricardo Asse, não sei quem é, nunca o vi...» Paulina tinha corrido pela escada abaixo.

«Yeah! Yeah! Ele vai...» – disse ela para dentro do bocal.

3

Então Eduardo Lanuit aproximou-se duma mesinha livre, no Café Atlântico, e sentou-se. Mas aquela mesinha ficava demasiado perto da entrada, e a agitação do serviço impedia-lhe o pensamento. Esperou que uma outra vagasse, e só depois, de costas para a porta, explicou que não havia grande diferença, actualmente, entre um sonho e a sua vida – apenas da vida se demorava mais a acordar. E sobre ele mesmo, sobre a sua vida e dos seus, tinha descido uma noite sem fim.

Sim, como num sonho, em que um duplo age e o sujeito observa ou vice-versa, Lanuit já havia recolhido os dados sobre a queimabilidade das matérias, já os tinha ordenado com precisão algébrica, e a disposição dos artigos por secções, conforme os sete pisos, também constavam dum esboço mental, pormenorizado até às ripas de madeira e aos arabescos das escadas de ferro forjado. Piso a piso, ele revia os espaços e os volumes das estantes, bem como a proximidade das zonas vigiadas e das janelas mais altas do GRANDE ARMAZÉM Podia também dizer que já havia traçado uma espécie de ponto axial entre o local mais afastado do exterior, a extensão mais queimável e a zona de combustão mais lenta. Esse espaço geométrico já estava determinado. O seu ponteiro mental passava sobre essa ardósia, sem parar, deslocando-se na prefiguração do escuro do GRANDE ARMAZÉM, como um foco luminoso. «Não, não vou usar qualquer foco, a própria irradiação exterior me dará a luz suficiente. Levá-lo-ei, contudo, à cautela» – pensava em voz alta. E como se o sonho lhe desse um apurado instinto de penetração no mundo vedado, sabia de que modo permanecer no interior quando encerrassem as portas.

Pois havia uma cabina telefónica bastante bem colocada, mas à segurança ele utilizaria o WC das mulheres. Já sabia como esperar, como descer para o lugar axial, como colocar as acendalhas de lareira entre o soalho e chegar-lhes fogo com um isqueiro *Zippo*. O isqueiro ficaria preso ao seu cinto por uma guita, para que nunca acontecesse cair durante a fuga. Mas o importante é que o fogo teria de ser ateado junto da passagem dos fios que em alguns locais, felizmente, luziam descarnados, pendurados como teias entre as madeiras. Acontecia na Secção de Perfumes e Lingerie. Por isso, concluía Lanuit, nem era preciso mão humana para estoirar, bastava o acaso querer. Mas para que fosse obra de descuido cruzado com a deflagração do acaso, tudo teria de ser previsto. E era aí que o espírito do sonho voltava mais forte – É que não só fora levado a prever toda a sorte de detalhes, como iria ter de explicá-los junto dum terceiro elemento. Tinham-lhe telefonado – disse Lanuit, de costas para a luz, à mesa do Café Atlântico.

4

Lanuit sentou-se. Estava diante do terceiro elemento, e pela primeira vez lhe aparecia um homem próspero, que se instalava com à-vontade na cadeira dum bom restaurante. A varanda coberta do Faz-Figura invocava a delicadeza duma noite persa. No rosto bem tratado do terceiro elemento, empalidecido pela luz da vela, não havia um único traço que denunciasse qualquer tragédia, e a sua naturalidade era absoluta. Dir-se-ia tratar-se dum romântico, em tempo de conversão à paz. Lanuit, compenetrado do seu dever, e impelido pela sensação de sonambulância que se lhe tinha abatido sobre a vida, fez a descrição queimável do edifício, e em seguida expôs com pormenor o seu plano. O terceiro elemento comia com sobriedade, bebia pouco e, pela forma como escutava, teria avaliado o relato com nota positiva. Depois, tomando a comida apenas com o garfo, entre enjoado e displicente, esclareceu detalhes precisos – Lanuit pensou que se tratava dum engenheiro electrotécnico. O terceiro elemento pousou a faca e o garfo, como se dispensasse o resto da comida, e falou sobre a situação dos passivos, dos capitais activos e dos seguros. A sua linguagem assumia contornos de jurista. Em seguida, porém, Lanuit não soube o que pensar. O terceiro elemento, com um gesto imperativo, mandou levantar o prato e perguntou – «Imagine a seguinte hipótese – Alguém, cerca das três horas da manhã, telefona para a polícia ou para os bombeiros dando o alarme. Em seu entender, será cedo?»

Lanuit fez as suas contas mentais – «Demasiado cedo. Para ser franco, acho prudente que ninguém possa dar o alarme antes das cinco da madrugada...»

O homem próspero e bem-educado meditou sobre o que dizia Lanuit. Fumava cigarros negritos que retirava duma caixa de lata. Deitou uma baforada contra a mesa e acrescentou – «Ou então que

os bombeiros, depois de chamados, fiquem a dormir duas horas...»
O terceiro elemento não era nem dramático como o primeiro nem
uma criatura vulgar como o segundo. Usava ironias que não se afastavam da pura constatação. «O mesmo em relação à polícia...» –
disse ainda. «Os agentes de serviço das esquadras próximas vão ter
imenso que fazer nessa noite, ou também alguém, entre eles, deve
sofrer de sono bastante pesado. Pois, como você disse, a hora da
ateação fica marcada para as duas horas, e você pensa que só às
cinco o fogo será irreversível...» Lanuit não era capaz de atribuir
uma profissão ou uma formação específica à pessoa que se sentava
na sua frente, aguardando o fornecimento da aguardente velha.

«E o que pensa da sua saída?» – perguntou o homem de discrição opulenta, rumando a baforada contra um copo em forma
de corola.

Essa era uma questão embaraçosa para Lanuit. Tinha de ser
corajoso e dizer a verdade – «Confesso que já pensei bastante
no problema, mas ainda não encontrei solução. Para ser sincero, considero esse o detalhe mais difícil.» O terceiro elemento
soprava a baforada branca contra a imagem do rio negro. A lua
nova era apenas um estreito disco vagueando no espaço.

«Sim, significa que ainda não entrámos no assunto fundamental – O apagamento das pistas... Pois, a partir de agora, você
tem dois grandes problemas por resolver – Como neutralizar
o alarme e como sair para fora do braseiro. Não vai ser fácil...»
O terceiro elemento ficou à espera. Era uma longa espera. De
súbito, Lanuit, coberto pelo único fato que a sua antiga obstinação lhe tinha legado, fez uma incursão no desespero e colocou-se
adiante «O senhor sabe! Seria tudo fácil se o corpo não existisse,
se nos pudéssemos separar da cabeça, se fôssemos imateriais...» –
disse Lanuit, olhando o rio negro através da treliça e das ramas
escuras do terraço.

«Mas não somos» – respondeu o homem pálido, à luz da vela que bruxuleava no sopro da aragem. E o terceiro elemento insistiu – «E felizmente que não somos, pois, por vezes, dá-nos muito prazer não o sermos. Além disso, é bom viver para assistirmos à mudança dos espaços e gozar a alegria de os usufruir. Não acha?» – perguntava, sem olhar para Lanuit. «Mas no caso em questão, o problema é este – Não se pode contar com os telhados nem com os edifícios contíguos para se sair. Além disso, haverá um momento em que os próprios vidros vão rachar, mas não é por uma fenda dessas que o autor do jogo vai escapulir-se. A carga térmica nessa altura já será insuportável. Neste caso, só há uma solução...» – O homem discretamente opulento pôs-se a mexer na algibeira do casaco de linho, um tanto amarrotado, e tirou de lá duas chaves. Colocou-as sobre a mesa – «Não procure mais a solução – A possível está aqui. Encurtando razões, você deve esgueirar-se antes das três. Se houver alguém a dormir no portal, não se intimide. Quem lá estiver pode ser triturado por um comboio, que não sentirá nada, será pobre como um job e estará bêbado como um cacho...» O raciocínio de Lanuit encontrava-se completamente bloqueado pela sensação de sonho em que vivia. Mesmo assim, a impressão de que o terceiro elemento se encontrava mais perto do que nenhum outro do GRANDE ARMAZÉM era bastante real. O homem elegante acendeu novo cigarro escuro. Em circunstâncias normais, deveria ser um bom falador. Seria um *cérebro*? Olhando para o isqueiro aceso, que demorava a atear ao cigarro negrito, o homem de opulência discreta falou nos grandes incêndios de Roma e Moscovo.

O terceiro elemento olhava na direcção do estreito disco da Lua. Ele não conhecia um arquitecto que não sonhasse com esse tipo de catástrofe. Não havia nada de mais estimulante do que reiniciar uma cidade. Porém, era bom lembrar que, no caso presente, se tratava apenas dum armazém do século XIX, uma unidade imobiliária idêntica a centenas espalhadas por esse mundo fora, pelo que o desafio seria bem modesto, ainda que o impulso fosse idêntico – Recomeçar a partir dum elemento primitivo, da metade dum arco, do pedaço duma janela cega. Construir uma única peça arquitectónica nova, sobre um despojo, seria sempre um desafio interessante dirigido ao espírito construtor. Em relação ao GRANDE ARMAZÉM, apenas dois ou três arquitectos iriam ter a sorte de se debruçar sobre um estirador e iniciar o seu trabalho. E seria que a fachada conseguiria manter-se de pé? Talvez não – Demasiado vidro, demasiada renda. Nem saberia dizer se era melhor ruir ou ficar. Tudo dependeria do lapso de tempo que houvesse entre o último alarme impossível de suster e o primeiro jacto de água a sair pelas agulhetas dos carros. Fosse como fosse, Lanuit iria ajudar a refazer um velho imóvel que já não prestava para nada. Ultrapassado, decadente, doloroso de ver, como uma fractura exposta no meio da Baixa, para que estava ele ali? E o cavalheiro elegante tirou o olhar do círculo vazio da Lua, colocando-o com afabilidade sobre o rosto de Lanuit.

Sim, o antigo resistente compreendia – Acabava de falar com um elemento que já era um psicoperacional, alguém encarregado de lhe assegurar a coragem. Eles não sabiam, porém, que não precisava, que não era mais o escrupuloso Lanuit que se encontrava diante da mesa, donde irradiava a luminosidade titubeante da vela, mas um vago intérprete duma cena sonâmbula. O homem próspero estendeu sobre o pratinho de prata um novo envelope fechado. Fazia tudo isso, com uma simplicidade perfeita, a uma distância mínima dos ocupantes das outras mesas. O recinto estava cheio. «Ouça!» – disse o elegante. «Há dinheiro que suja mãos, e há mãos que sujam dinheiro. Pela nossa parte, pode ter a certeza que vai limpo como um guardanapo por utilizar. Das suas mãos, porém, só você é que sabe. Nós nada temos a ver com isso...»

Eduardo Lanuit guardou o envelope no bolso das calças. Não se sentia nem comprado nem vendido, sentia-se uma peça da engrenagem onírica que ele não tinha montado e, por isso, não experimentava pecado nem culpa, como num sonho em que a maior parte dos segmentos perde a relação entre si – O que era estar acordado? – perguntava agora Lanuit, sentado na mesinha redonda do Café Atlântico, à Rua da Tabaqueira.

Como nunca antes, a *Remington* batia, clap clap, sobre as folhas brancas. Não, o que se diz não corresponde à verdade – nunca foram marteladas doridas e também nunca foram o seu contrário. Lentas como pingas, ou rápidas, velozes como rodas, isso sim. Adiante.

5

Falcão e Paulina esperaram pelas dez horas para poderem entrar de novo no interior da vivenda. Procuravam com urgência o som para as sequências chave do *mass killer* de Almada, pois não poderiam ficar confinados ao Paredes, demasiado português e sentimental. *Canto do Amanhecer* serviria quando muito para os espaços ambientais, como o céu a tingir, na hora da madrugada, e a viagem sonolenta pelos autocarros. Mas o tema para Rui Quintas, um rapaz que atirava contra as pessoas abusadoras, que carregavam carrinhos durante horas inteiras para depois os abandonarem a pingar, atingindo tudo e todos, não podia deixar de ser um som extraordinariamente forte, se possível, contemporâneo da primeira infância do *mass killer*, como haviam procedido com Rui Guerra, o do *snack* Galdourado. Paulina lembrava-se dum álbum dos Pink Floyd que seu pai guardava dentro do armário, e assim que abrisse as portas do móvel, daria imediatamente com ele. Iriam lá. Falcão ambicionava, para aquela trilha sonora, alguma coisa bem datada da infância de Rui Quintas. O psicólogo que tinham entrevistado havia dito – «Tudo está por aí, pela infância, vão lá, cavem, cavem, que encontram a explicação para tudo...»

Então procederiam assim – Entrariam de novo pelas traseiras e falariam baixo porque ela não queria que o pai tivesse conhecimento, pela vizinhança, de que afinal se servia da casa às escondidas, uma vez que ao telefone não deixava de gritar que nunca mais lá poria os pés. Pararam a carrinha, saltaram a vedação e entraram. Falcão voltou a dizer, já dentro de casa – «Que maravilha! Acho que vou aproveitar para caçar mais uns ângulos desta sala soberba. Assim, com esta luz poente, só com o candeeiro aberto sobre a mesa verde, de encontro ao sofá vermelho, fica um ambiente do camandro! Há aqui um gosto grande à Wagner, uma ambição desmedida à Welles! Chi! Parece um espaçozinho trazido de Hollywood...» E Falcão afastou-se o mais que pôde, trabalhando o seu *zoom in* na direcção da mesa. Paulina tinha encontrado o disco e colocava-o no prato com volume reduzido. «Queres ouvir ou não? Se não ouvires, como é que vais perceber se te interessa?» Mas o cine-repórter amador achava a casa absolutamente filmável e estava a importar-se pouco com o ruído dos Pink. Sem fazer barulho, Falcão ia acendendo as luzes, e ia andando dum lado para o outro, entrando, inclusive, na enorme cozinha, e depois vagueando ao acaso e subindo. Paulina, que ali tinha passado os primeiros anos de vida, não compreendia aquele espanto. «Sinceramente que não percebo onde está a maravilha de que falas...» – dizia ela. «Ajuda aqui!» – pediu ele, guardando a imagem daquele interior rico e pesado como uma loja barroca, guardando-a dentro da entranha da sua máquina para o que desse e viesse. A rapariga foi abrindo as portas, entraram no corredor de cima, também alcatifado de vermelho e repleto de pinturas encaixilhadas. «E ali?» – perguntou ele. «Aquele ali é o meu quarto, e o seguinte é o do meu pai...» – explicou ela. Falcão ajeitou a câmara sobre o ombro esquerdo e filmou o quarto que fora dela, onde luziam brinquedos de toda a espécie, patins, palhaços e bicicletas cavalgadas por enormes ursos de pelúcia. «E aquele outro?» – Ela já tinha dito que pertencia ao pai. Falcão ainda hesitou. Habituado, contudo, a entrar de qualquer maneira nos quartos, accionou o manípulo com a mão direita e empurrou a porta com o pé. Mas lá dentro, inesperadamente, alguma coisa relampejou. O quarto estava ocupado com uma coisa movente. «Quem está aí?» – perguntaram, enquanto relampejava.

A luz acendeu-se e ambos depararam com um homem de meia-idade, erguido ao lado daquilo que deveria ser uma rapariguinha. Ela tinha o cabelo muito curto, ocupava pouco volume na cama, e no primeiro instante, pareceu um jovem rapaz escondido para roubar. Mas não era, porque os olhos estavam bestialmente maquilhados e batia as pálpebras como mulher. A menina tinha puxado a colcha toda para cima de si, deixando o homem desprovido, às apalpadelas, tentando arrebanhar qualquer pano que houvesse. Não encontrava, contudo, nada que prestasse. Deveriam ter vindo a despir-se desde outra divisão da casa. Sob a tribulação momentânea, o homem de meia-idade puxou uma ponta do lençol da menina para cima de si, e parte do corpo franzino dela ficou à vista, lembrando a anca dum animalzinho esfolado. O pai de Paulina levou a mão ao telefone e começou a discar o 115, para fazer qualquer coisa, enquanto ainda não percebia porque estava ali a sua filha, vestida de preto, atrás dum rapaz forte, com uma câmara de filmar ao ombro. O pai de Paulina parecia querer agredi-los. Os visitantes deram meia volta.

«*Shit!*» – disse Paulina, fechando a porta e começando a correr na direcção da rua.

Mas Falcão não era idiota. No meio da estúpida surpresa, precisavam não esquecer que tinham entrado para alcançarem um disco dos Pink Floyd. Já dentro da carrinha, dando voltas para saírem do Bairro de S. Miguel, Paulina começou a ler títulos de faixas coevas do nascimento do *mass killer* de Almada. «*Shit! Shit! Shit!*» – Disse a rapariga pela vigésima vez, desde que tinham saído da casa do pai. «*Shit!*» – A rapariga não parava de dizer. Além disso, tudo se havia precipitado de tal forma, que não tinha tido tempo de trazer pelo menos um ou dois frascos do perfume com que costumava borrifar as madeiras do seu quarto. E isso é que a arreliava. Doía-lhe muito ficar sem as águas-de-colónia que tão bem cheiravam. Como Falcão sabia, era o seu único luxo. Era ou não era? – perguntava Paulina, naquela noite, sem nenhuma vontade de calcorrear a cidade.

6

Pela parede, a árvore das várias vidas expandia-se cada vez mais. O *performer* ficava a vê-la, tentando decifrar o indecifrável. Como já disse, aparentemente, os desenhos não tinham correspondência certa, vogavam ao sabor dos dias pelas superfícies acima, como no mar os cabelos das algas. Não era verdade que tudo se parecia? Até o *performer* chegou a dizer – «Sim, o último capítulo do *Bio Feedback Training* explica como tudo é igual a tudo. Demonstra como a diferença é só uma aparência dos nossos olhos...» Mas não é verdade que alguma vez eu mesma tenha exercido influência sobre as escolhas definitivas de Leonardo.

Leonardo pôs-se a contemplar o seu cartaz clandestino. Como poderia usá-lo? Já não podia, pois, quer quisesse quer não, ele tinha batido o *record* da imobilidade. Mas teria batido mesmo? Não haveria outros, pelo mundo fora, imobilizando-se durante horas e horas, sem que ninguém visse ou pelo menos sem que ninguém registasse? Tinha feito mal porque sentia inveja desses, dos que verdadeiramente eram capazes de ser contra tudo e todos, contra o próprio movimento, contra o desejo indómito de fazer gestos. Mas ele havia cedido. De forma miserável havia cedido, e sentia-se vazio e triste, desapossado de si mesmo. Naquela roda-viva em que pela milésima vez tinha de explicar o que comia, como se treinava, quem fora o seu mestre e todas as peripécias da maratona, Paulina arranjava-lhe compromissos sem pés nem cabeça. Ainda agora, encostado à porta onde batia a *Remington*, estava preparado para ir enfrentar um tipo que desconhecia, chamado Ricardo Asse. Paulina havia marcado todos aqueles encontros, destinados a contratos de exibição em recintos abertos, em recintos fechados, dentro de montras, no meio de festas, bares e multidões, mas depois tinha desandado atrás do Falcão. O que faria, agora, sim, o que faria com aquelas solicitações estúpidas? A maior parte delas, faltava. Naquele caso, porém, uns tipos não o deixavam em paz – Queriam à força que se encontrasse com o tal Ricardo Asse. «Quem é Ricardo Asse?» – tinha ele perguntado. Do outro lado do telefone, a pessoa que lhe falava parecia ter recebido um choque eléctrico. O *Static Man* não sabia quem era Ricardo Asse? De verdade que não sabia? Percebia-se perfeitamente que a pessoa tinha sorrido.

Agora o *performer* estava esperando. Aliás, sentindo-se enrascado, faria o mesmo que costumava fazer, antigamente, à mesa da sua família – Se o chateavam, imobilizava-se, estivesse onde estivesse, e todos começavam aos gritos. Na casa desse Asse faria o mesmo. Se fosse um agente de espectáculos ou coisa assim que o quisesse explorar, pararia, pararia até o gajo compreender com quem estava a falar. Não se encontrava disposto a gastar muitas palavras com argumentações. No fundo, sentia pena de não ter obedecido ao cartaz em que havia escrito – *Este Homem não Quer Bater o «Record» de Imobilidade Voluntária*. Agora não tinha remédio nenhum, a menos que não deixasse homologar o *record*. Mas como iria fazer isso, como poderia desembaraçar-se da organização e dos patrocinadores? Não, já era tarde de mais, já não podia – Tocavam da porta, ele sentia-se na obrigação de descer. E nem sabia porque o fazia. Francamente, descia a escada da arara e metia-se no carrinho branco ocupado por dois tipos, desgostoso de si mesmo. Triste, metido consigo, sem conseguir falar com ninguém.

7

Não, não queria falar com ninguém. Leonardo sentia-se sonolento e desejava que o encontro com essa pessoa não ultrapassasse os quinze minutos. A pessoa diria o que desejava, e ele responderia logo que não. Com o *Static Man*, naquela tarde, seria só a aviar. Ainda por cima os tipos estavam a fazê-lo entrar pelo interior duma casa que parecia a versão aumentada da biblioteca do seu pai. E ao fundo desse corredor, coberto de livralhada dum lado e doutro, como num labirinto, desembocava-se numa sala, também ela forrada da mesma substância. O grande espaço dava para um outro que o encimava como uma supercâmara, e no meio dessa última parede, onde os livros brilhavam mais e eram bastante grossos, encontrava-se um homem sentado numa cadeira de palha tailandesa, espaldar arredondado, em forma de leque de pavão. O homem que estava sentado naquela espécie de trono de renda era o velho da cana-da-índia. Se Leonardo tivesse prestado mais atenção, teria reconhecido, no rapaz de cabelos aos caracóis e no latagão que o seguia, dois dos acompanhantes do homem idoso. O reconhecimento dessas coincidências estava a fazer-lhe impressão. Leonardo sentiu-se pouco à vontade.

*

A janela abria sobre o Príncipe Real – O velho acenou com a mão. Encontrava-se descalço, com os pés magros sobre uma espécie de tamborete, e uma camisa de colarinho e manga à russa, aberta de par em par sobre um peito glabro. O rosto enrugado, muito queimado pelo sol, e o cabelo escorrido pelo pescoço abaixo faziam dele uma figura intimidante. Leonardo nunca se tinha apercebido que o velho da cana-da-índia constituía uma figura invulgar. Aliás, assim sentado, e disfarçado daquele modo, parecia uma outra figura. Leonardo ainda não tinha decidido o que fazer, ainda não sabia quando nem como imobilizar-se para que o deixassem em paz. Entretanto, o velho chamou-o até si e fê-lo rodar na sua frente, examinando-o. Era a primeira vez que o estátua se lhe apresentava de cara limpa e em roupa normal. Observou-o longamente, mas não deu a entender se gostava do que via. Pelo contrário, o velho desviou o olhar. «Senta-te, rapaz!» – disse o homem da cana-da-índia. E então, o rapaz dos caracóis, o mais frágil, inquiriu – «Sabes com quem estás a falar?»

Leonardo achou por bem responder alguma coisa, pois de outro modo ficaria feito. Pensou um pouco e disse – «Sei, tenho-o visto rondar o meu plinto.»

Os três, incluindo o latagão, entreolharam-se. Pareciam surpreendidos com a agressividade do *Static Man*, e ele mesmo estranhou o tom da sua própria voz, abafada e distorcida, naquele interior forrado de objectos de papel. Muito perto de onde se encontravam, deveria haver uma barra de veneno de combate à traça. «Não importa que não saibas quem sou» – disse o homem do espaldar de palha. «Mas sabes o que é um poeta?»

Leonardo hesitou. Aquela conversa não lhe interessava. Mas já que tinha vindo e que os outros dois andavam cá e lá, como se o servissem, achou preferível responder – «É uma pessoa que escreve livros em verso.»

O homem da cana-da-índia encostou-se à espalda e começou a rir. Tinha ainda uns belos dentes direitos e amarelos. Ria, roçando a cabeça pelo espaldar daquela cadeira em forma de leque – Ora ali estava uma boa definição, dizia ele. Muitos gastavam a vida inteira e a paciência dos outros para debitarem essa síntese, e vinha ele, num ápice, encontrava a definição exacta. O problema seria se lhe perguntasse o que era verso. Mas não, isso não iria perguntar. «Verso, não!» – disse o velho, rindo mais e piscando o olho para o latagão. «E obras completas, sabes que é?» Leonardo pensou que estava no lugar errado. Se aquilo era um exame de nono ano, seria inútil continuarem, ele tinha recusado fazê-lo várias vezes. Mas a situação tornava-se embaraçosa. Ainda por cima, os outros dois tinham-se sentado, de forma assimétrica, um de cada lado do homem da cana-da-índia. O franzino fumava sem cessar. A sua mão esquerda tinha um dedo queimado.

«Sei lá. Deve ser o conjunto de obras da vida duma pessoa.»

«Sim, sim!» – disse imediatamente o poeta. «Não és nada parvo. Muito licenciado não sabe...»

Mas o rapaz latagão impacientou-se – «Pelo amor de Deus! Basta não se ser estúpido para se deduzir das palavras.»

«Não basta» – repreendeu o velho da cana-da-índia. «Tenho a prova de que não basta.» O fumador franzino não deveria apreciar lutas verbais, e para separar a contenda, estendeu um livro grosso, de capa de carneira com letra dourada. No rosto da capa podia ler-se – *Ricardo Asse, Obras Completas.*

«Lê!» – pediu o franzino. «Este homem é o único poeta do país que dispõe duma publicação em folha de papel-bíblia, capa de carneira fina, letra dourada, obra completa.»

«E vivo!» – acrescentou o latagão, promovendo as pazes. «Se este homem não for o próximo distinguido com o Prémio Poiesis, merecia que o país se levantasse em peso contra as instituições internacionais.»

Ricardo Asse não parecia gostar daquele tom exaltado, ficou tenso, as suas narinas bateram como duas asas. «Adiante, adiante» – disse ele, de modo displicente.

Mas o seu tom ficou menos grave. O homem da cana-da-índia começou a divagar. A verdade é que até àquele momento ainda não tinham começado a falar do importante, isto é, dele, do visitante que ali estava. Para já, e antes de mais, queria dizer que o aspecto verdadeiro do *Static Man*, em alguns pontos, se afastava do que havia imaginado. Era mais escuro, o cabelo mais liso, os olhos um bocado mais verdes. Francamente, ele tinha-os imaginado negros. Também no porte resultava menos soberbo. Havia-o prefigurado, sobretudo, sem rubor na face. Mas enfim, a natureza era a natureza, e na verdade, a prova de que Leonardo – pois ele sabia que se chamava Leonardo – conhecia as limitações do corpo é que tinha escolhido transfigurar-se de branco. Sim, fora uma estupenda ideia, não original, mas bem adequada. A roupa, a sandália, a pose, a forma como espalhava o cabelo pelo ombro, tudo, tudo estava bem, menos um detalhe.

O latagão ficou inquieto – «Porque não diz já qual é o detalhe?» Ricardo Asse, interrompido mais uma vez, encarou o latagão com ódio.

«Como ia dizendo, os teus conselheiros só falharam num detalhe – Nos olhos. A ideia de colocares a fotografia dos teus próprios olhos sobre as pálpebras foi inteligente, mas não tão inteligente quanto isso. A tua face ficou imóvel, a imagem paralisada, mas o teu rosto adquiriu a expressão patética dos bonecos e dos manequins de feira. Transformaste-te num Rodolfo Valentino de trazer por casa. Tiraste-te a ti mesmo legitimidade e decência. Se eu fosse a ti, tinha feito diferente...» – O poeta moveu-se na cadeira, que rangeu. «Eu aconselhar-te-ia a cobrires as pálpebras com uma película branca, pura e simplesmente, como se os olhos tivessem o alcance dos olhos profundos que não vêem. Repara na estátua de David, do Discóbolo, de Antínoo. Têm os olhos abertos mas já não possuem pupila. Por isso, fizeste mal, deverias ter retirado a íris. Tu próprio sabes que vês para além dos olhos. É ou não é verdade?» – Ricardo Asse moveu-se de novo na cadeira, e encostou-se naquela espalda alta como se descansasse. Não descansava – Fitava-o.

Fitava-o. Depois descontraiu-se e disse – «Desculpa esta correcção, talvez imerecida. Pois o que sabe o poeta mais do que o *performer*? Mas se o faço é por uma questão de identificação e semelhança. E a verdade é que, desde o primeiro instante em que te vi, percebi que entre nós se passava alguma coisa ao mesmo tempo magnífica e terrível. Olhando para ti, foi como se estivesse a ver o corpo material da minha alma...» Ricardo Asse fechou os olhos. Estava emocionado. Tanto o latagão quanto o franzino faziam silêncio completo. Entretanto, Leonardo queria lembrar-se do andar em que se encontrava, mas não era capaz de reconstituir o percurso das escadas. Para já, o poeta abria os olhos e voltava àquela ideia – «Sim, és o que eu sou. O teu corpo branco, colocado acima dos outros homens, imóvel e exposto, angélico, desprotegido e inocente de si mesmo, constitui o retrato exacto da minha alma inapreensível e, contudo, simulando encontrar-se ao alcance de toda a gente. És, pois, como eu, um homem acima dos outros homens, fingindo que se deixa cercar. Foi por isso que te chamei aqui. Quero repartir contigo a minha experiência. Não é em vão que, no fim da vida, se encontra um gémeo...» O poeta descansou e o frágil chamou a atenção para um volume de cartas arrumadas sobre uma mesa, onde também se amontoava uma pilha de livros *Ricardo Asse, Obras Completas.*

O frágil disse – «Vês aquele monte de cartas? São tudo pedidos para que Ricardo Asse os receba. Ele não os recebe porque não tem tempo para desperdiçar. Mas tu foste não só recebido como convidado. Estás a compreender? Estás a vislumbrar o que significa este encontro para Ricardo Asse?»

O *Static Man* olhava bastante pela janela, mas só percebia que de momento devia ficar. Agora também tinha curiosidade em saber o que aquele homem velho, que havia passado mais de dois meses a olhar para ele, sem lhe dizer uma palavra, lhe queria transmitir. A solução para os olhos, por exemplo, não deixava de ter interesse, considerando a nova maquilhagem, aquela que estava a congeminar para ir encontrar-se com Paolo Buggiani. Sim, julgava-se quando muito num terceiro andar, talvez num segundo. Em frente corria o rio azul, ainda àquela hora, anilado como uma safira. O poeta devia ter cãibras nos pés, porque de vez em quando esfregava os dedos uns nos outros. Depois afastou mais a camisa plissada e continuou – «Primeiro! Como eu, tu és um artista. Exprimes antes de mais o que sentes, e o que sentes exprimes sem cedência, dum modo absolutamente contemporâneo. Tu falas como ninguém sobre o grande e único assunto da arte. O definitivo, o universal, o obsidiante tema. Tu tratas de forma singular o único tema da vida que a tudo e todos interessa. Isto é, o teu tema, como o meu tema, é a quietude completa. Sinto-te, por isso, um ser genial. Em pé, sobre uma caixa, querendo ultrapassar o movimento, estás tratando o tema da morte como único e grande sujeito. Ora se pegares em *Ricardo Asse, Obras Completas*, se o abrires e folheares, verás como sou teu irmão. Centenas e centenas de poemas, e todos eles sobre quê? Sobre ela, sobre a morte na casa da arte!»

Ricardo Asse mexeu-se na cadeira – «A morte, nossa vizinha, nossa irmã, companheira do nosso corpo em sua sombra, parte integrante da nossa alma, único fantasma grandioso da nossa vida, único tema da nossa obra! Eu, como tu, aos vinte anos estava esclarecido. O meu primeiro poema foi sobre a morte, o segundo foi sobre a morte, o vigésimo terceiro foi sobre a morte, o centésimo, o tricentésimo, foram todos sobre essa chamada permanente, essa toalha alva que desde sempre nos espera sob a forma do nosso próprio sopro. A minha intuição sobre a importância da morte, em todos os gestos da vida, sempre foi tão poderosa que nunca permitiu que nenhum outro assunto entrasse nas linhas da minha escrita. E assim atravessei cinquenta anos de fertilidade criadora, discorrendo sobre o único tema universal que existe. A morte... Julgas, porém, que foi pacífico?...» Durante um minuto, Ricardo Asse empalideceu. Mas regressou.

«Ah, não foi pacífico, não! – O que sofri, como sofri, que incompreensões entraram por aquela porta, quando não por estas janelas e até por este tecto sob a forma de pedradas! Porque, entretanto, esses que nunca entenderam a mensagem criadora sobre a morte, contentes, refocilavam sobre temas tão insignificantes quanto coitos, marchas, tiros, esmolas e bandeiras. Pobres pequenos poetas! Ricardo Asse, porém, não se importou porque sabia que estava certo, que a razão morava consigo. Sabia que denunciava o tempo muito para além dos seus passos, o seu olhar chegava mais longe que a sua vista, e antecipava o olhar dos outros todos... Agora, sim, agora que o tempo me deu razão, esses rasteiros *bassets*, esses saltitantes pequineses, já vêm em fila lamber-me os pés, salivando de admiração! Demorou, demorou um bocado, mas eles aí estão, encolhidos, enroscados, vencidos à porta do meu nome. Regressaram dos seus aconchegos morais, das suas tribunazinhas, dos seus serões maledicentes, voltaram de língua de fora, para elogiarem o poder da minha intuição. Voltaram, voltaram esganiçando-se, reconhecendo que o meu olhar estava além do século. Porque eu sempre planei por cima do voltear de suas cabecinhas ocas, sempre vi a grandeza absoluta do fim. Eles, não! E agora os novos, naturalmente, esco-lheram-me como modelo, mas eu possuo sobre eles a vantagem de ter corrido, só, adiante de todos. Quero que saibas, Leonardo, que um percurso solitário é um manto inimitável que se trans-porta aos ombros de forma majestosa... Mas voltando a ti, que é o que importa, quero dizer-te que te admiro porque nunca leste um dos meus poemas, e no entanto sabes, tanto quanto eu, que a vida é tão-somente uma aspiração à morte...» – Ricardo Asse devia ter a boca seca e parecia cansado. O latagão entregou-lhe um copo de água.

«Segundo!» – disse ele, sorvendo com o bico dos lábios um pouco de água. «Continuando a falar de ti, Leonardo, quero pedir-te que não te deixes intimidar.» O poeta encostou-se mais intimamente ao espaldar rendilhado da cadeira – «Intimidar, sim. Não te esqueças que vais ter muito mais ódios que moedas, ainda que enches pratos e salvas, ruas inteiras até dizeres basta... Pre-para-te! Quando menos pensares, os mesmos que te estendem a manta na calçada preparam-te a ruína. Os mesmos que te elo-giam, te difamam. Por isso, desconfia, põe o teu afecto impávido como a tua estátua. Quando disserem bem não sintas demasiado contentamento, porque parte do elogio é uma mentira. Não contestes demasiado o desprezo de alguém, porque um terceiro, ouvindo aquele que te odeia, regressará a ti reconhecendo-te contra o outro. Olha que, se não te manifestares muito, sempre obterás um bem qualquer. Sê esperto! Tece devagar a tua estraté-gia de superação, sem te importares com os outros. Repara que a tua estátua é para ficar, não é para se confundir com a agitação banal dos outros. Não te excites muito se queres o máximo. Isto é, tens de fazer o máximo, esperando de imediato muito pouco. O tempo contará a favor dos sábios reservados. O movimento dos quietos é a arma secreta da credibilidade. Além disso, não te comovas com os interesses de grupo. Corres o risco de oferece-res a eles a parte mais preciosa que roubarás a ti. Não te roubes a ti próprio. Tu, só tu, és o único bem que te possuis. Se tu mesmo não pensares no teu desempenho, quem o pensará por ti? Cala--te, vai em frente, não digas nada. Sê paciente. Mantém-te inaces-sível. Vê como faço, como procedo. Aprende com Ricardo Asse! Altivo, consciente, imperturbável!» – O poeta bebeu mais água e, de súbito, reparando que a tarde se ia fechando a caminho da noite, que a ponte já se iluminava, perguntou – «Tens fome?»

O latagão tinha ido dentro e regressava com uma bandeja cheia de canapés e umas cervejas em lata, e começou a distri-buir os mantimentos, mas o poeta só queria beber água. Mesmo assim, o pequeno quadrângulo de pão com rabos de anchova esti-mulou-o. O poeta levantou-se daquela cadeira que rangia como um harmónio, e descalço, de cabelo cor de prata, testa alta, boca fina, dirigiu-se a um cesto que trouxe para junto de si. Enquanto retomava o seu lugar no trono de vergas rendilhadas, Leonardo avaliava a altura da janela. Saltar dali abaixo seria viável? – pen-sava. De qualquer modo, era preferível não se envolver em gestos violentos. Além disso, entre aquelas palavras que se derramavam na sua direcção como uma tempestade de sons, havia frases com sentido. Por exemplo, aquelas sobre a maquilhagem dos olhos e as outras sobre a traição. Ele sentia por vezes o ódio e a trai-ção em sua volta. Talvez não perdesse nada em escutar por mais um instante o velho da cana-da-índia. Pescaria aqui, pescaria ali, umas por outras. O tipo não era parvo. Agora estava remexendo numas cartas e falava de paixão. «Paixão e ódio! Muito ódio!» – disse Ricardo Asse. «Isto é só para que vejas até onde podem ir os sentimentos!»

«Sim!» – respondeu o franzino dos caracóis que pouco ou nada comia, só fumava, ao contrário do latagão. «O ódio pode mover montanhas.»

«Pois pode, mas mais pode o vulcão que lá as pôs imóveis» – respondeu logo o poeta que parecia replicar a todas as frases dos discípulos, como se jogasse com eles um pingue-pongue mental e nunca quisesse perder. Remexia cartas.

«Também é verdade» – aceitou o franzino. «Basta ver o que está acontecendo agora contigo. Um horror... Não é verdade?»

8

Sim, ainda agora, desde que *Ricardo Asse, Obras Completas* tinha surgido, o poeta começara a receber telefonemas estranhos, mas o mais curioso não eram os telefonemas e sim umas cartas. Algum daqueles que nunca tinham aceitado que ele se celebrizasse, escandindo o corpo verbal da morte, estava a enviar-lhe, diariamente, umas cartas anónimas miseráveis, todas do mesmo género. Bastava ler duas linhas duma delas, para Leonardo avaliar. E o poeta retirou ao acaso um papel entre muitos e leu, com voz trémula – *Ricardo Asse, imitador de esterco, nunca na puta da tua vida escreveste um verso teu. Sempre os roubaste lá onde os achaste à mão. A justiça é como a tartaruga tem perna curta, mas viverá, pelo menos, mais duas vezes do que tu...* – Ricardo Asse já não conseguia ler, pois a luz do poente agora extinguia-se sem cessar. O latagão acendeu um candeeiro de pé, e do abajur saiu um halo de alegria que iluminou os objectos. O poeta aproveitou para dobrar a carta, que era longa. Batia com ela sobre a mão – «A isto é o que se pode chamar uma infâmia metida num envelope!»

Também o latagão se achou revoltado – «Mas estamos quase a saber de quem se trata. Não estamos? Por mim, acho que tudo parte do Sam!» E os três homens olharam para Leonardo.

«Tudo partirá do Sam? Sim, é possível que seja esse patife» – disse Ricardo Asse, dirigindo-se às estantes e aí ficando um bom bocado. Quando voltou, colocou a mão sobre o ombro do *Static Man*, mas ainda estava com o pensamento em Sam. Na verdade, segundo o poeta – agora visivelmente irritado – havia pelo menos vinte possíveis autores das cartas, mas entre esses vinte, dez, os que por mérito se lhe aproximavam eram os mais prováveis. Entre esses dez, cinco deles pareciam mais conformes àquela infâmia. Entre esses cinco, um deles seria por certo. O latagão retirou da estante um livro do Sam, sacudindo-lhe o pó. Sim, deveria ser o Sam! O conflito tinha-se passado assim – A colecção das *Obras Completas* em papel-bíblia deveria ter-se iniciado pelo Sam, que era mais velho, mas não tendo sido possível por dispersão da sua obra, haviam optado por Ricardo Asse, segundo da lista, e agora único, pois já ia terminar a colecção. Deste modo, o Sam fora prejudicado e dissera-o publicamente. Ora Ricardo Asse escrevera-lhe duas cartas solidarizando-se e discorrendo, a propósito, sobre a efemeridade de todas as coisas à face da Terra, incluindo os livros dos poetas. Mas Sam não havia respondido. Por isso, esse poderia muito bem ser a mão maligna que lhe estava a infernizar o Verão e a vida. Contudo, havia outros também prováveis, como o Machado, por exemplo. O latagão endireitou seu corpo imenso – «Parece mentira! Como é que ainda não tínhamos pensado no Machado? Claro que pode ser o Machado!»

Tanto o latagão quanto o jovem de cabelos aos caracóis, muito inquietos, andavam em torno da cadeira do poeta, como se dançassem. Nesse trajecto circular englobavam Leonardo. O *Static Man* permanecia no meio dos seus percursos apressados – Sairia dali? Como poderia dizer que nada daquilo lhe interessava? Como interromper aquela arenga infinita? Deveria imobilizar-se como tinha pensado? E se eles não entendessem a imobilização como um insulto, ao contrário do que costumava acontecer na casa do seu pai? Deveria então saltar pela janela ou procurar a porta de saída? Impossível. O velho da cana-da-índia não tirava os olhos de cima do *performer*, como se o próprio *Static Man* fosse visado naquelas cartas – Claro que havia a hipótese do Machado! Claro que deveria ser o do beiço gordo, o do bigode fininho, cara larga, dente ralo. Claro que aquilo era coisa de cobarde, de ínvio, de hipócrita, de furtivo, com a mania de que se parecia com David Niven. Aí estava, mais provável do que o Sam era o Machado! Esse nunca dizia a verdade, era sempre demasiado simpático, demasiado feminino, e aquela história até parecia jogo de mulher.

«De mulher?» – perguntou o latagão. Os três encararam-se. «Sim, de mulher...Como ainda não tínhamos suspeitado?» O homem da cana-da-índia levantou-se e foi até à janela donde se via o rio adormecido como um regaço de vizinho, para voltar ao vime da cadeira tailandesa. «Mas claro, Ricardo Asse!» – O poeta batia na própria testa. «Bem digo eu que não tenho astúcia, não tenho sagacidade perversal...» Pois encontrava-se uma mulher na lista dos vinte possíveis, e tão idiota que a havia retirado dos dez prováveis, mas agora repescava-a para dentro da lista curta, colocando-a à cabeça dos obviamente suspeitos. Nem queria pensar mais – Era ela, era a Bertha! E porquê? Porque ela só tinha merecido vinte linhas numa publicação estrangeira, e ele cem. Ele cem linhas! Ele merecera um esboço de artista e ela uma pequena fotografia onde ainda por cima parecia mais raquítica e mais velha. Tinha sido isso! E ela havia logo pegado num cartão às flores, como era seu hábito, dando a notícia. Perguntando se, por acaso, ele, Ricardo Asse, tinha visto. Pronóstica, dissimulada, fingida! Fora ela! Aquelas cartas eram dela! Aquilo era manha feminina. Uma artimanha, uma cilada, uma vingança de alfinete, uma patada de raposa velha com pelada. Era ela. Oh! Como não se tinha lembrado da velha Bertha! Na sequência do contraste de tratamento, em cuja fotografia ainda parecia mais insignificante do que era, a presumida havia engendrado aquelas cartas enquanto mexia a panela do jantar. Afinal aquelas cartas maliciosas vinham untadas com mão de salsa e coentrada. A vegetariana, a mirrada, a mínima, a falsa delicada! Leonardo que desconfiasse para sempre de mulher velha. Raposa idosa. Era ela mesma, a mão da velhaca que o estava a apoquentar! Tinha a certeza de que, entre a semântica da velhaca, deveria encontrar-se aquela ideia sobre o passo das tartarugas. Era coisa que ela havia copiado do Zenão. Tinha a certeza absoluta. E Ricardo Asse mandou que lhe trouxessem ali para os pés os livros dessa mulher pequenina. O grandalhão estava a tirá-los um a um, enquanto o frágil os recebia, mas de súbito Ricardo Asse estendeu o braço – «Esperem, esperam aí! A Bertha não se encontra em Lisboa, foi ver a filha há mais de dois anos e ficou por lá! E ela não podia chegar ao ponto de deixar alguém encarregado de mandar as cartas, estando com a filha em Oslo!» – Não, isso não era possível e ainda por cima fora de lá que ela lhe mandara os recortes dos jornais.

«Estamos de novo perdidos. Até nem vejo bem...» – disse o franzino, queimando os dedos.

Então era preciso retomar a pesquisa, regressar às estantes com outra serenidade. Os três tomavam nas mãos a lista dos cinco prováveis, dos dez suspeitos, dos vinte hipotéticos, e ali estavam, folheando livros fininhos para diante, para trás, dezenas, centenas deles. Era como se a casa ardesse de suspeita – Ricardo Asse pensou que poderia ter sido o Serrão. Tinha-o encontrado cheio de mesuras, num dia em que não estava para aturar ninguém. O Rudy, esse parvalhão, pelo contrário, passara-lhe rente ao ombro e, sem saber porquê, quase lhe tinha negado a fala. E o Inácio, esse cretino, essa besta acavalgada, havia escrito claramente contra si. Podia ser que não tivesse ficado suficientemente aliviado, podia ser que ainda quisesse dizer mais e não encontrasse espaço. Podia ser que desejasse escrever toda uma arte poética contra ele, e não conseguisse esperar pela forma definitiva.

E daí, pensando bem, todos eles, talvez, pudessem ser. No âmago do calor daquela casa, Ricardo Asse achava até que todos constituíam um. E esse todo monstruoso, feito de vários, ele queria que morresse, que desaparecesse, que o Inferno o engolisse, para ele poder sentir-se de novo bem, como no momento em que vira *Ricardo Asse, Obras Completas* e ainda não tinha recebido nenhuma carta a insultá-lo. Então Ricardo Asse foi à janela respirar a grandes golfadas, e sentiu que as águas que banhavam Lisboa eram um charco. Revoltou-se contra aquelas águas, batendo com a mão sobre o peitoril, amparado, entre o frágil e o latagão. Depois, a explosão de revolta foi passando, e a razoabilidade voltou a habitar sob o cabelo cor de prata. O *Static Man*, ainda sentado no mesmo lugar, esperava não sabia o quê. Esperava que lhe dissessem alguma coisa de compreensível e útil, explicou depois, no dia seguinte, estendido sobre a cama gigante.

O poeta prosseguiu – «Desculpa, Leonardo, desculpa este desvio, mas há insultos que dão conta da cabeça da pessoa. Só que se deve fazer exactamente como viste. Deve-se exercer o domínio, o grande domínio da pessoa sobre si. A nossa revolta não pode ser conhecida fora da nossa porta. Deve-se resistir. Aliás, o que estou eu a dizer? A ti, que resistes física e alegoricamente como ninguém?» – A voz de Ricardo Asse começava a abrandar, e o *performer* teve esperança de que o estivesse a despedir. «Compreendes agora porque te sinto, lá em cima, como o espelho da minha alma jovem?»

Ricardo tinha-se sentado de novo, tinha unido os pés, tinha aberto a camisa à russa, arejado o peito. «Pois um homem sofre, mas fica enorme quando sofre.» E ele? Ele ali estava. «Vítooooor!» – chamou ele. «Traga aquilo!» O rapaz franzino que ajudava o latagão a mergulhar, na uniformidade da estante, as lombadas fininhas dos suspeitos e dos prováveis, aproximou-se. «Não ouviu? Traga aquilo, este rapaz deve estar cansado de nós...» Mas enquanto o frágil não chegava, Ricardo Asse pediu para tocar na cabeça do *Static Man*. Passou-lhe a mão pelo cabelo. Virou-lhe o rosto – «Lindo perfil! Dizem eles que é um perfil grego. Não sabem nada – É romano. Romano de Roma. Não se pense que todo o romano era baselgudo e grosseirão. Não, havia um romano de rosto fino, cabelo liso, nariz delicado. Pena que sejas tão colorido. Devias ser mais pálido...» O outro tinha trazido uma espécie de caixinha gorda. Era para Leonardo, uma prenda de Ricardo Asse, uma prenda assinada, dedicada à imagem material da sua alma, quando exposta em branco, para ele ler depois. Estava tudo escrito na primeira página. Ver-se-iam sempre. De vez em quando, Ricardo Asse passaria pelo rapaz estátua, estivesse onde estivesse. Que não se esquecesse que, em arte, nunca se fez nada enquanto não se tentou o ilimite. Aliás, não tinham tocado em certo assunto, o assunto do *record*, mas não era preciso – Ricardo Asse sabia que a Leonardo para nada interessava aquele tipo de *record*. Era outro o *record* que ele ambicionava. «Verdade ou mentira?» – perguntou o poeta.

«É verdade!» – respondeu o *Static Man*, assombrado. «Não me interessa nada um *record* mundial! A Paulina é que quis, foi uma coisa horrível! Estou sofrendo...»

«Eu sabia, eu sabia...» – O poeta recolheu-se por um instante, apertando-lhe as mãos. É que Ricardo Asse sabia muito, embora dissesse pouco. Mas pronto, sempre tinha dito alguma coisa, enfim, poucochinha coisa... Agora o rapaz podia ir, era meia-noite e tal. Teria fome? Quereria boleia no carrinho branco? Não queria nada? Ah! Leonardo era uma alma completa. Orgulhoso como um bom criador, frugal como um filósofo, imaterial como uma personagem – O rapaz estátua não queria aceitar nada. «Eu sabia. Vai, vai em paz...» – disse Ricardo Asse, acenando do grande trono de verga, quando Leonardo já era conduzido, corredor fora, pelos outros dois.

CAPÍTULO DÉCIMO QUARTO

∽

1

Leonardo sentiu-se impelido por um desejo de autenticidade absoluta, pois durante o encontro que a certa altura lhe parecera interminável também ele acabara por encontrar a sua alma gémea. Afinal, aquele homem velho que escrevia versos compreendia-o como irmão. Mas havendo entre eles absoluta simpatia, por que razão Ricardo Asse não tinha começado logo por lhe revelar o mais importante? Para quê tantas palavras e tantas cenas demoradas, se ao fim e ao cabo o que desejava dizer-lhe era esta coisa simples – *Não tens nada a ver com aquele tipo de «record»!* E pensar que, por um triz, não saíra de lá sem o ouvir sobre o assunto. Surgira no fim de tudo, como por acaso. Fosse como fosse, a admiração que de súbito nutria pelo espectador da cana-da-índia era imensa – Ia Leonardo pensando de regresso, enquanto deambulava pelas ruas da Baixa. O rio continuava povoado por corvetas, fragatas e até havia unidades de draga-minas atracadas. O porta-aviões estendia na água o seu enorme lombo. Daqueles elementos preparados para uma guerra simulada, também Leonardo sentia evaporar-se uma sensação de paz. Mesmo com as luzes apagadas, impunham-se como objectos luxuosos de distância. Sem querer, a imagem de Paolo Buggiani, fazendo voltas

353

e reviravoltas no ar, até cuspir a chama do fogo, vinha ao pensa-mento de Leonardo – Deveria ter falado do assunto a Ricardo Asse, ou não deveria? Não, não tinha havido tempo. Leonardo encaminhava-se para a Casa da Arara e passava junto às portas do Luna-Bar e da Boîte Sumaúma, mas não ia entrar. Era um sábado e Paulina com aqueles dois, agora constituídos em equipa, até poderiam encontrar-se lá. Ia mas era a correr, meter-se no seu quarto e meditar na sua vida. Tencionava pedir as almofadas e os coxins do quarto da *Remington* para se esticar, com as pernas levantadas. Queria absoluto silêncio a fim de pensar nos conse-lhos de Ricardo Asse. Tinham sido tantos, uns justapostos aos outros, que só reconstituindo partes da conversa conseguiria fazer a selecção necessária. Talvez tomasse nota nas próprias páginas do *Bio Feedback Training.*

2

Mas nada aconteceu assim. As luzes estavam apagadas por-que todos se encontravam em torno da moviola, e a arrecadação abria as janelas para o outro lado. De súbito, a porta do quarto cine-estúdio escancarou-se e Paulina apareceu-lhe à frente, que-rendo saber donde vinha e onde se escondera ele durante tanto tempo. O *performer* considerava-se um ser pacífico, mas naquele instante sentiu vontade de a esbofetear. Não ia responder. Ela, que lhe havia marcado aquele encontro, vinha perguntar-lhe onde se escondera. Felizmente que o encontro fora daquela natureza, mas também não tinha nada que lhe explicar de que natureza fora. Não iria responder sequer. De repente, apetecia--lhe pegar na sua traquitana, e mesmo desmaquilhado, ir experi-mentar quantas horas poderia ficar na Baixa deserta, iniciando uma *performance* às duas da manhã, só para se conhecer, para averiguar dos seus limites. Afinal, nunca tinha começado naquelas circunstâncias. Mas Gamito e Falcão também quiseram saber em definitivo por onde havia andado. Agora interessavam-se em protegê-lo como a um bebé de mama ou um inválido. Naquela noite, porém, seria diferente «O que trazes aí?» – perguntou o que se parecia com Burt Lancaster, olhando o volume do livro *Ricardo Asse, Obras Completas*. Como Leonardo não quisesse mostrar, os três cercaram-no, e sem mais nem menos, retiraram-lhe o grosso livro das mãos. Teriam bebido? Os três apresentavam-se extremamente alegres.

«Eh! Gente! O gajo com quem eu marquei uma entrevista com o *Static Man* não é um agente de espectáculos, escreve livros. Pois que é isto?» – Paulina tinha ficado estupidamente intrometida, e Gamito, o mais alto, arrebatou o volume e segurou-o acima de todos.

«Aí está que o tipo se raspou a noite toda – Esteve a ler livros» – dizia Burt Lancaster. «Espantoso! Esteve a estudar poesia...» E o grande gatarrão, que lavava cabeças de mulher no Salão Karenine, retirou o livro da sua caixa, e interessado em desvendar o objecto, cada vez mais entusiasmado com a profanação, abriu-o e começou a ler palavras desconexas – «*O vitríolo que me deste... Objecto incandescente... Morte azul onde me deitaste...*» Lia Gamito, divertido, pois segundo ele deveria haver ali muito pensamento bom para Paulina copiar para as paredes. Só que Leonardo sentia-se atingido. Dentro do livro até estavam escritas umas palavras só para ele, alguma coisa que Ricardo Asse havia pedido àquele Vítor, o franzino, e agora tudo aquilo andava de mão em mão, entre Gamito, Falcão e Paulina, os três de braços erguidos, alarvados, como soldados esfomeados a quem se atirou uma ração. Eles viravam e atiravam ao ar o volume, divertindo-se inexplicavelmente. A caixa que o protegia já merecera vários chutos. O livro foi ao tecto e voltou escarranchando-se no chão, com as

355

folhas abertas. «Pá, é em papel-bíblia!» – Ainda disse, tentando dissuadi-los. Em papel quê? Não se percebia o que tinha dado aos três. Riam e troçavam como se movidos por uma corrente eléctrica galopante. «Puro papel-bíblia? Deixa ver!» – Falcão entalou entre os dedos umas folhas e rindo, sem parar, experimentou a textura sedosa.

«Se lhes tocas, esmigalho-te a merda da moviola com tudo o que tens passado nela!» – disse Leonardo.

Falcão tirou os óculos que pendurou na algibeira da camisa e começou a rasgar páginas. «Tinha de ver...» A cada página era uma gargalhada. «Uma, duas, três, dez...» E em seguida tomou um refolhão delas e atirou-as ao tecto. As folhas muito leves andaram a vaguear, e depois poisaram por cima dos objectos pendurados do quarto floresta. Muitas caíram no chão. Gamito pediu, a rir, que Falcão parasse, mas Paulina, que também estava divertida, achou que, já agora, deviam conhecer o livro. E enfiando os dedos finos entre a treliça e a lombada de carneira, arrancou todas as folhas pela talagarça. As bandas da capa com letras douradas voaram contra a parede como uma coisa inútil – «Eh! Parem aí! Vocês estão a passar-se, pá. Que porra é esta? Vocês fumaram charro!»

Gamito, o grande gatarrão, ainda ria mais – «Nós, pá? Nós?» Não conseguia acabar o raciocínio. O quarto do *performer* tinha-se transformado numa lixeira branca. «Espera!» – disse Leonardo. E dirigiu-se à arrecadação.

Falcão desafiava-o – «Mexe lá na moviola, mexe lá nos *magasins*, nas películas! Mexe lá que entre nós ainda vai haver uma boa merda!»

Mas o *performer* investia contra a tarimba desactivada do beliche, onde se alinhavam os policiais da Colecção XIS salvos da enxurrada. Era sobre matéria semelhante que Leonardo se queria vingar. O seu corpo magro e ágil, com os membros articulados duma melga, atirou-se à meia centena de livrinhos criminais que tinham restado da inundação e desfê-los em tiras. Pisou-os, fê-los voar, centrifugou-os. Só parou quando entendeu que as folhas pareciam algodão voando. Mas se pensava que uma vingança daquele género fazia mossa nos companheiros, enganava-se. A porta da arrecadação, agora que Falcão tinha percebido que o *Static Man* não iria além de objectos de papel, que a réplica era apenas taco a taco, ria de novo como um perdido. Aliás, todos riam de novo, escorregando junto às paredes.

O *performer*, porém, guardava uma vingança mais funda. Entrou no seu quarto e retirou o cartaz que tinha guardado debaixo da cama, exibindo-o a toda a largura – *Este Homem não Quer Bater o «Record» Mundial da Imobilidade Voluntária*. Paulina ria sem parar – «O que é isso aí?» Também Gamito estava achando uma piada imensa. «Pá, agora terias de mudar esse verso para um outro – *Atenção, Gente, Este Homem não Queria Bater tal tal...*» Paulina começou a sacudir o cabelo da testa em sinal de inquietação – «Mais do que isso, teria de mudar para *Este Estúpido do Camandro não Queria...*»
Leonardo abriu a janela sobre a Rua da Tabaqueira onde permaneciam tipos, andando cá e lá. Lembrava-se agora. Nem tinha lido o que Ricardo Asse havia escrito só para ele, na primeira página. Onde estavam as primeiras páginas do livro? Infelizmente, nem as chegara a abrir. Olhava por tudo que era sítio e não as via. Andava pelo corredor, entrava no quarto da *Remington*, ia até junto da banheira e não as encontrava – Tinham-se perdido naquele mar de folhas despedaçadas. Mas também não iria dizer nada aos seus companheiros, afinal seus inimigos íntimos e privados. A própria Paulina era sua inimiga, via agora. O que o velho da cana-da-índia tinha dito era verdade. Devia-se desconfiar em primeiro lugar dos bons amigos. Ele dava pontapés nas folhas arrancadas para tentar encontrar a primeira onde deveria estar a

dedicatória, e não a encontrava. Levava as folhas à frente dos pés, chutava-as e pateava-as, removia-as. A certa altura, começou a perceber que as folhas da Colecção XIS já estavam caldeadas com as folhas de *Ricardo Asse, Obras Completas*. «O que é que procuras?» – perguntavam-lhe os outros, percebendo que era sério o que Leonardo procurava. «Diz lá!» Ele não dizia, mas mesmo assim procuravam, e agora que todos andavam para diante e para trás, a casa tinha-se transformado numa vergonha. Leonardo espreitava todos os cantos, estendia pequeninos rolos, desembrulhava coisas amarrotadas. Nada, não encontrava a primeira página. Estendeu-se sobre aquilo tudo para pensar. Provavelmente, a letra daquele idoso elegante era tão sóbria que não se distinguia à vista desarmada. Com a luz do dia, por certo, iria descobrir. Ai lá que ia, ia! Deixou-se cabecear. Quando deu por si, porém, estava a ser apanhado pela máquina de Falcão. Deu um salto. Indecentes! A máquina do Falcão! À medida que o Sol ia nascendo, os três iam filmando as divisões repletas de papéis quadrangulares, amarrotados, partidos, em bolas, em farrapos brancos. Era como se tivesse nevado uma outra neve. Calados, os três, de pernas afastadas, filmavam os flocos daquela neve, antes que Purificação chegasse. Silenciosamente filmavam – Não havia mais nada a dizer.

Não havia nada a concluir, nada a verificar por dentro. Só por fora como se fosse por dentro. O mapa das vidas multiplicava-se, arborescia em todas as direcções, ia chegando às figurinhas de Stanley Spencer. Lanuit aproximou-se das folhas brancas.

3

«Preciso vê-la!» – pensou Eduardo Lanuit. O antigo resistente tencionava procurar a mulher, num intervalo do seu trabalho – Já sabia a que temperatura queimava o *nylon*, a seda e a lã, e qual a carga necessária para fazer explodir a porcelana. O alarme era desactivado por uma cavilha no subsolo. Como bom aluno que sempre fora, escrupuloso e perfeccionista, possuía os detalhes todos na cabeça, mas não conseguiria continuar, se não fosse rondar a casa para onde tinham levado a sua mulher. Julieta dizia-lhe muitas vezes que a irmã costumava tomar o pequeno-almoço fora. Então pensou que, se fosse até perto, poderia vê-las sair. Pelo caminho, passaria por drogarias e teria oportunidade de estudar as marcas da acendalha. Precisava duma espécie de combustão lenta que não deflagrasse com chama explosiva. Pedir acendalhas a um droguista, em pleno mês de Agosto, não era fácil. Mas isso não importava. Necessitava vê-la. A casa da cunhada ficava na Rua Castilho, e ele poderia colocar-se em frente, debaixo dos jacarandás. Tinha a certeza de que a iria ver. Esperou, andou para cima e para baixo, o carro da cunhada lá estava, mas delas nem uma sombra. A ideia de que vivia um sonho era cada vez mais vigorosa. Porque não tocar à campainha como num sonho? Tocou, abriram, ele subiu e ficou dentro da ampla casa da cunhada. As duas irmãs, em robe, tomavam o pequeno-almoço na intimidade do lar – «É ele, não vês? Sem querer, abri-lhe a porta...» Julieta encontrava-se de costas e assim ficou, não se virou, não lhe falou, não o quis ver. A cunhada era daquelas figuras dos sonhos cuja cara se move e recompõe como o corpo das nuvens, e também não dizia nada. Mas por vezes bastava pouco para que um homem achasse coragem. Por vezes, a imagem duma imagem, como nos sonhos, seria suficiente. Diria depois Lanuit. «Julieta? Juju? Estás a ouvir-me?» – A sua mulher bebia café com os cotovelos apoiados na mesa, e ele percebeu que deveria afastar-se daquele pequeno-almoço, descer e continuar a procurar a única substância que os poderia reunir – Umas boas caixas de acendalhas. Saiu dali, caminhou sob as árvores frondosas do parque. Sem conseguir explicar porquê, tinha um desejo ardente de dormir com ela, tirar-lhe o robe, sacudi-la, invadi-la, separar-lhe o corpo, voltar a fazer-lhe os mesmos filhos.

Disse ele, quando já falava para a *Remington* como para a sua própria máquina. Adiante.

4

Purificação havia chamado o bimbo para que testemunhasse o que se passava naquela casa, e como todos se encontravam a dormir de portas abertas, era possível ver o soalho e os móveis repletos de papéis desfeitos. A mulher gritou com a voz estrangulada de emoção – «Sr. Lavinha, venha cá!»

O bimbo, àquela hora ainda não tinha vestido o fato transcendental, encontrava-se em robe de seda lavrada. João Lavinha juntou as mãos, parecendo não querer acreditar, e pôs-se a passear entre os pedaços de papel, com a gravidade de quem encontra destroços dum barco espalhados numa praia. Era terrível o que os olhos do bimbo viam. Terrível, muito terrível. Curvando-se para o chão do corredor, tinha pedido a Purificação que trouxesse a pá e a vassoura, mas antes ele próprio apanhou algumas amostras dos papéis para dentro dum saco de plástico. Apanhou das várias espécies e das várias texturas, das várias dimensões rasgadas. Escolhia e apanhava com as pontas dos dedos como se guardasse amostras venenosas. Por fim, tendo feito a recolha representativa daqueles resíduos, guardou o saco de plástico debaixo do braço e dcvolveu o soalho à servente. Purificação começou a varrer e a dar trambolhões por tudo o que era sítio como se tivesse sido contratada para socar. Mas à excepção de Leonardo, todos dormiam a sono solto. A servente podia passar-lhes por cima.

Depois daquela limpeza que se assemelhava a uma sova contra os materiais da habitação, Leonardo esperou que a servente desaparecesse e fez os seus exercícios, *asanas, pranayamas, pratyaharas* e *dhraranas*, cumpriu o seu esquema completo, passou no centro do mestre, de quem se despediu, e entregou-se à corrida da meia manhã. Quando regressou, estava determinado. Pegou numa nova tela preta e desenhou em grandes letras brancas – *Atenção. Este Homem não Aceita Ter Batido o «Record» Mundial de Imobilidade Voluntária.* E para que não restassem dúvidas, enquanto se vestia e maquilhava, colocou o cartaz de modo que se visse tanto do corredor como do quarto onde batia a *Remington*. «Yeah!» – disse diante do espelho.

«Como?» – perguntou Paulina. «Como voltas para trás? Como queres que não aconteça o que já aconteceu? O que queres tu, afinal, além de nos dares conta da cabeça?» O *Static* besuntava-se de branco, untava-se pelos cabelos e pelo pescoço, ia para a sua trigésima corrida, era um artista, um atleta, um iniciado nas artes da superação, uma pessoa compreendida por poetas, e ele, ao mesmo tempo que não desejava nada além de se diluir no âmago da existência cósmica, por outro lado, não podia deixar de se sentir uma excepção, e tinha sobretudo uma finalidade – Superar-se. «Yeah, girl, yeah!» – dizia ele, vendo-se diante do espelho. Mas agora, só para irritar, não iria responder. Iria acabar de se maquilhar a rigor e descer, quando fossem cinco horas, para enfrentar todo aquele pessoal. Feliz da vida, gozava antecipadamente o que se iria passar. Até já estava a assistir a um exemplo antes de sair da Casa da Arara. De novo, com a caixa às costas, o *performer* assobiava.

Paulina fez rastejar uma toalha e atirou o cabelo para trás, sentindo-se impotente, e querendo que Falcão e Gamito o impedissem de abalar com aquele estúpido anúncio às costas. Ela era uma rapariga clarividente e estava a vislumbrar o que lhe iria cair em cima. Os patrocinadores, essa gente que nunca queria perder dinheiro, e que se perdia, aproveitava para ganhar dez vezes mais com as demandas, pedir-lhe-iam contas a ela própria. O cavalheiro do Governo Civil, aquela pessoa política que tinha aparecido, toda aquela gente que se havia sentado, não dormindo toda uma noite, os rapazes da imprensa, os da rádio, os da televisão do Estado, iriam querer saber o que se estava passando. E ela como iria explicar? Iria apenas dizer que o *Static Man* era um irresponsável? E quem era responsável pelo irresponsável? Infelizmente, na sua boa vontade, tinha sido ela – Paulina corria entre o seu quarto e o da *Remington*, falando alto, dizendo a cada palavra a sua *shit* como se fosse uma consoante aspirada, obrigatoriamente acrescentada às demais. E eles, aqueles dois, agora unidos para a vida e para a morte como marido e mulher, o Orson Welles desengonçado e o Burt Lancaster com pálpebras de felino pachorrento, estavam os dois à porta da arrecadação a rir-se dela. Porque não impediam o estúpido de fazer a asneira? Porquê? Naquele instante, maldizia a tarde da Grand Place em que o tinha tirado à banhosa Papagena. Fora uma estúpida, quando bem podia ter ficado com o homem do *Opel Monza*. Fora uma cretina idiota. Paulina estava tão confundida com as bestas dos seus dois amigos que não lhe acudiam, que ia meter-se em água morna.

Falcão procurava acalmá-la – «Ouve lá, o que é que está perdido? Nada está perdido! O tipo é tão casmurro que até poderia dar assunto para uma boa história. Não eras tu quem andava sempre a dizer isso?»

Mas Paulina não queria saber. Imaginava o que se iria passar quando o tipo expusesse o cartaz na Baixa para toda a gente testemunhar, e só lhe apetecia adormecer para sempre dentro da água morna, com uns comprimidos no estômago, como já várias vezes tinha tentado fazer, sem sucesso. Desta vez, ela havia apostado tudo num *performer.*

«Apostaste agora tudo! Olha que até nem é verdade» – dizia o afilhado do Welles. «Depois, pensa bem – O livro dos *records* não tem qualquer interesse. Está cheio de maratonas que não valem nada. As melhores disciplinas estão submersas em concursos abomináveis. Tens lá do mais execrável, desde o *record* das ancas mais largas aos anões mais pequenos, das unhas mais sujas aos arrotos mais sonoros e outras nojeiras do género. Por mim, nunca fui defensor dessa empresa para o *Static Man...*» Falcão e Gamito mantinham-se à porta do quarto de banho, enquanto a rapariga mergulhava na água morna, admitindo que o estátua pudesse ter razão, pudesse não querer que o seu tempo fosse homologado. Mas como ela não parava de se rebolar na água, ora pedalando com os pés, ora fazendo nadar o cabelo, Falcão e Gamito entraram no quarto cine-estúdio e recapitularam o assunto.

5

Leonardo? – O *performer* estava a rir-se como um perdido para dentro de si. Voltava a ter a alegria do Jack Nicholson em *Voando sobre Um Ninho de Cucos*, no momento em que fazia as piruetas com o barco. Rindo, livre como antes, descia a Rua da Tabaqueira, atingia a Voga, e a partir daí contava os cento e vinte e sete passos até ao local onde iria puxar a corda, desenrolar a manta e saltar para cima do plinto. Como sempre, esse era o momento em que devia fixar o olhar nos imóveis circundantes para os fazer girar em seu torno, banhando-os no trilho de *Einstein on the Beach*. Aquela era a trigésima jornada, e ele estava feliz e leve como se acabasse de tomar banho de água fria. Sentia-se solto e liberto como um pássaro. Sabia que, no momento em que desembrulhasse o cartaz que trazia escondido, as coisas iriam tomar novo rumo. E ele? Pois podia seguir livremente a sua rota no meio da Rua Augusta, para que todos os que passassem vissem como havia formas geniais de imortalizar o momento. O *performer*, naquele dia, tinha apanhado o cabelo com uma fita, e para deixar bem claro que era sempre outro, sendo cada vez mais o mesmo, quando subiu ao plinto, deixou as sandálias no lugar onde antes colocava o prato. Então sacou do rolo preto que prendeu no sopé do palco e começou a subir. Os miúdos admiraram-se da ausência da publicidade dos patrocínios, e mais se admiraram quando leram o cartaz – *Atenção. Este Homem não Aceita Ter Batido o «Record» Mundial de Imobilidade Voluntária.*

Durante algum tempo, os garotos ficaram a observar o cartaz, agachados, até que um deles perguntou – «Que ordinarice é esta, *Static Man*? Foi feita por ti?» Os outros também soletraram e chegaram à mesma conclusão. «Afinal desistes do *Guinness Book*?» – perguntou o que parecia mais velho. Um outro nem esperou pela resposta, que naturalmente nunca obteriam. Rebentou aos gritos – «Gente, o *Static* não tem oca, não tem isca, não tem os olhões no sítio! O *Static* é um merdas!» Os garotos puseram-se a rir, espalhando-se pelos passeios. E a partir desse instante, a vida da Rua Augusta que dependia do encontro fortuito com o espectáculo estático do *performer* resultou numa mudança significativa. Como não havia muita gente a circular pelas ruas, a alteração do sentido do espectáculo tornou-se notória. Ultimamente, António Stradivarius tinha vindo de casaca preta para o que desse e viesse em matéria de filmagens, e encontrava-se sentado à sombra duma esquina com os seus companheiros. Tinham feito uma pausa e até dormitava, encostado à parede quente da Lord, quando ouviu o rumor. A sua casaca estava desapertada e assim mesmo, correu para junto da manta. Também ele leu e ficou surpreendido e incrédulo.

*

«Não aceita ter batido? Mas como *não aceita* ter batido? Uma pessoa pode não aceitar uma coisas dessas? A frase está errada!» – António Stradivarius sentia-se perturbado e de arco caído, tinha-se posto em frente do plinto para raciocinar melhor. Aliás, a cabeça desgrenhada do violinista experimentou um mau pressentimento ao ver as sandálias do *performer* no lugar do prato. Mas ainda olhava incrédulo – «Não pode ser! Depois do esforço que fizemos, desistes do *record* mundial? Depois de o teres ganho? Que tipo és tu, afinal, maricas de merda? Estúpido, cabrão, anormal...?» A sua cólera ia aumentando à medida que as palavras lhe saíam pela boca e vice-versa, até chegar à intimidação – «Sai daqui, sai do perímetro da nossa cena! Quero que não vás bater o *record* para a rua parida da tua mãe! Cabrão. Devias ser meu filho para veres se tinhas ou não batido esse *record*. Caguinchas! Fraco! Um homem que sobe ao palco, tem instrumento, tem música, tem unhas, tem tudo e assim deixa escapar o seu êxito...» – António Stradivarius não acreditava que o muar que estava ali em cima do plinto, e que tantos favores lhe devia, não lhe respondesse. «Responde, fedelho, responde, fraco!» – disse várias vezes, com a vara alçada, até que num rompante abandonou o cruzamento, desembaraçando-se da velha casaca, e desapareceu rua fora. Nesse momento, Falcão e Gamito encontravam-se a postos e já estavam a filmar.

Mas a aproximação dos passantes e sua indignação eram genuínas. Tinham-se aglomerado a olhar para o cartaz, apesar do calor e da zorreira da tarde. Uma senhora com a garganta enfeitada a ouro disse – «Nunca me enganou, sempre achei que não era um vencedor, que era um cobarde!» A senhora levou a mão à garganta e aí, sim, dirigiu-se à máquina de Falcão – «Coitado do meu neto, que não fala em mais nada do que no *Static Man*! Começou a fazer uma banda desenhada em que o recordista recebia uma medalha, e foi ao ponto de desenhar balões com falas! Afinal não passa dum perdedor desgraçado! O que vou dizer ao meu neto?... São episódios destes que vão minando a nossa auto-estima!» A senhora apontou um queixo estóico na direcção do rio e pôs-se rapidamente a andar, desaparecendo na objectiva do repórter. Falcão apontou noutra direcção e um cavalheiro ergueu um saco da Loja do Povo. Abriu os braços diante da câmara e lamentou profundamente – «De novo o nosso país não vai ganhar! Não vai entrar na corrida dos primeiros...»

Uns vinham, outros abalavam, quem se encontrava familiarizado com o assunto ficava estarrecido – «Se lhe pedíssemos, talvez ele mudasse de opinião e ainda aceitasse. Afinal o que é isso da homologação? Quer dizer que não vai constar do livro? Se não vai constar do livro não consta da história, naturalmente!» Não era fácil compreender o que se passava e até talvez a frase estivesse mal escrita. «Ouça, menino, pedimos-lhe que aceite! É a nossa vida também que fica em causa. Ainda voltará atrás, ainda?» – perguntava uma velhota redonda, parecida com a Bubulina de *Zorba, o Grego*. Os seus olhos eram cândidos e grandes, e abriam-se de espanto diante daquela teimosia – «Volte atrás! É um grande favor que lhe pedimos!»

6

Então Falcão apontou a *Arriflex* na direcção de Leonardo. Lá em cima do plinto, de cabelo apanhado, o tipo parecia rir-se. E era verdade, continuava a rir-se. Magro, branco, teso, de olhos escondidos debaixo da imagem dos seus próprios olhos, parecidos com os de Miles Davis, o *performer* não se mexia, enquanto anunciava a traição. Pois voltava a estar ali apenas para estar, para se encontrar com seu *Eu* espalhável pelo Universo. O que ele queria era mostrar como uma pessoa domina o movimento e o tempo, mais nada, se isso era alguma coisa. Essa coisa, essa ideia para a qual ele não tinha outra palavra senão *Nada*, era a sua honra. E ele queria mostrá-la, exibi-la, sabendo que de vez em quando existia um tipo como Ricardo Asse que o compreendia profundamente. Por isso, não responderia. À medida que a sombra corria e a brisa se levantava, pessoas passavam, discutiam, partiam. Por ele, que estava lá na espuma da sua *performance*, tanto lhe fazia, mas não deixava de desejar que pelo menos uma das pessoas – pelo menos uma das que advogavam o *primeiro lugar* – passasse por ali e visse a altivez e o desprezo com que olhava para as coisas materiais primárias, como eram os números ordinais, na fila das corridas. «Venham, venham!» – dizia o *performer* para si mesmo. «Com que então eu deveria ser o primeiro... Com que então, tendo ele sido o primeiro, tendo ela sido a primeira, tendo eles todos sido os primeiros, também eu teria de ser o primeiro! Pois fiquem a saber que alguém deseja ficar longe até dos segundos. Entre os primeiros e os últimos, não há só os intermédios, há outros. Existem aqueles, por exemplo, que desejam ser únicos e não se encontram nessa corrida. Encontram-se divorciados dela! Leonardo é um único...» – Pensava, vogando sobre os telhados das lojas da Baixa. Mas por mais alto que subisse e se afastasse, cá em baixo não estaria só.

Falcão e Gamito ligaram a câmara e colocaram-na na direcção da testa do *performer*. Retiraram-na, porém, quando ouviram dois lojistas a falar entre si. Dirigiram-na sobre esses comerciantes, gerentes de lojas respeitáveis – Eles queriam que o *Static Man* desistente do *record* se afastasse daquele cruzamento. O rapaz dispunha da cidade inteira, mais os cais e as estações de caminhos-de-ferro, e o aeroporto, para fazer a sua palhaçada. A partir de certa altura, tinham consentido em ficar prejudicados por causa do *record*. Porque um *record* em qualquer parte do mundo era um valor fiduciário em si, e os comerciantes respeitavam, como ninguém, os valores da moeda a que correspondia um *record* mundial. Mas a partir daquela tarde, eles queriam que ele fosse chatear para outra rua, montando-se numa outra esquina. «Vai, vai, vai... Desaparece daqui!...» – diziam, olhando-o, de baixo, para a estreita nesga dos olhos.

Em suma, à volta do *performer*, descalço, de cabelo atado em rabo-de-cavalo, às dez da noite, já não se encontrava ninguém, afastados os transeuntes por aquele texto demolidor – *Atenção. Este Homem não Aceita Ter Batido o «Record» Mundial de Imobilidade Voluntária.* Encontrava-se um ou outro curioso estrangeiro, além de Falcão e Gamito, a nova equipa preparada para tudo. Tinham trazido o tripé, mas a certa altura, o cine-repórter estendeu-se por terra, com a galga da câmara apontada em contrapicado, pois interessava-lhes ver desse modo como Leonardo resistia, e até quando resistia. Queriam sobretudo captar em profundidade e extensão a jornada da desistência. Até que foram buscar Leonardo ao plinto. Eram três horas, a maquilhagem do tipo estava desfeita e o cabelo parecia ter sido esfregado na palha. Para cúmulo, alguém lhe devia ter levado as sandálias de cima da manta que não as encontraram, e quando desceu da caixa, o seu corpo parecia o junco.

«Eh, pá! São três da madrugada! Estamos fartos de esperar por ti! Será que não podes dizer quando terminas para um gajo programar a vida?» – Enrolaram os cartazes, retiraram o plinto.

Leonardo estendeu-se sobre a manta, reactivando-se sozinho.

Então a carrinha *Vitório-Reportagem* começou a subir devagar para não maçar o *performer*. Gamito tinha-o colocado à frente, e havia encostado o banco para que Leonardo pudesse descansar as pernas sobre o *tablier*. Estavam preocupados com as pernas dele. Aliás, o próprio também, porque uma coisa era actuar com a ajuda do mestre e duma organização completa, e outra era ficar entregue a si próprio. Só que ele queria exibir-se sozinho porque não tinha *record* a bater. «Yeah! Doem-me as pernas. Se não fossem as pernas...» – Disse por fim. Estavam chegando à Rua da Tabaqueira e Falcão, forte, desengonçado, advertia – «Tens de te cuidar, pá! É muito perigoso o que estás a fazer. No dia do *record*, quantas vezes o mestre não te deu a beberagem? Massajou-te, pôs-te gelo. Hoje, por exemplo, não tiveste nada...» Leonardo movia as pernas sobre o *tablier*, esfregava-as – «Yeah! Mas hoje não fiz quinze horas, pô! Hoje fiz para aí umas cinco ou seis...» Gamito, o gatarrão, pôs-se a rir a bandeiras despregadas – «Fizeste nove, *Static Man*! Está visto que precisas de alguém que te conte as horas...» Os rapazes saíram da carrinha, transportando às costas o caixote e o material de filmagem.

«Já percebeste que estamos a fazer um filme sobre ti, não é verdade?» – perguntou Falcão. Tinham entrado na Casa da Arara e subiam, carregados. O *performer* fê-los parar a meio das escadas. Leonardo queria falar com eles, porque na noite anterior já se haviam desentendido, e já tinha ocorrido o desmantelamento do livro do Ricardo Asse com o desaparecimento duma frase escrita que ele nem havia chegado a ler, e não estava para alimentar mais dissabores. Era melhor esclarecer já ali, e a verdade era esta – Se queriam filmar que filmassem, que ele seria indiferente a toda a movimentação. Sozinho, tencionava atingir os seus próprios *records*, bem à sua maneira, e mais nada. De resto, que tomassem os planos que quisessem. Por ele, era como se não estivessem lá.

«Escuta» – respondeu Falcão. «Queremos que saibas que vamos construir um *story-board* em que a história não tem nada a ver com a tua vida. É um decalque sobre a tua figura, mas em que o estupor duma mulher, exigindo que o artista bata o *record* das quinze horas, o conduz à morte.» Falavam sentados na escada da arara. Leonardo repudiou a ideia.

«Isso é um horror! Um *performer* domina os riscos que corre e sabe quando parar. Só uma besta de *performer* se submeteria a uma pessoa dessas...»

Gamito, porém, duvidava dum princípio tão universal, mas mesmo que assim fosse, tratando-se duma ficção, não tinha qualquer importância. O que acontecia é que Falcão se lembrava do tempo em que havia trabalhado sob orientação de Vitório Mateus, e queria que ficasse muito bem esclarecido o problema ético do consentimento – «O que tu tens de explicar é se concordas ou não que a partir de ti se crie um personagem que caia do plinto abaixo, inanimado, e depois venha a morrer sozinho.»

Leonardo pensou um pouco, sentado nas escadas – «Estou a ver tudo, mas não contem comigo para simular acções. Vão ter de pedir a alguém que vista as minhas roupas, eu empresto tudo o que quiserem. Comigo, para fingir, para aldrabar, não contem... Eu só tenho um objectivo, é ir performar com Paolo Buggiani entre as Torres Twin, mais nada. E enquanto andar por aqui, quero experimentar até onde posso ir, mas isso é cá uma coisa minha, só minha, ninguém tem de interferir, nem eu tenho nada que vos dizer...» O *performer* encontrava-se descalço e estava começando a espirrar. Que desculpassem, era muito tarde e a trigésima primeira jornada seria dali a dois dias. Tinha de se preparar muito bem.

7

Mas como? Paulina ainda estava na banheira? Ainda era a mesma água? O mesmo sabonete? A mesma toalha? – Pelas paredes, os ramos do mapa estendiam-se para além das arestas, no entanto só em parte o futuro se tornava previsível. Que fique claro que nunca escrevi – Não se inquietem, não busquem, não interroguem. Também nunca disse o contrário.

Aquele, por exemplo, tinha sido um dia negro para a rapariga escafandra. De tarde, quando se encontrava de saída para assistir à desistência dum irresponsável chamado Leonardo, alguém tinha vindo ao quarto de César buscar a televisão anã. E não só a televisão anã, alguém tinha vindo buscar tudo o que havia pertencido a César. Mas enfim, que levassem as coisas dele era como o outro, o problema é que a pessoa que tinha vindo buscar todos os seus pertences estava mandatada para não dar notícias da vida de César. A mulher trazia uma cara de meter medo, querendo cuspir para cima de alguém. «Expulsaram-no, puseram-no na rua como um cão, coitadinho, coitadinho...» – tinha dito a mulher para um homem com ar de *chauffeur*. «Seria a mãe?» – perguntou Falcão. «Não, mãe não era.» A pessoa que viera lamentar-se parecia bastante nova e também não tinha cara de irmã, devendo tratar-se duma secretária da cimenteira, e o homem, um dos motoristas do pai do César – explicou Paulina, metida na água da banheira grande. Tinha sido um dia de pesadelo. Aqueles grandes morcegos, ele e ela, ambos com cara de pau, haviam ido embora e não tinham explicado se César se encontrava vivo, morto ou doente. Não era de endoidecer?

«Mas que história esta, que estúpida contrariedade!...» – disse Gamito, sempre muito abalado por este tipo de acontecimentos. Falcão, porém, habituado aos casos bárbaros que diariamente procurava, atravessando Lisboa de lés a lés, sabia geri-los. Era só uma questão de pôr a cabeça fria e pensar em voz alta. Pois recapitulando, e fosse como fosse, naquela noite, César encontrava-se doente, eles tinham detectado o problema e haviam chamado a ambulância, enviando-o para um local adequado. A seguir, César não tinha dito nada. Quem deveria dizer alguma coisa? Quem era? Era ele, o Dustin Hoffman. César é que estava em falta. Aliás, várias vezes em falta, no caso de estar vivo e de saúde. Algumas vezes em falta, se se encontrava em tratamento, e não dizia onde estava. E só não seria verdadeiramente culpado, se acaso tivesse falecido.

«*Shit!*» – disse Paulina. «Afasta para lá essa boca! Porque havia de ter morrido?»

Todos se entreolharam, já que ela mesma é que pusera a hipótese. Os três rapazes encontravam-se em pé, em torno da banheira onde Paulina agitava molemente os braços e as pernas. E não dizia nada. Sim, era verdade, ela é que tinha posto a hipótese, com todo o fundamento, por causa do olhar funesto daquelas duas pessoas que ali tinham estado, tratando-o por coitadinho como se César fizesse parte da lama do abismo. A eles, aquela mulher mal-encarada tratara-os por assassinos – À volta, pelo chão, havia poças e pegadas. Sem dizerem uns aos outros, todos sentiam vontade de fazer como Paulina, de se meterem dentro de água como ela, mas a vasilha era pequena para dois, quanto mais para quatro.

«Seja como for» – disse Leonardo, ainda por despir e desmaquilhar. «Eu não estava presente, encontrava-me no cruzamento. Mas algum de vocês se sente culpado? Se tudo se passou como me contaram, vocês estão inocentes. E agora não devem ficar aqui a noite toda a tentar interpretar uma situação que, só por culpa de quem veio buscar a televisão anã, nos escapa. Por que diabo essa mulher de cara de pau não contou logo o que aconteceu ao César? Nem o *chauffeur*? Porquê? Porque são sádicos! Pois, se não fossem, sabiam que vocês é que detectaram o mal que o minava, ou minou, nem sabemos ao certo. Acho que cada um de nós tem o seu percurso a fazer, e a sua vida a viver. Então, em face de gente tão complicada como é essa família do César, boa noite! Por mim, entendo que devemos deixar isto para pensar mais tarde...» – disse ainda.

De facto, Leonardo, depois duma performance tremenda, em que até havia perdido os sapatos, ainda discorria com o espírito completamente activo – Pensando bem, eles não tinham culpa que César estivesse de saúde, morto, ou simplesmente doente. Fosse qual fosse o cenário, não tinham responsabilidade, não tinham falta, nem sequer podiam ser acusados de qualquer tipo de conivência, pois apenas haviam cumprido seu estrito dever de entregar aos serviços de saúde uma pessoa combalida. Era de mais. Agora, volta e meia, estavam a querer imputar-lhes responsabilidades. Pois porquê? Paulina não precisava de fazer cambalhotas dentro de água morna, a pensar em paisagens com corvos. Devia voltar para a sua cama, tomar um comprimido e dormir como um justo. Todos eles só tinham de continuar as suas vidas como justos. Mais nada, absolutamente mais nada. E a isto nem se chamava ser estóico, chamava-se apenas ser lúcido – disse Falcão, por sua vez, quando já iam a caminhar para o fim da madrugada.

Sim, as unidades navais da *Linked Ocean Forces* andavam cá e lá. Mas havia umas peças mais vistosas que outras. O porta-aviões americano nem oscilou. Despegou-se do Tejo como se fosse um quadrângulo de gelo em água quente, e dissolveu-se barra fora, pelas dez horas da manhã – Escrevi sobre a *Remington*. Fosse como fosse, tínhamos o horizonte resguardado. E entretanto?

8

«Curioso, muito curioso. Ou perdi completamente o controlo da minha vida, ou alguém a está sonhando por mim» – pensava entretanto Lanuit, metido na casota do quintal, dobrado sobre o projecto. Fechado à chave, era ali que guardava a acendalha e o isqueiro, bem como uma caixa de fósforos de reserva. A planta do GRANDE ARMAZÉM e a chave que lhe permitiria abrir a porta de saída – que em todo o caso deveria voltar a fechar – também se encontravam sobre a secretária. Lanuit dispunha ainda de vários alçados e perfis de cada um dos pisos e, recorrendo a um objecto móvel, fazia deslocar um imaginário peão que era ele mesmo, desde o andar superior da caixa do relógio até à saída pela Rua do Ouro. O peão, porém, tinha de permanecer no interior, sensivelmente a meio do imóvel. E mentalmente, imaginando-se o peão, reconstituía os detalhes da entrada, por volta das seis e meia da tarde. Sabia que se encontrava dentro da lógica do sonho, mas sendo esta tarefa um aprofundamento do estado de inconsciência, aquele momento de preparação tornava-se tão concreto e real como os lençóis suspensos das cordas. Ou como o sussurro do álamo.

Assim, pela centésima vez, Eduardo Lanuit deveria dirigir-se ao balcão do equipamento fotográfico, adquiriria dois rolos *Kodak* e, como se estivesse muito apressado, rapidamente se introduziria no WC das mulheres. Havia dois lavabos e entraria num deles. Fechar-se-ia à chave e já perto das sete entornaria água e papel, como se alguém tivesse deixado a dependência inutilizada. Bem poderia ter sido pessoa das obras que não soubesse usar os lavabos. Tempo de obras, tempo de casa devassada. Mas era aí que Lanuit precisaria de vários golpes de sorte.

Muita sorte, pois seria necessário que ninguém se interrogasse sobre o facto de se manter fechada a porta dos lavabos, que ninguém precisasse mais de se servir deles e que, se alguém precisasse, estivesse com pressa de partir. Era esse o passo que mais repetia, que mais o enervava, e para onde tinha de concentrar o maior grau de atenção. O homem pesado que o havia feito farejar todos os cantos do WC como um cachorro sabia bem da importância daquele local. O indivíduo tinha permanecido lá dentro um tempo infinito, e até havia chegado ao pormenor de revolver o caixote do lixo. Era para ali que deveria confluir toda a sua sorte e depois, tudo dependeria de si mesmo, uma vez que ficasse só. E quanto tempo deveria ficar dentro do WC sem se mexer? Muito, muito tempo! Talvez devesse mesmo deixar passar a meia-noite. Então sairia, dirigir-se-ia para o seu local axial e começaria a trabalhar, a espalhar os materiais de queima, a dispô-los em ordem. A sua vida agora girava em torno do momento em que lançasse fogo às acendalhas. Levá-las-ia no saco de tiracolo. Tudo seria apenas uma questão de astúcia e trabalho, intenso trabalho. Só lá, no lugar do esconderijo do WC feminino, precisaria de sorte. Lanuit repetia os passos que deveria dar, debruçado sobre a secretária, olhando para as plantas do GRANDE ARMAZÉM, deixando as horas correr. Eduardo Lanuit tinha deixado de gerir o próprio incêndio, para se concentrar naquele gesto – Fechar-se num WC do GRANDE ARMAZÉM, tornando a entrada interdita. E na hipótese de lhe fecharem uma outra porta? Que porta seria essa? Não, não havia mais nenhuma porta... Lanuit sobressaltava-se, pois na hipótese de haver, precisava ainda duma gazua.

Era assim que Lanuit passava aqueles dias em que não queria voltar à Rua Castilho. Imaginar a sua mulher fria, como um fiapo de gelo, fazia-o regressar à ideia precisa de que estava a viver a estrutura dum sonho. Assim, caminhava entre os lençóis e o álamo, obcecado pelo que tinha de fazer enquanto se sentisse real – «É preciso ter sorte, é preciso conseguir entrar naquele esconderijo e, entrando, é preciso que ninguém abane de mais a porta, e se abanar, é preciso que a pessoa desista. À cautela, na hipótese de que alguém possa espreitar, é preciso levantar os pés, sentando-me sobre a sanita...» Eduardo Lanuit ouvia o silêncio da sua respiração, no caso de alguém precisar desalmadamente daquele serviço. E de repente, passavam-lhe relâmpagos pela vista – E se uma pessoa aparecesse no seu caminho e o descobrisse? Deveria matá-la? Matá-la e fechá-la dentro do outro WC? – «Tenho de voltar a pensar. Pensar de novo...» – Dizia, no Café Atlântico, segurando a cabeça.

Então regressava à casota e punha-se a andar de lado a lado, entre aquele atravancamento antigo de objectos ilegíveis em papel, fichas, nomes, datas, e sentia que as variáveis eram um campo sem fronteiras, sendo que a realidade só iria permitir a verificação duma delas, e por isso desejava com ardor que alguém lhe desse o sinal de partida. Mas o sinal chegou – O telefone tocou para ele.

Ao fundo dum ruído, ouvia-se a voz dum novo elemento ligando duma cabina, onde as moedas não pareciam entrar. Finalmente, a ligação estabeleceu-se e era como se alguém lhe falasse do Instituto de Meteorologia e Geofísica, informando-o do tempo que iria fazer durante o fim-de-semana seguinte. Mas a pessoa tinha a preocupação de anteceder os dados, sublinhando que, para a quinta e a sexta, previa-se excelente nortada. No sábado, porém, cerca das doze horas, o calor e a calma voltariam, e então a atmosfera estaria seca como em nenhum outro fim-de-semana do ano. O pico da secura, quando a movimentação do ar abrandasse, seria durante a noite de sábado. Sexta de tarde, voltariam a telefonar. As moedas tinham terminado, a cabina tinha-se posto a zunir. Lanuit pensou, aflorando a saída do sonho – «Quer dizer que no domingo de manhã já a nossa vida mudou!» E de novo reentrava na casota para estudar os planos do fogo, fazendo deslocar o peão pelas escadas, pelos desvãos, pelas diversas portas do GRANDE ARMAZÉM até ao lugar simbólico da Rua do Carmo.

9

Gamito apercebeu-se que faltava a figura duma rapariga, e de súbito foi como se tivesse passado uma bela centelha diante dos olhos. Encontravam-se no Luna-Bar a tomar o *drink* da meia--noite e deixaram-no dentro dos copos. Como ainda não tinham pensado no assunto? Por alguma coisa Gamito estava habituado a lavar as cabeças das mulheres e a sentir o seu espírito, era pois sua obrigação perceber quando faltavam. Então atravessaram a Tabaqueira e meteram-se dentro da arrecadação. Passaram em revista o *story-board*. Sim, antes, quando ninguém tinha dado pela falta, apenas se sabia que não estava lá alguma coisa de essencial, mas agora, uma vez detectada a ausência, era como se houvesse buracos negros semeados por toda a parte. O repórter fumava cigarros atrás de cigarros, acendendo-os uns nos outros como mechas, e concluía sempre que era preciso juntar uma mulher. Ambos tinham começado a pensar em Paulina, mas em breve haviam chegado à conclusão de que não serviria. Se a rapariga aceitasse, complicaria o assunto. Para ela, tratava-se duma história já passada. Sim, estavam ali a falar os dois, sozinhos, sob o olhar de génio de Orson Welles e não valia a pena disfarçar – Era preciso uma mulher que vivesse a acção como realidade.

«Havia aí aquela rapariga cachalote que corria atrás dele e o acordava da imobilização chamando – Hi! Man, são duas horas, são três... Foi por causa dela que eu e Paulina entrámos em vias de facto. Lembras-te?»

Os dois tinham-se posto a pensar. Claro que Falcão também se lembrava da rapariga cachalote. Ela tinha chegado a estar ali na Casa da Arara, por vezes até entrava no quarto da *Remington* e lá ficava, sentada em cima da cama, fazendo um fosso no colchão. Então não se havia de lembrar? Volta e meia transportava a caixa de Leonardo e várias vezes o tinha trazido de táxi. «Bolas!

Lembro-me agora muito bem da rapariga cachalote. Seria uma figura felliniana arrancada da mais pura realidade. Mas que grande furo. Que grande sorte. É preciso procurá-la. Caramba, pá, que não me ocorria a figura dessa mulher de truz!» – E os dois penderam sobre a moviola e passaram em revista todo o material de que dispunham relativo à terceira parte do filme.

Então ambos avançaram para o quarto floresta, mas foi Gamito quem acordou Leonardo. Eram umas três da manhã e o *performer* sobressaltou-se – «Sei lá da rapariga cachalote. A última vez que a vi foi às voltas numa escada, ali na Costa do Castelo, e por acaso, tu nem me deixaste voltar para trás. Tu e aquele espécime do César que se puseram a troçar descaradamente. Como vou agora saber da rapariga obesa?»

Mas Gamito, o gatarrão, estava possuído pela ideia de introduzir a mulher no filme, e tinha-se sentado na cama de Leonardo com paciência de felino manso – «Vamos lá entender-nos. Tu dormiste com ela. Ou não dormiste?»

Leonardo voltou a irritar-se – «Dormi em casa dela, o que é diferente.» E preparava-se para se deitar de novo, mas Falcão deu um salto de alegria, tirando os óculos pardos.

«Calma! Interessa que, mesmo que tenhas dormido no tapete, sabes onde é a casa, e amanhã de manhã vamos lá! Precisamos que ela apareça, conforme o que consta do *story-board* deste filme. Essa rapariga tem de surgir a olhar para ti depois da meia-noite, chamando – Hi, Man! São três, são quatro, são cinco da madrugada! Isto é muito importante que seja dito por uma rapariga cheia, em forma de cachalote. Percebes? E tu, bastante escanzelado, em cima da caixa, a dar-te o vento na cabeça e no vestido. E nada de cabelo apanhado com elásticos, todo solto. Ali, branco, direito, escorrido...»

*

Leonardo começou a ficar desconfiado, e achava justo ver com os seus próprios olhos esse *story-board* onde a sua vida emprestava vida a uma outra que não tinha nada a ver com ele, mas Falcão não permitia, porque numa cine-reportagem o reportado devia agir sem indução, para que o próprio se sentisse livre. Para isso nem era preciso ir aos bons realizadores canadianos dos antigos anos 60. Bastava reportar-se a um francês qualquer, até um antepassado velhinho como Jean Vigo. Fosse como fosse, logo de manhã, teriam de ir bater à porta dessa rapariga. Como se chamava? O *Static Man* fez um grande esforço para se recordar sem conseguir, e só no dia seguinte, quando subia a escada que conduzia ao patamar, já na Travessa das Mónicas, se lembrou do nome de Susana Marina. E por acaso até estava a ficar bastante feliz por se lembrar. Durante muito tempo, a moça fizera-lhe companhia, principalmente durante o período em que Paulina o havia trocado pelas reportagens do Falcão e ainda não tinha inventado a história abominável do *record* mundial. Era ela quem de facto ficava a contar as horas e a dizer – «Hi, Man! É meia-noite, é uma hora...» E agora até lhe faria jeito que alguém o avisasse, já que Falcão e Gamito só queriam filmar o que lhes interessava. Susana era-lhe muito dedicada. Também nem sabia por que razão nem mais a tinha visto. A última vez de que se lembrava dela, fora durante aquela história da palhaça, escadas abaixo. Por que diabo nunca mais se tinham encontrado? Acabou de subir as escadas, contente consigo mesmo. Que coisa! Lembrava-se agora perfeitamente – Era Susana Marina. Falcão e Gamito, ansiosos, ficaram diante de casa, à espera.

10

O atleta entrou no patamar. Era a terceira vez que tocava à campainha.

*

«Vinha só ver a Susana. Ela não está?» – perguntou Leonardo pelo ralo, percebendo que não era a rapariga cachalote quem se encontrava atrás da porta. Quando acabou de tocar pela terceira vez, a porta de Susana ficou entreaberta e no limiar apareceu uma mulher em robe. Fê-lo repetir mais uma vez ao que vinha. Ele repetiu. A mulher enrolou-se no robe e gritou para o fundo da casa – «François! Está aqui um amigo de Susana a perguntar por ela!» De dentro surgiu um homem tão alto quanto a casa, que tomou a mulher, a apertou contra si e a levou para dentro, afastando-a da porta. Só se viam os ombros da mulher aos estremeções, parecendo arremetida por uma descarga eléctrica. Num ápice, como se de repente iluminado por um relâmpago revelador, Leonardo reconstituiu a célebre corrida. À medida que os ombros da mulher tremiam, ele via Susana Marina cair pelas escadas e não se levantar mais. Imaginou-a no meio das escadas, a vizinhança a descobri-la só passada meia hora, uma ambulância a levá-la, e ela a morrer dentro do espaço branco da carroça hospitalar. Isto é, não era necessário mais uma palavra, para ter a certeza de que a rapariga que semanas atrás passeava horas a fio, ao lado do plinto, já não existia. A sua ideia era confirmada pela forma como a mulher chorava e ao mesmo tempo acenava com a mão para que ele entrasse.

Não, ele não queria entrar, já tinha visto mais do que desejava, e o que reservava para anunciar a Falcão e a Gamito não era bom, porque eles já não teriam no *story-board* a figura inconfundível da rapariga cachalote, embora a meio do corredor só pensasse no tal segredo de que nunca lhe falara. Lembrava-se da *diva*, da *Refeição da Diva* e da voz da Callas. Aliás, quando deu por si, era exactamente sobre esse assunto que a mulher de robe o queria interrogar. Ela perguntou-lhe a dada altura, depois de ele ter percebido que sobre o espelho ainda estava desenhada a silhueta

de Maria de Medeiros. «Sabe por acaso que substância, exactamente, ela tomou?» – A senhora deveria já ter posto a questão
a imensa gente, porque o fazia com a tensão própria de quem
reforça um libelo acusatório. Não, ele não sabia. Mas a mulher
não desistiu e perguntou se alguma vez os dois, em conjunto,
tinham ouvido *La Traviata*. Sim, tinham ouvido. E havia-lhe explicado o que significava? Acaso Susana lhe referira o facto de lhe
terem dado a digerir a cabeça duma ténia? Meu Deus! Leonardo
nem sabia sequer o que era uma ténia! Então nunca tinha ouvido
falar dum médico chamado Giusti? Por que razão Susana lhe
referira então a *Refeição da Diva*?

«Estava sempre a falar» – disse Leonardo.

«Mais alors qu'est-ce qu'elle vous a dit là-dessus? Hein?» – perguntou
o homem alto que amparava a senhora, em posição de *pietà*.

«O que François está querendo saber é se Susana explicou
para si em que consistia a *Refeição da Diva*...»

«Nunca disse o que era a *Refeição da Diva*. Disse que queria
dizer, mas nunca disse.»

«Mas você? Você o que pensou que era?»

«Pensei que era um tipo de comida, tal como o nome indica.»

«Mas não era» – A pessoa do robe ficou com uns olhos des-
comunalmente grandes, como se estivesse a lutar com a besta
apocalíptica, e explicou entre uma pausa e uma investida – «Pois
fique a saber, querido amigo, que a *Refeição da Diva* era um verme
de cabeça branca...» – A mulher entrou num choro copioso que
parecia ressumar não dos olhos mas de toda a superfície da cara,
como se as lágrimas lhe saíssem por glândulas sudoríparas. Por
fim, calou-se e mudou de tom, devorando de novo o *performer*
com o olhar – «Você parece que esteve aqui em casa, não é verdade?» Leonardo disse que sim, e que tinham ouvido música
muito alto, de janela aberta, e que Susana lhe parecera feliz.
A mulher do robe, de repente, encheu-se de coragem e encarou

a dúvida – «Diga-me, por favor – Não dormiu com ela?» Depois desembaraçou-se dos braços do homem altíssimo e ficou suspensa, à espera da resposta.

«Eu estava sempre muito cansado» – disse, por fim, o *performer*, com os olhos baixos.

«Você não dormiu com ela! Pois eu julgava que tivesse dormido, eu gostava que ela tivesse dormido com alguém...» – disse a mulher de robe, passeando os olhos por alguma coisa que ficava entre o soalho e o rosto. Era como se, a partir da resposta seca e nula do *performer*, se tivesse perdido o elo necessário entre a vida de Susana e a eternidade imaginada. «Quer dizer, em profundidade, você não soube nada sobre a vida dela...» – A mulher parecia mirrar-se entre os braços do homem de aspecto nórdico com nome francês.

Mas Leonardo também não sabia o que fazer ali, no meio daquele recinto onde havia lembranças trazidas do mundo inteiro, espalhadas por todas as superfícies da casa. As múltiplas fotografias de Susana Marina dispersavam-se entre figurinhas talhadas em osso de rena, serpentes do Egipto, incensórios do Nepal e muitos outros, inqualificáveis ou inomináveis. O *performer* queria abalar rápido, antes que Susana se levantasse de algum sítio estranho para lhe puxar pela mão e levá-lo através do espelho, e ele não queria sofrer nem pensar. Pois, para ser franco consigo mesmo, sentia uma impressão furiosa apertar-lhe o esterno. «Então, se não sou útil, vou andando...» – disse o *Static Man*. E como o casal não se mexia, entre aquela decoração profusa, no meio da qual sobressaía a tampa transparente do gira-discos desligado, ele mesmo abriu a porta de entrada e saiu para a rua. A meio da Travessa das Mónicas, Gamito e Falcão esperavam-no e ambos ficaram desapontados.

11

Mais desapontado, porém, se encontrava o rapaz estátua – «Vocês estão a lixar-me a vida. Por mim, nem mais me lembraria de procurar a rapariga cachalote e agora estou a ficar impressionado com tudo isto. Não sou de pau, e não posso imaginar a moça a trincar animais vivos para ficar magra, sem ter dor de cabeça. Convivi muito com ela e isto vai prejudicar-me. Ainda por cima eu andava sempre a falar do meu álbum de gazelas... Bolas, pá, estou sofrendo, estou ouvindo a gaja a dizer *Hi! Man*... Tudo isto por causa de vocês quererem pensar a minha vida em vez de mim. Ainda eu me chateio, saio disparado daqui e vou fazer a minha vida para outro lado. Só quero que não me macem mais!» – O *performer* entrou no quarto floresta, batendo com a porta donde saltavam fagulhas de tinta. A sua voz até cantava de ameaça – «Não contem mais comigo! Não contem mais comigo! Ouviram?» E só pela tarde entrou no quarto da *Remington*.

Sim, era verdade, tal como Osvaldo e César, Susana tinha sido abatida antecipadamente, no esquema da parede, apenas por suposição. Seu ramo em forma de nervo havia parado. Sendo apenas obra de cálculo e observação, eu não tinha nada que dizer – Olhem que ela ficou nas escadas, vocês não voltaram ao pé dela, não a socorreram, não a apanharam do chão... Porquê eu? Ao contrário do que se diz, eu não tinha de aconselhar, intimidar ou punir fosse quem fosse. Éramos livres. E na Casa da Arara, eu apenas queria ver. Não tinha de intervir.

CAPÍTULO DÉCIMO QUINTO

ᖇᖇ

1

Não tinha de intervir nem tinha de julgar – João Lavinha ficou uma boa meia hora diante das paredes. A sua cara de estóico eufórico parecia deliciar-se com alguma coisa que estudasse e compreendesse. Porém, não havia nada para compreender nem para julgar. Se quisesse, poderia ficar ali a tarde inteira que não iria chegar a conclusão nenhuma. As siglas que seguia com o dedo não passavam de enfeites que sempre gostei de espalhar pelos locais onde habito, simples marcas da passagem da pessoa, apenas um pouco mais persistentes do que a sombra. Datas, nomes, afazeres, factos, suposições, dados reais e fingidos, entrelaçados por acaso. Enfeitar desse modo as paredes em volta é como criar uma abóbada celeste. Como reproduzir, a modo do bicho-de-conta, a criação dum firmamento. Deleita a alma e entretém a vista, mais nada, absolutamente mais nada. De manhã, uma pessoa acorda e entretém-se a olhar para a sua obra. Fica só a olhar e a olhar. Mas ele, a certa altura, aproximou-se da secretária, cedência generosa de Julieta Lanuit, e disse – «Não é verdade, basta ver com um pouco de atenção o esquema da sua parede, para saber que nada disto é por acaso. Você, por exemplo, distingue perfeitamente os que estão vivos dos que estão mortos.»

Era bem estúpido o eufórico Lavinha. Chegava a essa conclusão tonitruante, como se não acontecesse tudo mais ou menos por acaso. Entusiasmado com a descoberta, o rapaz abriu a bolsa exterior de uma das pastas e retirou um calendário que se pôs a consultar. Confrontou o calendário com o mapa, como se fosse o roteiro duma cidade onde se quisesse mover. Nela se perdia, voltava atrás, repisava os mesmos locais. Demorou ainda bastante tempo nessa pesquisa. A investigação prolongava-se para além do razoável. Por fim, lá se despegou da parede, mas agora, pela primeira vez, os olhos do rapaz tinham cólera. Uma cólera sadia, viva, brutal, a mesma que foi capaz das mais sangrentas cruzadas e descobertas audazes. Era uma cólera criadora, a de João Lavinha. Apontou-me ao peito o indicador como se fosse uma espingarda. «Afinal é você quem os mata!» – disse o bimbo.

Pobre louco. Deduzia essa enormidade só porque alguns dos desaparecidos da Casa da Arara eram abatidos no meu esquema, antes de o serem na realidade. Tratava-se apenas duma questão de inteligência. Aliás, uma inteligência mínima, semelhante à da formiga ou à do bicho-prata, diante da outra inteligência. Demonstrá-lo, contudo, poderia ocupar toda uma vida, e não me interessava absolutamente nada estar a perder tempo com aquele bimbo. Ainda me arriscava a que Lavinha puxasse duma daquelas canções de glorificação que ele usava para acicatar os companheiros de piso. Só que o rapaz de escuro encontrava-se de novo mergulhado no estudo da parede. Havia zonas em que os riscos chegavam ao tecto. Tal como eu, o bimbo sobrepôs duas cadeiras e subiu ao tampo. Até parecia meu parceiro de jogo. O bimbo desceu mais calmo, julgando-se informado. Tinha passado pela decepção, agora podia concluir com a serenidade própria de quem visitou o lugar do outro e o detestou – «A mim não me engana você, disse Lavinha, este jogo é uma paródia! Você pode enganar alguém, mas a um servo da obra de Ele como eu, não se intruja de qualquer modo. O que você tem aqui à sua volta é uma jogatana indecente...»

Em seguida, o bimbo foi até à janela, uniu as abas da fatiota transcendental à secretária da *Remington*, e pôs-se a concluir que fora um bem ter passado pela porta e ter sido atraído pelas imagens da parede. Assim, ao menos, Ele havia-o esclarecido, mostrando-lhe que não valia a pena permanecer na Casa da Arara. Já sabia, mas agora tinha a certeza de que, a continuar ali, se arriscava a perturbar a alegria de que fora imbuído para transmitir confiança aos simples, seus irmãos, na certeza de que Ele voltaria. Era preciso esperar por Ele com o coração desanuviado. Os simples entendiam isso, mas só os simples, os que tinham o coração leve. Por acaso, já eu teria dado conta de como os simples estavam dispostos a esperar por Ele? – Não, segundo João Lavinha, eu não me tinha dado conta, pois quem fazia aqueles apontamentos pela parede deveria ser forçosamente um distraído da verdadeira vida. Ali, naquela casa, depois de feitas todas as tentativas, porta a porta, a única pessoa que se encontrava à altura do entendimento era Purificação. Essa mulher sim, essa seria escolhida entre os escolhidos. Merecia-o – Do que conseguia juntar, semana a semana, só a poder do esforço do seu trabalho físico, a pobre querida oferecia um terço àqueles que se preparavam para assistir à verdadeira vinda de Ele. É que, de repente, as populações simples, os pobres, os desventurados estavam a despertar. Se eu não acreditava, podia ver com os meus próprios olhos – Lavinha abriu uma das duas pastas e espalhou o conteúdo sobre a cama gigante. Eram centenas, se não um milhar de notas de mil escudos, dobradas em partes, como se tivessem sido enfiadas por uma greta de caixas de esmolas. Espalhou-as sobre a colcha com o gesto com que o camponês espalha os frutos que seca ao sol. «Vê? É a prova de que muita gente prepara a vinda de Ele» – disse o bimbo ainda. «Viu? Viu bem? Pois se viu, tem obrigação de acreditar na força da esperança e na alegria que sentimos em esperar por *Ele*, triunfando sobre o mal.» Depois, João Lavinha deu uma volta como se estivesse a terminar a sua demonstração, retomou o monte do dinheiro e meteu tudo na pasta. A segunda parecia menos cheia. O rapaz ainda se curvou para o soalho e ainda recolheu umas três ou quatro daquelas notas dobradas em oito partes espalhadas ao acaso. Empurrou-as lá para dentro. Fechou o trinco da pasta. De qualquer modo falava baixo, sempre contido, o bimbo – «*A minha alegria tem de ser maior do que eu, mas deve falar mais baixo do que a tua. De outro modo, podemos não ouvir as cantigas que vão sair da boca do Senhor...*» Parecia sincero e repassado de tristeza. As paredes escritas deveriam incomodá-lo de forma sobre-humana. Estava tão desgostoso que por certo iria tomar alguma decisão. Percebia-se pela força que imprimia aos passos. Já era tarde, quando se ouviu João Lavinha passar na direcção da banheira rasa.

Escrevi sobre a *Remington* – O bimbo não tinha interesse, podia ir-se embora e levar consigo Purificação como secretária. Podia ir já, naquele mesmo instante. Ele falava dum mundo que não nos dizia respeito.

2

Assim o vento de Agosto chegou, os toldos voltaram a bater e as toalhas das esplanadas mais uma vez voaram como lenços. As empregadas das lojas, abrindo-as, seguraram os cabelos, e as saias curtas colaram-se-lhes ao corpo e confundiram-se com a carne. Os homens calvos caminharam contra o sopro, para que não se lhes desmanchasse a longa repa com que enfeitavam a testa. Os casacos de seda enfunaram e levaram os executivos para dentro das viaturas. Os papéis soltaram-se, subiram e bateram de encontro às paredes. A poeira entrou pelas frinchas e invadiu o interior dos prédios fechados pelas férias. Ao longo das avenidas, o vento quente passava tão veloz que adquiria forma e cor como se fosse pintado. Quanto mais soprava mais se via um VVVVVV estendido, vergando as antenas dos telhados. Nos jardins, as árvores endireitaram os ramos, baixaram-nos e as hastes puseram-se a bater palmas com suas mãos inumanas. Folhas verdes do Verão foram sacudidas e caíram oscilando, oferecendo-se aos pés do transeunte para que ele as pisasse com seu sapato de borracha. Algumas, já secas, saíram dos cantos e, amotinando-se, correram pelas áleas do parque. Quando o transeunte colocava os pés sobre elas, seus ossos vegetais rangiam. Ele gostava de ouvir esse quebrar duma parte da natureza sob as suas passadas rápidas. Eduardo Lanuit ficou a contemplar certa fachada da Rua Castilho, raspada pelo vento. Fosse como fosse, era bom estar vivo, ou quase – Assim pensava Lanuit, quando regressou a casa. Tinha-se tornado num velho romântico arrebatado – «Será que os meus neurónios estão mesmo a apodrecer?» Ele ditou e eu escrevi, sobre o leito obediente da *Remington*. Cada um dos seus martelos de metal levantava-se, tombava, deixava impregnada no papel uma marca do tamanho de formiga.

Depois, Eduardo Lanuit deitou-se e não conseguiu conciliar o sono. Os hóspedes de sua mulher corriam pelo soalho do primeiro andar. Para além do barulho que provinha da rua, onde a Boîte Sumaúma e o Luna-Bar pareciam não conhecer época baixa, ele tinha ficado com o sono leve como pluma – O sono pousava, partia, fazia digressões, nunca voltava ao lugar onde antes se encontrava. E pelo meio, era tomado pela sensação da sensação dum sonho. Claro que me lembro dessa noite de Eduardo.

Estava no interior do quarto cor de marfim. Na ânsia de limpeza e vacação, sua mulher tinha esvaziado de tal forma as superfícies que o seu olhar apenas se encontrava com a cara rechonchuda duma boneca espanhola. Era então dali a três dias que tinha de actuar. A forte brisa iria deixar de se fazer sentir, cerca do meio-dia, e ele deveria entrar no GRANDE ARMAZÉM antes da uma. Essa era a alteração importante que o telefonema meteorológico tinha vindo introduzir no plano, o que significava que deveria permanecer escondido uma tarde e uma noite inteiras, no interior do imóvel.

Voltava então a refazer o trajecto – Desceria à Baixa, pelas onze, assistiria a partir da Rua Nova do Almada à aplacação do vento, e depois entraria pela Rua do Ouro, antecipando seis horas. O que iria pensar durante seis horas? Consigo teria de levar uma faca, um livro, um foco, um lápis, uma fotografia, cigarros e uma pequena quantia de dinheiro, objectos que os hipotéticos cenários lhe tinham sugerido. Para tudo isso, havia adquirido o saco de tiracolo. Mas não guardaria lá dentro os dois rolos de película, pelo contrário, levá-los-ia na mão, de modo a deslocar-se com a pressa e a naturalidade próprias de quem está atrasado. Entraria, fecharia a porta, ficaria lá dentro, e depois aguardaria pela sorte – Mas e se não tivesse sorte? Se acaso sucedesse ser surpreendido, antes ou depois do fogo, vindo-se a descobrir que Eduardo Lanuit, ele mesmo, era um incendiário pago, na qualidade de *chagas*? Como faria, como conseguiria explicar-se se não tinha escrito o seu livro *Alguém Nos Amará mais tarde*? – Eduardo Lanuit sentou-se na cama e arredou a colcha. Na sua cabeça, acabava de estalar a necessidade dum outro objecto. Lanuit precisava duma pistola carregada, precisava de retirá-la do escritório e colocá-la dentro da bolsa de tiracolo.

«A *Walther*! Como é que até agora ainda não tinha compreendido que era necessário levá-la comigo?» – pensou, procurando-a sob os papéis do escritório.

Mas na eventualidade de ter de usar a arma contra si mesmo, então seria forçoso deixar uma carta a Julieta. A carta começaria assim – «*Querida, das duas uma – Esta noite, ou finalmente vou ter sorte, ou terei um azar definitivo. Se tiver sorte, não lerás esta carta, porque eu mesmo aqui virei destruí-la, mas se pelo contrário tudo correr mal, quero que saibas porque me tornei um incendiário...*» O antigo resistente escrevia mentalmente a sua carta longa, e como começava *In Medias Res*, o passado e o presente misturavam-se andando para diante e para trás. O tempo em que fora resistente surgia na carta com o espaço de dez a doze linhas, e mesmo assim pareciam-lhe invocações desconchavadas. Os lugares e as pessoas a que se referia ainda se identificavam pelos mesmos nomes, mas lembrá-los era renomeá-los retroactivamente. Então a carta que deixava para a mulher e os filhos fazia um arco sobre a sua vida cívica, passando directamente das lembranças de juventude, de quando fazia ténis no Estádio Universitário, para os factos presentes, aqueles que o levavam a incendiar o GRANDE ARMAZÉM da Rua do Carmo. E num último parágrafo, para que Juju compreendesse, no caso de ler a carta, explicava que sempre havia lutado por erradicar os crimes da sociedade. Agora, porém, vergava. Passado este tempo todo, compreendia a canção dos antigos comandos líbios. Cantavam-na no seu idioma aspirado – *Uma sociedade sem crimes é como uma roseira sem rosas – uma roseira inconcebível*. Por sua vez, os comandos italianos tinham-na feito sua, traduzindo-a para a bela língua. «Beijo-te, Juju» – terminava assim. Eduardo tinha a consciência tranquila.

O vento que ouvia passar na Tabaqueira e empurrava os caixotes pela calçada falava-lhe do momento próximo, da acalmia para o sábado seguinte. A consciência era apenas uma excepção esporádica que aflorava no interior da lógica única, a do sonho. Um segmento doentio dentro da eufórica magnificência onírica. E mais uma vez, descia à Baixa, via as portas do GRANDE ARMAZÉM encerrarem, o guarda fazer o seu patrulhamento descuidado, e as ruas entrarem na acalmia de sábado. Passaria a tarde com suas longas sombras, e finalmente viria a noite. Então ele ficaria lá dentro, escavando galerias pela escuridão como uma lagarta no interior dum fruto, antevia-se como ela a avançar rastejando junto às tábuas, caminhando de gatas até ao sítio axial, curvado, com o peito espojado nas madeiras, espalhando a acendalha entre as juntas, depois a lançar o fogo do isqueiro, e pouco a pouco, as galerias do armazém torrarem como fatias descomunais antes da combustão clara. Consultaria o relógio, veria no mostrador luminoso que eram três horas. Ondulando como a lagarta pelos locais ainda frios, aproximar-se-ia da porta da Rua do Carmo, e rente à sombra, Lanuit abri-la-ia, sairia por ela, fechá-la-ia, se necessário saltaria por cima dos pedintes, por vezes crianças vagabundas que se espalhavam pelos portais para dormir. Então olharia para todos os lados e não veria ninguém, absolutamente ninguém na Rua do Carmo, à excepção da sua própria liberdade. Desceria livre, desceria contente, voaria por cima das casas, passaria rasando rente ao rio, salpicaria as asas, batê-las-ia, e com elas unidas sobre as costas, como os pássaros na aragem, viria meter-se na sua cama, e ficaria ali, onde agora estava estendido, dormindo a poder duma pastilha, havia largas horas. Largas, largas horas sem acordar... Podia dormir até tarde porque ainda era quarta.

Sim, enquanto Lanuit ainda não estava a atear fogo ao GRANDE ARMAZÉM, e também já não fazia mais nada senão ateá-lo, aproximei-me do quarto de Falcão, onde ele não deveria estar, conforme o esquema do mapa. Mas estava. E aí também não me competia intervir.

3

Mas se quisesse o cine-repórter bem que poderia encontrar, naquela noite de vento, matéria criminal para a sua máquina.

Porque se encontrava junto da moviola e não saía para as ruas de Lisboa? Acaso Falcão não sabia que os veraneantes estavam a voltar de férias à beira-mar, e que ao reverem os prédios onde moravam, ao passarem pelas portas dos seus empregos, sentiam a náusea amarga do regresso? As suas naturezas profundas, onde ainda uivava o animal selvagem que nos fez correr atrás da fêmea, por vales e pradarias, recusavam-se a entrar nas casinhas trancadas, onde cada um deveria oferecer apenas a parte domesticada do seu cérebro. Naturalmente que os casais voltavam desavindos. Pressentindo isso, as putas aninhavam-se nos sopés dos viadutos como lapas. Os hotéis baratos estavam a fervilhar e os lençóis nunca arrefeciam. A maior parte das vezes não era preciso lençóis, tudo acontecia no ar, entre o corpo e o corpo, como antes, como entre os animais selvagens, memórias que o mar despertava na natureza dos homens. Fazia vento, os interstícios do mundo ficavam à vista, e o ódio era mais forte, como o caim dos animais.

Aquela era a noite que faltava. Então porque não estava Falcão a telefonar ao agente Segurado? – Rui Guerra, o rapaz nascido no último dia dos anos 60, já posto em liberdade, experimentava uma vontade enorme de empunhar a sua arma, metê-la dentro do estojo da velha guitarra e avançar na direcção do Galdourado. Àquela hora, o belo *snack-bar* estaria repleto de gente bruna, camiseta branca, a rir, entre as pilhas de laranjas coroadas de ananases. Naquela noite, a coisa iria acontecer. O quarto do Sheraton esperava-o para o receber de volta, penúltimo andar. Ouvia-se o ruído das algemas – «Apanhado!» Junto das orelhas rebentava a voz do Elvis em *Good Luck Charm*. E por certo que o outro, mais jovem, filho dos anos 70, Rui Quintas, sairia de Almada, muito antes de o Sol romper, e viria a caminho da grande superfície, erguida num descampado, a poente da cidade. Paulina era um despertador natural e a equipa já tinha feito cinco vezes esse mesmo percurso. Possuíam todos os detalhes. Faltava-lhes só, só, apanhar aquele instante, em que todos se deitavam por terra. Réu, téu, téu téu... Àquela hora, porém, ainda a catedral do consumo dormia em suas naves direitas, seu altar de caixas, seu púlpito de anúncios. Era ali que o assassino de grupo deveria ajoelhar. Ora um momento desses tinha de ser preparado com antecedência, durante a noite – Já tudo se encontrava em imagens. Apenas o momento do réu, téu, téu ainda não havia saído de dentro das suas cabeças. Era a única sequência que faltava. Meu Deus, tanto acto poderia acontecer, naquela noite!

Para não falar do cirurgião Madureira. Pois àquela hora, tendo permanecido todos aqueles meses na casa do Restelo, entalado entre a piscina e o bar da sua sala, antes que a mãe regressasse e a sua solidão se transformasse em ódio contra toda a came de mulher que não fosse sua mãe, naquela noite, o celibatário arrumaria as luvas translúcidas dentro do seu malote de cirurgião e seguiria para a 5 de Outubro. Conduzindo o *Alfa Romeo*, o Madureira iria parar mesmo rente às putas, em seu fato de linho branco, lento e doce. Uma das prostitutas poria a cara rente ao vidro e ofereceria o traseiro em forma de maçã. Tudo se completava. O agente Segurado iria telefonar – «Apressem-se, já lá está outra, toda escrita!» Sendo assim, porque estava Falcão a desperdiçar aquela noite? – Escrevi sobre a *Remington*. Clap, clap, clap. Porém, Falcão, com a volubilidade dos muito jovens, tinha seriado as películas sobre os primeiros *mass* e *serial killers* portugueses, havia arrumado a música do Paredes, dos Pink Floyd, do Elvis Presley, e o próprio *Adágio para Órgão e Orquestra, Albinoni*, para se entregar ao caso contíguo, o que tinha entre portas – A matéria respeitante a Leonardo, o homem-estátua. Para esse, o som estava pronto, naturalmente – *One, Two, Three, Four... One, Two... Five, Six, Seven... One, Two, Three...* Era a abertura minimal de *Einstein on the Beach*. De repente, na cabeça da dupla Falcão e Gamito, surgia a ideia de que era preferível um crime completo sem sangue a mil vermelhos a que faltassem as sequências definitivas. De súbito, o cine-repórter lembrou-se do título dum livro que lera na infância – *Um Crime Branco*, J. A. Marcus. Servia-lhe.

4

Além disso, havia outros actos a ter em conta. Falcão içou Paulina de dentro da banheira grande – local para onde a rapariga parecia ter-se mudado, desde que Leonardo havia desistido do *record* – e levou-a para o beliche, enxugando-a na toalha. O silêncio passageiro que sucedia era eloquente. A *Remington* ficava à espera. Na verdade, o repórter encontrava-se tão nu quanto Paulina, Falcão já tinha subido sobre o corpo dela e o beliche já estremecia de novo. O soalho movia-se sob esse tremor de terra. A Casa da Arara enchia-se duma alegria nocturna, duma espécie de esperança semelhante a uma acção que tem um destinatário poderoso cujo rosto não se vê e, no entanto, se sente, pelo absurdo que seria não existir. De novo, o tumulto espumoso do sexo recomeçava, o terramoto das madeiras na Casa da Arara sucedia, repercutindo-se até à escadaria dos azulejos e da porta de saída. Amavam-se três e quatro vezes. Adiante.

Falcão estreitou a rapariga nos braços, ao mesmo tempo moles e fortes, próprios para a movimentação dum *cameraman*. Sempre houve pessoas que nasceram talhadas para o êxito, rapazes e raparigas em que até a configuração anatómica se adapta ao objecto do trabalho escolhido. Assim, deitado, o seu braço desengonçado e denso era uma almofada para Paulina. Passado um pouco, ele perguntou-lhe – «Amas muito o *Static Man*?»

«Se amo o *Static Man*!» – disse a rapariga, mergulhada no seu braço.

«Então não te apoquentes mais...» – Falcão ajeitou-lhe a cabeça no ombro. «Ao todo, temos de indemnizar a Organização do Record num valor que não ascende aos cem mil escudos. Eu trato disso a troco dum favor que me farás, ainda que o maior beneficiário seja o *Static Man*...» O cine-repórter sentou--se no beliche. «Entras num filme sobre ele, mas que não é sobre ele mesmo. Leonardo apenas dá o corpo, o rosto e a *performance*. O resto foi inventado – É a história dum *performer* estático que não consegue bater as quinze horas, mas uma mulher incita-o, e ele não só as bate, como as ultrapassa.»

«E no fim?» – perguntou ela.

«Lerpa, cai lá de cima, por não aguentar mais, e lerpa, por causa dela. É um assassínio branco. Mas o teu papel é só dizer – Faltam cinco, faltam quatro, faltam três, falta zero! Andando, de cá para lá e de lá para cá, com teu fato preto escafandro. Não tens mais nada que fazer. E depois, tanto tu quanto ele são apenas actores espontâneos, embora a tua vida e a dele nada tenham a ver com isso. Vocês, em chegando a meados de Setembro, metem-se num avião rumo ao Aeroporto Kennedy. Uma vez lá, tudo vai correr pelo melhor, na companhia de Paolo Buggiani. É bom não irem demasiado tarde. Têm de partir antes que chegue o Outono. Antes que o sol amarelo se amande sobre as torres de Nova Iorque, a temperatura desça muito abaixo dos 15 graus e as folhas dos áceres comecem a voar. Aí as ruas de Manhattan podem tornar-se um inferno de neve. Aquele é o melhor momento. Aceitas?» – O rapaz voltou a estender-se sobre o beliche.

Paulina aninhou-se no ombro volumoso do repórter. Naturalmente que sim, naturalmente que era uma rapariga cordata, eles é que a viam como uma *bad girl* rebelde. Ela não era. Até se envolvia em projectos tão grandes para os outros que nem sequer tinha projecto para si mesma. Pois bem, iria servir a ambos, ser boa para ambos. Para Falcão, que assim teria o seu filme feroz como ele tanto queria, um filme completo, por que ele há tanto ambicionava, e ao mesmo tempo, iria aproveitar, em favor de Leozinho, alguma coisa que prestasse daquele sonho que fora o *record* mundial em *motionless*. Aceitava, sim, aceitava. Como aceitava já o primeiro passo – O primeiro passo consistia em irem ambos ao escritório do pai de Falcão, como se nada fosse.

5

Foram os três, Falcão, Paulina e Gamito. Manhã de Agosto memorável. No entanto, tudo aconteceu tão rápido que é impossível condensá-lo por palavras. Os factos já estavam condensados por si. Falcão foi direito ao assunto, ficando em pé, diante do seu pai. Tão simples quanto isto – Queria cem mil escudos. Havia um rapaz amigo dele que se metera numa encrenca. Tinha batido um *record* mundial, mas como sentia vergonha de entrar no livro dos horrores, resolvera desistir. Agora avaliava-se que teria de pagar, entre todos os credores, uma quantia próxima de cem contos, o que até nem era muito. A Organização do Record, em termos de compreensão, até estava sendo formidável. O problema é que precisavam desses contos.

O pai de Falcão deveria ser pessoa muito bem instalada. A empresa, ao cimo da qual dispunha daquele gabinete enorme, manejava uma firma de electrodomésticos, aparelhagens vídeo e áudio. O senhor puxou dum grosso molho de facturas e abanou a cabeça. Não, em caso algum lhe passaria dinheiro para a mão! Tinha ficado de pagar as despesas relacionadas com as filmagens só porque apostava no talento dele. Desde cedo, todos lhe chamavam Orson Welles, por causa da semelhança física e do talento. Mas em relação à carreira, não se esquecesse que já tinha vinte e três anos e estava muito aquém do mestre. Com aquela idade, já Orson Welles havia pintado a manta. Gamito ainda disse – «Agora, Sr. Engenheiro Falcão, amadurece-se muito mais tarde...» Mas o homem foi severo. As facturas da gasolina, as despesas da carrinha de reportagem, a avença ao agente Segurado, os custos do laboratório, da película – quilómetros e quilómetros de película – e tudo o mais, estavam ali. Para filmar, o rapaz tinha uma conta ilimitada, podendo ir até onde quisesse. Mas era tudo. Não contasse com ele para mais nada. «O resto é lá com a tua mãe...»

Já na Avenida da República, Gamito teve uma ideia – Poderiam tentar a sorte junto da sua avó. «Tentemos, então!» – disse o cine-repórter, e rodaram até S. Bento.

A zona estava em obras, e a ver como as máquinas barulhentas evoluíam, sentada, encontrava-se a avó do gatarrão, numa janela de segundo andar. Quando o viu e reconheceu, os olhos azuis encheram-se-lhe de água. Ainda se lhe encheram mais quando soube porque tinha vindo o seu neto visitá-la. A velha senhora demorou muito tempo a retirar do seio um molho de chaves, tacteando as mamas com seus pobres dedos. Por fim, encontrou a que queria e aproximou-se da tampa do piano. Deu a volta à chave e mostrou. Entre a tampa e o teclado, encontravam-se uns montes de notas que ela poupava. Poupava imenso. Na água, no sabonete, nos fósforos, nos telefonemas, na criada. Poupava para seus netos, para quando eles precisassem. Era um mealheirozinho para eles. Cinco netos! Mas como eles nunca a vinham ver, não havia ocasião de lhes dar. Gamito, porém, tinha vindo. E então a parte que lhe cabia ali estava à sua espera. Porque vinha tão poucas vezes? Havia mais dum ano que não vinha – A velhota olhava enternecida para os três visitantes, mas fixava sobretudo o neto. «Chamamos-lhe Burt Lancaster, avozinha!» – disse Paulina.

A velha senhora parecia ter recuperado a memória com o auxílio duma draga. «Pois tal e qual, tal e qual! Sobretudo nos primeiros filmes. Oh! Ainda ele não era famoso e já eu reparava naquele grandalhão do cinema! Quem me diria que iria ter um neto tal e qual!» – Finalmente, conseguiram fugir daquela adoração.

«Pelo amor de Deus! Daqui a pouco é uma da tarde e ainda temos de refazer todo o *story-board*. Demorámos de mais com a tua avó!» – disse Falcão, conduzindo a carrinha com a leveza duma motoreta. Mas tudo tinha acabado em bem. O grande gatarrão transportava na algibeira noventa contos, assim, sem mais nem menos, saídos da tampa dum piano. Parecia uma história de cinema mudo. Nesta vida, o que era preciso era ter sorte! «Sorte e a colaboração de Leozinho» – disse Paulina.

6

Sim, aproximámo-nos do *story-board*, no final da manhã, e o caso, tal como o iriam contar, era uma narrativa com interesse. Naturalmente que não se tratava duma história de catequese que pudesse ser abençoada pelos moralistas de café. Também não deveria ser passada às criancinhas. Adiante, adiante – Pensávamos em conjunto.

Com as contas do *record* saldadas, Paulina encontrava-se feliz, deitava-se amiudadamente com Falcão e nem tinham tempo de encostar a porta. Ao contrário do que sucedia com Leonardo, a obsessão criava desejos incontroláveis no repórter. A ideia de que possuíam um caso completo entre mãos levava-o a conduzir Paulina vezes sem conta sobre a cama. O terramoto das tábuas e das ombreiras, com epicentro no beliche, repetia-se, apesar de o repórter gritar pelos cantos que não dispunha de tempo. Uma grande ansiedade se apoderava de Falcão e todo um rumor de criatividade expandida se fazia sentir pelo primeiro andar da Casa da Arara. Era como se ninguém faltasse. O quarto que fora de Osvaldo, aquele rapaz que havia sido assassinado por ter ido buscar as *T-shirts* que diziam *Muerte a los Estúpidos*, estava livre durante o dia. O quarto que fora de César deveria ficar desabitado, pois nem sequer ainda fora limpo. Como a arrecadação era pequena para tanta azáfama, invadiram aquele onde existira a televisão anã. Ali, Falcão e Gamito atiravam-se à narrativa feita em quadradinhos e espetavam-nos pelas paredes, justapondo-os, numerando-os, num afã sem fim. Tinham fechado as janelas, porque lá fora o vento de Agosto passava e os plásticos erguiam-se no ar. Os lençóis batiam no estendal. Falcão sentia-se encantado por pensar no movimento dinâmico da corrente de ar quente, batendo na roupa branca do homem-estátua, quando Leonardo avançasse para a trigésima terceira jornada.

7

Sim, assisti à preparação da trigésima terceira jornada. *Einstein on the Beach* voltou a subir a alturas descomunais sob a instrução *de* Paulina. Também os navios da *Linked Ocean Forces* andavam cá e lá, saindo e entrando pelo Tejo, abrindo-se ao público, desaparecendo, aparecendo como se não estivessem em lugar nenhum e estivessem por toda a parte. Agora sabia-se tudo. O que se via era apenas uma pequena amostra da totalidade. Ao longo da costa, cinquenta navios, dez submarinos, trinta aviões de ataque, entre outros, simulavam uma grande batalha defensiva. O comodoro, de olhos muito azuis brilhando na pele morena, disse que em matéria de homens, estavam envolvidos, directamente, para cima de seis mil. Dali para o futuro, mesmo que não os víssemos, sabíamos que estavam lá. E lá, agora era sempre perto, era em toda a parte. Estávamos seguros, aqui como ali, como lá. *Bye, bye.* Até logo, até à vista. Então, apesar da ventania, tudo permaneceu estável.

Paulina entrou no quarto floresta como antigamente, penteou os cabelos de Leonardo, maquilhou-o, vestiu-o de branco. Diante do espelho do guarda-fato, o *performer* mirava-se – «Yeah! Estou gostando do que vejo!» Paulina tinha-lhe sublinhado os olhos como nunca com aguarela branca e preta, ainda que ele guardasse aquela ideia do olhar sem íris, que lhe havia sugerido Ricardo Asse, para quando fosse contracenar com Paolo Buggiani. Mas tal como se via, gostava de si. Paulina encontrava-se de preto, com o cabelo pendurado pelas costas. Ela teria de dizer – Faltam quinze, faltam doze, até faltarem zero horas, o que aconteceria quando fosse manhã. Naturalmente que a equipa não precisava de viver completamente a corrida do *Static,* podendo sair e voltar, para filmar aquilo que Falcão bem poderia ter filmado durante o próprio *record.* Pena que só tivesse guardado, dessa jornada, uns dez minutos de filme, e todo ele sobre a multidão. Antes de partirem, Falcão tinha de dar instruções.

«A ti não te interessa o que Paulina diz, combinado? Ela vai andar para diante e para trás, como a corda dum relógio, dizendo – Faltam quinze, faltam catorze, faltam cinco. Nós vamos apanhando imagens, conforme a luz vai mudando. Entendido?»

Leonardo já tinha o caixote às costas – «Yeah! Gente, mas nada disso me interessa. Eu vou atingir o que devo atingir, mais nada. Aliás, hoje nem levo prato nem faixas...»

«Levamos nós por ti. Fizemos uns cartazes. Se não te importas, colocamo-los a partir de certa altura. Paulina sabe colocá-los» – A rapariga escafandro já os levava enrolados, debaixo do braço.

«*OK!*» – disse Leonardo.

O *Static Man* saiu para fora do quarto. Falcão e Gamito seguiam-no com duas câmaras expostas, mas como o *performer* não parava, não olhava, não estava disposto a negociar a mais pequena repetição, eles tinham de correr para o alcançarem. Paulina falava tão alto que pessoas vinham atrás, para assistir, ao contrário da discrição que haviam prometido ao estátua. E em breve encontravam-se junto ao portal da Voga. Mas um problema inesperado surgia – Ao chegarem à Rua Augusta, um grupo insólito tinha tomado o primeiro cruzamento.

Eram três malabaristas equilibrando-se sobre uma bicicleta em cuja grelha existia um saco com um jogo de bolas. Contorcendo-se de certo modo, alcançavam as bolas e faziam-nas saltar. E não estavam para sair, mesmo que não tivessem público, o que indiciava que eram pagos para ocuparem o lugar que fora do *Static Man* desde a Primavera. Um lojista ourives chegou ao recinto para proteger os malabaristas. Leonardo vinha concentrado desde a Voga, e ao anular aquele pedaço de concentração, estava perdendo imenso. Desorientado, hesitava entre desistir e deambular pela Rua Augusta até encontrar um outro espaço. António Stradivarius, sentado na sua esquina, viu-os passar e nem levantou o queixo, mas Leonardo sabia que não estava só. Seguia-o uma equipa.

«*Static*! Olha para nós!» – disse Falcão, deslocando-se à sua frente, incitando o *performer*. Até porque a descida ao longo da Rua Augusta, varrida pelo vento, estava sendo formidável.

«Som!» – gritou Falcão. E começou a filmar – «Assim, o excelente lugar do artista foi ocupado pelos seus detractores, mas ele não desistiu, pelo contrário, começou a descer em direcção ao rio, e procurou outro local de actuação. Agora mesmo, o *Static* desce na direcção do cruzamento da Rua Augusta com a de S. Julião, e aí poisa a sua caixa, solta a sua corda, beija os seus punhos e prepara-se para saltar para cima! Faz um calor dos diabos, o clima é uma coisa africana, o sol bate por tudo o que é sítio e o *performer* quase não vê. As bagas de suor espalham-se pela cara, mas felizmente que a sua roupa branca é solta, o cabelo está separado do pescoço por uma fita larga. Pode-se dizer que ninguém passa, que o *Static Man* está só, por vontade própria, que o *Static* está liberto, diante do grande relógio da cidade mais ocidental da Europa! O *Static* vai estar infinitas horas parado, ouvindo ranger a sombra e vendo as cores da brisa que passa! Cheirando o coração dos monumentos, penetrando na entranha da poeira, alojando-se no esconderijo dos telhados. O *Static* está no meio do nosso sentimento...» – Era ele, o desengonçado Falcão, aplicando o último processo de cinema directo, não inventado por ele, mas a que ele iria dar incremento definitivo. Depois, o cine-repórter parava para dar instruções à rapariga – «Tu, Paulina, avança como se fosses uma daquelas fêmeas sedentas do êxito do outro. Estás a ver, girl? Uma espécie de leoa estéril, a exigir tudo do teu macho! Avanças, andas, olhas, intimidas...»

Paulina começou a marcar passo sob o recinto quadrangular do arco. Gamito, ainda aprendiz no manuseio das câmaras, fazia perguntas infantis, mas tinha olho que bastasse. O *Static Man* estava orientado de forma que o vento lhe tomasse a menor parte do corpo. Falcão ditava para a *Nagra*, tecendo um relato directo, apaixonado – «*OK! OK!* O *Static* já subiu ao plinto, já uniu os pés, já colocou os braços soltos ao longo do corpo e já começou a rir, o riso cínico do *Static Man*! Diante dele, passa a mulher que se prepara para lhe dizer – Menos quinze, menos catorze, menos dez, menos zero! Atenção que o *Static* terá de estar imóvel até às oito da manhã, se quiser ganhar. Mesmo que ele não queira, a fera da mulher vai obrigá-lo. Ela fez tudo por ele, ele não a pode desmerecer, não pode traí-la, tem de triunfar. Para que vale a vida do *Static Man* se não houver triunfo? Reparem como ela anda para trás e para diante, como conta as horas, e ainda são apenas sete! Agora são oito, e são nove da tarde! Um tipo velho, arrumado a uma cana-da-índia, e dois galfarros vieram colocar-se em frente dele e o homem velho é extremamente cinegénico, pelo cabelo longo, cor de prata. Aliás, os três são extremamente cinegénicos, cada um a seu modo. Eles estão a avaliar a *performance* do *Static Man*, e entretanto Paulina, andando dum lado para o outro, vai dizendo – São nove, são dez, são onze... E o magnífico sopro do vento não abranda!» – Dita o cine-repórter para a *Nagra*. Falcão não tem mãos a medir. Pois como seu pai quer, e ele ambiciona, em breve será um cineasta – «Gatarrão, toma conta da luz naquela coisa lá fora que diz VIRTUTIBUS MAIORUM. Olha que é importante para a mulher-fera da nossa criação! Repara que, ao contrário de nós, os personagens do nosso filme gostam desse tipo de jaculatória escrita nas paredes da cidade!»

Gastaram fita, gastaram, até que o homem da cana-da-índia e seus dois companheiros se despediram do *Static Man*. As suas camisas brancas de colarinho à russa enfunavam como balões. Os cabelos do *Static*, pesados pela papa branca, moviam-se. Ali, o vento encanava e trazia de algum lado um cheiro fétido a água parada. As imagens, porém, eram soberbas. A Baixa de Lisboa, vista do arco, parecia encontrar-se no fundo dum grande lago, e todos os tecidos que se agitavam eram limos à data desconhecidos, novas espécies de algas cujos nomes latinos até agora ainda ninguém atribuíra.

«Meia-noite!» – disse Paulina, imitando o olhar da mulher--fera, como Falcão queria.

Meia-noite. Ainda era só meia-noite? Que pena ser tão cedo! Leonardo, infelizmente, não podia mais. Esgotou todas as técnicas Wa-Do e Kum-Nyem de relaxamento e auto-indução, e começou a mover-se sobre o plinto. Desceu amparado por

Paulina, sentou-se sobre a manta, pôs-se a pedalar com as pernas levantadas, e entretanto os garotos vagabundos aproximaram--se – «Já não pode com o u! Já não pode com o u!» Afastaram-se. Leonardo explicou que estava demasiado vento. As seis horas que acabava de fazer correspondiam a vinte, numa situação normal. Já alguém imaginou o que é lutar também contra o vento? – Os rapazes desligaram as duas *Arriflex*, a antiga e a nova, a última acabada de oferecer pelo engenheiro Falcão, depois da visita ao escritório. Mas aquela desistência constituía mais uma vez uma grande contrariedade. No *story-board* de Gamito, constava uma cena que não tinha chegado a ser filmada. Por que diabo o *performer* não havia feito um sinal de desistência? Não teria dado uma indicação? Era assim – A mulher-fera da ficção, segundo Gamito, a certa altura, percebendo que esse outro homem-estátua estaria disposto a ir até ao fim dos seus limites, empunhava um cartaz diante dos jornalistas, onde se dizia *Ecce Homo*. Paulina desenrolou o cartaz para Leozinho ver.

Mas Leonardo levantou-se do chão. A sua ira reacendia-se contra os seus colegas – «Pois que é isto, *boys*? De que se trata? Essa coisa aí não significa a morte do Cristo? Que raio de coisa é essa? *Shit! Shit* de merda!» – disse ele, em pé, bastante desagradado.

O *performer* começou a arrumar as suas coisas, a dobrar a sua manta e a carregar a sua caixa. – «Eu nunca vos dei licença para que o meu corpo servisse de imagem para uma estupidez dessas! Aliás, não vos dou licença para que façam com que um gajo, um *performer*, em princípio um tipo dominado e inteligente, um tipo que sabe avaliar os seus limites, estique, assim, diante de todos, a partir de mim. Proíbo-vos! O filme que vocês estão a fazer é uma mentira, uma trampa indecente! É o que é» – E todo branco, carregando a caixa às costas, recusou qualquer boleia. Adiante, adiante.

8

Eduardo Lanuit tinha-se esquecido de apanhar os lençóis, agora lavados por Purificação. O vento quente que sobrevinha de algum deserto em brasa conseguia entrar na reserva protegida do quintal e sacudi-los. De onde estava, ouvia-os bater. Parecia mentira – Ainda era quinta-feira, e ele encontrava-se preparado havia imenso tempo. Porém, quando domingo chegasse, estaria em liberdade, e só então utilizaria os dois envelopes entregues pelo segundo e terceiro elementos. Com cuidado, tinha examinado a linha de água, a silhueta, o olhar da figura das notas, uma a uma. Não duvidava que fossem autênticas. Mas só depois do trabalho é que usaria a primeira. Era um homem com princípios trazidos dum tipo de resistência que dispensava os crimes. Aliás, na noite anterior, havia passado várias horas a apurar a carta que deixaria a Julieta. Juntava os dois envelopes, acrescentando que, se houvesse um percalço e ele não aparecesse vivo, usasse aquele dinheiro como penhor da sua vida. *Penhor da minha rápida vida...* – Havia escrito, embora desejasse ter encontrado frases menos tensas. Ainda experimentou escrever a carta em tons ligeiros para que ela sentisse que tudo era simples como num sonho alegre. Mas também havia desistido desse tom álacre e saltitante que daria de si a imagem dum irresponsável. Não podia deixar essa mensagem para os seus filhos, não queria legar a imagem dum homem que passa a vida inteira a lutar contra a ave escura do irracional, para depois, de forma tonitruante, concluir – *Filhos, isto é apenas um pedaço de sonho, sobre o qual, de vez em quando, incide uma estranha luz solar!* Não, não, podia, era um pai extremoso, uma pessoa com responsabilidade sobre a sua descendência. E então, tinha deixado a carta dramática exposta no lugar dos segredos que só ele e Julieta conheciam.

Aliás, ainda era quinta-feira, ainda faltavam dois dias. Até lá, iria de novo ao Parque Eduardo VII, ficaria entre as árvores que

abanavam como baloiços, e se acaso ela não saísse do esconderijo, iria subir para lhe deixar uma mensagem. Tinha pensado
em tudo isso, durante a noite anterior. De tal modo que havia
tomado não um, mas dois dos barbitúricos da mulher. Agora,
porém, ao acordar, pensando que de novo ela estaria em robe,
sentada à mesa do pequeno-almoço, protegida pela cara mutante
da irmã, ele sentiu vontade de que Julieta se levantasse, abrisse o
robe, ficasse nua e devagar, como um tecido, se encostasse a ele,
rasgando-se em orifícios por onde ele entrasse – Por enquanto,
tudo seria ilusão. O vento sacudia os lençóis do quintal, na Casa
da Arara. Faziam batuques e estalos.

Ou não seria a arrumadeira, puxando-os?

Era a arrumadeira desferindo grandes pancadas, à porta do
seu próprio quarto – «Sr. Eduardo! Está acontecendo uma coisa
horrível.» Ele saltou da cama e viu as horas. «São sete horas...
Uma coisa horrível?» – pensou. «Vista-se, Sr. Eduardo, e venha
ver o que está acontecendo. É o fim do Chiado. Os telhados estão
todos a arder.»

Lanuit não percebia o que não era realidade. «Mas que dia é
hoje?» – perguntou, enfiando umas calças.

«Vinte e cinco, quinta-feira, Sr. Eduardo Lanuit!» – dizia a
arrumadeira. «E um incêndio descomunal!» O seu peito arfava
como um fole.

«Sábado?» – perguntou ele.

«Mas que sábado, Sr. Eduardo? Não é sábado, é quinta-feira,
vinte e cinco de Agosto, Sr. Eduardo! Um incêndio horrível está
ali a devastar a Baixa. Vai tudo à poeira. Olhe além...» – Ambos
se dirigiram para a porta da Casa da Arara. Saíram para a rua.
«Ah! Que tragédia, não fica nada...» – ia dizendo Purificação, em
transe, enquanto a rua se enchia de gente meio despida. O pessoal do Café Atlântico espalhava-se pelo passeio. Na colina em

frente, as labaredas aumentavam e removiam-se sobre as superfícies de telha. O rio, esse, estava azul, parado, mas na direcção da água sopravam as colunas de fumo e as línguas de fogo, levadas por uma brisa forte. Por cima daquele archote imenso, uns helicópteros, em forma de moscardo, avoejavam. O incêndio partira do GRANDE ARMAZÉM da Rua do Carmo. O que Lanuit tinha em frente era o incêndio para que ele próprio havia sido contratado.

«Não é verdade!» – disse Lanuit, vestindo a camisa e enfiando os sapatos, diante da janela escancarada. Tinha voltado ao quarto. O passado de Lanuit levava-o a pensar que alguém lhe tinha roubado a sua acção, alguém o tinha antecedido. Não fora em vão que, durante três semanas, ele havia planeado, sob segurança absoluta, aquele assalto, e isso era revoltante. Aliás, se não tivesse ido apalpar as notas de banco que mantinha escondidas na casota e não tivesse pegado, um a um, nos objectos que havia metido na bolsa de tiracolo, ter-se-ia julgado um louco varrido, pois não são todos os homens deste mundo que experimentam ver no céu, antecipadamente, as chamas que deveriam pertencer a um incêndio seu. «Roubaram-me, roubaram-me... Atraíram-me e mentiram-me, gozaram-me, depois de me terem encomendado o serviço a mim, passaram o meu serviço a outro, trocaram-me...» Ao caminhar pela Rua da Tabaqueira abaixo, percebia que o incêndio que lhe pertencia estava na sua frente, crescendo e aumentando, cada vez mais, até chegar ao local donde o brasido soprava e explodia de forma incontrolável. Atravessou a multidão. Colocou-se perto, muito junto. Não, ele não sairia dali porque estava paralisado, querendo saber a origem do fogo. Alguém haveria de dizer onde havia começado o incêndio. As chamas voavam entre as ruas, as labaredas consumiam séculos, o cogumelo engrossava a cúpula e rodava sobre si, a catástrofe alastrava em dimensões gigantes. Pessoas, gritos, cenas patéticas, casas e haveres, gente no princípio e no fim da vida vagueava sonâmbula, entre as chamas. Ouviam-se explosões suceder-se em cadeia. Era difícil distinguir frases completas no meio das vozes. Mas a certa altura, alguém veio dizer que o incêndio pegara na Secção de Perfumes e Lingerie do GRANDE ARMAZÉM, entre a uma e as duas da madrugada, queimando soalhos e madeiras, lentamente, até mais tarde pegar aos líquidos inflamáveis e às roupas. «Então fui eu...» – pensou Lanuit, apertando as chaves que lhe haviam sido dadas pelo terceiro elemento. «Mas não fui eu, porque eu só o faria depois de o vento abrandar, passados três dias, na noite de sábado para domingo. Eu teria de ficar fechado cerca de doze horas sem me mover, metido nos sanitários...» Lanuit sentiu-se perdido dentro do raciocínio. «Não fui eu, não fui eu, afinal...» – concluía. «O incêndio de que eu ia ser autor não deveria sair dali, seria ateado quando a ventania tivesse acalmado e teria de se circunscrever apenas àquele espaço para que fui pago. Fui pago para que não se propagasse... Então não fui eu o autor. Não serei mais um incendiário... Este não era o meu incêndio...» Pôs-se a andar, empurrado pelas fagulhas pretas. Sentou-se num banco ao cimo da Rua Garrett. Eduardo Lanuit tentava raspar com a unha a película que envolvia a verdade. De novo, a analogia, essa coincidência traiçoeira, atravessava-se-lhe na vida contra o que tinha crido. «O que é o milagre?» – perguntava, diante do bra-seiro incontrolável em que se ia transformando aquela parte da cidade. «É uma coincidência. Isto é, não existe Deus, mas para nos confundir existe a coincidência» – pensou Lanuit, inerte, sobre um banco. Uma mulher de meia-idade sentava-se a seu lado, com o seu único haver – Uma cadela *pinscher* de olhos maiores do que a face, remelosos, sem trela, trajada de vermelho. «Meu Deus, ajuda-me!» – dizia a mulher, embalando o cão. Lanuit levantou--se, demorou duas horas a atravessar os carros de água, as pare-des, o fumo, o calor, a imensa tragédia que ele não havia feito. A porta para a qual possuía a chave na algibeira tinha-se fundido.

*

Era verdade – A ampla porta de vidro, encimada pelo lema *Sempre por Bom Caminho e Segue*, tinha-se derretido como uma vela. A chave que a deveria abrir estava na algibeira do seu blusão.

9

Assim aconteceu. Mas o que poderia eu ter dito a Lanuit? Não tinha nada para lhe dizer. Seria ridículo sugerir-lhe, lá no Café Atlântico, completamente deserto, que confessasse fosse a quem fosse o que lhe havia acontecido. Quem poderia interpretar? Para explicar a alguém, Lanuit teria de recuar até onde? Até ao papel proveniente dum banco inexistente? Teria de atravessar o portal duma Empresa de Gestão de Engenho e Recursos Humanos? Ou tudo começaria a vir de trás, das paredes repletas de nomes que deveriam conduzir ao livro justiceiro, *Alguém Nos Amará mais tarde*? Ou mais atrás ainda, mais longe, fora da sua própria vida? Deveria começar por falar da sua culpa, face ao que estava acontecendo, enquanto os jornais de todo o mundo passavam a violência do incêndio que ele havia perpetrado mas não feito? Porque queria ir para a rua, tornar-se responsável? Ninguém era responsável. E se não era responsável, muito menos era culpado. Seria fácil de explicar e entender se fosse autor do crime, mas ele não tinha sido o autor. Ele não tinha responsabilidade, não tinha acesso à culpa. O que lhe poderia dizer mais? Por mim, que dormia na cama dita gigante, sob a imagem dos abraços deliciosos de Stanley Spencer, pensei no amor de Lanuit. Pensei na manutenção da sua recompensa, pensei que ele deveria calar-se, enroscar-se no interior da sua parte de casa cor de marfim, fazer os seus planos e, depois, dirigir-se às árvores do Parque Eduardo VII para a chamar. Não devia entrar na casa da cunhada,

mas sim atraí-la, sob a rama dos jacarandás, pedir-lhe que descesse, que voltasse. Para um homem como Eduardo Lanuit, era
terrível que a baixa necessidade da vida andasse de mãos dadas
com a sobrevivência da honra e do amor. Mas acaso não sabíamos
que era assim? Que o amor constituía uma realidade conspur-
cada pela necessidade para nos demonstrar exactamente que o
anjo não existe? Porém, tomava-se difícil levar Lanuit a envolver-
-se com pensamentos lúcidos, quando, na sua frente, uma parte
da cidade ardia como uma tocha, e não fora ele.

Sim, o mapa fechava-se em volta, ameaçando crescer pelo corredor fora. A *Remington* gostava de desenvolver esses dados que
figuravam sobre a tinta desbotada, em forma dum nervo, em tudo
semelhante a um esquema radicular ilimitado. De facto, agora eu
podia, com segurança, estender pela parede o futuro de Lanuit
– Via-o da janela, para quando chegasse o Outono. Durante um
tempo, Eduardo não saberia lidar com aquele dinheiro, duvidando se devia deitá-lo ao rio, se entrar pela emprcsa ERGUER
e deixá-lo sobre a secretária de Rute Maia, se, pelo contrário,
aceitá-lo para fazer face à comezinha existência da vida, já que
um pé de rosa que fosse, mesmo quando apenas agitado como
um símbolo, não deixava de corresponder a um valor. Objectivo,
numérico, contável. Se tantas vezes o mapa tinha antecipado a
realidade, porque não tentar ainda? – Pus-me a discorrer pela
parede. Iria ser uma noite de chuva de final de Verão. As crianças chegavam morenas da casa dos Saraivas, Julieta fazia descer
o candeeiro em forma de capelina sobre a mesa e a campânula
iluminava-se. Ali estava ela de novo, a grande mesa da marquise.
Mudariam de casa? Sim, mudariam. Julieta Lanuit, sobre uns
sapatos altos de presilha, atravessaria o quintal já com lama e aju-
daria a aferrolhar para sempre a casota que fizera de escritório.
Antes, Eduardo teria passado largos dias a reduzir os seus papéis

a cinzas e farrapos. Ela abriria os braços, erguê-los-ia ao ar, como Audrey Hepburn em *Sabrina*, bateria as longas pestanas e haveria de chamar – «Filipe! António! Ajudem aqui, miúdos!» Com grandes braçadas, despedir-se-ia dos seus lençóis. Era uma cena antiga. Deixaria a corda da roupa a balouçar do álamo.

10

Os hóspedes restantes puseram-se à janela, precisamente quando as chamas subiam à maior altura e o avião *Hércules* passava por cima, soltando um ruído que imitava uma espécie de ataque ao solo, numa instrução militar. Mas Falcão e Gamito admiraram durante uns minutos a fúria das chamas e logo fecharam os vidros. Aquele espectáculo dizia respeito a um mundo que não lhes interessava. Pensavam mesmo que nem se poderiam colher boas imagens dum sinistro desse tipo. Aliás, o que eram imagens de fogo? Línguas vermelhas saindo por telhados e janelas. Muito fumo, muita labareda e, infelizmente, muita gente vítima. Contudo, durante um incêndio, era raro encontrar um gesto criminal que merecesse a pena, a não ser um ou outro roubo, uma ou outra escaramuça. E mesmo que não fosse assim, não lhes interessava. Paulina pensou que, se acontecesse em Manhattan, jamais atingiria aquelas proporções. Lá os recursos deveriam ser adequados, e as ruas dimensionadas a uma boa escala permitiriam que os socorros chegassem com velocidade supersónica. «Aqui, é tudo assim...» – disse Paulina, fechando a janela. Aliás, ela achava que Leonardo há muito deveria encontrar-se lá, entre as Torres Twin, contracenando com o artista que eles bem conheciam. Falcão e Gamito tinham fechado as persianas para não serem atingidos pela confusão do incêndio, atarefando-se entre a arrecadação e o quarto da antiga televisão anã.

«Passamos de novo o material mais importante sobre o *Static*?» – Sim, dobravam-se sobre a moviola. Falcão e Gamito comparavam cenas, apontavam-nas para cortes e manipulações. Tinham boas sequências, dispunham das imagens do herói sob a primeira ventania e os ramos cor de laranja espalhados pelo céu. Tinham o filme seguinte, com forte elemento humano referente ao dia em que fora anunciada a maratona, e algumas cenas da própria noite do *record*. Bastante curiosa era a sequência em que António Stradivarius queria, à força, pôr a gemer o instrumento. Os grupos estavam sensacionais, sendo possível mergulhar a atmosfera num filtro azul nocturno. Trabalho, muito trabalho de montagem, era o que era. Aguardavam, a todo o momento, a revelação das imagens da noite anterior. Mas seria que não faltava nada?

«Claro que falta. Tu sabes que falta, eu sei que falta, todos sabemos» – disse Gamito, o Burt Lancaster. «Ontem desistiu à meia-noite. Viste? Uma coisa inaudita, ter-nos deixado de calças na mão, assim que Paulina disse *menos oito!* É o que se pode chamar uma enorme falha!»

«Além disso, o tipo nunca vai fingir que cai, como era nossa ideia, nem vai deixar que Paulina exponha aquele cartaz...»

«É o maior casmurro do mundo, a maior besta! Além disso, desfez o cartaz que nós inventámos...»

«O *Ecce Homo*? Desfê-lo aos pedaços? Grande besta! Não tinha o direito! Demorámos tempo e tempo para fazê-lo em letras góticas!»

Os dois hóspedes da Casa da Arara aproximaram-se do *story-board*, cheios de apreensão. De novo tudo teria de ser refeito. Se Leonardo não quisesse mais regressar ao espectáculo antes de partir com Paulina, aquele filme ficaria tão inacabado quanto os outros – Faltavam sempre as sequências chave. Os actores reais andavam perto mas, no último instante, não se assumiam. Ou melhor, ainda não se tinham assumido. Estava para breve. Para completá-las teriam de abandonar de imediato o projecto do cinema directo – Mantinham as janelas descidas, aliás, como Paulina e como o *Static*, indiferentes àquela estupidez de fogo, que até já diminuía. Nenhum deles compreendia por que razão faziam todo aquele alarido por causa dum incêndio. Era uma vergonha. O globo terrestre agora parecia ter descoberto que existia Lisboa por causa dum fogo mais violento. Falcão chamou a rapariga. Aproximou-se dela, olhos nos olhos – «É verdade que ele não volta mais à Baixa para fazer espectáculo?» Paulina começou a rir – Seria muito difícil que Leozinho passasse mais de três dias sem espectáculo. Se Falcão tivesse paciência, aí de sexta para sábado, ou o mais tardar de sábado para domingo, o tipo voltaria ao palco. Talvez até nem fosse para a Rua Augusta nem voltasse ao arco. Leozinho deveria ir para um canto na Rua dos Correeiros, bem protegido, tentar fazer o seu melhor. O que era preciso era ela não aparecer, eles não levarem nenhum cartaz, nada, absolutamente nada. E chegarem já depois de iniciada a *performance*. Alta noite, se possível.

«Achas que ele vai ficar lá em cima quantas horas?» – perguntou Falcão, ansioso. Paulina sabia coisas que não estava a querer dizer.

Mas sempre adiantava – «Acho que vai tentar bater as quinze... Ele quer voltar a bater as quinze, mas agora sozinho, sem ninguém, pela última vez, ele quer bater uma maratona assim... Depois, vai profissionalizar-se, vamos estar com Paolo Buggiani. Manhattan é o máximo, como bem sabes. No THANKSGIVING DAY, as ruas enchem-se de artistas de todo o mundo. Em Central Park, os pombos também são imensos. As pessoas são alegres ou, se não são alegres, pelo menos parecem indiferentes. Ninguém troça de ninguém, enfim, a vida é outra, como sabes, andaste por lá com o teu pai. Aliás, o pai de Leozinho telefonou. Não se importou nada que não tivesse batido o *record* mundial e ofereceu-se para custear as passagens dele. Eu acho que Leozinho deve aceitar. As contas que fizemos na parede, com aquela história do *record*, acabaram por não dar nada. Leozinho dispersou tudo. Arrecadámos pouco. Eu convenci-o a aceitar a oferta do seu velho. Se ajudam os outros filhos a tirarem os PhD, por que razão não hão-de ajudar o que faz performance estática? Desde que nos encontrámos com o Buggiani, em Amesterdão, que eu lhe falava nessa hipótese.»

«Ele aceitou?»

«Yeah! Aceitou. E é o que eu te digo. Tem calma, que o tipo está aí a rebentar com um espectáculo formidável. Daqueles em que fica só, absolutamente imóvel, as ruas até parecem lunares. Põe-te a postos, Falcãozinho!»

11

Que mal tinha então a trigésima quarta jornada de Leonardo? Porque deveria eu ter avisado? Quem era eu para dizer não contes os passos, não estendas a manta, não beijes o punho, não subas ao plinto? – Tudo se afigurava claro como água. Havia um atleta a querer treinar, havia um grupo procurando filmar o treino. Havia uma rapariga que se preocupava por que um atleta, perdulário do seu sucesso, deixasse que seus amigos fizessem do seu espectáculo alguma coisa de útil e exemplar, esteticamente aproveitável para a posteridade. Poder-se-ia imaginar combinação de ideias mais generosas? – Como se sabe, dum momento para o outro o vento aplacara. Era sábado. O rescaldo do fogo fazia-se no alto da colina, e a romaria dos que amam ver o mundo calcinado passava em procissão por outra zona. A Baixa, ela mesma, era um deserto. Estava sobejando agora um calor brutal e por toda a parte havia restos de cinza pendurada. Mas Leonardo, sozinho, tinha descido a assobiar. Não, afinal não precisava de ocupar um lugar escondido entre a Rua dos Correeiros e a da Vitória. Todos os cruzamentos da Rua Augusta se encontravam desertos porque a vida e a informação se tinham deslocado para a zona do sinistro. O primeiro cruzamento, àquela hora de domingo, não tinha ninguém. O *performer* concentrou-se a fundo. Atravessou o véu de tule e pôs-se a pairar em todas as direcções. Tinha adoptado o rosto impávido que assumia nas grandes maratonas, em que todo o esforço era conjugado para não despender energias. E ele gostava da noite, estava morto por que viesse a noite. Seria que alguma vez em Manhattan iria poder desfrutar dum sossego assim? Passaram as seis, as sete e as oito e ninguém surgia, para seu descanso. A cidade humana estava longe. Era curioso – Já próximo das nove, uma revoada de pombos passou rente e, como nunca, um deles pousou em cima da sua cabeça. Ele oscilou, mas não se moveu senão o indispensável para que uma pessoa se mantivesse com um pássaro na cabeça Aliás, ao contrário do que julgava, as unhas duma pomba, colocadas sobre uma testa de pessoa, comportavam-se como as duma ave de rapina. A pomba arreganhou-lhe o cabelo. Leonardo teve pena de que ninguém tivesse captado esse instante por que tanto havia ambicionado. Era assim – Aquele invertebrado do Falcão só aparecia quando não era necessário.

Pelas dez, quando já escurecia, Leonardo sentiu uma sombra surgir do lado do elevador. A sombra, porém, não era uma sombra – Era Ricardo Asse. Esse, mesmo que a cidade estivesse em cinzas noutro sítio, vinha sempre. A figura do poeta estava a dar--lhe uma alegria imensa. Quando se encontrava em movimento, não podia impressionar-se, fazia-lhe mal, desconjuntava-o, desreunia-o, mas desta vez, ou fosse da nudez da Baixa, ou do facto de ser uma das últimas *performances* antes de actuar entre os arranha-céus de Manhattan, sentia-se comovido. E pensar que seus amigos tinham desfeito o livro onde o poeta havia escrito uma mensagem só para ele. Era tão bom sentir a presença do poeta! Ricardo Asse, naquela noite, vinha sozinho e fazia voltinhas com a bengala. A sua figura continuava a ser impressionante. A sua testa espalhava sabedoria e ao mesmo tempo humanidade. Lembrava-se de pedaços das suas palavras, da fúria que sentia contra pessoas e logo passava. O homem venerável ficou em frente, deu voltas, parou, ergueu a cana-da-índia na direcção dos olhos do *performer*, abanou-a, como quem diz *essa maquilhagem não*, e parecia estar prestes a ir embora. Quando deu por si, Leonardo tinha dito – «Um momento, por favor!»

«Um momento!» – disse ainda o rapaz estátua.

Ricardo Asse ficou surpreendido.

«Eu vou para Nova Iorque, actuar em Manhattan, em parceria com Paolo Buggiani! Ele na corda, lá em cima, cuspindo fogo, eu no solo, fazendo de pedra, sem íris, como me disse... O nosso espectáculo vai chamar-se *Unsuccessful Attack by Leonardo & Paolo Buggiani*. Gosta?» – Era a primeira vez que Leonardo falava daquele modo de cima do plinto, mas estava a viver um momento tão excepcional que achava que o deveria fazer. O outro ficou parado, encostado à cana-da-índia.

«Belo, muito belo... Belíssimo...» – respondeu o poeta, como se o trono de verga o acompanhasse.

Leonardo entesou de novo os braços e as pernas, amaciou o porte do pescoço e seguiu em frente na sua maratona. Que mal fazia ter interrompido uma vez na vida? Nenhum mal. Aliás, não tinha de dar satisfação a ninguém. Ali estaria. Se pudesse passar um pouco mais das oito da manhã, se aguentasse, muito bem, ainda que considerasse que, nesse caso, um prolongamento compensaria o intervalo. Entretanto, estaria ali, estaria e ainda estaria. Até que por volta das onze, a carrinha de reportagem parou. As ruas estavam tão desertas que se podia parquear em toda a parte. E ali vinham os dois hóspedes da Casa da Arara, outra vez, com ideias estúpidas sobre um *performer* estático, idiota, que não existia senão na imaginação deles.

Falcão disse a Gamito, assim que abandonou a carrinha – «Tu vais para o Terreiro do Paço pegar o relógio, pá, e ficas lá até eu te chamar, tomando as agulhas de meia em meia hora. Durante toda a noite e primeiras horas da manhã. Eu fico aqui, e não é para fazer mal ao Leozinho, é para fazer bem!» E aproximando-se do plinto, disse – «Olha, já mudámos o *story-board*. Fizemos uma coisa à portuguesa. A mulher gananciosa do outro *Static Man* acaba por conduzir as coisas a bom porto, e ambos partem para longe. Vai ser uma história de êxito com bom fim. Até pensámos colocar um dos teus cartazes mais radicais, e que nunca foi apanhado convenientemente pela *camera*. Queres saber qual? – É o dos pombos. O dos pombinhos é o que tem mais piada, o que fará melhor rir a gente. A nossa gente, percebes? E depois se verá... Mas se não estiveres de acordo, pestaneja os olhos duas vezes, como fazias com o mestre de Wa-Do!» – Falcão levantou o cartaz à altura dos olhos do *Static Man*, e este não pestanejou.

«Obrigado, Man!» – O repórter colocou o cartaz junto ao plinto. Sobre o plinto preto, de facto, o corpo magro de Leonardo assemelhava-se na essência a uma aduela. A aduela, sobre o recorte do fundo, assumia uma força bruta. E depois, Falcão era um homem feito para subverter a estética do olhar. Os seus olhos tinham nascido para escolher da realidade as formas e as cores primordiais, mandando as outras para o local do lixo. As suas pestanas curtas fechavam-se atrás dos óculos de aros pardos só para filtrarem o excelente. E era de facto excelente o que ele tinha diante de si. Um rapaz, quase sorridente, imóvel, branco, sobre um pedestal preto, no meio duma rua geométrica como um desenho de Da Vinci. Até quando o *performer* ficaria assim?

Falcão filmava, parava, voltava a filmar. De súbito, batia uma brisa suave, empurrando o vestido do atleta. Magnífico! A continuar daquela forma, ainda iria filmá-lo quando estivesse a exibir-se em Nova Iorque com o Buggiani. Para já, este filme era a sua primeira cine-reportagem completa. Tinha acabado de dar uma hora no relógio do arco. Fez *poing*, e depois *poing*, *poing*, multiplicando-se, pois ecoava pela Baixa inteira. O rapaz assestou a *Arriflex*, tomou um grande plano, um plano próximo, fez a câmara mover o seu *zoom*, iniciou uma panorâmica que fazia correr pelas fachadas das casas pombalinas, e quando regressou ao corpo do *performer*, alguma coisa oscilava bastante sob a roupa. Correu adiante. O rosto estava curvado. Não demorou dois segundos que o corpo do *performer* não estivesse estendido no pavimento. Mas depois, quando foi revelado, esses segundos iriam ser decompostos em mil tempos – Iriam durar uma grande eternidade. Não era isso agora que importava – Falcão achou belíssimo o que via, e continuou a captar imagens atrás de imagens, pois Leonardo, quando chegou ao chão, deu um solavanco rápido e virou o corpo na direcção das janelas. Só que, de repente, não se movia mais. Falcão abandonou a *Arriflex 16 SR*. «*Shit!*» – disse o repórter. Tomou o pulso pintado de Leonardo. À procura da veia, as mãos de Falcão iam ficando besuntadas de branco. Devia ser por causa daquela massa que a sua mão escorregava e não encontrava a veia. Limpou com força as mãos nas calças. Mas de facto, a veia era ali e por mais que premisse o polegar sobre ela, não havia rasto de pulsação. «Gamito!» – chamou o repórter. Bem podia chamar. O desenhador encontrava-se a filmar os ponteiros do relógio do arco, e ainda ficava longe, não podia ouvir. Também não valia a pena responder – Estendido ao comprido, fora da manta, como milhares de vezes imaginara, para conseguir ficar imóvel, o *Static Man* estava morto.

12

Era verdade, estávamos sós. A cama gigante, como se sabe, não passava duma cama simples, designada desse modo por contraste com as dos outros quartos da Casa da Arara. Mesmo assim, os hóspedes que restavam preferiram que eu lha emprestasse. Tinham medo e queriam dormir os três abraçados. Quando chegou o Outono e a casa ficou desabitada, dormíamos todos na mesma cama. Por vezes deitávamo-nos separados, mas durante a noite íamo-nos juntando. Também fazia frio. De dia, Falcão retomava as imagens colhidas de tudo quanto havia filmado, separava-as, reunia-as, compunha-as e recompunha-as, acoplava a figura do rapaz boiando no Tejo às cenas das moças sob os sudários, fazia Lanuit erguer os lençóis, depois as fragatas sulcavam a água, voltava a Lanuit, à mulher de Lanuit estendida sobre a mesa. E a seguir à mesa e seus castiçais, o Sol rompia no horizonte. Surgia um vasto horizonte parado. As portas do *Ferrari* voavam na direcção do areal, e sobre elas faziam aparecer a porteira da casa de Osvaldo quando se punha da cor da margarina. O estojo da pistola-metralhadora surgia escancarado, e de seguida, um triste homem cavava junto ao lodo, e dizia – Deus vos salve! A prostituta desejava um espelho para que se visse toda, e tinha botas altas. Encontrava-se ainda dentro do carro branco. E tudo voltava ao princípio. Voltava porque Falcão queria que o *Static Man* fosse a figura omnipresente, mas não sabia como. Paulina também não. Gamito desenhava até à exaustão uma história circular em volta dele. A rapariga acordava – «Acordem! Tenho uma ideia. Deveríamos abrir com as cenas sobre os flocos de neve! Nessa manhã, Leonardo dormia no meio deles. Lembram-se?» Os três acendiam a lâmpada que balouçava de um fio por cima da cama gigante e ficavam a pensar – «Não, essas vão servir de fecho. Mas antes, muito antes, temos de fazer entrar as crianças vagabundas, o violino de António Stradivarius, o olhar oblíquo dos polícias, a mesinha de xadrez, a sala vermelha, um homem dormindo com uma criança. Só depois virá a neve de papel...» Ficavam a pensar, mas não tinham a certeza. Então levantavam--se enrolados nas colchas e andavam pela casa. Arrastavam os cobertores pelo soalho até junto da moviola. Sim, repito, por vezes ficavam abraçados no escuro. Dormiam os três. Depois, pela noite fora, chamavam-me. Eu abandonava a máquina. É verdade, dormíamos os quatro.

Ou por outras palavras – Podem agora percorrer, letra a letra, os quatrocentos e trinta e sete artigos do Código Penal. É escusado. Limitei-me a assistir para conhecer. Não sou culpada.

OBRAS DE LÍDIA JORGE
nas Publicações Dom Quixote

O DIA DOS PRODÍGIOS
 (1980, romance)
O CAIS DAS MERENDAS
 (1982, romance; Prémio Cidade
 de Lisboa)
NOTÍCIA DA CIDADE SILVESTRE
 (1984, romance; Prémio Cidade
 de Lisboa)
A COSTA DOS MURMÚRIOS
 (1988, romance)
A ÚLTIMA DONA
 (1992, romance)
A INSTRUMENTALINA
 (1992, conto)
O JARDIM SEM LIMITES
 (1995, romance; Prémio Bordallo
 de Literatura da Casa da Imprensa)
A MAÇON
 (1997, teatro)
MARIDO E OUTROS CONTOS
 (1997, contos)
O VALE DA PAIXÃO
 (1998, romance; prémios Dom Dinis,
 Bordallo, Ficção do PEN Clube, Máxima
 de Literatura e Jean Monet de Literatura
 Europeia – Escritor Europeu do Ano)
O VENTO ASSOBIANDO NAS GRUAS
 (2002, romance; Grande Prémio
 de Romance e Novela da Associação
 Portuguesa de Escritores e Prémio
 Literário Correntes d'Escritas)
O BELO ADORMECIDO
 (2004, contos)

COMBATEREMOS A SOMBRA
 (2007, romance; Prémio Charles Bisset)
O GRANDE VOO DO PARDAL
 Ilustração de Inês de Oliveira
 (2007, infantil)
PRAÇA DE LONDRES
 (2008, contos)
O ROMANCE DO GRANDE GATÃO
 Ilustração de Danuta Wojciechowska
 (2010, infantil)
A NOITE DAS MULHERES CANTORAS
 (2011, romance)
OS MEMORÁVEIS
 (2014, romance;
 Prémio Urbano Tavares Rodrigues)
O ORGANISTA / THE ORGANIST
 (2014, conto; edição bilingue)
INSTRUÇÕES PARA VOAR
 (2016, teatro)
O AMOR EM LOBITO BAY
 (2016, contos)
ESTUÁRIO
 (2018, romance; XXIV Grande Prémio
 de Literatura dst)
O CONTO DE ISABELINHA / LILIBETH'S TALE
 Ilustração de David Sutton
 (2018, infantil; edição bilingue)
O LIVRO DAS TRÉGUAS
 (2019, poesia)
EM TODOS OS SENTIDOS
 (2020, crónicas; Grande Prémio
 de Crónica e Dispersos Literários
 APE/Câmara Municipal de Loulé)